무고한 존재

L'Innocente
Gabriele d'Annunzio

대산세계문학총서 146

무고한 존재

L'Innocente

가브리엘레 단눈치오 지음 — 윤병언 옮김

문학과지성사

대산세계문학총서 146_소설

무고한 존재

지은이 가브리엘레 단눈치오
옮긴이 윤병언
펴낸이 이광호
펴낸곳 ㈜**문학과지성사**
등록번호 제1993-000098호
주소 04034 서울 마포구 잔다리로7길 18(377-20)
전화 02) 338-7224
팩스 02) 323-4180(편집) 02) 338-7221(영업)
전자우편 moonji@moonji.com
홈페이지 www.moonji.com

제1판 제1쇄 2018년 2월 23일

ISBN 978-89-320-3079-1 04880
ISBN 978-89-320-1246-9 (세트)

이 도서의 국립중앙도서관 출판예정도서목록(CIP)은 서지정보유통지원시스템 홈페이지(http://seoji.nl.go.kr)와
국가자료공동목록시스템(http://www.nl.go.kr/kolisnet)에서 이용하실 수 있습니다.
(CIP제어번호: CIP2018004049)

이 책은 대산문화재단의 외국문학 번역지원사업을 통해 발간되었습니다.
대산문화재단은 大山 愼鏞虎 선생의 뜻에 따라 교보생명의 출연으로 창립되어
우리 문학의 창달과 세계화를 위해 다양한 공익문화사업을 펼치고 있습니다.

차례

일러두기

1. 이 책은 Gabriele d'Annunzio의 *L'Innocente*(Milano: Rizzoli, 2012)를 우리말로 옮긴 것이다.
2. 본문의 주는 모두 옮긴이의 것이다.

때 묻지 않은 자들이여 복되도다……*

　판사 앞에 가서, 그에게 말하기를 〈저는 죄를 지었습니다. 그 불쌍하고 어린 것은 제가 죽이지 않았다면 아직 살아 있을 것입니다. 제 이름은 툴리오 헤르밀입니다. 바로 제가 죽였습니다. 저는 집에서 계획적으로 살인을 저질렀습니다. 최대한의 보안 상태에서 일을 끝내는 동안 저는 더할 나위 없이 맑은 정신이었습니다. 그리고 비밀을 간직한 채 일 년 동안이나 그 집에서 살았습니다. 오늘까지요. 오늘이 바로 한 해가 되는 날입니다. 이제 저를 당신들에게 맡깁니다. 제 이야기를 듣고 판단하시기 바랍니다.〉 판사 앞으로 나아가 이런 식으로 이야기한다는 것이 과연 가능할까?

　나는 그럴 수 없고 그걸 바라지도 않는다. 인간의 법은 나를 건드리지 못한다. 이 세상의 어떤 법정도 나에게 판결을 내릴 수 없을 것이다.

　그럼에도 불구하고 나는 나 스스로를 고발해야만 한다. 나의 비밀을 누군가에게 털어놓고 고백해야만 한다.

누구에게?

---

*　『구약성서』「시편」119장 1절에서 따온 구절이다.

제일 먼저 떠오르는 기억은 이렇다.

4월이었다. 며칠 전부터 나와 줄리아나는 우리의 두 딸아이, 마리아, 나탈리아와 함께 어머니 집에 와 있었다. 부활절 휴가였다. 그 오래되고 커다란 시골집을 우리는 라 바디올라라고 불렀다. 우리가 결혼한지 7년째 되는 해였다.

어느덧 3년이라는 세월이 흐른 셈이었다. 수도원처럼 외딴 곳에 있고 보라색 꽃향기로 가득한 그 하얀 빌라에서 3년 전에 보냈던 부활절 축제가 내게는 한마디로 평화와 사랑과 용서의 축제였다. 당시에 둘째 딸 나탈리아는 마치 꽃바구니에서 뽑아낸 한 송이 꽃처럼 이불보를 벗어던지고 막 첫걸음을 떼고 있었고, 줄리아나는 입가에 서글픈 미소를 띠면서도 나에 대한 자상함은 잃지 않고 있었다. 처음으로 심각한 외도를 저지른 후에 나는 잘못을 뉘우치고 조용히 그녀에게로 돌아와 있었다. 아무것도 모르는 나의 어머니는 은으로 만든 조그마한 성수 병에 성수를 채워 벽에 걸어놓고 손수 올리브나무 가지를 꺾어 베개 머리맡에 가져다놓았었다.

그러나 3년이 흐른 지금 얼마나 많은 것이 변했는가! 나와 줄리아나는 더 이상 돌이킬 수 없는 사이가 되고 말았다. 그건 내가 계속해서 줄리아나에게 실수를 거듭해왔기 때문이다. 나는 아무렇지도 않게, 조금도 주저하지 않고, 쾌락에 대한 갈망과 성급한 열정에, 병든 영혼의 호기심에 눈이 멀어 잔인한 방법으로 그녀를 모욕해왔다. 나는 아내의 가장 친한 두 친구의 정부였다. 피렌체에서 몇 주 동안 테레사 라포와 함께 시간을 보낸 건 부주의한 일이었다. 나는 라포 공작으로 둔갑해서 결투까지 벌였고 상황이 묘하게 전개되는 바람에 상대가 곤란한 입장에 처하게 되는 일이 벌어졌다. 이 모든 일들을 줄리아나는 하나도 빠짐없이 알고 있었다. 그리고 괴로워하면서도 자부심을 잃지 않고 침묵으로 일관했다.

우리 둘 사이에는 짧고 무미건조한 최소한의 대화만이 오갈 뿐이었다. 하지만 나는 한 마디도 거짓말을 내뱉지 않았다. 지성인이 틀림없는 이 달콤하고 귀족적인 여인 앞에서는 정직해야만 나의 과오를 덜 수 있다고 믿었기 때문이다.

나는 그녀가 나의 지적 우월성을 인정한다는 것도 알고 있었다. 그녀는 내 인생이 무질서한 것도 어느 정도는 자신의 잘못이라고 생각했는데, 그것은 내가 그녀에게 대부분의 남자들이 주장하는 도덕적 성실성의 가치를 절묘하게 비하하면서 몇 번이고 설파했던 나만의 이론 때문이었다. 그녀가 나를 보통 남자로 판단하지 않으리라는 확신은 나의 의식 속에서 내 과실의 무게를 가볍게 해주었다. 나는 생각했다. 〈어쨌든 그녀도 이해하고 있어. 내가 다른 사람들과는 다르다는 것을, 삶 자체를 다른 사람들과는 다르게 받아들인다는 것을, 그 때문에 다른 사람들이 내게 부과하려는 의무를 간과할 수 있고 타인의 의견을 당당히 무

시하고 특별히 선택받은 나 스스로의 본성을 절대적으로 신봉하며 살아갈 수 있다는 걸.〉

나는 내가 선택받은 영혼일 뿐만 아니라 **희귀한** 영혼을 지닌 존재라고 굳게 믿고 있었다. 내가 어떤 식으로 행동하든, 나의 감정과 감수성이 가지고 있는 희소성이 그 행동을 격상시키고 **특별하게** 만든다고 굳게 믿고 있었다. 이러한 희소성에 대한 자부심과 호기심 때문에 나는 희생이란 것을 알지 못했고 스스로를 낮출 줄도 몰랐다. 아울러 나의 욕망을 과시하듯 드러내는 걸 포기할 줄 몰랐다. 하지만 이 모든 섬세함을 뒷받침하는 것은 결국 무시무시한 이기주의뿐이었다. 왜냐하면 나는 의무를 소홀히 하면서도 특혜만은 기꺼이 누렸기 때문이다.

천천히, 그러니까 남용을 되풀이하면서, 나는 줄리아나의 동의 아래, 위선적으로 행동하거나 품위를 떨어뜨리는 속임수를 쓰거나 핑계를 대는 법 없이, 초창기의 자유를 다시 획득하는 데 성공했다. 모든 사람들이 시치미를 떼기 위해 기울이는 노력을 나는 공명정대한 처신을 위해 쏟아부었다. 나는 수고를 아끼지 않고 혼신의 노력을 기울였다. 기회가 있을 때마다 나는 우리 둘 사이에 새로운 결속력으로 탄생한, 마치 오빠와 여동생 같은 순수한 우정의 관계를 돈독히 하기 위해 노력했다. 그녀는 나의 여동생이자 나의 가장 절친한 친구여야만 했다.

나의 여동생, 유일한 여동생 코스탄자는 나의 가슴속에 끝없는 회한을 남긴 채 아홉 살의 나이로 세상을 떠났다. 내게 보물과도 같은 애정을 선사하던 그 어린 영혼을 나는 깊이 그리워하며 자주 머릿속에 떠올리곤 했다. 그녀가 선사하던 사랑은 내가 꿈꾸던 무궁무진한 보물이었다. 인간이 느끼는 모든 종류의 애정 중에서, 지상의 모든 사랑 중에서, **여동생**의 사랑이야말로 가장 고귀하고 커다란 위로가 되는 사랑이었다. 너무나 괴로워서 그녀의 죽음을 돌이킬 수 없다는 사실이 신비스럽게까지 느껴지던 가운데 나는 그 되찾을 수 없는 넉넉한 위안을 갈망하곤 했다. 또 다른 여동생을 어디에서 찾을 수 있단 말인가?

이러한 나의 감성적 욕구는 자연스럽게 줄리아나에게로 향했다.

혼란스러움을 혐오하던 줄리아나는 일찍이 모든 것을 포기했다. 나의 모든 손길을 포기했고 어떤 경우에도 내게 의지하는 법이 없었다. 그녀 곁에 있으면서도 나는 오래전부터 관능적 자극의 그림자조차 느끼지 못했다. 그녀의 숨소리를 체감하면서도, 그녀의 향기를 맡고 그녀의 목에 있는 조그마한 반점을 바라보면서도, 나는 아무런 욕구를 느끼지 않고 냉정함을 유지할 수 있었다. 그녀가 한때 나의 타오르는 열정 앞에서 움츠러들며 수줍어하던 바로 그 여인이라는 것을 믿기 어려울 정도였다.

어쨌든 나는 그녀에게 오빠로서의 사랑을 헌정했고 그녀는 그걸 아무렇지도 않게 받아들였다. 그녀가 슬퍼할 때마다 나는 괴로울 뿐이었다. 우리가 우리의 사랑을 영원히 묻어버렸다는 것과 그것을 다시 되살릴 가능성이 전혀 없다는 것과 우리의 입술을 이제는 결코 다시 포갤 수 없으리라는 생각 때문이었다. 하지만 이기심에 눈이 먼 내게는 내가 결코 슬픔에서 빠져나오지 못하리라는 사실을 두고 그녀가 흡족해하고 오히려 고마워해야 할 것처럼 느껴졌다. 오히려 그녀가 한때의 사랑에 대한 추억으로 위로를 삼고 그것으로 만족해야만 할 것처럼 느껴졌다.

우리는 모두 한때 사랑을 꿈꾸었을 뿐 아니라 우리의 열정이 죽을 때까지 지속되기를 바랐다. 우리는 꿈을 믿었고, 주문을 외듯이 몇 번이고 다짐하며 열광하곤 했다. **영원히! 절대로!** 우리는 우리의 육체적 친화에 대한 믿음을 가지고 있었다. 채워지지 않는 맹렬한 욕망으로 두 존재를 연계시키는 희귀하고도 신비로운 친화성을 우리는 굳게 믿었었다. 우리의 믿음이 변치 않았던 이유는 새로운 생명을 탄생시킨 후에도, 그러니까 번식을 주관하는 신이 우리를 도구로 하여 그의 유일한 목적을 달성한 후에도, 우리 감정의 열기가 조금도 수그러들지 않았기 때문이다.

하지만 환상은 무너지고 말았다. 모든 불꽃이 꺼지고 말았다. 맹세컨대 내 영혼은 파멸을 애도했었다. 그러나 필연이라는 현상에 어떻게 맞설 수 있단 말인가? 피할 수 없는 운명을 어떻게 피하란 말인가?

우리의 사랑이 죽은 것은 누구의 잘못 때문이 아니라 어김없이 벌어지는 불행한 세상사의 숙명적인 필연성 때문이었다. 하지만 우리가 여전히 같은 집에서, 그리고 옛사랑에 비해 깊이가 덜하다고는 할 수 없는 감정, 분명히 더 고귀하고 더 특별하고 새로운 감정에 힘입어 함께 살아갈 수 있다는 것은 어찌 되었든 하나의 커다란 모험인 셈이었다. 새로운 환영이 옛 환영의 뒤를 이어 우리의 영혼에 순수한 애정과 미묘한 감동과 고결한 슬픔의 교류를 가능하게 만든다는 것 자체가 하나의 모험이었던 것이다.

그러나 이러한 플라톤적인 미사여구가 실제로 노리고 있던 것은 무엇이었는가? 그것은 한 희생양이 스스로를 희생하며 미소를 지어 보일 수 있도록 만들기 위해서였다.

사실상 더 이상 부부생활이라고 볼 수 없는, 남매애로 결속된 이 새로운 생활은 단 한 가지 전제 조건으로 성립된 것이었다. 그것은 **여동생**의 완전한 자기 부정이었다. 나는 다시 자유로워졌고 내 몸의 세포들이 요구하는 자극적인 충동을 찾아다니며, 또 다른 여인들과 함께 나의 정열을 불태울 수 있었다. 나는 집을 떠나 지낼 수 있었고, 돌아와서는 나를 기다리고 있는 **여동생**, 그리고 그녀의 정성 어린 손길이 내 방을 정돈하며 남긴 또렷한 흔적과 책상 위의 화병에 그녀가 손수 꽂아놓은 장미꽃을 발견할 수 있었다. 마치 카리테스*의 집이라도 되는 것처럼 나는 도처에서 질서정연함과 우아함과 청결함을 발견할 수 있었다. 아! 이것이 내가 처한 상황이었다. 시기를 불러일으킬 만하지 않았는가? 게다가 나를 위해 기꺼이 자신의 젊음을 희생하고, 내가 그 부드럽고 위엄 있는 이마에 입을 맞추는 것만으로도 거의 신앙심과도 같은 감사의 마음으로 만족할 줄 알던 이 여인이야말로 측량할 수 없을 만큼 귀한 존재가 아니었던가?

그런 그녀를 향한 나의 감사의 마음은 때로 이루 말할 수 없이 뜨거워졌고 애정 어린 배려와 섬세함으로 무한히 확산되곤 했다. 나는 그녀에게 최고의 오라버니가 되는 방법을 알고 있었다. 집을 떠나 있는 동안 나는 줄리아나에게 우수에 젖은 정감 어린 편지를 길게 썼고 종종 정부에게 보내는 편지와 함께 발송하곤 했다. 내 연인이 이걸 두고 시기할 수는 없는 노릇이었다. 그건 내가 나의 여동생 코스탄자를 그리워하며 아끼는 것을 시기할 수 없는 것과 마찬가지였다.

그러나 내가 완전히 넋을 놓고 있었던 것은 아니다. 비록 내가 나만의 특이한 삶에 몰두하고 있었다 해도 간간이 머릿속에 떠오르던 의문들까지 간과하지는 않았다. 줄리아나가 그 경이로운 희생의 힘에 끊임없이 집착한다는 것은 곧 그녀가 나를 극진히 사랑한다는 것을 의미했다. 나를 사랑하면서도 나의 동생으로밖에 존재할 수 없다는 사실 때문에 그녀는 죽음과도 같은 고통을 가슴속에 묻어둔 채 살아가야 했을

---

* Charites: 그리스 신화에서 쾌락과 매력, 우아함과 아름다움을 관장하는 세 여신을 말한다. 호메로스의 시에서는 아프로디테의 목욕과 화장을 준비하는 시녀로 등장한다.

것이다──어쨌든 그토록 가슴 아프게 미소 짓는 피조물을, 그토록 대담하면서도 소박한 피조물을 조금도 주저하지 않고 무의미하고 혼탁한 연애 행각의 제물로 바치는 이 남자는 하나의 광인이라고 해야 하지 않을까?──나는 기억한다(당시의 나의 퇴폐 행각은 나 자신이 부끄럽게 느껴질 정도였다). 나 스스로 위안을 삼기 위해 펼치던 논리 중에 가장 무시무시했던 것은 이것이다. 〈도덕적인 위대함이란 딛고 일어선 고통의 강도에 달려 있는 법, 그녀가 영웅이 될 수 있으려면 내가 그녀에게 준 고통을 견뎌내야 할 필요가 있다.〉

그러나 어느 날 나는 깨달았다. 그녀가 건강상으로도 고통받고 있다는 것을. 나는 그녀의 창백한 얼굴이 더욱 침울해지고 때로는 온통 시퍼런 그림자로 가려진다는 것을 알아차렸다. 한두 번이 아니었다. 그녀가 고통을 억누르며 얼굴을 찌푸리는 모습을 나는 목격할 수 있었다. 몇 번이고 내가 보는 앞에서 그녀는 갑작스러운 열병에 시달리듯 오한에 이를 부딪치며 한없이 몸을 떨곤 했다. 어느 날 저녁, 멀리 떨어진 그녀의 방에서 찢어지는 듯한 비명 소리가 들려왔다. 나는 곧장 달려갔다. 그리고 방 안에 서 있는 그녀를 발견했다. 옷장에 몸을 기댄 채 그녀는 마치 독이라도 삼킨 듯이 경련을 일으키며 온몸을 비틀고 있었다. 그리고 내 손을 붙잡고 으깰 듯이 꼭 움켜쥐었다.

"툴리오, 툴리오, 너무 무서워요! 아, 무서워요!"

그녀가 나를 바라보았다. 내 눈을 뚫어져라 쳐다보는 그녀의 긴장된 눈은 어둑어둑한 방 안에서 유난히도 커 보였다. 그 커다란 눈동자 속에서 미지의 고통이 파도처럼 밀려오는 것을 나는 지켜보았다. 그녀의 집요하고 참아내기 힘든 시선은 순간적으로 내게 광적인 공포를 불러일으켰다. 해가 저물고 있었다. 창문은 활짝 열려 있고 커튼이 바람

"아니, 아니야, 당신 날 속이려는 거지." 나는 울컥 쏟아내고 말았다.

"지금 거짓말하고 있는 거지. 제발, 줄리아나. 내 사랑, 얘기해봐. 어서. 말 좀 해봐! 얘기해봐, 도대체 무슨…… 말을 해, 제발…… 도대체 뭘…… **마신 거야?**"

겁에 질린 눈으로 나는 가구 위와 카펫 위부터 시작해서 방 안을 샅샅이 훑어보았다. 흔적을 찾기 위해서였다.

그러자 그녀도 이해한 듯 다시 내 가슴속에 몸을 파묻었다. 온몸을 떨면서, 내 몸이 함께 떨리도록 만들면서, 그녀는 내 어깨에 입술을 대고 말했다(말로는 표현할 수 없는 그 목소리를 나는 절대로, 절대로 잊을 수 없을 것이다).

"아니, 아니, 아니요, 툴리오. 아니에요."

우리의 내면은 어지러울 정도로 빠르게 달리고 있었다. 아! 그 심장의 가속과 견줄 만한 것이 우주 어디에 존재한단 말인가? 우리는 그 자세로 방 한가운데에 말없이 서 있었다. 끝이 보이지 않는 광활한 사유와 감성의 세계가 내 안에서 요동치기 시작했다. 그리고 그것은 소름이 끼칠 정도로 명료하게 다가왔다. 〈만약에 사실이라면?〉 한 목소리가 내게 묻고 있었다. 〈만약에 사실이었다면?〉

멈추지 않는 경련이 내 가슴에 기대어 여전히 얼굴을 가리고 있는 줄리아나를 흔들어대고 있었다. 나는 알고 있었다. 그 약한 몸으로 그토록 힘들게 고통을 견뎌내고 있었음에도 불구하고 그녀가 나의 근심과 의혹 외에는 아무것도 생각하지 않았다는 것을, 광기에 가까운 나의 두려움 외에는 아무것도 생각하지 않았다는 것을.

한 가지 의문이 떠올라 입안에서 맴돌기 시작했다. 〈**유혹**을 느낀 적

에 펄럭이고 있었다. 초 하나가 테이블 위에서 반대편 거울을 향
오르고 있었다. 퍼덕이던 커튼과 창백한 거울이 반사하던 촛불의
적인 요동이 왠지 모르게 공포심을 부추기며 일종의 불길한 징
비쳤다. 독약을 마셨을지도 모른다는 생각이 다시 스쳐 지나갔
순간 그녀는 참지 못하고 다시 괴성을 지르고 말았다. 강렬한
이성을 잃은 듯 그녀는 내 품 안으로 몸을 던지면서 쓰러졌다.

"오 툴리오, 툴리오, 도와줘요, 도와줘요!"

두려움에 온몸이 얼어붙은 나는 거의 일 분 동안 아무 말
못하고 팔조차 움직일 수 없는 상태로 머물러 있었다.

"뭘 한 거야? 무슨 짓을 한 거야? 줄리아나! 말해봐, 말
봐…… 뭘 어떻게 한 거야?"

내 목소리가 심각하게 급변하는 것을 듣고 놀랐는지 그녀
뒤로 물러서며 나를 바라보았다. 내 얼굴이 그녀의 얼굴보다 더
고 놀란 기색을 하고 있었음에 틀림없었다. 그녀가 황급하게 정
사람처럼 내게 말했다.

"아니에요, 아니에요. 툴리오, 놀랄 것 없어요. 아무것도 아
보세요…… 평소와 다를 바 없는 통증일 뿐이에요…… 알잖아
이 지나면 나아지는 흔한 증세라는 거…… 진정해요."

무서운 의혹에 사로잡힌 나는 그녀의 말을 믿을 수 없었
변의 모든 정황이 곧 비극적인 일이 벌어지리라는 것을 예시
같았고 내면의 목소리를 통해 내게 경고하는 것만 같았다. 〈너
야. 너를 위해 죽기로 작정한 거야. 바로 너야. 네가 그녀를 죽음
간 거야.〉 나는 그녀의 손을 붙잡았다. 손은 차갑게 식어 있었
이마에는 땀방울이 흘러내리고 있었다……

무

은 있어?〉 그리고 또 다른 질문이 떠올랐다. 〈당신이 그 **유혹**에 넘어가는 일이 일어날 수 있을까?〉 나는 아무런 질문도 입 밖으로 내뱉지 않았다. 그런데도 왠지 줄리아나는 전부 이해하고 있는 것만 같았다. 우리는 이미 둘 다 죽음의 이미지에 사로잡혀 있었고 일종의 비극적 희열에 빠져 있었다. 비극을 탄생시켰던 오해를 까맣게 잊고 현실에 대한 의식마저도 포기한 채. 어느 순간엔가 그녀가 훌쩍이기 시작했다. 그녀의 눈물이 내 눈물을 자아내고 서로의 눈물이 하나가 되었건만, 아아, 그토록 뜨거웠던 눈물도 우리의 운명을 바꾸어놓지는 못했다.

나는 뒤늦게야 그 사실을 알았다. 이미 몇 달 전부터 자궁과 난소 부위에 들어선 난치병이 그녀를 괴롭히고 있었다. 은밀하게 여자의 모든 생체 기능을 천천히 마비시켜버리는 무서운 병이었다. 내가 상담을 요청했던 의사는 내게 상당한 기간 동안 환자와의 어떤 종류의 접촉도, 가볍게 쓰다듬는 것조차도 삼가야 한다고 당부했다. 그는 또 한 번의 임신은 그녀에게 치명적일 수도 있다고 내게 선언했다.

이 일은 내 마음을 아프게 하면서도 동시에 나의 두 가지 고민거리를 가볍게 해결해주었다. 이 일은 줄리아나가 시들어가는 것이 내 잘못은 아니라는 쪽으로 나를 설득시켰고, 또 어머니에게 우리가 각방을 쓰게 된 것과 나의 가정생활에 일어난 여러 가지 변화를 용이하게 정당화할 수 있는 빌미를 마련해주었다. 때마침 어머니가 시골에서 로마로 올라올 예정이었다. 아버지가 돌아가신 후로 어머니는 대부분의 시간을 남동생인 페데리코와 시골에서 보내고 있었다.

어머니는 어린 며느리를 말할 수 없이 예뻐했다. 어머니에게 줄리아나는 정말 아들을 위해 **꿈꿔왔던** 배필이자 이상적인 신부였다. 어머니는 세상에서 줄리아나보다 더 아름답고 더 부드럽고 고귀한 여인을 알지 못했다. 내가 다른 여자들을 탐낼 수 있다든지 다른 여인의 품에 안겨 그 가슴 위에서 잠들 수 있다든지 하는 일들을 상상조차 하지 못했다. 한 남자에게 20년 동안이나 항상 변치 않는 헌신과 **죽을 때까지** 변하지 않는 마음으로 사랑받은 어머니는 피로나 혐오나 불신이 무엇인지 몰랐고 침실이 비밀스럽게 간직하고 있는 온갖 추행과 저속한 이야기들조차 대수롭지 않게 생각했다. 내가 그 사랑스럽고 무고한 영혼에게 이제껏 가해왔고 또 가하고 있던 고문에 대해서 어머니는 아무것도 모르고 있었다. 줄리아나의 고결한 위장술에 속기 일쑤였던 어머니는 여전히 우리들이 행복한 것으로 믿고 있었다. 어머니가 사실을 알게 된다는 건 생각조차 하고 싶지 않은 일이었다.

나는 그 시기에 여전히 테레사 라포의 손아귀에서 놀아나고 있었다. 메니포*의 정부를 상상케 하는 그 포악하고 사악한 여인의 손아귀에서 벗어나지 못하고 있었다. 기억하는가? 몽상적인 서사시를 통해 아폴로니오스가 메니포에게 한 말을 기억하는가? 〈**오 아름다운 청년이여, 뱀을 쓰다듬어보아라, 그러면 뱀이 너를 쓰다듬을 것이다.**〉

다행히도 테레사의 이모 한 분이 돌아가시면서 테레사가 로마를 얼마간 떠나 있을 수밖에 없는 상황이 발생했다. 덕분에 나는 〈절세의 금발〉이 떠나면서 남겨놓은 공백 기간을 이례적인 끈기와 집요함을 가지고 아내에게 할애할 수 있었다. 그러나 그날 밤에 일어난 일의 혼란스러움이

---

* 필로스트라투스Philostratus가 남긴, 1세기 그리스 철학자 아폴로니오스Apollonios 의 전기에 나오는 인물이다. 젊고 유능한 청년 메니포는 한 여인과 사랑에 빠지게 되는데, 그 여인은 사람으로 둔갑한 흡혈귀였다. 그 사실을 모른 채 메니포는 그 여인과 결혼을 약속하게 되고, 혼인 잔치에 초대받은 아폴로니오스가 이를 알아차리고 청년에게 비유를 통해 경고하는데, 본문의 굵게 강조한 문장이 바로 그 내용이다. 단눈치오는 프랑스어로 인용하고 있다. 〈O beau jeune homme, tu caresses un serpent; un serpent te caresse!〉

내 안에서 아직 완전히 사라진 건 아니었다. 며칠 전부터 뭔가 새롭고 불분명한 것이 나와 줄리아나 사이를 파도치듯 오가고 있었다.

그녀의 육체적 고통이 더욱 심해지면서, 쉽지는 않았지만, 어머니와 나는 그녀가 필요한 수술을 받아야 한다고 설득하는 데 성공했다. 수술 후에는 30, 40일 동안 침대에서 절대적인 안정을 취해야 했고 요양에 신중을 기울여야만 했다. 줄리아나는 가엽게도 일찍부터 신경이 극도로 쇠약해져 있었다. 오랫동안의 까다로운 요양에 지쳐버렸고, 결국에는 몇 번씩 침대에서 떨어지는 시도를 하기에 이르고 말았다. 그것은 일종의 거부였고 그녀를 유린하고 모욕하고 비하했던 그 잔인한 고문에서 벗어나려는 탈출 시도였다.

"말해봐요." 하루는 그녀가 씁쓸한 어조로 내게 물었다.

"내가 너무 흉해 보이지 않아요? 아…… 어쩌면 이런 끔찍한 일이!"

그녀는 스스로를 경멸하는 듯한 몸짓을 해보였다. 그리고 눈을 찌푸리고는 침묵 속으로 빠져들었다.

또 하루는, 내가 그녀의 방으로 들어서는 순간 퀴퀴한 냄새가 코를 찔렀고, 그녀가 그것을 알아차리고 말았다. 그녀는 얼굴이 창백해지면서 정신 나간 사람처럼 외치기 시작했다.

"나가요, 나가요, 툴리오. 제발요! 떠나요. 내가 다 나으면 돌아와요. 여기 남아 있으면 당신은 날 미워하게 될 거예요. 이렇게는 너무 혐오스러워요. 난 혐오스러운 존재예요…… 날 쳐다보지 마요."

훌쩍이며 내뱉는 말들이 그녀의 숨통을 죄어왔다. 그리고 바로 그날, 몇 시간이 흐른 뒤 그녀가 잠들려 한다고 믿고 내가 입을 꼭 다물고 있는 동안 그녀는 마치 꿈속에서처럼 이상한 말투로 내게 이런 알쏭달

쏳한 말을 던졌다.

"아아…… 내가 정말 그 말을 따랐더라면! 좋은 생각이었는데……"

"무슨 말이야, 줄리아나?"

그녀는 대답하지 않았다.

"무슨 생각을 하는 거야, 줄리아나?

아무런 대답이 없었다. 약간의 미소를 지어 보이는 듯했다. 마치 입술의 움직임만으로 무언가를 말하려는 듯이. 하지만 결국에는 그것도 하나의 시도에 불과했다.

이해할 수 있을 것 같았다. 하지만 동정심과 애정과 회한의 파도가 휘몰아치며 나를 혼란스럽게 공격해왔다. 만약 그 순간에 그녀가 내 마음을 읽게 만들 수만 있었다면, 형언할 수 없고 토로할 수 없고, 때문에 무의미할 수밖에 없는 나의 동요된 감정을 그녀가 완전히 이해하게 만들 수만 있었다면, 나는 모든 것을 내주었을 것이다. 〈나를 용서해줘, 나를 용서해줘. 당신이 나를 용서하려면 내가 뭘 해야 하는지 말해줘. 당신이 나쁜 일들을 전부 잊으려면 내가 뭘 해야 하는지…… 난 당신에게 돌아올 거야. 다른 사람이 아닌 당신만의 사람으로 돌아올 거야. 영원히. 내가 인생에서 진정으로 사랑한 사람은 당신밖에 없어. 내가 사랑하는 건 당신뿐이야. 내 영혼은 항상 당신을 바라보고 당신을 찾고 한탄하면서 그리워하지. 당신에게 맹세해, 난 당신 곁을 떠나서 한 번도 진정한 기쁨을 느껴본 적이 없어. 당신을 완전히 망각했던 순간은 한 순간도 없어. 맹세해. 이 세상에서 선하고 아름다운 사람은 당신밖에 없어. 당신이야말로 내가 꿈꾸어왔던 사람 중에 가장 선하고 가장 아름다운 사람이야. 당신만이. 그런 당신을 모욕하고 고통받게 하고 죽기만을 소원하는 사람처럼 만들어버리다니! 아, 당신은 나를 용서하겠지만 나는 나를 용서할 수 없을 거야. 당신은 잊겠지만 나는 잊을 수 없어. 난 영원히 떳떳하지 못할 거야. 내 인생 전부를 바쳐서 헌신한다고 해도 당신에게 진 빚을 다 갚았다고는 느낄 수 없을 거야. 지금 이 순간부터 당신은 내 연인이면서, 한때 그랬던 것처럼, 내 친구이자 동생, 내 방패이자 내 조언자야. 한때 그랬던 것처럼. 당신한테 무슨 이야기든 할 거야. 모든 걸 다 털어놓을 거야. 당신은 내 영혼! 곧 건강해질 거야. 내가, 내가 당신을 낫게 해줄 거야. 당신을 치료하기 위해 정성을 쏟는 일이라면 내가 무슨 짓이라도 할 수 있다는 걸 보여주겠어. 아, 당신은 알잖아. 생각해봐! 기억을 되살려봐! 옛날, 당신이 아팠던 그때에도 간호해달라고 당신이 찾았던 사람은 나뿐이었잖아. 낮에도 밤에도 나는 당신 머리맡에서 꼼짝도 하지 않았어. 당신이 말했지. '줄리아나는 **언제나 기억할 거예요. 언제나**'. 당신 눈은 눈물로 가득했어. 난 떨면서 당신 눈물을 마셨고, 그리고 말했지. '나의 천사! 나의 천사!' 기억해줘! 그리고 당신이 자리에서 일어나 요양을 시작하면 저기 아래, 빌라릴라로 같이 돌아가는 거야. 당신한테 아직은 조금은 힘들겠지만 기분은 훨씬 더 좋아질 거야. 나도 옛날처럼 기쁨을 되찾을 수 있겠지. 그래서 당신이 미소 지을 수 있게, 웃을 수 있게 해줄 거야. 내 가슴을 벅차게 만들던 당신의 그 아름다운 미소를 되찾게 해줄 거야. 소녀처럼 매혹적인 당신 모습도 다시 되찾을 거고, 내가 좋아하던 식으로 다시 머리를 땋아서 어깨 밑으로 늘어뜨리고 다닐 수 있을 거야. 우린 아직 젊어. 우린 다시 행복해질 수 있어. 당신이 원하기만 한다면. 같이 살 수 있어. 살면서……〉 나는 이렇게 말하고 있었다. 하지만 내 입 밖으로는 결코 새어 나오지 않았다. 비록 내 감정이 동요된 상태였고 내 눈이 눈물로 젖어 있었다 하더라도, 나는 그 감동이 일시적인 것일 뿐이며 내 다짐이 헛될 뿐이라는 것을 잘 알고 있었다. 그리고 나는 알고 있었다. 줄리아나가 착각 속에 빠지지 않으리라는 것도, 벌써 여러 번 그녀의 입가에 떠올랐던 그 엷은 낙담의 미소로만 대답하리라는 것도, 그리고 그 미소가 무엇을 의미하는지도. 〈그래요, 당신이 좋은 사람이라는 거 나도 알아요. 내게 고통을 주고 싶어 하지 않는다는 것도 알고 있어요. 하지만 당신은 스스로를 다스릴 줄 몰라요. 운명을 거스르는 유혹을 뿌리칠 줄 모르는 거죠. 당신을 엉망진창으로 만드는데도 아랑곳하지 않잖아요. 왜 내가 착각하기를 바라는 거죠?〉

그날 나는 입을 열지 않았다. 그리고 그날 이후로도 몇 번씩이나 회개와 다짐과 허황된 꿈으로 점철된 혼란스러운 번뇌 속으로 빠져들면서도, 나는 감히 입을 열지 못했다. 〈그녀에게 돌아가기 위해 넌 네가 즐기는 것들, 너를 타락시키는 여자들을 포기해야만 해. 감당할 수 있어?〉 나는 스스로에게 답변하곤 했다. 〈그걸 누가 알아?〉 그리고 나는 다가오지 않는 결단의 순간을 기다리며 하루하루를 보냈다. 나의 결단을 부추길 만한 어떤 사건이, 결단을 내릴 수밖에 없는 상황으로 몰고 갈 만한 어떤 사건이(그것이 무슨 사건인지는 알 수 없었다) 터지기만을 기다리며 하루하루를 보냈다. 나는 야릇하고 새로운 감정을 느끼면서, 다시 천천히 피어나는 우리의 당당한 사랑과 새로운 삶을 상상하고 꿈꾸면서 망설이고 있었다. 〈어쨌든 우리는 빌라릴라로 내려갈 거야. 우리가 가장 아름다운 추억들을 간직하고 있는 그 집으로 단둘이서. 마리아와 나탈리아는 어머니와 함께 바디올라에 두고 떠나면 돼. 온화한 계절이 돌아오면 우리가 걸었던 그 오솔길을 다시 걸으면서 걸음마다 옛 기억을 하나씩 떠올릴 수 있겠지. 힘없는 그녀는 줄곧 내 팔에 의지할 거야. 가끔은 그 창백한 얼굴에서 불현듯 화색이 도는 것도 볼 수 있겠지. 그러면 우린 조금은 부끄러워하면서도 서로의 얼굴을 바라볼 수 있을 거야. 때로는 둘 다 생각에 잠긴 듯 보일 수도 있겠지. 가끔은 서로를 바라보는 것조차도 피하게 될지 몰라. 왜? 그러니까 언젠가는, 장소가 풍기는 매력에 한층 고조되어 흥분된 상태로 입을 열게 될 거야. 난 우리가 처음에 나누었던 광적인 사랑의 순간들에 대해 호소하듯 이야기하겠지. '기억나지? 기억나지? 기억나지?' 그러면 우리는 둘 다 내면 깊은 곳에서 우리의 감정이 서서히 그리고 더욱 심하게 요동치는 것을, 그래서 견딜 수 없을 정도로 변화하는 것을 느낄 수 있을 거야. 결국 우리는 정신없이 서로를 껴안고 입을 맞추면서 현기증을 느끼게 되겠지. 그녀는, 그래, 그녀는 현기증을 느낄 거야. 그러면 나는 지고한 사랑의 이름으로 그녀를 부르며 부둥켜안을 거야. 그런 뒤에 그녀는 다시 눈을 뜨고 그녀의 시선을 가리고 있던 모든 베일을 들어 올리고 스스로의 영혼을 나를 향해 고정시키겠지. 그녀는 내게 정화된 모습으로 나타날 거야. 그렇게 해서 우리는 한때의 열정으로 다시 하나가 되어 위대한 환영의 세계로 되돌아갈 수 있을 거야. 우리는 둘 다 단 한 가지 생각에만 집요하게 매달리게 되겠지. 고백할 수 없는 갈증 때문에 흥분을 가라앉힐 수 없을 거야. 그래서 내가 떨리는 가운데 묻는다면, **'당신 다 나은 거야?'**, 그녀는 내 음성을 통해 질문 속에 숨어 있는 또 다른 질문의 의미를 이해할 수 있을 거야. 두려움을 감추지 못한 채 내게 대답하겠지. **'아직요!'** 그리고 저녁이 되어 각자의 방으로 돌아가야 할 때가 다가오면 우리는 안타까워 죽을 것만 같은 심경에 이르게 될 거야. 하지만 아침이 돌아오면 언젠가는 예기치 못했던 시선으로 나를 바라보며 눈으로 말하겠지. **'오늘은, 오늘은.'** 그리고 그녀는 그 두렵고 신성한 순간을 피하고 싶은 나머지 어린아이처럼 변명을 하며 내게서 빠져나갈 거야. 그런 식으로 서로에게 고문의 시간을 연장하면서 이렇게 말하겠지. '우리 나가요, 나가요……' 그럼, 나가야겠지. 온통 하얗고 조금은 지치고 숨 막히게 하는 어느 흐린 날 오후에…… 아마 걷는 것도 힘이 들겠지. 머지않아 우리의 손 위로, 얼굴 위로 눈물처럼 미지근한 빗방울이 떨어지기 시작하면 난 조금은 다른 어조로 말할 거야. '돌아가자.' 그리고 문턱에 서서, 불현듯 그녀를 내 품에 끌어안을 거야. 그녀는 마치 쓰러지듯이 온몸을 내게 맡기겠지. 그녀를 안고 계단을 올라가면서도 나는 아무런 무게도 느끼지 못할 거야. '그렇게 오랜 세월을! 그토록 오랫동안!' 나의 충동적인 본능에 제동을 거는 것은, 그녀를 다치게 하지는 않을까, 그래서 고통을 참지 못하고 고함을 지르게 만들지는 않을까 하는 우려뿐이야. '그토록 오랫동안!' 우리는 겪어본 적도 없고 상상해본 적도 없는, 두렵고도 신성한 느낌의 충격으로 인해 무너질 거야. 그러고 나면, 온통 눈물로 뒤범벅된 채 하얀 베개처럼 창백해진 얼굴을 하고 있는 그녀는 거의 죽어가는 것처럼 보이겠지……〉

아! 내게는 그녀가 죽어가는 것처럼 보였다. 그날 아침, 의사들이 마취제를 놓고 그녀를 잠재우려 하는 동안 무감각한 죽음의 세계로 깊이 빠져드는 것을 느꼈는지 그녀는 몇 번이고 안간힘을 쓰며 나를 향해 팔을 뻗고 내 이름을 불러보려 했다. 나는 어쩔 줄 모르고 그만 방을 나와버렸다. 테이블 위에 수술 도구들, 수저처럼 생긴 날카로운 도구들과 거즈, 면 솜, 얼음과 그 밖에도 다른 기구들이 준비되어 있는 것이 눈에 들어왔다. 끝날 기미가 보이지 않던 기나긴 두 시간이었다. 나는 과도한 상상으로 애간장을 태우며 기다렸다. 그녀를 향한 동정심이 남자인 나의 내장을 뒤틀리게 만들었다. 수술 도구들이 유린하고 있던 것은 그 가련한 살덩어리뿐만 아니라 영혼의 내면 깊은 곳에 숨어 있는 감정, 한 여인이 간직할 수 있는 가장 민감한 부분이었다. 나의 동정은 그녀뿐만 아니라 다른 여인들을 향한 것이기도 했다. 사랑의 이상을 향한 불분명한 갈망으로 애를 태우는 여인들, 남성의 욕망이 온몸을 휘감듯이 현혹하는 꿈의 환상에 빠져 초조하게 성장을 갈망할 뿐인 이 여인들은 얼마나 허약하고 불결하고 또 얼마나 불완전한 존재인가. 폐지될 수 없는 자연의 섭리로 인해 동물의 암컷들과 다를 바 없이 취급되는 이 여인들에게 자연은 번식의 권리를 선사하고는 자궁을 옥죄고 끔찍한 병으로 괴롭히고 온갖 종류의 변질에 노출시킨 채 방치해버린다. 나는 소름이 돋을 만큼 맑은 정신으로 온몸이 섬뜩해지는 것을 느끼며 그녀에게서, 그리고 또 다른 여인들에게서 원형의 상처를 발견했다. 언제나 벌어져 있어서 〈피 흘리며 썩어가는〉 그 불결한 상처를……

내가 줄리아나의 방으로 돌아왔을 때 그녀는 아직 마취에서 깨어나지 못한 무감각한 상태였다. 아무런 말도 의식도 없이 여전히 죽어가고 있는 사람처럼 보였고 어머니도 창백한 얼굴로 몸을 움츠리고 있었다. 수술은 성공적으로 끝난 듯했고 의사들도 만족해하는 듯이 보였다. 소독약 냄새가 방 안에 가득했고, 한쪽에서는 영국인 수녀가 얼음주머니를 채우고 간호사는 붕대를 감고 있었다. 모든 것이 천천히 고요함을 되찾으며 정상으로 돌아오고 있었다.

환자의 나른한 상태는 오랫동안 지속되었다. 열은 많이 내린 듯했지만 밤이 찾아오면서 그녀는 위경련과 계속되는 구토에 시달려야만 했다. 아편 정기도 그녀를 진정시키지 못했다. 그 냉혹한 고문 광경을 바라보며 나는 그녀가 곧 죽을 거라는 확신이 들어 정신 나간 사람처럼 행동했다. 내가 무슨 말을 했는지 무슨 짓을 했는지 기억나지 않는다. 나는 그녀와 함께 죽어가고 있었다.

다음 날 환자의 상태가 호전되는 기미를 보였고 하루하루가 지나면서 조금씩 더 나아지는 추세를 보였다. 서서히 그녀는 원기를 회복해갔다.

나는 끈질기게 침상을 지켰다. 오래전에 내가 간호사 역할을 해주었다는 사실을 상기시키려고 나는 집요하게 보란 듯이 행동으로 옮겼다. 하지만 내가 느끼는 감정은 그때와는 달랐다. 그것은 결국 **남매애**에 지나지 않았다. 아끼는 책의 일부를 그녀에게 읽어주는 동안에도 빈번히 나는 멀리 있는 정부에게서 날아온 편지의 몇몇 문장 때문에 망설이곤 했다. 곁에 없어도 있는 것과 마찬가지였다. 하지만 편지에 답장을 할 때면, 비록 영문을 모르고 펜을 멈춘 상태에서 바라본 먼 곳에서부터 강렬한 열정이 느껴졌음에도 불구하고, 나는 조금 의욕을 잃기도 했고 답장을 쓰는 것이 귀찮게 여겨지기까지 했다. 나는 그것을 무관심의 징조라고 믿었다. 그러고는 속으로 되뇌었다. 〈그걸 누가 알아?〉

하루는, 다 같이 있는 동안 어머니가 줄리아나에게 말했다.

"네가 일어나게 되면, 그래서 움직일 수 있을 때, 우리 모두 함께 바디올라에 갈 거란다. 그렇지 않니, 툴리오?"

줄리아나가 나를 바라보았다.

"그럼요, 어머니." 나는 주저하지도 고민하지도 않고 대답했다.

"아니, 저와 줄리아나는 빌라릴라로 갈 겁니다."

그녀는 나를 다시 바라보았다. 그리고 미소를 지어 보였다. 예기치 않은 미소였고 형언할 수 없는, 천진난만한 믿음의 표현에 가까운 미소였다. 그리고 조금은, 마치 병상에 누운 아이가 깜짝 놀랄 만한 선물을 약속받았을 때 지어 보일 만한 미소처럼 느껴졌다. 그녀는 눈꺼풀을 아래로 내리고는 계속해서 반쯤 감은 눈으로 멀리, 아주 멀리에 있는 무언가를 바라보며 미소를 지어 보였다. 그녀의 미소는 곧이어 누그러지기 시작했다. 완전히 사라지지 않고 누그러지기만 할 뿐이었다.

내 마음에 얼마나 꼭 들었던지! 그 순간의 그녀가 얼마나 사랑스러웠는지 모른다. 이 세상에서 한 선량한 존재가 전해주는 소박한 감동과 견줄 만한 것은 아무것도 없다는 것을 얼마나 절실하게 느꼈는지 모른다.

그 가여운 존재에게서 뿜어져 나오던 무한한 선량함이 나의 온몸에 스며들며 가슴을 가득 채우기 시작했다. 그녀는 침대에서 두세 개의 베개를 베고 천장을 바라보며 누워 있었다. 느슨하게 풀어놓은 풍성한 갈색 머리카락이 그녀의 얼굴을 이루 말할 수 없이 섬세하게 만들고 있었다. 가히 영혼의 현현(顯現)에 비교할 만한 장면이었다. 그녀는 목과 손목을 모두 덮은 실내복을 입고 있었다. 손등을 위로 한 채 침대보 위에 올려놓은 두 손이 얼마나 희고 창백했는지 푸른 혈관이 아니었다면 흰 리넨 천과 구분하기도 힘들 정도였다.

나는 그녀의 손을 붙잡고 낮은 목소리로 말했다(어머니는 이미 방에서 나간 뒤였다).

"돌아가자, 어쨌든…… 빌라릴라로."

그녀가 대답했다.

"네."

그리고 우리는 아무 말도 하지 않았다. 감격의 시간을 연장시키기 위해서, 환상을 지속시키기 위해서였다. 낮은 목소리로 나눈 몇 마디 안 되는 그 말들에 내포된 깊은 의미를 우리는 둘 다 이해하고 있었다. 어떤 날카로운 본능이 우리에게 고집부리지 말고, 정하지 말고 거기서 더 이상 나아가지 말라고 경고하고 있었다. 우리가 다시 이야기를 시작했다면 우리들의 영혼이 숨 쉬고 있던 환영의 세계와는 공존할 수 없는 현실 세계와 맞서야만 했을 것이다. 환영 속에서 우리들의 영혼은 감미로운 몽환 상태로 천천히 빠져들고 있었다.

몽롱함은 꿈뿐만 아니라 망각을 용이하게 만들었다. 우리는 간간이 책을 읽으며, 같은 페이지 위에서 같이 고개를 숙이고 같은 글귀를 눈으로 좇으면서 둘이서만 오후 시간의 대부분을 보냈다. 우리는 가지고 있던 몇 권의 시집을 읽으면서 원래의 시 구절들이 내포하고 있지 않은 강렬한 의미들을 시들에 부여하곤 했다. 아무 말 없이, 우리는 그 품위 있는 시인의 입을 빌려 대화를 나누었다. 나는 미처 털어놓지 못한 내 감정에 부응하는 구절들을 손끝으로 표시하곤 했다.

나는 원하노라, 달콤한 불꽃을 닮은 예쁜 눈의 당신에 의해 인도
되기를
그대에게 이끌려, 오 내 손을 떨게 할 손이여,
꿋꿋이 가련다. 그것이 이끼 긴 오솔길이든
바위와 자갈이 널려 있는 길이든

그래, 난 꿋꿋하고 침착하게 삶을 살아가련다……*

시를 읽은 뒤에 그녀는 다시 몸을 베개 위에 살며시 기대고는 눈을

---

* 소설 속에서, 단눈치오는 베를렌의 시 「예지 Sagesse」의 프랑스어 원문을 그대로 인용하고 있다. Je veux, guidé par vous, beaux yeux aux flammes douces, / Par toi conduit, ô main où tremblera ma main,/ Marcher droit, que ce soit par des sentiers de mousses/ Ou que rocs et cailloux encombrent le chemin;// Oui, je vuex marcher droit et calme dans la Vie……

감으며 거의 감지하기 힘든 미소를 지어 보였다.

> 선한 그대, 미소인 그대
> 그대는 또한 충고가 아닌가
> 공명정대하고 충실한 충고가 아닌가……*

하지만 나는 그녀의 옷이 가슴 부위에서 숨소리의 운율을 따라 움직이는 것을 바라보고 있었다. 나는 나른한 욕망에 동요되기 시작했다. 그것은 침대보와 베개에서 풍기던 은근한 아이리스 향기와도 같았다. 나는 갈망하며 기다렸다. 기력이 갑작스레 소진되는 것을 느끼고는 놀란 나머지 그녀가 팔로 내 목을 감고 그녀의 뺨을 내 뺨 위로 가져오기를, 그래서 내 얼굴을 스쳐 지나가는 듯한 그녀의 입술을 살짝이나마 느껴볼 수 있기만을 나는 간절히 기대했다. 그녀는 가느다란 검지를 책 위에 올려놓고 독서의 감격적인 경지로 나를 인도하겠다는 듯이 손끝으로 책 여백을 가리켰다.

> 옛날엔 당신에게 익숙한 목소리였지 (정답기도 하던?)
> 하지만 이젠 베일에 가린 목소리요,
> 비탄에 젖은 과부처럼……
>
> 당신이 알아챈 이 목소리가 말하기를,
> 선은 우리의 삶.

---

* Toi, la bonté, toi le sourire,/ N'es tu pas le conseil aussi,/ Le bon conseil loyal et brave……

이 목소리는 또 말하오.

아무것도 바라지 않는 소박한 삶의 영광과

금혼식에 대해서, 그리고 승자 없는

평화의 애정 어린 행복에 대해서.

받아주오, 순박한 결혼 축가를 부르며

집착하는 이 목소리를,

아무렴, 한 영혼을 덜 슬프게 하는 것보다

영혼에게 더 좋은 건 없는 법이라오!*

나는 그녀의 손목을 붙잡았다. 그리고 천천히 머리를 숙여 입술을 그녀의 손바닥 한가운데로 가져갔다. 그리고 속삭였다.

"당신…… 잊을 수 있겠어?"

그녀는 내 입을 다물게 하고는 단호하게 말했다.

"아무 말도 하지 마요!"

어머니가 방으로 들어오면서 탈리체 부인의 방문 소식을 전했다. 하필이면 그 순간에! 줄리아나는 곧장 불쾌한 표정을 지었고 나도 그 눈치 없는 여인에 대해 말없이 울분에 휩싸였다. 줄리아나가 한숨을 내쉬며 말했다.

---

* La voix vous fut connue(et chère?)/ Mais à présent elle est voilée/ Comme une veuve désolée……// Elle dit, la voix reconnue,/ Que la bonté c'est notre vie……// Elle parle aussi de la glorie/ D'être simple sans plus attendre,/ Et de noces d'or et du tendre/ Bonheur d'une paix sans victoire.// Accueillez la voix qui persiste/ Dans son naïf épithalame./ Allez, rien n'est est meilleur à l'âme/ Que de faire une âme moins triste!

"오, 주여!"

"줄리아나는 쉬고 있는 중이라고 전하세요."

어머니에게 내가 거의 애원하다시피 말했다.

하지만 어머니는 내게 방문객이 바로 옆방에서 대기하고 있다고 했다. 부인을 영접해야만 하는 상황이었다.

탈리체 부인은 부담스럽기 짝이 없는 수다쟁이이자 독설가였다. 그녀는 무엇이 궁금했는지 나를 힐끔힐끔 쳐다보았다. 어머니가 대화 도중에 내가 아침부터 저녁까지 쉬지 않고 환자 곁을 지키며 간호한다는 이야기를 하자 탈리체 부인은 대놓고 비꼬는 어조로 나를 향해 감탄사를 내뱉었다.

"어쩜, 이렇게 완벽한 남편이 다 있었다니!"

화가 치밀어 오른 나는 하찮은 핑계를 둘러대고는 그곳에서 나와버렸다.

밖으로 나가면서 나는 계단에서 가정부와 함께 돌아오고 있던 마리아와 나탈리아를 만났다. 아이들은 여느 때와 마찬가지로 갖은 애교를 부리며 내게 달려들었다. 그리고 큰아이 마리아가 문지기에게서 전해 받은 편지 몇 통을 내게 건네주었다. 나는 부재중이던 정부의 편지를 곧장 알아볼 수 있었다. 나는 애교를 부리던 아이들 사이를 주저하지 않고 빠져나왔다. 길로 접어들어서 나는 편지를 읽기 위해 멈춰 섰다.

짧지만 열정적인 내용의 편지였고 두세 문장 정도는 기발하기 짝이 없었다. 나를 자극하기 위해 테레사만이 찾아낼 수 있는 표현들이었다. 그녀는 20일과 25일 사이에 피렌체에 와 있을 테니 그곳에서 〈지난번처럼〉 나를 만났으면 좋겠다고 알려왔다. 좀더 자세한 사항은 차후에 알려주겠노라고 했다.

최근에 경험했던 환영과 감동의 기억들이 순식간에, 마치 강한 돌풍에 휘말린 나무의 꽃잎들처럼 나의 영혼을 떠나 흩어지고 말았다. 떨어진 꽃잎을 나무가 더 이상 주워 담을 수 없는 것처럼 나 역시 내 영혼의 꽃잎들을 다시 주워 담을 수 없었다. 나와는 상관없는 이질적인 것으로 변해버렸기 때문이다. 정신을 가다듬어보려고 안간힘을 써봤지만 소용없는 일이었다. 나는 정처 없이 길을 돌아다니기 시작했다. 제과점에 들어가보기도 하고 책방에도 들어가보았다. 나는 기계적으로 과자와 책을 구입했다. 해가 저물어가고 가로등에 불이 켜지기 시작했다. 인도는 사람들로 꽉 차 있었고 마차에 앉은 두세 명의 부인들이 내 인사에 반응을 보였다. 아는 친구 한 명이 손에 장미 꽃다발을 든 애인과 함께 웃고 대화를 나누면서 빠른 걸음으로 지나갔다. 도시 생활의 유혹적인 분위기가 나를 감싸고 돌았다. 그것은 다시 나의 호기심과 탐욕과 시기심을 불러일으켰다. 몇 주 동안의 절제된 생활로 원기를 회복한 나는 갑작스럽게 피가 끓어오르는 것을 느꼈다. 몇몇 이미지들이 머릿속에 섬광처럼 떠올랐다. 정부가 보낸 편지 속의 말들이 나의 발목을 다시 붙잡기 시작했다. 나의 모든 욕망은 걷잡을 수 없이 그녀를 향해 달려갔다.

　　처음의 혼란스러움을 진정시키고 집의 계단을 오르는 동안 나는 내가 저지른 일과 일어난 일의 심각성을 깨달았다. 아내와의 관계를 재정립하고 내 언약에 의무를 부여한 것이 불과 몇 시간 전이었다. 그건 그녀와의 약속이나 마찬가지였다. 비록 침묵 속의 약속이었지만 그것은 아직 약하고 병들어 있는 한 여인 앞에서 외친 장엄한 선언이었다. 나는 비난받지 않고서는 결코 뒤로 물러설 수 없으리란 것을 깨달았다. 그리고 곧장 후회하기 시작했다. 왜 줄리아나가 주던 감동의 현혹적인 면을 불신하지 못했는지, 왜 무기력한 감상에 빠져 그토록 오랫동안 머뭇거렸는지 후회스러웠다. 나는 그날 내가 한 말들, 나의 행동들을 하나하나 되새겨보았다. 이미 서명해버린 계약서의 의무 조항에서 빠져나오려고 핑곗거리를 찾는 음흉한 상인의 차갑고 날카로운 눈으로 지난 일들을 돌이켜보았다. 아, 내가 남긴 마지막 말은 너무나 장엄했다. 〈당신…… 잊을 수 있겠어?〉 시를 함께 읽고 난 뒤에 그토록 장엄한 어조로 내뱉었으니, 결정적으로 나의 약속을 확인하는 것과 다를 바 없는 말이었다. 그리고 줄리아나의 〈아무 말도 하지 마요〉란 말은 하나의 봉인이었던 셈이다.

나는 생각했다. 〈하지만, 그녀가 이번에는 나의 개심을 정말 믿은 걸까? 나의 듣기 좋은 말과 보기 좋은 행동들을 두고 그녀는 언제나 조금씩 회의적이지 않았던가?〉 그녀가 벌써 몇 번씩이나 입가에 지어 보이던 그 가느다란 낙담의 미소가 다시 떠올랐다. 〈만일 그녀가 철석같이 믿어버린 것이 아니라면, 만에 하나라도 그녀의 환상이 오래가지 못하고 곧장 무너져버린 거라면, 비록 내가 꽁무니를 뺀다고 해도 그다지 심한 타격을 입히는 일은 아닐 것이다. 그녀에게 상처를 주는 것도 아니고 그녀를 지나치게 무시하는 일도 아닐 것이다. 이 일은 아무런 결과도 초래하지 않는 일화로 남을 것이다. 그리고 나는 처음처럼 자유로워지겠지. 빌라릴라는 그녀의 꿈속에 머물게 되고……〉 그리고 다시 나는 또 다른 미소를, 신뢰에 가득 찬, 빌라릴라의 이름을 듣는 순간 그녀의 입술에 그려졌던, 예기치 못했던 신선한 미소를 떠올렸다. 〈무엇을 해야 하나? 무슨 결정을 내려야 하나? 어떻게 자중하란 말인가?〉 테레사 라포의 편지는 나를 온통 태우고 있었다.

나는 줄리아나의 방에 들어서자마자 그녀가 나를 **기다리고** 있었다는 걸 알아차렸다. 반가워하는 눈치였다. 반짝이는 두 눈과 창백한 얼굴은 좀더 신선하고 활기가 있어 보였다.

"툴리오, 어디 갔었어요?"

그녀가 웃으면서 내게 물었다. 나는 대답했다.

"탈리체 부인 때문에 어쩔 수 없이 나갔던 거야."

그녀의 입가에 미소가 떠오르기 시작했다. 싱싱하고 해맑은 미소가 그녀를 변화시키고 있었다. 나는 책 몇 권과 사탕 상자를 그녀에게 내밀었다.

"저한테 주는 거예요?"

그녀는 군것질 좋아하는 여자아이처럼 소리를 지르며 기뻐했다. 서둘러서 상자를 여는 그녀의 여리고 우아한 손동작은 내 영혼 속에 옛 시절의 기억들을 불러일으켰다.

"저한테 주는 거예요?"

그녀는 봉봉* 하나를 집어 들고 입으로 가져가려는 듯한 자세를 취했다가 약간 주춤거린 뒤에 봉봉을 다시 집어넣고 상자를 한쪽으로 밀며 말했다.

"나중에, 나중에⋯⋯"

"그거 아니, 툴리오⋯⋯"

어머니가 내게 말을 건넸다.

"널 기다리느라고 아직 아무것도 먹지 못했단다."

"아, 아직 당신한테 얘기를 못했네요⋯⋯"

얼굴이 빨개진 줄리아나가 끼어들며 말을 이었다.

---

* 유아 용어로 단 과자나 사탕 등을 통틀어 부르는 말이다.

"당신이 밖에 나가 있는 동안 의사 선생님이 다녀가셨어요. 제가 많이 나았대요. 목요일이면 자리에서 일어날 수 있을 거예요. 툴리오, 알겠어요? 목요일이면 일어날 수 있어요……"

그리고 덧붙였다.

"열흘 정도면, 적어도 보름 정도면 기차도 탈 수 있을 거예요."

생각에 잠긴 그녀는 잠시 동안 침묵을 지키다가 약간 누그러진 목소리로 덧붙였다.

"빌라릴라!"

결국 그녀는 그것 말고는 다른 생각을 하지 않았고 다른 어떤 것도 꿈꾸지 않았다는 것을 나는 깨달았다. 그녀는 **굳게 믿어왔던 것이다. 그리고 믿고 있었다.** 나는 초조함을 감추기에 급급했다. 그녀를 위해 조촐한 점심 식사를 준비하면서도 지나칠 정도로 조심스럽게 행동했다. 나는 그녀의 무릎 위에 손수 쟁반을 올려놓았다.

나의 몸동작 하나하나를 주시하는, 마치 나를 쓰다듬는 듯한 그녀의 시선이 가슴을 아프게 만들었다. 〈아, 줄리아나가 나의 속마음을 알아차릴 수만 있다면!〉

갑자기 어머니가 맑은 목소리로 감탄사를 내뱉었다.

"줄리아나! 오늘 저녁에 얼마나 예쁜지 모르겠구나!"

정말 범상치 않은 생기가 그녀의 얼굴에 감돌고 있었다. 그녀의 눈을 가득 채우고 있던 신선한 기운이 그녀를 원래대로 생생하게 되돌려놓고 있었다. 어머니가 감탄스러워하며 내뱉은 말에 그녀의 얼굴이 벌게지고 말았다. 그녀의 볼 위에는 불그스레한 여운이 저녁 내내 남아 있었다.

"목요일이면 자리에서 일어날 거예요. 사흘만 있으면 목요일이에요. 더 이상은……"

그녀는 자신의 회복 상태와 우리의 다음 출발 일정에 대해 고집스럽게 이야기를 늘어놓았고 어머니에게는 빌라와 정원이 어떤 모습을 하고 있는지 묻기까지 했다.

"우리가 마지막으로 들렀을 때 연못 근처에 버드나무 한 그루를 심어놓았어요. 툴리오, 기억해요? 아직 그 자리에 있을지 모르겠어요……"

"그럼, 그럼."

환한 얼굴을 하고 어머니가 말했다.

"그 자리에 그대로 있단다. 많이 자랐단다. 이젠 어엿한 나무야. 페데리코한테 한번 물어보렴."

"정말요? 정말요? 말씀해주세요, 어머니……"

나무 한 그루가 자라났을 뿐인 그 하찮은 사실이 그 순간만큼은 그녀에게 하염없이 중요한 것만 같았다.

그녀의 말수가 늘어나기 시작했다. 나는 그녀가 그토록 깊은 환영에 빠져 있는 것을 보고 놀라지 않을 수 없었다. 그녀의 꿈이 그녀를 그렇게까지 바꾸어놓을 수 있다는 건 정말 놀라운 일이었다. 〈왜, 왜 이번에는 날 믿는 걸까? 왜 그런 식의 변화를 받아들이는 걸까? 누가 이런 비범한 믿음을 주는 걸까?〉 그리고, 머지않아 저지르게 될, 어쩌면 피할 수 없을 나의 파렴치한 행동을 생각하는 동안 내 온몸에 소름이 돋기 시작했다. 〈왜 피할 수 없단 말인가? 정녕 자유로워질 수 없단 말인가? **반드시, 반드시** 약속을 지켜야만 해. 어머니가 내 약속의 증인이야. 무슨 대가를 치르더라도 약속은 꼭 지켜야 해.〉 양심이 뒤흔들렸다고 하는 편이 옳을 것이다. 나는 가까스로 의혹의 소용돌이에서 탈출했다.

그리고 걷잡을 수 없는 충동에 이끌려 줄리아나 쪽으로 몸을 기울였다.

줄리아나는 여전히 사랑스러웠다. 예전처럼 젊고 밝고 활달한 모습이었다. 한때의 그녀의 모습이 떠올랐다. 집에 있는 동안 편안한 시간을 보내다가도 갑작스러운 충동에 휘말려 그녀를 번쩍 들어 안고 침대로 성급하게 뛰어갔던 적이 얼마나 많았는가?

"아니에요. 아니에요, 어머니. 이젠 됐어요."

와인을 따르는 어머니를 말리면서 그녀가 말했다.

"저도 모르는 사이에 너무 많이 마셨어요. 아! 이 샤블리! 기억나요 툴리오?"

내 눈동자를 바라보며 그녀가 말했다. 마치 그녀가 사랑하던 그 씁쓸한 금빛 와인의 우아한 향기가 우리들의 사랑의 기억을 떠올리게 만드는 듯했다.

"그럼 기억하지."

내가 대답했다.

눈썹을 가볍게 떨면서 눈을 감은 뒤에 그녀가 말했다.

"여기, 덥네요. 그렇죠? 귀가 뜨거워요."

그리고 양손으로 머리를 감싸 쥐었다. 열을 가늠하기 위해서였다. 침대 한쪽에서 흘러나오는 등불이 그녀의 긴 얼굴선을 환하게 비추고 있었다. 숱이 많은 고동색 머리카락 사이로 몇 가닥의 밝은 황금색 머리카락이 빛을 받아 반짝였고, 뒤쪽에 살짝 숨어 있는 조그맣고 얇은 귀에도 마치 불이 들어온 것만 같았다.

어느 시점에선가, 내가 테이블 위를 정리하고 있을 때(어머니는 밖에 나가 계셨고 가정부 역시 잠시 자리를 비우고 옆방에 가 있는 상태였다) 그녀가 나지막한 목소리로 나를 불렀다.

"툴리오."

그리고 나를 살며시 잡아당기면서 스쳐 지나가듯 한쪽 볼에 키스를 했다.

〈이제 이 키스로 내 육체와 영혼 모두를 그대로 다시 차지하려고 하는 걸까? 나를 거부하고 잔인하게까지 대했던 그녀의 이런 행동은 이제 그녀가 모든 것을 잊고 싶어 한다는 걸, 나와 새로운 삶을 살기 위해 벌써 모든 것을 잊었다는 것을 의미할까? 내 품 안에 다시 안길 수 있는 걸까? 좀더 우아하게, 더 큰 믿음을 가지고서?〉

여동생이 한 순간 연인으로 변하고 있었다. 여동생이 핏속에, 그녀의 가장 비밀스러운 혈관 속에 내 애무의 기억을 어김없이 보전하고 있었다. 그건 그녀의 기억 속에서 감각의 유기적인 조합이 이루어졌다는 걸 의미했다. 과거의 어떤 일을 생생하게 기억하곤 하는 여성들의 집요함을 그녀 역시 가지고 있었다. 혼자 남았을 때 나는 그 기억을 되살리며 먼 옛날과 함께했던 저녁 시간들을 끊임없이 떠올렸다. 〈6월의 황혼. 온 세상이 붉게 물들고 온갖 신비한 향기로 가득했던 시간. 외로운 자들에게는, 후회하거나 혹은 갈망하는 자들에게는 두렵기 짝이 없는 시간이었다. 나는 그녀의 방 안으로 들어갔다. 그녀는 무릎 위에 책을 한 권 올려놓고 창가에 앉아 있었다. 핏기 없는 창백한 얼굴은 금방 기절이라도 할 것 같은 모습이었다. '줄리아나! 뭐해?' 그녀는 소스라치게 놀라면서 몸을 일으켜 세웠었다. '아무것도 아니에요.' 그녀의 검디검은 눈동자가 숨이 막힐 듯한 강렬함을 뿜어내며 형언할 수 없는 변화를 일으키기 시작했다.〉 내가 모든 걸 포기했던 그 슬픈 날로부터 얼마나 많은 고통을 그런 식으로, 그 힘없는 몸으로 참고 견뎌내야만 했던 걸까? 내 생각은 최근에 있었던 작은 사건에 가서 머물렀다. 그리고 줄리아나가 보여주었던 예외적인 흥분 상태를 생각하며 그녀가 육체적으로 지나치게 민감했기 때문에 일어났던 몇몇 일들을 떠올렸다. 아마도 병이 그녀의 민감함을 증폭시키고 폭발 일보 직전으로 만들었을 거란 생각이 들었다. 그런데도 나는 사악한 마음을 품고 궁금해하며, 그 나약해진 환자의 육체가 내 유혹의 손길 아래에서 불타오르고 일그러지는 것을 보게 되리라고 생각했다. 그리고 그 관능적인 장면이 거의 근친상간에 가까운 느낌을 전해줄 거라고 상상했다. 나는 생각했다. 〈그녀가 죽는다면?〉 의사가 했던 몇 가지 이야기들이 야릇한 뉘앙스를 풍기며 떠올랐다. 아마도 감각이 있는 남자들이라면 모두들 가지고 있을 그 잔인함 때문이었을 것이다. 죽음의 위험은 나를 놀래기보다는 오히려 나의 흥미를 부추겼다. 망설이면서 나는 감정을 헤아리기 시작했다. 그리고 나의 모든 내면적인 욕망을 분석하면서 하나의 증거처럼 여겨졌던, 근본적으로 인간적이라고밖에 할 수 없는 사악함의 정체를, 역겨워하면서도 씁쓸한 마음으로 인정할 수밖에 없었다. 〈왜 남자는, 그가 쾌락을 얻어내는 존재에게 피해를 가한다는 사실을 의식할 때 훨씬 더 강렬한 쾌락을 느끼는 걸까? 왜 그런 무서운 능력을 본성 속에 가지고 있는 걸까? 왜 사랑하고 욕망하는 모든 남자는 모두가 미워하는 그런 사드적인 사악함의 씨앗을 가지고 있는 걸까?〉

초창기에 가졌던 자연스러운 감정들, 박애에 기초하는 너그러운 마음과는 달리, 이러한 뻬딱한 생각들은 그날 밤 내 생각을 꿈속의 여인에게 다시 유리한 쪽으로 흘러가도록 만들었다. 부재하던 여인이 멀리에서도 내게 독을 주입하고 있었다. 이기주의의 저항을 물리치기 위해, 그 여인이 가지고 있던 매혹적인 퇴폐의 이미지를 대치할 만한 또 다른 이미지가 필요했기에, 나는 바깥세상으로부터 보호된 내 집에서 그 어느 곳에서도 발견할 수 없을 새로운 퇴폐의 이미지를 천천히 키워보기로 결심했다. 그래서 나는 내 머릿속의 **수많은 개념들을** 조합하기 위해 사용하던 가히 연금술사적인 기술을 동원해서 우리가 같이 살아오는 동안 줄리아나에 의해 천천히 구체화된 나의 특별한 〈감정 상태〉들을 분석하기 시작했다. 그렇게 해서 나는 하나의 새롭고 허구적인 상황을 구축하는 데 필요한 몇몇 요소들을 추출해냈고 그것들을 내가 경험해보고 싶어 했던 느낌의 강도를 높이는 데 사용했다. 예를 들어, 나의 잔인한 상상력을 자극하고 유혹하던 근친상간적인 느낌을 좀더 강하게 느껴보기 위해 나는 내가 가장 오빠처럼 느껴졌던 순간과 줄리아나가 가장 여동생처럼 느껴졌던 순간을 머릿속에 떠올렸다.

그러나 이런 처참하기 짝이 없는 얄팍한 생각들 속에서 망설이고 있던 사람이 바로 몇 시간 전에, 예기치 못했던 미소의 광채 앞에서, 오로지 그 미소의 너그러움에 감동을 받아 가슴이 떨리는 것을 느꼈던 바로 그 남자였다. 그의 삶은 그런 모순투성이의 위기로 채워져 있었다. 그의 삶은 일관적이지 않았고 비논리적이고 파편적이었다. 모든 종류의 성향들이 그의 삶 속에 존재했다. 모든 가능한 모순들을 품고 있었고 그 모순들 사이에 놓인 모든 중간 단계의 모순들, 다양한 성향들을 조합할 수 있는 모든 종류의 가능성을 가지고 있었다. 시간과 공간에 따라, 혹은 주어진 상황들이 돌발적으로 전개되어가는 과정에 따라, 사소한 사건이나 말 한마디 때문에, 혹은 측량할 수 없는 어둡고 내면적인 요인이 원인이 되어, 그의 존재의 밑바닥은 변화무쌍하고 이상하고 알쏭달쏭하기 짝이 없는 특징들로 장식되었다. 하나의 특별하고 유기적인 상황이 그가 가지고 있는 특별한 한 가지 성향을 부추겼다. 부차적인 상황과 성향들은 바로 이러한 특별한 성향을 중심으로 모여들었고 이들의 조합은 천천히 외부를 향해 뻗어나갔다. 그런 식으로 그가 가지고 있던 중력의 중심은 다른 곳으로 이동했다. 그의 개성은 또 다른 모습과 특징을 지닌 개성으로 변화했다. 피와 사상의 조용한 파도가 그의 존재의 밑바닥에서부터 천천히, 혹은 느닷없이, 새로운 영혼들을 피어오르게 만들었다. 그는 **다수의 영혼**을 소유하고 있었다.

나는 이 이야기를 좀더 하고 싶다. 왜냐하면 결정적인 전환점이 되는 부분이기 때문이다. 다음 날 아침에 잠에서 깨어났을 때 나는 전날 있었던 일을 어렴풋이만 기억하고 있었다. 내가 테레사 라포의 또 다른 편지를 읽고 있는 동안 비열함과 근심이 다시 나를 붙들었다. 그녀는 21일에 피렌체에서 보는 것이 좋겠다는 말과 함께 어떻게 만날 것인지에 대해서도 상세히 적었다. 21일은 토요일이었고 19일 목요일은 줄리아나가 처음으로 자리에서 일어나게 될 날이었다. 나는 오랜 시간을 두고 모든 가능성에 대해 깊이 고민했다. 고민하는 동안 내 생각은 한쪽으로 기울어지기 시작했다. 〈그래, 의심할 필요 없어. 갈라서야 해. 피할 길이 없는 일이야. 하지만 어떻게 갈라선단 말인가? 무슨 핑계를 대지? 테레사에게 내가 결심한 바를 간단한 편지 한 장으로 통보한다는 것이 가능할까? 내가 마지막으로 보낸 편지는 여전히 정열과 욕망으로 넘쳐흐르고 있었는데, 어떻게 이 갑작스럽고 잔인한 변화를 정당화한단 말인가? 테레사는 나를 깊이 사랑했고 여전히 사랑하고 있어. 한번은 나를 위해 크나큰 위험을 감수한 적도 있어. 나 역시 그녀를 사랑했고…… 여전히 그녀를 사랑하고 있어. 우리들의 각별하고 위대한 열정은 이미 온 세상에 알려졌고 사람들의 시기를 사기도 했고 위협을 받은 적도 있어…… 얼마나 많은 남자들이 내 자리를 갈망하고 있는 걸까? 셀 수 없겠지.〉 나는 재빨리 가장 경계해야 할 상대와 가장 능력 있는 후보들을 상상하며 열거해보았다. 〈로마에 혹시 그녀보다 더 멋진 금발을 가지고 있고 더 매력적이고 더 바랄 만한 여자가 있을까?〉 바로 전날 느꼈던 것과 똑같은 피의 충동이 나의 모든 혈관을 뒤흔들기 시작했다. 그리고 나의 의지로 포기한다는 생각 자체가 부조리하고 용납할 수 없을 것처럼 느껴졌다. 〈아니야, 아니야. 그럴 힘이 내게는 없어. 내가 그걸 원하지 않고, 그럴 능력도 되지 않아.〉

마음을 가라앉힌 다음 그 무의미한 고민을 나는 다시 시작했다. 그럼에도 불구하고 나는 마음속 깊은 곳에 그 순간이 도달하면 결국에는 떠나지 않을 수 없으리라는 확신을 가지고 있었다. 하지만 나는 용기를 냈다. 줄리아나의 방을 나오면서 복받쳐 오르는 감정에 여전히 몸을 떨면서도 용기를 내 나를 부르고 있는 여인에게 편지를 썼다. 〈가지 않을 생각이오.〉 그리고 핑곗거리를 만들어냈다. 나는 아직도 기억하고 있다. 거의 본능에 의존해서 나는 그녀에게 그다지 심각해 보이지는 않을 만한 핑곗거리를 지어냈다. 그러나 내 안의 누군가가 내게 질문을 던졌다. '그녀가 그 핑곗거리를 무시하고 네 출발을 명령할 거라고 기대하는 건가?' 나는 그 빈정거림을 피할 길이 없었다. 걷잡을 수 없는 노여움과 근심이 나를 사로잡기 시작했다. 그리고 나를 그냥 내버려두지 않았다. 어머니와 줄리아나 앞에서 아무렇지도 않은 척하려고 나는 무진장 애를 썼다. 불쌍한 줄리아나와 단둘이 남게 되는 일을 나는 전략적으로 피했다. 그녀를 바라볼 때마다 촉촉하고 부드러운 그녀의 눈길 속에서 의혹의 씨앗을 읽을 수 있었다. 마치 그 깨끗한 이마 위로 검은 그림자가 지나가는 것만 같았다.

수요일에는 위협적인 명령조의 전보가(거의 기다리고 있었다고 봐야 하지 않을까?) 날아왔다. "오든지, 아니면 나를 영원히 못 볼 거야. 대답해." 그리고 나는 대답했다. "가도록 하지."

　　그런 행동을 저지른 후에, 늘 삶의 결정적인 순간에 뒤따르게 마련인 무의식적인 흥분 상태에서, 나는 갑자기 마음이 가벼워지는 것을 느꼈다. 현실이 구체화되는 과정을 목격했기 때문이었다. 이미 일어났으며 동시에 일어나려고 하는 일들의 필요성과 나의 무책임이 뼈저리게 느껴졌다. 〈만약에, 내가 저지르는 악한 행동에 대해 충분히 인식하면서도, 나 스스로에게 유죄 판결을 내리면서도 내가 어찌해볼 도리가 없는 일이라면 그건 내가 알지 못하는 어떤 우월한 힘에 내가 복종해야 한다는 걸 의미하겠지. 난 잔인하고 모순적이며 꺾을 수 없는 운명의 희생자일 뿐이야.〉 하지만 줄리아나의 방에 발을 들여놓는 순간 엄청난 무게의 압력이 내 가슴을 짓누르기 시작했다. 나는 당황해하며 나를 가리고 있던 문 앞에 멈추어 섰다. 〈줄리아나는 나를 한 번 바라보기만 해도 모든 것을 알아차릴 거야.〉 나는 길을 잃고 생각했다. 돌아설 참이었다. 하지만 그녀가 먼저 말했다. 결코 부드러운 목소리는 아니었다.

　　"툴리오, 당신이에요?"

　　그렇게 나는 한 발자국 앞으로 나아갔다. 그녀가 나를 바라보며 비명을 지르듯이 말했다.

　　"툴리오, 왜 그래요? 어디 아파요?"

　　"음, 현기증이 좀 나서…… 하지만 지금은 괜찮아."

　　나는 그렇게 대답하고 안심하며 생각했다. 〈못 알아차리는군.〉

　　그녀는 사실 전혀 의식하지 못하고 있었다. 그리고 그것이 내게는 이상하게 느껴졌다. 결국에는 내가 그녀에게 잔인한 최후의 일격을 가해야 하는 건가? 솔직하게 털어놓아야 하는 건가, 아니면 자비로운 마음으로 거짓말을 꾸며내야 하는 건가?

아니면 아무런 말도 하지 않고 내 고백을 편지로 남기고 예고 없이 떠나야 하는 걸까? 그녀에게 가장 덜 잔인한 방법은 무엇일까? 어떤 방법이 내게 가장 덜 힘든 걸까?

아! 이 복잡한 고민 속에서도 슬프기 짝이 없는 본능을 억누르지 못하고 나는 그녀보다 내 걱정을 더 하고 있었다. 어머니에게 걱정을 끼쳐드릴 수 없다는 이유 때문이 아니었더라면 틀림없이 나는 편지를 남기고 갑작스레 떠나는 쪽을 택했을 것이다. 어머니는 아무것도 몰라야 했다. 다짐을 할 때마다 항상 그래왔다. 이번에도 나는 속에서 끓어오르는 빈정거림을 피하지 못하고 있었다. 〈아! 다짐할 **때마다?** 마음 한번 너그럽군! 그렇지만, 봐, 옛날에 한 다짐은 너한테 아무것도 아니잖아? 게다가 틀림없이 다짐했다고 믿기까지 하면서…… 이번에도, 네가 원한다면, 피해자는 꼭 죽을 것처럼 느끼면서도 억지로 미소를 지을 거야. 그녀에게 고백해. 어쨌든, 다른 걱정 하지 말고…… 넌 마음이 너그럽잖아.〉

남자는 스스로에 대한 솔직하고 지고한 경멸 속에서 정말 특별한 기쁨을 느끼곤 한다.

"무슨 생각 해요, 툴리오?"

순진하게도 내 생각을 멈추게 하려는 듯 검지를 내 두 눈썹 사이에 가져다 대며 줄리아나가 물었다.

나는 아무 말 없이 그녀의 손을 붙들었다. 하지만 심각하게 흐르기 시작한 침묵이 다시 내 마음을 바꿔놓기 시작했다. 아무것도 모르는 그녀의 목소리와 손길에 담겨 있던 부드러움이 나를 녹이고 내게 다시 그 무기력한 감정, 눈물의 기원이 되는, 그 이상한 **자기 연민**이라는 감정을 불러일으켰다. 나는 복받쳐 오르는 감정을 그대로 받아들이고 싶은 충동을 느꼈다. 그러는 동안 내 안에서 누군가가 속삭이고 있었다. 〈이 감정 상태를 이용해봐. 당장은 아무 말도 하지 말고. 억지로라도 눈물을 흘리는 연기 정도는 쉽게 할 수 있어. 한 여인에게 그녀가 사랑하는 남자의 눈물이 어떤 효과를 발휘하는지 너도 잘 알잖아. 줄리아나는 놀라겠지. 그리고 너는 이루 말할 수 없는 상처로 인해 고통받는 것처럼 보일 거야. 그리고 내일 네가 진실을 이야기할 때면 그녀는 네가 흘렸던 눈물을 기억하고 네 말을 좀더 가볍게 받아들일 거야. 그녀는 생각하겠지—아! 바로 그것 때문에 어제 그토록 고통스럽게 울었단 얘기로군. 불쌍한 내 사랑!—그리고 그녀는 널 혐오스러운 이기주의자로 생각하는 대신 오히려 네가 알 수 없는 어두운 힘을 상대로 부질없이 혼신의 힘을 다해 싸우고 있다고 생각할 거야. 그녀는 네가 원인을 알 수 없는, 치유할 수 없는 병에 시달리고 있고 쓰라린 가슴을 안고 살아가고 있다고 느낄 거야. 이건 기회야. 기회라고.〉

"**마음**이 아픈 거예요?"

그녀가 부드럽게 가라앉은 목소리, 마치 모든 것을 내맡기는 듯한 목소리로 내게 물었다.

나는 고개를 숙이고 있었다. 그리고 나는, 틀림없이, 감격해하고 있었다. 하지만 그 **유용한** 눈물을 준비해야겠다는 생각이 내 감정을 산만하게 만들었다. 결국 자연스러움을 상실하면서 눈물이라는 생리 현상에 제동이 걸리고 말았다. 〈내가 울 수 없으면 어쩌지? 눈물이 나오지 않으면 어쩌지?〉 그 상황을 놀라운 눈으로 바라보던 나는 어린아이에 가까웠고 우스꽝스러웠다. 마치 내 의지로만은 만들어낼 수 없던 그 눈물이라는 조그만 물질이 모든 것을 좌우하고 있는 것처럼 여겨졌다. 그러는 동안 누군가가, 항상 동일한 그 누군가가 내게 속삭였다. 〈안됐군! 정말 안됐어! 이제 기회는 다 지나가고 말았어. 얼굴도 보일락 말락 하잖아. 효과 만점이겠네. 어둠 속에서 흘리는 눈물이라니!〉

"툴리오, 대답이 없네요?"

잠시 후, 내가 얼굴을 들도록 내 이마와 머리카락을 쓰다듬으면서 줄리아나가 물었다.

"저한테는 무슨 말이든 해도 돼요, 알잖아요."

아! 정말 그 이후로 나는 그보다 더 부드럽고 인간적인 목소리는 들어본 적이 없었다. 나의 어머니도 내게 그렇게까지 부드러운 말을 건넨 적은 없었다.

눈시울이 뜨거워지기 시작했다. 〈지금이야. 지금이 바로 눈물을 터뜨려야 할 때야.〉 그러나 눈물은 한 방울밖에 흐르지 않았다. 그리고 나는……(창피스럽지만 사실이었다. 인간이 경험하는 감동이란 대부분이 이러한 모방적인 비열함 속에서 하찮은 것으로 추락하기 마련이었다) 나는 줄리아나가 내 눈물을 볼 수 있도록 고개를 들었다. 그리고 잠깐이었지만 조급한 마음으로 그녀가 어두운 그림자 속에서 내 눈물을 발견하지 못하는 것은 아닐까 근심하기까지 했다. 그리고 그녀가 눈치챌 수 있기를 바라면서 딸꾹질을 참을 때처럼 숨을 세게 들이쉬었다. 나를 좀더 가까이서 바라보기 위해 그녀가 얼굴을 내 쪽으로 가져오며 또다시 물었다.

"대답이 없네요?"

그리고 무언가를 발견했다는 듯이, 확인을 해야겠다는 듯이 부랴부랴 내 머리를 손으로 감싸 한쪽으로 돌리면서 물었다.

"우는 거예요?"

그녀의 목소리가 변해 있었다.

나는 예고 없이 그녀의 손길을 뿌리치고 도망치듯, 마치 복받쳐 오르는 감정을 더는 감당하지 못하겠다는 듯이 몸을 일으켜 세웠다.

"안녕, 안녕. 나를 보내줘, 줄리아나. 안녕."

그리고 나는 밖으로 뛰쳐나왔다.

혼자 남았을 때 나는 나 자신이 역겹게 느껴졌다.

환자인 줄리아나가 침대에 누워 있어야 하는 마지막 날이었다. 몇 시간 뒤, 평소처럼 간소한 점심 식사를 하기 위해 내가 모습을 드러냈을 때 줄리아나 옆에 어머니가 와 계셨다. 나를 보자마자 어머니가 큰 소리로 말했다.

"그래, 내일은 파티를 열어야 할 날이구나, 툴리오."

나와 줄리아나는 서로를 근심스러운 눈길로 쳐다보았다. 그리고 다음 날 일어날 일들에 대해 얘기를 나누었다. 그녀가 침대에서 일어나야 할 시간과 그 밖의 소소한 일들에 대해 무언가를 꾹꾹 참아가며, 약간은 산만한 상태에서 이야기를 나누었다. 나는 속으로 어머니가 자리를 뜨지 않았으면 하고 바랐다.

다행히도 어머니는 한 번만 밖으로 나갔다가 곧장 안으로 돌아왔다. 하지만 어머니가 나가자마자 줄리아나가 내게 서둘러 물었다.

"전에 했던 말은 무슨 말이에요? 나한테 얘기해주지 않을래요?"

"아니야. 아무것도 아니야."

"그러면, 이 좋은 날 분위기를 망치잖아요."

"아니, 아니. 얘기해줄게…… 나중에, 얘기해줄게. 지금은 그 생각 하지 마. 부탁이야."

"아니 그러지 말고 얘기해봐요."

어머니가 나탈리아와 함께 들어왔다. 그렇게 말하는 줄리아나의 말투만으로도 나는 그녀가 아무것도 의심하지 않는다는 것을 깨달을 수 있었다. 그렇다면 그녀는 나의 슬픔이 어떤 대가로도 지울 수 없는 나의 어두운 과거에서 기인한다고 생각했던 걸까? 그녀를 그토록 가슴 아프게 했던 기억으로 내가 고통받고 있고 그녀가 날 용서하더라도 그걸 받아들일 만한 자격이 없을 거라는 두려움 때문에 내가 괴로워하고 있다고 생각했던 걸까?

다음 날 아침, 나를 부르던 그녀의 떨리는 목소리도 내게는 하나의 생생한 감동이었다(그녀의 기대에 부응하기 위해 나는 옆방에서 그녀를 기다리고 있었다).

"툴리오. 들어와요."

방 안으로 들어선 나는 서 있는 그녀의 모습을 발견했다. 키가 좀 더 커 보였다. 좀더 마르고 지친 듯했다. 그녀가 걸치고 있는 넓은 튜닉이 기다란 주름을 늘어뜨리며 너풀거렸다. 그녀는 미소를 지은 채 망설이고 있었다. 가누기 힘든 몸으로 마치 균형을 잡으려는 듯 양팔을 허리에 늘어뜨리고 한 번은 나를 한 번은 어머니를 바라보았다.

형언할 수 없는 연민의 표정으로 그녀를 바라보며 어머니가 금방이라도 안을 자세로 그녀에게 다가섰다. 나도 그녀를 받아 안을 태세로 팔을 뻗었다. 그녀의 애원하는 목소리가 들려왔다.

"아니에요. 아니에요. 그냥 놔두세요. 안 넘어져요. 혼자서 소파까지 가보고 싶어요."

그녀는 한쪽 발을 내디디며 천천히 걸음을 옮겼다. 그녀의 얼굴에 행복해하는 어린아이의 해맑은 미소가 그려졌다.

"조심해라. 줄리아나!"

그녀는 두세 걸음 더 앞으로 걸어 나왔다. 하지만 그만 넘어지지는 않을까 하는 난데없는 두려움이 그녀를 엄습했고, 결국 그녀는 나와 어머니 사이에서 망설이다 쓰러지다시피 하며 내 품에 안겼다. 온몸을 내 맡기며 나의 가슴팍에 안긴 그녀는 흐느껴 울 때처럼 온몸을 떨었다. 하지만 웃고 있었다. 근심이 약간 서려 있을 뿐이었다. 상체가 마치 텅 비어 있는 듯했다. 그녀를 붙든 내 손에는 옷을 사이에 두고 꼭 바스러질 것만 같은 그녀의 허약한 몸이 느껴졌고 떨고 있는 몸의 진동이 내 가슴에 전해졌다. 그녀의 머리카락이 뿜어내는 향기를 맡으면서 내 눈은 다시 한 번 그녀의 목에 있는 밤색 점을 감싸 안았다.

"무서웠어요."

그녀는 계속해서 웃고 거친 숨을 몰아쉬며 말했다.

"넘어질까 봐 무서웠어요."

그리고 내 품에 안긴 채 어머니를 바라보며 머리를 기울일 때, 나는 그녀의 잇몸과 눈의 흰자위와 얼굴 전체에 번져 있는 고통의 흔적을 목격했다. 나는 내가 무기력한 피조물을 품에 안고 있다는 걸 깨달았다. 오랫동안 지속된 무기력한 상태가 그녀의 몸을 심각하게 악화시켜 놓고 말았다. 신경도 혈색도 돌이킬 수 없을 정도로 약해져 있었다. 하지만 나는 예기치 않던 키스를 주고받았던 밤과 그녀의 변화된 모습을 떠올렸다. 내가 포기하고 있던 회복과 박애 정신과 사랑을 행동으로 옮겼던 순간을 떠올리는 동안 내게는 다시 한 번 그녀의 모습이 아름답게 비쳤다.

"나를 소파로 데려다줘요, 툴리오."

그녀가 말했다.

나는 그녀의 허리를 팔로 감싸 안고 그녀를 천천히 소파로 데리고 갔다. 그리고 그녀를 부축해서 앉힌 뒤에 팔걸이 위에 솜 쿠션들을 올려놓았다. 한때 그녀가 머리를 기댈 수 있도록 제일 우아한 색의 쿠션을 일부러 골라놓았던 것이 기억난다. 나는 무릎을 꿇고 그녀의 발밑에도 쿠션을 받쳐주었다. 그녀의 짙은 분홍색 양말과 발가락 부위만을 살짝 가리고 있던 얇은 슬리퍼가 눈에 들어왔다. 그녀는 **그날 저녁**처럼 나의 모든 동작들을 부드러운 눈길로 유심히 관찰하고 있었다. 나는 망설였다. 작은 티테이블을 끌어다가 그 위에 신선한 꽃들을 꽂아놓은 꽃병과 책 몇 권과 아이보리 스틱을 올려놓았다. 하지만 나도 모르는 사이에 나는 그러한 나의 배려에 약간의 집요함을 가미하기 시작했다.

아이러니는 계속되었다. 〈잘하고 있는 거야! 아주 잘하고 있어! 지금 하고 있는 건 굉장히 유익한 일이야. 네 어머니가 보고 있잖아. 너의 이런 극진한 배려를 목격한 뒤에 어떻게 널 의심할 수 있겠어? 그런 집요함은 해가 될 리 없어. 그리고 어머니가 그렇게 관찰력이 예리한 것도 아니잖아. 계속해! 계속해! 아무런 문제 없어! 용기를 내!〉

"오 그곳에 정말 잘 어울리네요!"

줄리아나가 탄성을 질렀다. 그리고 안도의 한숨을 내쉬면서 살며시 눈을 감았다.

"고마워요. 툴리오."

몇 분 정도 흐른 뒤에 어머니가 밖으로 나가고 우리 둘만 방에 남았을 때, 그녀가 같은 말을 되풀이했다. 마음속에서 훨씬 더 우러나오는 목소리였다.

"고마워요."

그리고 손을 잡아달라면서 한쪽 손을 내게 내밀었다. 팔을 뻗는 동안 넓은 소매가 팔꿈치까지 흘러내렸다. 나를 향해 뻗는 그 하얀 손, 사랑과 용서와 평화와 꿈과 망각과 세상의 모든 아름다운 것과 모든 선한 것들을 실어 나르던 그 하얀 손이 한순간 파르르 떨리면서 내게 마치 신성한 하늘의 선물처럼 다가왔다.

죽음의 순간이 다가와 내 고통이 멈추는 바로 그 순간에 눈앞에 떠오르는 건 바로 그 하얀 손뿐일 것이다. 평생을 살아오는 동안 보아온 수많은 이미지들 가운데 유일하게 그 장면만이 떠오를 것이다.

다시 생각해보면 그 순간에 내가 처해 있던 상황을 정확하게 설명하기는 힘들다. 내가 확언할 수 있는 것은 그 순간에도 내가 극단적인 형태의 위협을 느끼고 있었고 내가 하고 있던 행동들, 취하려 했던 행동들의 비상한 의미들에 대해서도 충분히 인식하고 있었다는 사실이다. 나의 통찰력은 한마디로, 혹은 내가 보기에는, 완벽했다. 내 의식은 두 갈래 방향으로 진행되고 있었다. 두 의식은 서로 개입하는 법 없이 넉넉한 거리와 평행을 유지했다. 한쪽을 지배하고 있던 감정은, 내가 일격을 가하기 일보 직전이었던 피조물에 대한 애처로운 마음과 동시에 내가 거부하려고 했던 그녀의 선물에 대한 쓰라린 회한과 갈망의 감정이었다. 또 다른 의식을 지배하고 있던 것은 멀리 있는 연인에 대한 음흉한 욕망과 함께 나의 무고함을 이끌어낼 수 있는 유리한 상황을 만들기 위해 차갑게 계산적이었던 이기적인 감정이었다. 이러한 두 의식의 동시다발적인 발전은 나의 내면적 삶을 믿기 힘들 정도로 강렬하고 빠른 속도로 밀어붙였다.

결정적인 순간이 임박해 있었다. 출발이 다음 날이었던 만큼 더 이상 여유를 부릴 만한 시간이 없었다. 나의 이야기가 무언가를 감추고 있다거나 너무 갑작스러운 듯이 보이지 않게 하기 위해서는 그날 아침 식사 시간에 내가 떠나야 한다는 사실을 어머니에게 밝히고 그럴싸한 핑계를 둘러대야만 했다. 그리고 어머니보다도 먼저 줄리아나에게 소식을 알려야 할 필요가 있었다. 어머니가 나보다 먼저 그녀에게 성급히 소식을 전하게 되는 위험한 상황은 반드시 피해야 했기 때문이다. 〈하지만 줄리아나가 참지 못하고 울분을 터뜨린다면? 만약에 소식을 듣고 치욕스럽고 고통스러운 나머지 충동적으로 모든 사실을 어머니에게 털어놓는다면? 어떻게 하면 그녀에게서 입을 다물겠다는 약속을 받아낼 수 있을까? 또 다른 굴복을 어떻게 얻어낼 수 있을까?〉 나는 마지막 순간까지 고민했다. 〈내 말을 곧장 이해할까? 만약에 이해하지 못한다면? 아무렇지도 않게 내가 떠나야 하는 이유를 물어온다면? 무슨 대답을 해야 하나? 아니, 그녀는 이해할 거야. 테레사 라포가 로마에 있지 않다는 소식을 그녀가 모를 리 없어. 그 소식을 몇몇 친구들에게서, 예를 들어 탈리체 부인에게서, 아직 전해 듣지 않았다는 건 불가능한 일이야.〉

나는 기력을 탕진하고 있었다. 내 안에서 초를 다투며 커져가는 오르가슴을 더 이상은 억누를 힘이 없었다. 나는 작심을 한 상태에서 온 신경을 곤두세우고 달려들었다. 그녀가 말을 하고 있었고 그래서 나는 화살을 날릴 수 있는 기회를 그녀가 스스로 제공해주기만을 바랐다.

그녀는 많은 것들에 대해, 특히 미래에 대한 이야기들을 늘어놓았다. 평상시와는 달리 그녀의 이야기에는 일관성이 결여되어 있었다. 내가 이미 관찰한 바 있는 알 수 없는 긴장감이 이제 좀더 뚜렷한 모습을 드러내고 있었다. 나는 여전히 소파 뒤에 서 있었다. 그 순간까지 나는 방 안을 이리저리 돌아다니면서 그녀의 시선을 기술적으로 피하기만 했다. 계속 소파 뒤쪽에 서서 한번은 나부끼는 창문 커튼을 붙잡으며, 한번은 조그만 선반 위에 놓인 책들을 정리하며, 한번은 장미 다발에서 카펫 위로 떨어진 이파리들을 주우면서 그녀의 시선을 피했다. 선 채로 나는 그녀의 머릿결과 기다랗고 둥근 속눈썹과 가볍게 두근거리는 그녀의 가슴과 손을 바라보았다. 팔걸이 위에 놓여 있던 그녀의 아름다운 손은 '그녀의 파란 힘줄만이 침대보와 구별되어 보이던' 그날처럼 창백하게 힘없이 늘어져 있었다.

그날! 일주일이 채 지나지 않은 때였다. 그렇다면 왜 그렇게 머나먼 옛날처럼 느껴졌던 걸까?

그녀의 뒤에 서서 복병처럼 숨어 있는 동안 극도의 긴장 속에서 나는 그녀가 앞으로 닥쳐올 위협을 머리로 느낄 수 있을 거란 생각이 들었다. 마치 그녀가 숨기고 있는 알 수 없는 고통 같은 것이 눈에 보이는 듯했다. 다시 한 번 가슴이 참기 힘들 정도로 쓰리게 저려왔다. 그 순간에 그녀가 입을 열고 말했다.

"**내일** 제가 좀 나아지면 테라스로 데려다줘요. 바깥 공기 좀 쐬러……"

그녀의 말을 가로막으며 내가 말했다.

"**내일** 나는 여기에 없어."

내 목소리에서 이상한 느낌을 받았는지 그녀가 흠칫 놀라는 듯했다. 나는 기다리지 않고 덧붙였다.

"나 떠나."

나는 계속 말을 이었다. 혀를 움직이려고 안간힘을 써가면서 희생양을 향해 최후의 일격을 가한다는 야릇한 기분으로 입을 열었다.

"피렌체로 떠날 거야."

"아!"

그녀는 그 순간에 모든 것을 깨달았다. 그녀는 주저하지 않고 나를 바라보기 위해 쿠션 위에서 몸을 비틀었다. 나는 그녀의 뼈아픈 비틀림과 함께 눈의 흰자위와 핏기 없는 잇몸을 다시 목격했다.

"줄리아나!"

나는 더듬거리면서 그녀의 이름을 불렀다. 무슨 말을 더 해야 할지 모른 채 혹시라도 그녀가 기절하지는 않을까 염려하며 그녀를 향해 몸을 굽혔다.

하지만 그녀는 눈을 감았다. 그리고 자세를 가다듬으면서 몸을 움츠렸다. 마치 추위에 떨듯이 온몸을 움츠렸다. 그녀는 그렇게 몇 분 동안 눈을 감은 채 입을 꼭 다물고 꼼짝도 하지 않았다. 목을 지나가는 경동맥이 뛰는 모습과 손이 일으키는 약간의 경련만이 그녀가 아직 살아 있다는 것을 알려주고 있었다.

그건 범죄가 아니었을까? 그것이 내가 저지른 최초의 범죄였다. 아니, 적어도 내가 저지른 범죄 가운데 제일 가벼운 것은 분명 아니었을 것이다.

내가 줄리아나를 떠난 건 최악의 조건 속에서였다. 나의 부재는 일주일 이상이나 지속되었고 돌아온 후에도 나는 거의 냉소적이라고 할 수 있을 만큼 뻔뻔스럽게 행동했다. 그건 나 스스로에게도 놀라운 태도였다. 나는 내가 가지고 있는 모든 윤리적인 사고를 지워버리고 잔인하고 부당하기 짝이 없는 행위를 저지르게 만드는 마법의 포로가 되어 있었다. 이번에도 줄리아나는 자신만의 경이로운 힘을 발휘했다. 이번에도 입을 다물었다. 마치 침묵 속에 자신을 가둔 것처럼 보였다. 그녀의 침묵은 아무도 뚫을 수 없는 금강석 갑옷이었다.

줄리아나는 딸아이들과 어머니, 내 동생과 함께 바디올라를 향해 떠났고 나는 로마에 남았다.

그때부터 내게는 어둡고 슬프기 짝이 없는 시간이 시작되었다. 당시의 기억은 여전히 내게 수치심과 구토를 불러일으킨다. 다른 어떤 것보다 더 효과적으로 인간의 본성에 진흙을 쏟아붓는 수치심이란 감정에 휩싸여서 나는 한 여인이 침착하고 열정적이고 아무 힘없는 영혼에게 가할 수 있는 모든 고통을 감수해야만 했다. 의혹으로 인해 무섭게 타오르기 시작한 감각적인 질투심이 나의 내면에 남아 있는 모든 선한 것들을 뿌리째 말려버리고 사악한 본성의 밑바닥에 가라앉아 있는 오물로 배를 채우면서 나를 온통 불태우고 있었다.

나는 테레사 라포를 그때만큼 간절히 욕망해본 적이 없었다. 나의 욕망은 그녀를 남성 성기의 이미지나 고약한 냄새와 떼어서 생각할 수 없는 지경에 이르러 있었다. 그녀는 내가 가지고 있는 경멸의 감정을 빌미 삼아 나의 욕망을 자극했다. 잔혹하기까지 했던 절정의 순간들, 멸시받아야 할 쾌락들, 불명예스러운 복종의 순간들, 얼굴 한번 붉히지 않고 주고받았던 비열한 약속들, 어떤 독약보다 더 쓴 눈물과 백치의 경계로까지 나를 몰아세우던 광적인 격렬함과 광분의 도가니 속에 빠져 며칠이고 멍한 상태로 남아 있던 시간들, 질투심에 불타는 욕정이 빚어내던 이 모든 추악하고 비참한 것들을 나는 경험해야만 했다.

내 집은 남의 집처럼 느껴졌고 돌아온 줄리아나는 불편한 존재가 되고 말았다. 가끔은 몇 주 동안 그녀에게 말 한마디 건네지 않고 지내기도 했다. 가슴앓이라는 형벌을 받고 있는 동안 그녀의 얼굴은 보이지 않았고 그녀의 목소리도 들리지 않았다. 가끔은 고개를 들고 창백해진 그녀의 얼굴을 바라보며 놀라곤 했다. 그녀의 표정과 그녀의 얼굴에 마치 새로운 모습들인 양, 기대하지 못했던 야릇한 분위기가 풍기는 것을 보고 나는 놀라곤 했다. 나는 현실에 대한 감각을 되찾지 못하고 있었다. 그녀의 존재가 주도하는 모든 행동들이 내게는 생소하기만 했다. 그녀에게 질문을 던져야 할 아무런 필요도 나는 느끼지 못했다. 나는 알고 싶지 않았고 그녀를 걱정하는 어떤 불안감도 근심도 두려움도 느끼지 못했다. 풀어헤칠 수 없는 둔탁한 감각이 그녀 앞에 놓인 내 영혼을 꽁꽁 묶어두고 있었다. 가끔씩 뚜렷하지 않고 설명하기가 어려운 일종의 원망 같은 것을 느끼기도 했다. 하루는 그녀의 웃음소리를 들은 적이 있다. 그녀의 미소에 나는 기분이 상하고 거의 분노할 지경에 이르고 말았다.

하루는 또 소스라치게 놀란 적이 있다. 이유는 그녀가 멀리 있는 방에서 노래를 부르는 소리가 들려왔기 때문이다.

에우리디케 없이 무엇을 해야 하나?……*

그녀가 그렇게 집 안을 돌아다니면서 노래를 부르는 건 정말 오랜만이었다. 오랜 시간이 흐른 뒤에 다시 듣는 노래였다. 〈왜 노래를 부르는 거지? 그러니까 이젠 기쁘단 말인가? 노래를 부르겠다는 예외적인 발상은 어떤 감정에 부응하는 거지?〉 나는 걷잡을 수 없는 혼란에 빠지고 말았다. 나는 아무 생각 없이 그녀를 찾아 걸음을 옮겼다. 그녀의 이름을 부르면서.

내가 방에 들어서는 모습을 보고 그녀는 상당히 놀라는 눈치였다. 잠깐은 보란 듯이 머뭇거리면서 어리둥절해 했다.

"웬일이야, 노래를 다 부르고?"

---

* 글루크의 오페라 「오르페우스와 에우리디케」 3막 1장에서 오르페우스가 계명을 어기고 뒤돌아서서 사랑하는 여인을 바라보며 내뱉는 대사로, 오르페우스처럼 사랑하는 여인을 영원히 잃지 않을까 근심하는 주인공의 마음을 연상케 하는 구절이다.

내가 물었다. 무언가를 말하기 위해, 하지만 그것이 무엇인지 몰라 꺼낸, 나도 놀랄 정도로 이례적인 말이었다.

그녀는 겸연쩍은 미소를 지어 보였다. 무슨 말을 해야 할지 몰라, 내 앞에서 어떤 자세를 취해야 할지 몰라 지어 보인 미소였다. 나는 그녀의 눈에서 참기 힘들어하는 궁금증을 읽을 수 있었다. 순간에 불과했지만 내가 벌써 몇 번이나 주목했던 궁금증이었다. 그건 미쳤다고 의심받는 사람이나 귀신에 홀린 사람을 가여워하며 허락하는 표정이었다. 아니나 다를까 거울에 비친 내 얼굴은 눈 밑이 검게 변해 있었고 볼은 바싹 마르고 입술은 부풀어 올라 있었다. 내가 몇 달 전부터 하고 다니던 열병 환자의 모습이었다.

"외출하려고 옷을 입은 모양이야?"

내가 그녀에게 물었다. 나는 여전히 무슨 말을 해야 할지 몰랐다. 어쩔 줄 몰라, 무슨 질문을 해야 할지 몰라 그저 침묵을 깨기 위해 던진 질문이었다.

"네."

아침이었고 11월이었다. 그녀는 레이스로 장식된 테이블 옆에 서 있었다. 테이블 위에는 여성의 아름다움을 장식하는 데 필요한 소소하고 새로운 물건들이 반짝이는 빛을 발하면서 즐비하게 놓여 있었다.

그녀는 어두운 색의 비쿠냐* 털옷을 걸치고 있었다. 손에는 여전히 거북이 모양의 금색 머리꽂이가 쥐어져 있었다.

드레스는 모양새가 아주 단순했지만 입고 있는 사람의 재치와 우아함을 돋보이게 만들었다.

---

* 낙타과의 동물로 갈색과 흰색을 띠며 목과 가슴에 흰 털이 나 있다.

테이블 위에 놓여 있던 하얀 국화 한 다발이 그녀의 어깨까지 올라와 있었다. 산마르티노의 여름* 태양 빛이 창문 안쪽으로 들어오고 있었다. 햇빛이 어렴풋이 파우더 향기를 뿜어내고 있었다. 아니, 어쩌면 내가 알아차리기 힘든 향내였는지도 모른다.

"지금은 무슨 향수 써?"

내가 물었다. 그리고 그녀가 대답했다.

"크랩-애플이에요."

"마음에 드는군!"

그녀가 테이블 위의 향수병을 들고 내게 내밀었다. 나는 향수병을 받아들고 한참 동안 향기를 맡았다. 무슨 말이든 다른 말을 준비할 시간이 필요했다. 혼란스러움이 말끔히 가시지 않았다. 원래의 솔직함을 되찾기가 힘들었다. 우리 사이에 있던 모든 종류의 은밀함이 이젠 무용지물이 되었다는 생각이 들었다.

내 눈에 줄리아나는 전혀 다른 여인으로 비쳤다. 하지만 한편으로는 오르페우스의 아리아가 여전히 나의 심금을 울리면서 나를 계속 괴롭히고 있었다.

에우리디케 없이 무엇을 해야 하나?······

그 미지근한 금빛 광채 속에서, 그 끈끈한 향내 속에서, 여인의 향기가 배어 있는 그 모든 소소한 물건들 사이에서 오랜 멜로디의 유령이 우리만의 비밀스러운 삶 속에 잠들어 있던 심장을 깨어나게 하고 형언

---

* 추위가 시작된 뒤로 곧장 찾아오는, 상대적으로 따뜻한 날씨의 짧은 기간을 가리키는 표현. 성 마르티노 축일은 11월 11일이다.

할 수 없이 신비로운 분위기의 그림자를 늘어뜨리는 듯했다.

"조금 전에 부른 아리아 아주 멋졌어!"

이상한 불안감이 주도하는 충동에 복종하며 내가 입을 열었다.

"너무 아름다운 곡이에요!"

그녀가 큰 소리로 말했다.

질문 하나가 내 혀끝까지 올라와 있었다. '그런데 왜 노래를 부르고 있었지?' 하지만 입을 열지는 않았다. 대신에 나를 자극하던 그 궁금증의 정체를 탐색하기 시작했다.

침묵이 우리 사이를 가로막았다. 그녀는 엄지손가락 손톱으로 머리꽂이의 빗살 위를 오르내리며 날카로운 느낌의 소리를 만들어냈다(내게 남아 있는 소중한 기억 가운데 하나가 바로 그 소리였다).

"나가려고 옷을 입고 있었던 모양인데. 계속해."

내가 말했다.

"재킷과 모자만 쓰면 돼요. 몇 시예요?"

"15분 전 11시야."

"아! 벌써 그렇게 됐나?"

그녀는 모자와 망사를 집어 들었다. 그리고 거울 앞에 가서 앉았다. 그녀를 바라보는 사이에 또 다른 질문 하나가 떠올랐다. 〈어딜 가는 거야?〉 지극히 자연스러운 질문이었음에도 불구하고 나는 다시 한 번 입을 다물었다. 그리고 계속해서 그녀를 유심히 관찰했다.

있는 그대로의 그녀의 모습이 눈에 들어오기 시작했다. 우아하기 짝이 없는 젊은 부인, 유연하고 귀족적인 모습, 세련된 자태에 지적인 분위기가 물씬 풍기는 여인, 육체와 영혼의 쾌락을 위해 얼마든지 연인이 될 수 있을 만한 사랑스러운 여인이었다. 이런 생각이 들었다. 〈줄리아나가 정말 누군가의 연인이라면? 한 가지는 분명해. 많은 남자들이 그것도 여러 번 그녀에게 구애하지 않았을 리 없어. 내가 그녀를 소홀히 했다는 건 너무나 잘 알려진 사실이야. 내가 저지른 일들을 많은 사람들이 알고 있어. 그러니까 그녀가 누군가에게 몸을 허락하고 말았다면? 혹은 그런 사태가 벌어지고 있는 상황이라면? 그녀가 결국에는 자신의 젊음을 희생시킨다는 것이 불공평하고 불필요한 일이라고 생각했다면? 만에 하나라도 기나긴 굴복에 지쳐 있는 거라면? 그녀가 나보다 더 훌륭한 남자와 사귀고 있고 그 민감하고 이해심 많은 유혹자가 그녀에게 새로운 삶에 대한 궁금증을 불러일으켜서 부정한 남편을 잊게 만들고 있다면? 내가 그토록 오랫동안 조금도 주저하지 않고 잔인하게 짓밟아온 그녀의 마음을 송두리째 잃어버린 거라면?〉 나는 갑작스레 찾아온 당혹감에 완전히 사로잡히고 말았다. 저린 가슴을 부둥켜안고 나는 이런 생각을 하기에 이르렀다. 〈그래, 지금 내 의혹을 고백해야 해. 그녀의 마음을 알아야 해. 그녀의 눈동자를 똑바로 쳐다보고 말하자. '당신 아직 깨끗한 거야?' 그러면 진실을 알게 되겠지. 그녀는 거짓말을 할 줄 몰라.〉〈거짓말을 할 줄 모른다…… 아, 아, 아! 한 여자가…… 네가 뭘 안다고? 여자는 무슨 짓이든 할 수 있어. 기억해둬…… 대여섯은 되는 애인들을 숨기기 위해 가끔씩 영웅의 가면을 사용했을 뿐이야. 희생이니 굴복이니 하는 것들, 전부 가면과 수작에 불과해. 진실은 아무도 모르는 거야. 네가 하고 싶으면, 네 아내는 정조를 지킬 줄 아는 여자라고 맹세라도 해봐. 지금은 아니더라도 병들기 전의 네 아내에 대해선 맹세할 수 있지 않겠어? 믿음을 가지고 맹세해봐.〉 불신과 사악한 기운으로 가득 찬 목소리가 온몸을 얼어붙게 만들었다.

"미안해요, 툴리오."

부끄러워하는 듯이 줄리아나가 말했다.

"이 핀, 여기 망사에 좀 꽂아주세요."

줄리아나는 망사를 붙들려고 양쪽 팔을 머리 위쪽으로 둥글게 치켜들고 하얀 손가락으로 부질없이 핀을 꽂으려 하고 있었다. 자태는 우아하기 짝이 없었다. 하얀 손가락을 바라보며 이런 생각이 들었다. 〈우리가 손을 잡아본 지 얼마나 오래되었나! 한때 내 손을 꼭 잡아주던 그녀의 따뜻한 손길, 마치 내게 나쁜 감정은 조금도 가지고 있지 않다는 걸 약속하는 듯한 손길이었는데, 그런 그녀의 손이 이제는 더럽혀졌단 말인가?〉 망사에 핀을 꽂아주는 동안 느닷없이 그녀가 정조를 잃어버렸을지도 모른다는 생각이 역겹게 느껴졌다.

그녀가 자리에서 일어나 재킷을 입도록 도와주는 사이에 우리는 두세 번 스쳐 지나가듯이 눈길을 마주쳤다. 다시 한 번 나는 그녀의 눈 속에서 일종의 불편한 궁금증 같은 것을 발견했다. 〈왜 여기에 들어온 거지? 왜 나가지 않는 거지? 어쩔 줄 몰라 하는 그의 표정은 뭘 의미하는 거지? 내게 뭘 원하는 걸까? 그에게 무슨 일이 또 일어나고 있는 걸까?〉

"미안해요…… 잠깐만요."

그렇게 말하고 그녀는 밖으로 나가버렸다.

그녀가 가정부 미스 에디스를 부르는 소리가 들려왔다. 혼자 있었기 때문일까. 나는 무의식적으로 책과 쪽지와 편지들로 가득한 조그만 책상 위를 바라보았다. 그리고 가까이 다가갔다. 〈뭘까? 혹시 **증거**는 아닐까?〉 내 눈은 마치 뭔가를 찾아내려는 듯이 종이 위를 두리번거리며 움직였다. 잠깐이었다. 나는 곧장 그 어리석고 치졸한 유혹을 스스로 떨쳐버렸다. 나는 고풍스러운 천으로 표지가 장식된 책 한 권과 그 속에 꽂혀 있는 책갈피를 바라보았다. 그녀가 읽고 있던 책이었고 가운데 쯤에서 펼쳐져 있었다. 최근에 발간된 필리포 아르보리오의 『비밀』이라는 작품이었다. 나는 책의 첫 장에 작가의 친필로 적혀 있는 헌사를 읽을 수 있었다. '친애하는 줄리아나 헤르밀, **상아탑**에게 이 보잘것없는 작품을 헌정합니다. 필리포 아르보리오. 1885년 모든 성인의 날.'

그렇다면 줄리아나가 소설가를 알고 있었다는 말인가? 그렇다면 그를 대하는 줄리아나의 태도는 어떤 것일까? 나는 그 작가의 세련되고 유혹적인 모습을 떠올렸다. 공개 석상에서 몇 번 그를 본 적이 있었다. 틀림없이 줄리아나가 마음에 들어 할 법한 남자였다. 여자들이 그를 좋아한다는 소문도 돌았었다. 복잡하고 때로는 날카롭기 짝이 없는 심리 묘사들, 대부분 허황된 것에 지나지 않는 심리 묘사로 꽉 채워져 있는 그의 소설들은 감성적인 영혼들의 마음을 흔들고 암울한 환상에 불을 지르면서 지극히 세련된 방식으로 더불어 사는 삶이 무의미하다고 가르쳤다. 『단말마』『독실한 가톨릭 신자 안젤리카 도니』『조르조 알리오라』『비밀』과 같은 작품들은 인생에 대해 상당히 강렬한 이미지를 심어주었고 그 이미지는 수없이 많은 장작들이 동시에 타오르는 장면과 비교할 만했다. 그의 소설 속에 등장하는 인물들은 모두 현실과의 끝없는 전쟁 속에서 자신들의 악마와 맞서 싸웠다.

나는 생각했다. 〈그의 책들이 보여주는 것들, 순수한 영혼의 정수라고까지 승화된 이 굉장한 작가에게서 나 역시 매력을 느끼지 않았던가? 그의 작품 『조르조 알리오라』의 주인공이 마치 동생처럼 느껴진다고 하지 않았던가? 그의 작품 속에 등장하는 몇몇 인물들이 이상하게도 나와 많이 닮았다고 느끼지 않았던가? 그러니까 바로 그 이상한 유사성이 실제로 그가 계획하는 유혹의 행각을 수월하게 해주었다면? 줄리아나가 그에게 몸을 맡겼다면, 그러니까 내가 그녀에게 사랑받기 위해 오래전에 뻗었던 똑같은 유혹의 손길을 그의 품속에서 느꼈다면?〉 새삼스럽게, 나는 어찌할 바를 모르고 있었다.

그녀가 방 안으로 들어왔다. 내가 손아귀에 쥐고 있는 책을 바라보며 그녀는 알쏭달쏭한 미소와 함께 얼굴을 살며시 붉히면서 말했다.

"뭘 보는 거예요?"

"필리포 아르보리오를 알아?"

내가 곧장 물었다. 하지만 억양에 변화를 주지 않고 가능한 한 잔잔하고 소박한 어조로 질문을 던졌다.

"네."

그녀는 솔직하게 대답했다.

"몬테리시의 집에서 만났어요. 여기에도 몇 번 온 적이 있고요. 하지만 당신을 만날 기회는 없었네요."

묻고 싶은 말 하나가 목청까지 올라왔다. 〈그럼 왜 나한테 얘기 안 했지?〉 하지만 입을 열지는 않았다. 그녀가 내게 무슨 말을 할 수 있었겠는가? 내가 그토록 오랫동안 뻣뻣한 자세로 아무런 소식도 전하지 않고 친근한 말 한마디 건네지 않았는데 어떻게 내게 말을 할 수 있었겠는가?

"그 사람이 쓰는 책보다는 훨씬 더 단순한 사람이에요." 그녀가 천천히 장갑을 끼며 자연스럽게 덧붙였다. "『비밀』은 읽어봤어요?"

"응. 벌써 읽은 책이야."

"맘에 들었어요?"

나는 숙고하지 않고 그녀 앞에서 나의 우월함을 각인시켜야겠다는 생각에 충동적으로 이렇게 대답했다.

"아니. 너무 시시해."

결국 그녀는 이렇게 말했다.

"난 가볼게요."

그리고 그녀는 발길을 재촉했다. 나는 그녀가 걸으면서 뒤에 남기는 미세하기 짝이 없는 향기의 도랑 사이로 거실까지 그녀를 뒤쫓았다. 집사 앞에서 그녀가 내뱉은 말은 단 한 마디뿐이었다.

"또 봐요."

그러면서 그녀는 가볍게 걸어 나가 문턱을 넘어섰다.

나는 내 방으로 돌아왔다. 그리고 길가에 들어선 그녀를 지켜보기 위해 창문을 열고 고개를 내밀었다.

그녀는 가벼운 걸음걸이로 햇볕이 드는 인도 위를 걷고 있었다. 어느 무리에게도 눈길을 주지 않고 똑바로 앞만 보며 걸었다. 산마르티노의 여름이 크리스털 같은 하늘을 은은한 금빛으로 물들이고 있었다. 조용한 열기가 공기를 따사롭게 만들면서 이제는 사라진 바이올렛 향기를 되살려내고 있었다.

걷잡을 수 없는 슬픔이 나를 사로잡았다. 나는 패배한 사람처럼 창문틀에 매달렸다. 슬픔은 천천히 참을 수 없는 절망으로 변하고 말았다. 그렇게까지 마음이 아팠던 적은 살아오면서 극히 드물었다. 수년간 지속되어온 줄리아나에 대한 믿음을 한순간에 무너뜨리는 그 의혹 때문에 가슴이 아팠다. 손아귀를 빠져나가는 환영 뒤에서 내 영혼이 그렇게 소리 높여 외쳤던 적도 드물었다. 내 손아귀에서 빠져나가는 걸 어쨌든 돌이킬 수 없단 말인가? 나는 그렇다고 믿을 수도 믿고 싶지도 않았다. 나의 잘못된 인생 전체는 언제나 위대한 환영에 감싸여 있었다. 그 환영은 나의 이기적인 요구에 부합했을 뿐만 아니라 원대한 포부를 가지기 원했던 나의 예술가적인 꿈을 충족시키는 것이었다. 〈포용력이란 초월하는 고통의 강렬함에서 유래한다. 그녀가 영웅이 될 수 있는 기회를 가지려면 내가 그녀에게 주는 고통을 그녀가 받아들여야만 해.〉 내가 나의 회한을 가라앉히는 데 사용했던 이 공식은 내 정신 속에 깊이 뿌리를 내리면서 플라톤을 칭송하던 나의 가장 훌륭한 사상으로부터 이상적인 유령을 만들어냈다. 나는 자유분방하고 삐뚤어지고 연약하면서도 내 존재의 영역 안에서 엄격하고 강직한 영혼, 부패할 수 없는 영혼을 발견하고 흡족해했다. 나는 내가 사랑받는 존재라는 것, 영원히 사랑받을 존재라는 것이 만족스러웠다. 나의 모든 악습과 나의 모든 비참함과 모든 약점이 바로 이 환영에 기초를 두고 있었다. 나는 모든 똑똑한 남자들의 꿈이 나를 위해서라도 현실화될 수 있다고 믿었다. 그것은 배신을 모르는 여자를 지속적으로 배신할 수 있는 가능성이었다.

〈뭘 찾고 있는 건가? 인생의 황홀함을 전부 찾아보겠다는 건가? 나가봐! 술을 마시고 한번 취해봐! 마치 신전에서 눈을 가리고 누워 있는 어린 양처럼, 내 집에서, 말없는 여인이 회상에 젖어 날 기다리고 있지 않나! 내가 한 번도 기름을 따라본 적이 없는 등잔에 항상 불이 켜져 있지 않나!〉 이것이 바로 모든 지성인 남자들의 꿈 아니었나?

게다가! 〈언제라도, 어떤 흥겨운 일이 있었어도, 돌아오기만 하면, 그녀는 제자리에 있을 거야. 그녀는 내가 돌아오리라고 확신하고 있어. 하지만 나에게 자신이 기다리고 있다는 사실을 이야기하지는 않겠지. 그녀의 무릎 위에 내 머리를 올려놓고 손가락 끄트머리로 내 관자놀이를 쓰다듬으며 내 고통을 마비시키겠지.〉

그런 멋진 귀가를 나는 예감했다. 한 남자를 완전히 바꿔버리고 마는 내면적 파국을 수도 없이 경험한 뒤에 마지막으로 돌아오는 길을 나는 예감했던 것이다. 나의 모든 절망감들이 흠 없는 피난처의 은밀한 안식 속에서 위로를 받았을 것이다. 내가 의도했던 대로, 나에 대한 사랑 하나만으로 나의 이상과 정확하게 상통하는 높은 경지에 도달할 수 있었던 한 여인이, 내가 품고 있던 모든 치욕스러운 감정의 밑바닥에 한 줄기 빛을 비춰주었을 것이다.

조그만 의혹 하나가 모든 것을 순식간에 무너뜨릴 수 있을까?

나와 줄리아나 사이에 있었던 일을 돌이켜보았다. 내가 방에 들어간 그 순간부터 그녀가 밖으로 나갈 때까지의 일을 나는 다시 떠올렸다.

내 마음속 깊은 곳에서 움직이는 생각의 대부분을 기이하고 과도한 신경 쇠약 쯤으로 여기면서도 나는 '내 눈에 전혀 다른 여인으로 비쳤다'라는 말이 정확하게 드러내던 이상한 느낌을 지워버릴 수가 없었다. 그녀의 마음속에 있는 무언가가 틀림없이 변해 있었다. 하지만 무엇이 변했단 말인가? 필리포 아르보리오의 헌사에는 오히려 내가 안심할 만한 표현이 들어 있지 않았던가? 그러니까 '상아탑'이란 표현을 통해 그녀가 난공불락의 요새라는 것을 인정하지 않았던가? 그런 명예로운 수식어가 그의 머릿속에 떠올랐던 것은 줄리아나 헤르밀이라는 이름이 순수함의 대명사라는 것이 널리 알려졌기 때문일 수도 있고, 아니면 유혹을 시도했다가 결국에는 포기했기 때문일 수도 있을 것이다. '상아탑', 어쨌든 줄리아나는 깨끗한 상태로 남아 있는 것이 틀림없었다.

계속되는 의혹을 가라앉히기 위해 이런 식의 생각을 진전시키다가 내가 발견한 것은 나의 가슴 깊은 곳에 여전히 남아 있는 야릇한 쓰라림이었다. 그건 내게 다시 아주 요상한 정반대의 생각이 느닷없이 떠오르지 않을까 하는 걱정이나 다름없었다. 〈넌 알고 있어. 줄리아나의 피부가 눈처럼 희다는 걸! 피부가 그녀의 흰 셔츠만큼이나 창백하다는 걸! 신성한 느낌의 그 수식어는 얼마든지 세속적인 것일 수도 있어!〉 하지만 그 **보잘것없는**이란 표현은? 〈잠깐, 잠깐, 무슨 핑곗거리가 그렇게 많아!〉

더 이상은 아무것에도 관여하고 싶지 않은 격렬한 충동이 그 쓸데없고 치졸하기 짝이 없는 고민을 중단시켰다. 나는 어깨를 오싹거리며 창문에서 떨어져 나왔다. 그리고 방 안을 어슬렁거렸다. 기계적으로 책을 한 권 펼친 뒤에 한쪽으로 밀어 던졌다. 하지만 숨이 턱턱 막혀오는 것은 멈추질 않았다. 〈아니……〉 나는 마치 보이지 않는 적과 맞서 싸우기라도 하겠다는 듯이 걸음을 멈추고 서서 생각했다. 〈아니, 이 모든 것이 대체 무슨 소용이란 말인가? 지금은 그녀가 이미 몸을 버렸기 때문에 더 이상 손실을 복구할 수 없는 상황이거나, 아니면 그녀가 아직 위험에 처해 있고 단지 내가 지금 이 상황에서 그녀를 구하기 위해 뛰어들 수 없는 상황이거나, 또 아니면 아무 일도 일어나지 않았고 그녀가 여전히 순결을 지키겠다는 일념으로 굳건하게 버티고 있는 상황이겠지. 그렇다면 아무것도 변한 것은 없는 셈이야. 어쨌든 내가 취할 수 있는 행동이라고는 아무것도 없어. 현재의 상황은 필연적이고 앞으로의 일도 필연적으로 발생할 수밖에 없어. 이 위기는 언젠가는 사라지겠지. 기다려야 해. 줄리아나의 테이블 위에 놓여 있던 하얀 국화들이 얼마나 아름다웠는가! 밖으로 나가서 비슷한 국화들을 한 바구니 사오자. 테레사와의 약속은 2시야. 거의 3시간이나 남아 있어…… 지난번에는 줄리아나가 벽난로에 불이 타오르는 모습을 보고 싶다고 하지 않았나? 이번 겨울의 첫번째 불을 지펴보자. 날씨가 이렇게 따뜻하긴 하지만…… 줄리아나는 기분 좋은 한 주를 보내고 있지 않나! 오래 지속되면 좋으련만…… 하지만 기회가 오는 대로 에우제니오 에가노를 부추겨야 해.) 갑작스러운 중단과 우회가 계속되는 가운데 내 생각은 어느덧 새로운 길로 접어들었다. 임박해 있는 관능적인 순간의 이미지들 사이로 또 다른 이미지가, 순수하지 못하고 내가 염려스러워하며 보고 싶지 않아 했던 이미지가 번뜩이며 끼어들었다. 독실한 가톨릭 신자인 그녀가 열정적으로 사랑하던 글귀들이 생각났다. 하나의 긴장감이 또 다른 긴장감을 조성했다. 그리고 비록 전혀 다른 종류의 고통이었지만, 나는 똑같은 욕망의 전염 속에서 두 여인을 혼동하기 시작했고 똑같은 미움 속에서 필리포 아르보리오와 에우제니오 에가노를 혼동하기 시작했다.

위기는 내 영혼에 여동생에 대한 부정적인 견해와 불만만 남기고 사라졌다. 나는 줄리아나로부터 계속 멀어지기만 했다. 계속해서 무성의하고 더 무뚝뚝해질 뿐이었고 마음도 더 굳게 닫아버렸다. 테레사 라포를 향한 나의 슬픈 욕망은 계속해서 예외적인 상황을 발생시켰고 나의 모든 시간과 힘을 빼앗아가며 잠깐의 휴식도 내게 허락하지 않았다. 나는 귀신들린 사람이나 다를 바 없었다. 악마적 광기의 노예가 된 남자, 알 수 없는 무서운 병에 걸린 남자였다. 내 영혼은 그해 겨울의 기억을 혼란스럽게만 간직하고 있다. 그때의 기억들은 일관성이 없고 가끔씩 나타났던 이상하고 어두운 환각에 의해 단절된 채로 남아 있다.

그해 겨울에 나는 내 집에서 필리포 아르보리오를 만난 적이 없다. 공공장소에서 가끔 보았을 뿐이다. 하지만 내가 그를 만난 것은 어느 날 저녁 펜싱장에서였다. 그것이 우리의 첫 만남이었다. 우리는 마에스트로 앞에서 서로를 소개하고 몇 마디를 나누었다. 가스등이 뿜어내던 빛과 마룻바닥이 울리는 소리, 번뜩이는 칼들이 챙챙거리면서 부딪히는 소리, 펜싱 선수들의 불안정하면서도 우아한 자세와 다리를 활처럼 구부리고 번개처럼 움직이는 모습들, 선수들의 몸에서 거추장스럽게 뿜어져 나오던 뜨거운 김과 기합 소리와 갑작스러운 감탄사와 웃음소리들이 내 기억 속에는 아주 또렷하게 남아 있다. 바로 내가 필리포 아르보리오와 마주보고 있고 마에스트로가 우리들의 이름을 호명하던 순간 주변에서 일어났던 일들이었다. 필리포 아르보리오가 땀으로 범벅이 된 시뻘건 얼굴을 드러내며 마스크를 벗던 모습이 눈에 선하다. 그는 한 손으로는 마스크를 다른 한 손으로는 플뢰레를 들고 허리를 굽혀 인사했다. 힘든 경기였는지 지나치게 숨을 몰아쉬고 있었다. 근육을 사용하는 데 익숙하지 않은 사람처럼 미세한 경련까지 일으키는 듯이 보였다. 언뜻 그가 그다지 겁낼 만한 상대는 못 될 거란 생각이 들었다. 나는 잘난 척까지 했다. 펜싱장에 있는 동안 나는 그의 작가적 명성이나 그에 대한 나의 존경심에 대해서는 한마디도 꺼내지 않았다. 나는 전혀 모르는 사람을 대할 때처럼 행동했다.

마에스트로가 웃으면서 내게 물었다.

"그래요, 내일은 어떻게 할까요?"

"10시에 보시기로 하죠."

"시합을 준비 중이신가요?"

아르보리오가 궁금증을 감추지 않고 물었다.

"네."

그가 약간 망설이다가 덧붙였다.

"누구와 대결하시는 건가요? 실례가 안 된다면……"

"에우제니오 에가노요."

나는 그가 무엇이든 좀더 알고 싶어 한다는 걸, 하지만 나의 무관심하면서도 차가운 태도 때문에 망설이고 있다는 걸 눈치챘다.

"내일 연습은 5분이면 됩니다. 마에스트로."

나는 그렇게 말하고 탈의실로 향했다. 문턱을 넘어서기 전에 나는 걸음을 멈추고 잠시 뒤를 돌아보았다. 아르보리오가 다시 방어 자세를 취하고 있는 모습이 눈에 들어왔다. 슬쩍 보는 것만으로도 그가 펜싱에는 재주가 전혀 없는 친구라는 것을 쉽게 알아차릴 수 있었다.

다음 날 모두가 보는 앞에서 마에스트로와 연습을 하는 동안 아주 특이한 흥분 상태가 내 신경을 자극하면서 내 힘을 두 배로 강화시켰다. 나를 뚫어져라 쳐다보는 필리포 아르보리오의 시선 때문이었다.

연습이 끝나고 나는 탈의실에서 그를 다시 만났다. 천장이 낮은 탈의실은 수증기와 자극적이고 구역질나는 땀 냄새로 가득했다. 모두들 벌거벗은 상태에서 탈의실 안에 들어가 있었다. 사람들은 커다란 흰 수건을 두르고, 가슴과 팔과 어깨를 천천히 문지르고 담배를 피워대며 큰 소리로 농담을 하고 저질스러운 말로 자신들의 동물적인 욕구를 해소했다. 샤워기에서 떨어지는 물소리가 시끌벅적한 웃음소리와 뒤섞이곤 했다. 나는 두세 번 정도, 알 수 없는 거부감을 가지고 몸을 어딘가에 크게 부딪혔을 때처럼 질겁하며 사람들 사이로 깡마른 아르보리오의 몸을 쳐다보았다. 바라보고 싶지 않은데도 내 시선이 그의 몸 위에 머물렀다. 그리고 다시 한 번 증오의 이미지가 만들어졌다.

그 뒤로는 그를 다시 보거나 만날 기회가 없었다. 그리고 신경도 쓰지 않았다. 그 뒤로는 줄리아나의 행동에서도 어떤 의심할 만한 점을 발견할 수 없었다. 나의 그 비좁은 생활환경 속에서 애를 태우는 동안 내가 분명하게 느끼거나 의식할 수 있는 것은 아무것도 없었다. 내 영혼을 스쳐 지나가던 이상한 느낌의 인상들은 전부 뜨거운 철판 위로 떨어지는 물방울처럼 튀어 오르거나 흔적도 없이 사라져버렸다.

모든 일들이 걷잡을 수 없이 전개되고 말았다. 2월이 끝나갈 무렵 부끄러운 마지막 행각을 끝으로 나와 테레사 라포 사이에 결정적인 결별이 이루어졌고 나는 혼자서 베네치아를 향해 출발했다.

그곳에서 나는 석호의 안개와 고요함이 집요하게 만들어내던 몽롱함과 도저히 이해할 수 없는 괴로움 속에서 한 달가량을 머물렀다. 내가 간직하고 있던 것은 모든 사물들 사이를 배회하는 무기력한 유령들 사이에 홀로 서 있는 내 고립된 존재에 대한 의식뿐이었다. 긴긴 시간이 흐르는 동안 나는 정지된 삶의 소름 끼치도록 무거운 무게 외에는 아무것도 느끼지 못했다. 동맥이 뛰는 소리만 미세하게 머릿속에서 울려 퍼질 뿐이었다. 영혼을 지배하는 그 이상한 매력이, 마치 일률적이고 지속적으로 오가기만 하는 정체불명의 물체가 인간의 감각에 놀라운 영향을 미치듯이, 오래도록 나를 꼼짝도 하지 못하게 만들었다. 부슬비가 내렸다. 물 위의 안개는 물 위를 장엄하게 걸어 다니는 유령의 모습을 하고 을씨년스러운 분위기를 자아냈다. 곤돌라를 타고 있을 때면 나는 관 속에 들어와 있다는 생각이 들었고 그런 식으로 나는 저세상에 와 있다는 상상을 하곤 했다. 사공이 어디를 가냐고 물어오면 나는 거의 매번 아리송한 말로 답을 대신했다. 그리고 내가 내뱉은 말의 절망적인 진솔함을 속으로 헤아리곤 했다. '세상 바깥이면 어디든 가게!'

나는 3월이 끝나갈 무렵에 로마로 돌아왔다. 나는 현실을 새로운 느낌으로 받아들이고 있었다. 마치 오랜 무의식 상태에서 깨어난 것만 같았다. 아무런 이유 없이 부끄러움이나 당혹감, 두려움 같은 감정에 느닷없이 휘말리는 경우들이 일어났다. 나 자신이 어린 소년처럼 약하게 느껴졌다. 나는 계속해서 주변을 두리번거렸다. 예전과는 다른 관심을 가지고 사물과 사건들의 진정한 의미를 발견하기 위해, 올바른 관계를 발견하기 위해, 변화된 것이 무엇이고 사라진 것이 무엇인지 깨닫기 위해 세상을 주의 깊게 관찰했다. 천천히 모두의 삶 속으로 되돌아가는 동안 나의 사고는 균형을 되찾기 시작했고 희망이 피어나고 미래에 대한 계획이 다시 떠오르기 시작했다.

줄리아나는 굉장히 허약해져 있었다. 건강이 많이 악화된 상태였고 내가 이제껏 목격한 적이 없는 깊은 슬픔에 빠져 있었다. 우리는 대화를 나눌 때 서로의 눈을 바라보지 않고 마음을 열지 않은 채 몇 마디씩만 주고받았다. 나와 마찬가지로 줄리아나도 아이들과 같이 시간을 보내려고 노력했다. 아무것도 모르는 마리아와 나탈리아는 나와 줄리아나 사이의 침묵을 씩씩한 목소리로 채워 넣으면서 행복해했다. 하루는 마리아가 물었다.

"엄마, 올해는 우리 부활절 때 바디올라에 가나요?"

엄마 대신 내가 먼저 주저하지 않고 대답했다.

"그래. 갈 거란다."

마리아는 기뻐서 동생을 데리고 방을 이리저리 뛰어다니기 시작했다. 나는 줄리아나를 바라보았다.

"당신도 갔으면 하는 거지?"

나는 조심스럽게 질문을 던졌다. 그녀는 고개를 끄덕이며 좋다고 했다. 내가 덧붙였다.

"내가 보기엔 당신 몸이 안 좋은 것 같아. 나도 마찬가지야…… 아마 시골에 가면…… 이제 봄이니까……"

그녀는 소파에 기대앉아 팔걸이 위에 하얀 손을 올려놓고 있었다. 그녀의 자세가 옛 모습을 떠올리게 만들었다. 그녀가 병석에 누워 있다가 일어나던 날 아침, 하지만 나의 출발 소식을 전해 듣고 난 다음의 모습이었다.

　우리는 떠나기로 하고 출발 준비를 했다. 나의 영혼 깊은 곳에서 새로운 희망이 빛을 발하고 있었다. 하지만 그 빛을 나는 감히 바라볼 수 없었다.

1

제일 먼저 떠오르는 기억은 이것이다.

내가 서두에서 하고 싶었던 말, 그 무시무시한 사건과 관련된 첫 이야기는 바로 이것이다.

4월이었고 우리가 바디올라에 온 지 얼마 지나지 않았을 때였다.

"아, 얘들아!"

아무것도 모르는 어머니가 우리를 반기면서 말했었다.

"아니, 어쩌면 이렇게들 바싹 말라버렸니! 아! 이게 전부 그놈의 로마 때문이지! 너희들 여기 시골에서 나랑 함께 좀 지내야겠다. 오랫동안…… 다시 건강해지려면, 아주 오랫동안 지내야겠어."

"네!"

줄리아나가 웃으면서 대답했다.

"네, 어머니. 어머니가 원하시는 만큼 있을게요."

그때 보았던 미소가 그 뒤로도 줄리아나의 입가에 자주 떠오르는 것을 나는 볼 수 있었다. 그건 어머니가 계신 곳에서도 마찬가지였다. 우울한 눈빛만이 그대로 남아 있었을 뿐 그 미소가 얼마나 부드럽고 아름다웠는지 나까지도 깊은 환영에 빠져들도록 만들었다. 그래서 나는 결국, 감히 희망을 가져보기로 결심했다.

처음 며칠 동안 어머니는 꼬마 손님들과 도무지 떨어질 생각을 하지 않았다. 아이들의 굶주린 배를 사랑으로 채우겠다고 작정한 듯싶었다. 몇 번이고 나는 어머니를 바라보며 이루 말할 수 없는 감동을 받았다. 축복 어린 손으로 줄리아나의 머리카락을 쓰다듬는 모습을 본 적도 있고 한번은 어머니가 이렇게 묻는 소리를 들은 적이 있다.

"여전히 널 사랑하지?"

"불쌍한 툴리오! 그럼요."

그리고 이런 소리가 들려왔다.

"어쨌든, 그건 사실이 아니야……"

"뭐가요?"

"사람들이 나한테 해준 이야기들 말이다."

"사람들이 무슨 말을 했는데요?"

"아니다. 아무것도 아니야…… 툴리오가 혹시 너한테 몹쓸 짓이라도 한 건 아닌지 걱정했을 뿐이다."

두 사람은 창가 한쪽에 모여 너풀거리는 커튼 뒤에서 이야기를 나누고 있었다. 창밖에서 느릅나무들이 바람에 산들거리고 있었다. 내가 다가가는 것을 두 사람이 채 눈치채기 전에 나는 커튼을 젖히고 모습을 드러냈다.

"아, 툴리오!"

어머니가 큰 소리로 나를 부르면서 반갑게 맞이했다.

줄리아나와 불안한 눈길을 주고받은 뒤에 어머니가 덧붙였다.

"네 얘기를 하고 있었단다."

"제 얘기를요? 무슨 나쁜 얘기를 했는데요?"

농담처럼 던진 질문이었다.

"아니에요. 좋은 얘기만 했어요."

줄리아나가 곧장 반응을 보였다. 그녀의 목소리에서 나는 나를 안심시키려는 또렷한 의도를 분명하게 읽을 수 있었다.

4월의 태양이 따뜻하게 창틀을 비추면서 어머니의 회색 머리카락을 반짝반짝 빛나게 만들었다. 따뜻한 햇살과 함께 줄리아나의 관자놀이 위로 부드러운 광채가 일어났다. 새하얀 커튼이 맑은 유리창에 반사되며 파도처럼 출렁거리고 있었다. 창밖에선 새로이 자라난 조그만 이파리들이 커다란 느릅나무들을 뒤덮고 있었다. 바람이 불어올 때마다 속삭이는 듯이 바스락거리는 나뭇잎 소리가 때로는 작게 때로는 크게 들려왔고, 그림자들도 장단을 맞추면서 때로는 작게 때로는 크게 몸을 흔들었다. 외벽을 온통 뒤덮고 있던 스톡*들이 부활절의 향기를 뿜어내고 있었다. 보이지 않는 몰약의 향기라고 할 만한 것이었다.

"이 냄새 지독하지 않아요?"

줄리아나가 속삭였다. 손가락으로 눈썹 위를 쓰다듬고 눈을 감으면서 말했다.

"꼭 기절할 것만 같아요."

나는 그녀와 어머니 가운데에, 하지만 살짝 뒤쪽으로 물러서 있었다. 창틀 쪽으로 몸을 기울이고 두 사람을 모두 내 팔로 감싸 안고 싶다는 생각이 들었다. 그렇게 순박하고 자연스러운 행동 속에 내 가슴을 부풀어 오르게 하는 기쁨 전부를 쏟아붓고 싶었다. 말로는 다 표현할 수 없는 것들이 얼마나 많이 있는지 그녀에게 알리고 그녀를 감싸 안는

---

*   stock: 십자화과의 여러해살이풀로 4~5월에 꽃이 핀다.

행동 하나만으로 그녀를 고스란히 되찾고 싶었다. 하지만 다시 한 번 어린아이 같은 두려움이 나를 가로막고 말았다.

"저기 봐라, 줄리아나."

어머니가 언덕 위를 가리키며 말했다.

"네 빌라릴라다. 보이니?"

"네, 네."

줄리아나는 눈을 가늘게 뜨고 손을 활짝 펴 햇빛을 가렸다. 나는 그녀를 관찰하면서 그녀의 아랫입술이 파르르 떨리는 걸 지켜보았다.

"사이프러스가 보여?"

내가 물었다. 왠지 암시적인 질문으로 그녀의 불안감을 고조시키고 싶었다.

그리고 머릿속으로 그 오래된 사이프러스를 떠올렸다. 발밑에는 항상 장미꽃이 만발했고 정상에서는 참새들이 짹짹거리던 그 사이프러스를.

"네, 네, 간신히 알아볼 것 같아요……"

멀리 보이는 언덕 중턱에서 빌라릴라가 하얀 모습을 드러냈다. 굽이굽이 이어지는 언덕들이 고귀하고 평화로운 느낌의 곡선을 그리면서 눈앞에 펼쳐졌다. 창가에서 바라보는 올리브나무들은 한없이 가볍게 느껴졌다. 둥근 모양의 녹색, 회색 구름들이 줄을 지어 서 있는 것만 같았다. 질서를 깨는 것은 화사하게 핀 흰색과 분홍색 꽃나무들뿐이었다. 하늘은 하염없이 창백했다. 마치 물속에 풀어 넣은 우유가 천천히 퍼지면서 섞여 들어가는 듯한 느낌이었다.

"빌라릴라에는 부활절이 지난 뒤에 가자. 꽃이 만발해 있을 거야."

내가 말했다. 내가 잔인하게 빼앗았던 꿈을 그녀의 영혼 속에 다시 고스란히 가져다 놓고 싶은 심정이었다.

그리고 용기를 내서 팔로 줄리아나와 어머니를 감싸 안았다. 나는 머리를 두 사람 사이에 두고 두 사람의 머리카락이 모두 내게 와 닿을 수 있도록 창틀 쪽으로 몸을 숙였다. 봄이 돌아오면 충만해지는 공기와 귀족적으로 변신하는 대자연이 그토록 새롭게 느껴지던 나의 인생에 깊은 의미를 부여해주었다. 모든 피조물들이 모성에 힘입어 일으키는 온화한 변화와 창백하기 때문에 신성해 보이는, 창백하면 창백할수록 더 신성해 보이는 하늘도 마찬가지였다. 나는 속으로 떨고 있었다. 나는 생각했다. 〈어떻게 이런 일이 가능하단 말인가? 어떻게? 그동안에 일어난 모든 일과 내가 견뎌야 했던 모든 고통에도 불구하고, 그토록 수많은 잘못과 부끄러운 행동을 저지른 후에도 여전히 이런 기쁨을 맛볼 수 있다니! 나는 여전히 희망할 수 있다. 여전히 나는 행복을 예감할 수 있다. 과연 누가 나에게 이런 축복을 내렸단 말인가?〉 온몸이 가벼워지면서 나라는 존재가 확장되며 가볍고 빠르게 끊임없이 이어지는 떨림과 함께 모든 경계를 초월하는 것만 같았다. 머리카락 하나가 내 볼을 스치고 지나가면서 전달하는 느낌이 얼마나 굉장한 것이었는지 세상 무엇과도 비교하기 힘들 것이다.

우리는 아무 말도 하지 않고 몇 분 동안 그 자세 그대로 유지한 채서 있었다. 느릅나무 가지들이 바람에 흔들렸다. 창밖의 벽 밑에서 자라나던 노란색, 보라색 꽃들이 바람에 끊임없이 산들거리면서 내 눈을 황홀하게 만들었다. 따뜻하고 짙은 향기가 마치 입김처럼 태양을 향해 솟아올랐다.

어느 순간인가 줄리아나가 몸을 사리면서 뒤로 물러섰다. 지친 듯이, 무언가 어리둥절해하는 눈빛으로 마치 구토라도 할 것처럼 입술을 깨물면서 말했다.

"이 냄새 너무 고약해요! 어지러워요. 어머니, 머리 안 아프세요?"

그리고 자리를 뜨려는 듯 등을 돌리고 주저하면서 비틀거리는 자세로 몇 걸음 앞으로 내디뎠다. 그런 뒤에 그녀는 서둘러서 밖으로 나갔고 어머니가 그녀의 뒤를 쫓았다.

나는 눈을 뜨고 꿈꾸는 듯, 여전히 옛 기억의 여운에 사로잡힌 채 두 사람이 문밖으로 달아나듯 사라지는 모습을 지켜보았다.

2

미래에 대한 나의 확신은 날이 갈수록 굳어졌다. 더 이상은 아무것도 기억할 수가 없었다. 나의 지친 영혼은 고통받는 것조차 잊고 있었다. 몇 시간씩 모든 것을 포기하고 넋을 놓고 있는 동안 모든 것이 느슨해지고 사방으로 흩어지고 녹아들면서 태고의 흐름 속에 잠기는 듯했다. 그리고 더 이상 아무것도 형체를 알아볼 수 없는 상태로 돌입했다. 이런 식으로 내면의 이상한 분해가 진행된 다음에는 내 안으로 또 다른 생명이 들어오는 듯했고 또 다른 힘이 나를 소유하는 듯했다.

내가 원하지 않았던 수많은 감상들, 자연스럽고 무의식적이고 본능적인 느낌들이 나의 실체를 구축하고 있었다. 외부 세계와 나의 내면 세계 사이에는 작용과 반작용의 최소한의 움직임이 있을 뿐이었다. 반작용은 진동과 함께 무한한 반향을 일으켰다. 그리고 하나하나의 진동은 이루 말할 수 없이 벅찬 심적 상태로 변했다. 허공을 통과하는 모든 것들, 바람과 그림자와 광채에 의해 나라는 존재가 변화하고 있었다.

육체의 병과 마찬가지로 심각한 영혼의 병은 인간을 재창조해낼 수 있다. 정신의 회복은 육체의 회복에 비해 절대로 덜 상쾌하거나 덜 기적적이지 않다. 꽃이 핀 관목 앞에서, 조그마한 새싹들로 뒤덮인 나뭇가지 앞에서, 죽은 듯이 보이는 오래된 그루터기 위로 힘겹게 솟아난 새순 앞에서, 땅이 선사하는 생명 앞이라면 그것이 아무리 비천하더라도, 봄이 허락하는 변신이라면 그것이 아무리 보잘것없는 것이라도, 나는 멈춰 서서 어쩔 줄 몰라 하며 기뻐하기만 했다!

아침에는 내 동생과 함께 자주 외출을 하곤 했다. 아침에는 모든 것이 신선했고 쉽고 자유로웠다. 페데리코와 함께하는 시간은 나를 정화시켰고 신선한 산바람처럼 나를 강하게 만들었다. 당시에 스물일곱 살이었던 페데리코는 인생의 거의 대부분을 산에서 보내고 있었다. 그는 청렴하고 부지런했다. 대지의 평온함과 정직함이 그의 온몸에 배어 있었다. 그는 자연의 법칙이 뭔지 알고 있었다. 레프 톨스토이는 페데리코의 깨끗하고 멋진 이마 위에 입을 맞추면서 그를 기꺼이 아들이란 이름으로 불렀을 것이다.

우리는 거의 매번 아무런 목적지 없이 들녘을 돌아다녔다. 그는 우리의 비옥한 땅을 자랑스러워했다. 그는 새로 도입한 경작법과 그것의 향상된 성취들에 대해 설명했다. 우리의 농부들이 사는 집은 크고 단정하고 넓은 야외 공간을 가지고 있었다. 축사 역시 잘 먹고 자란 건강한 가축들로 꽉 차 있었다. 농장도 완벽하게 정돈되어 있었다. 걷는 동안 그는 자주 멈춰 서서 식물들을 관찰하곤 했다. 그의 굵직한 손은 어린 나무의 작은 연두색 이파리들을 만질 때마다 극도로 섬세한 동작을 해 보였다. 우리는 가끔씩 과수원을 지나가기도 했다. 복숭아나무, 배나무, 사과나무, 체리나무, 자두나무, 살구나무의 가지 위에 수만 개의 꽃들이 피어 있었다. 분홍색 혹은 은색에 가까운 꽃잎들의 투명함은 햇빛에 반사되어 촉촉하게 빛났다. 그것은 가히 신성하게, 형언하기 힘들 정도로 모호하고 동시에 선한 것으로 느껴졌다. 끊임없이 이어지는 화관들 사이의 조그만 틈새로 하늘이 살아 있는 것만 같은 부드러운 눈길을 보내오고 있었다.

그는 허공에 매달린 보물들을 생각하면서 꽃의 아름다움을 칭송하는 내게 말을 걸었다.

"앞으로 보게 될 거야. 열매가 열리는 걸 보게 될 거라고."

나는 그가 한 말을 되새기며 속으로 되풀이했다. 〈그래, 보게 될 거야. 꽃이 지고 잎이 돋아나고 열매가 자라고 색이 들고 무르익어서 떨어지는 것을 보게 되겠지.〉 동생의 입을 통해 전해진 이 약속이 내게는 이루 말할 수 없이 중요하게 느껴졌다. 내가 무어라고 형언하기 힘든 행복과 연관된 것이었다. 오랫동안 기다려온 약속된 행복이 바로 이 꽃이 피고 열매가 열리는 동안, 나무들이 출산을 하는 동안, 현실로 이루어져야만 할 것 같았다. 〈내 계획을 들어보기도 전에, 페데리코는 내가 그와 함께, 어머니와 함께 이곳 시골에 남는 것이 당연하다고 여기고 있어. 그래서 내가 과일나무들의 열매를 보게 될 거라고 얘기하는 거겠지. 내가 그 열매들을 틀림없이 보게 될 거라고 믿고 있는 거야. 어쨌든 내게도 새로운 인생이 시작되었고 내가 가지고 있는 이 새로운 감정이 나를 속이지 않으리라는 건 틀림없는 사실이야. 모든 것이 예전과는 다르게 이상할 정도로 쉽게 이루어지고 있으니까. 게다가 이 사랑으로 가득한 분위기까지…… 페데리코는 얼마나 다정한가! 내가 동생을 이토록 가깝게 느껴본 적이 또 있었을까!〉 이것이 나의 내면의 독백이었다. 나는 파편적이고 일관성 없는 독백을 늘어놓았다. 아무리 하찮고 무의미한 일들이라도 그 안에서 긍정적인 예감과 밝은 미래를 보도록 만들던 나의 독특한 심경 때문에 터무니없이 유치하기까지 한 독백들이었다.

나의 가장 커다란 기쁨은 내가 과거에서 멀리 떨어져 있다는 것, 어떤 공간들로부터, 어떤 사람들로부터 멀리 떨어져서 아무도 찾지 못할 곳에 와 있다는 사실이었다. 봄의 평화를 만끽하는 동안 그곳이 내가 많은 아픔을 감수해야 했던 어둡고 잔인한 고통의 세계에서 나를 완전히 분리시키는 공간이라는 생각이 들곤 했다. 하지만 나는 형언하기 힘든 두려움에 여전히 사로잡혀 있었다. 내가 서둘러 나의 피난처를 찾았던 것도 바로 그 때문이었다. 그 두려움이 나로 하여금 내 동생의 팔짱을 끼고 그의 눈에서 나를 향한 그의 의심할 수 없는 보호 본능을 읽도록 부추겼다.

페데리코에게 의지하는 나는 장님이나 다를 바 없었다. 동생의 사랑이 간절했을 뿐만 아니라 그에게 지배받고 싶다는 생각까지 들었다. 더 많은 자격을 가지고 있는 그에게 장남의 자리를 양보하고 그의 충고를 들으면서 그를 나의 선생처럼 존경하고 그의 말에 복종하면서 살 수 있지 않을까 하는 생각이 들었다. 그의 곁에서라면 내가 다시 길을 잃을 위험은 없었다. 그는 올바른 길이 무엇인지 알고 있었고 확신을 가지고 그 길을 걷고 있었기 때문이다. 그의 육중한 팔이 나를 보호해줄 수 있었다. 그는 모두에게 본이 되는 남자였다. 그는 선하고 강하고 현명했다. 땅을 사랑하는 마음으로 〈의식을 가지고 열심히 일하자〉는 거의 종교적인 신념을 가지고 헌신적으로 살아가는 그 젊은이의 고귀함을 세상 사람들은 아무도 쫓아가지 못하리란 생각이 들었다. 푸른 초원만 끊임없이 바라보던 탓이었는지 그의 눈동자 역시 맑은 초록으로 변해버린 듯했다.

"흙의 예수!"

하루는 내가 미소를 지으면서 그를 흙의 예수라고 불렀다. 모든 것이 순수하고 무고하게 느껴지던 어느 날 아침이었다. 대지의 유아기에 떠올랐을 태고의 새벽이 눈앞에 펼쳐졌다. 경작지 갓길에서 약간 앞장서 걸으며 내 동생이 몇몇 농부들과 이야기를 나누고 있었다. 그가 여유 있게 손짓을 섞어가며 설명하는 모습이 그의 말들이 품고 있을 소박함과 명료함을 고스란히 보여주고 있었다.

나이 든 남자들, 지혜를 원하는 듯 머리카락이 하얗게 변해버린 노인들, 중년의 남자들이 전부 그 젊은 청년의 말을 듣고 있었다. 바싹 마른 농부들의 몸에는 모두 함께 일을 하고 나온 흔적들이 역력하게 남아 있었다. 나무 한 그루 보이지 않는 들판의 고랑 속에서 밀이 자라날 때까지는 아주 오랜 시간이 걸릴 것 같았다. 농부들이 햇살 아래서 그런 식으로 대화를 나누는 것이 왠지 지극히 자연스럽게 보였다.

내가 그를 향해 다가가는 모습을 보자마자 동생은 농부들을 제쳐두고 내게 다가왔다.

내 입에서 자연스럽게 인사가 흘러나왔다.

"호산나! 흙의 예수님 오셨네."

그는 식물들을 향한 무한한 열정을 가지고 있었다. 온 세상을 관찰하는 듯한 그의 날카로운 시선을 피할 수 있는 것은 아무것도 없었다. 아침 산책을 하는 동안 여기저기서 조그만 이파리들에 붙어 있는 개미 한 마리, 달팽이, 애벌레 한 마리를 걷어내려고 발길을 멈추곤 했다. 하루는 길을 걷는 동안 내가 지팡이 끝으로 아무 생각 없이 잔디를 두들긴 적이 있었다. 지팡이가 지나가는 곳마다 잔디 끄트머리가 허공을 향해 힘없이 잘려나갔다. 마음이 아팠는지 그가 내 지팡이를 빼앗아 들었다. 하지만 그의 행동은 신사적이었다. 그리고 얼굴도 곧장 벌게지고 말았다. 아마도 그는 자신이 생명을 사랑하는 것을 내가 나약한 감정의 과장된 표출로 볼 거라고 생각했을 것이다. 그토록 남자다운 얼굴이 여자처럼 벌게지는 모습이란!

하루는 내가 꽃이 핀 사과나무 가지를 몇 개 부러뜨린 적이 있다. 나는 페데리코의 눈에서 언짢아하는 기색을 발견했다. 나는 곧장 하던 짓을 멈추고 손을 아래로 떨구었다. 그리고 말했다.

"네가 싫으면……"

그는 큰 소리로 웃기 시작했다.

"아니야. 아니야…… 나무를 전부 앙상하게 만들어도 괜찮아!"

그러는 동안 이미 부러진 가지 하나가 떨어지지 않고 생생한 섬유질에 매달려 흔들리고 있었다. 부러진 부위가 수액으로 촉촉이 젖어 있었다. 나무가 받은 고통의 흔적이었다. 약간은 붉고 약간은 하얀 힘없는 꽃들이 바람에 파르르 떨고 있었다. 이미 시들어버린 장미처럼 희망이 없는 씨앗만을 품고 있는 꽃들이었다.

그래서 내가 말했다. 행동의 잔인함에 대한 변명이라도 해보겠다는 듯이.

"줄리아나 줄 거야."

그리고 생생한 섬유질 부위를 잡아당기면서 이미 부러진 가지를 떼어냈다.

3

내가 줄리아나에게 가져다준 건 꽃 한 송이가 아니라 한 다발이었
다. 바디올라로 돌아올 때마다 나는 항상 선물로 꽃을 한 다발씩 가지
고 왔다. 어느 날 아침 나는 하얀 가시나무 한 다발을 부둥켜안은 채 회
랑에서 어머니와 마주쳤다. 나무 향기에 취했는지 나는 정신이 약간 몽
롱했고 더위에 가볍게 숨을 몰아쉬고 있었다. 내가 물었다.

"줄리아나는 어디에 있어요?"

"위에 있단다. 네 방에."

어머니가 미소를 지으면서 말했다.

나는 계단을 뛰어 올라갔다. 복도를 지나 즐거운 마음으로 그녀를
부르면서 방 안으로 뛰어들었다.

"줄리아나! 줄리아나! 어디 있어?"

마리아와 나탈리아가 반가워하며 내게 달려들었다. 지칠 줄 모르는
아이들이 꽃을 보고 광분하기 시작했다.

"이리 와요. 이리 와요." 아이들이 내게 외쳤다. "엄마가 여기에 있
어요. 침실에요. 어서 가요."

나는 세차게 두근거리는 가슴을 안고 침실 문턱을 넘어섰다. 줄리

아나는 미소를 지어 보였지만 약간은 어리둥절해하는 눈치였다. 나는 꽃다발을 그녀의 발밑에 내려놓았다.

"이 꽃 좀 봐!"

"아! 정말 예쁘네요!"

그녀는 그 싱싱하고 향기로운 꽃 앞으로 마치 보물을 구경하려는 듯 허리를 숙이면서 탄성을 터뜨렸다.

줄리아나는 그녀가 좋아하던 넓은 초록색 튜닉을 걸치고 있었다. 알로에 잎의 초록과 똑같은 색이었다. 아직 빗지 않은 그녀의 머리카락에 머리핀들이 엉망으로 꽂혀 있었다. 실타래처럼 빽빽한 머리카락이 그녀의 목덜미와 귀를 뒤덮고 있었다. 타임 향과 쓴 아몬드 향이 뒤섞인 가시나무 냄새가 방 안에 퍼지면서 줄리아나의 몸을 감싸 안는 듯했다.

"찔리지 않도록 조심해. 내 손 좀 봐."

내가 그녀에게 말했다. 그리고 여전히 피가 묻어 있는 긁힌 자국들을 그녀에게 보여주었다. 나의 선물을 좀더 값진 것으로 만들고 싶었다. 나는 생각했다. 〈오! 이제 만약에 줄리아나가 내 손을 붙잡는다면……〉 안절부절못하는 동안 먼 옛날의 기억이 떠올랐다. 한번은 가시에 찔린 내 손에 그녀가 키스를 하며 여기저기서 흐르는 핏방울을 입으로 빨아먹으려고 한 적이 있었다. 〈이제 그녀가 내 손을 붙들기만 한다면, 그녀의 모든 용서와 체념이 담긴 손길이 내 손에 와 닿기만 한다면!〉

당시에 나는 이런 순간들에 대한 기대로 꽉 차 있었다. 그런 일이 일어날 수 있으리라는 믿음이 대체 어디서 오는 것인지 나는 알지 못했다. 하지만 나는 줄리아나가 내게 돌아오리라고 확신하고 있었다. 그런 식으로, 언젠가는, 그녀의 〈모든 용서와 체념이 담긴〉 단순한 몸짓 하나만으로 아무 말 없이 내게 돌아오리라고 확신하고 있었다. 줄리아나가 내게 미소를 지었다. 너무나 하얀 그녀의 얼굴과 움푹 파인 두 눈 속에 고통의 그림자가 드리워져 있었다.

"여기에 와서 몸이 조금 나아진 게 아니었나?"

내가 뒤로 물러서며 물었다.

"아 그럼요. 많이 나아졌어요……"

그녀는 말을 잠시 멈췄다가 내게 물었다.

"당신은 어때요?"

"오! 난 벌써 다 나았어. 보다시피……"

"네. 정말 그러네요."

당시에 그녀가 내게 건넨 말 속에는, 지금은 정확하게 설명하기 힘들지만, 우아하면서도 독특한 일종의 망설임 같은 것이 섞여 있었다. 마치 하고 싶었던 말을 꾹꾹 참기만 하고 그 말 대신에 다른 말을 꺼내려고 온 신경을 집중하는 듯이 보였다. 게다가, 그녀의 목소리는, 뭐랄까, 훨씬 더 여성적이었다. 원래의 당당함과 목소리의 명쾌함을 찾아볼 수 없었다. 마치 약음기를 끼워놓은 듯한 목소리였다. 하지만 그녀의 부드러운 말들은 전부 나를 위한 것이었다. 그렇다면 무엇이 우리로 하여금 서로를 부둥켜안지 못하도록 가로막고 있었단 말인가? 무엇이 그녀와 나 사이에 놓인 벽을 지탱하고 있었단 말인가?

내 영혼의 일대기 가운데 영원히 신비롭고 불가사의한 시기로 남게 될 그 당시에, 나의 선천적인 설득력 따위는 아무런 위력을 발휘하지 못했다. 한때 나를 그토록 부들부들 떨게 만들었던 나의 무시무시한 통찰력 역시 완전히 소진된 듯했다. 나의 음흉한 정신세계가 가지고 있던 힘은 완전히 사라진 것 같았다. 당시에 내가 느꼈던 무수히 많은 것들,

복잡한 감정들은 지금 돌이켜보면 전부 이해할 수 없고 파악하기 힘든 것들이다. 왜냐하면 본질을 찾고 싶어 하는 나를 그 감정의 기원으로 인도해줄 만한 안내자가 아무도 없었기 때문이다. 당시의 심리적 상태와 또 다른 시기의 나 사이에는 단절과 용해되지 않은 정체불명의 허점들이 남아 있다.

내가 들은 어떤 옛날이야기에 이런 장면이 나온다. 한 젊은 왕자가 기나긴 순례를 마치고 오랫동안 애타게 그리워하던 여인을 드디어 다시 만나게 되었다. 여인이 가까이서 미소를 짓는 동안 왕자는 반가운 마음에 어쩔 줄 몰라 하며 여인을 바라보았다. 하지만 여인의 미소 앞에 드리워진 베일 하나가 여인에게 가까이 다가갈 수 없도록 만들고 있었다. 형체를 알아볼 수 없는 베일이었다. 너무 부드러워서 공기와 혼동될 정도였지만 왕자는 베일을 사이에 두고는 사랑하는 여인을 품에 안을 수 없었다.

이 장면은 당시에 나와 줄리아나가 처해 있던 독특한 상황을 잘 설명해준다. 나는 정체를 알 수 없는 무언가가 나와 그녀 사이를 떨어뜨려놓고 있다고 느꼈다. 그러면서도 나는 언젠가는 장애물을 무너뜨리고 나를 다시 행복하게 해줄 그녀의 조용하고 단아한 손길에 모든 희망을 걸고 있었다.

줄리아나의 방이 얼마나 마음에 들었는지 모른다. 바닥에는 밝은 색에 고풍스러운 꽃문양이 새겨진 약간 오래된 카펫이 깔려 있었고 침대가 놓인 공간이 따로 분리되어 있었다. 하얀 가시나무 향이 방을 가득 채우고 있었다.

그녀가 창백한 얼굴로 내게 말했다.

"향기가 상당히 강하네요. 머리가 어지러울 정도예요. 못 느껴요?"

그녀는 창가로 다가가 창문을 열었다. 그리고 말했다.

"마리아. 미스 에디스를 좀 모셔오려무나."

잠시 후에 가정부가 나타났다.

"에디스, 부탁해요, 이 꽃들 좀 피아노 방으로 옮겨주세요. 꽃병에 꽂아놓으세요. 찔리지 않도록 조심하시고요."

마리아와 나탈리아가 나서서 꽃다발의 일부를 옮겨 가면서 우리는 단둘이 남게 되었다. 그녀는 다시 창가 쪽으로 다가갔다. 그리고 햇살을 뒤로하고 창틀에 기대어 섰다.

"무슨 할 일 있어? 자리 피해줄까?"

"아니요, 아니에요. 그냥 계세요. 앉아요. 오늘 아침 산책이 어땠는지 얘기해줘요. 어디까지 갔었어요?"

그런 말을 하는 줄리아나의 마음이 조금은 조급하게 느껴졌다. 그녀는 허리까지 올라와 있는 난간에 사뿐히 올라앉듯이 창틀에 팔꿈치를 기대고 서서 창문 틀 안으로 빠져들 것처럼 상체를 뒤쪽으로 기울이고 있었다. 나를 똑바로 쳐다보고 있는 그녀의 얼굴에, 움푹 파인 눈가에 그림자가 드리워져 있었다. 하지만 햇빛에 반짝이던 머리카락은 옅은 후광 같은 것을 발하고 있었다. 양쪽 어깨도 빛을 발했다. 몸을 지탱하고 있던 한쪽 발이 옷자락과 함께 조금 앞으로 나와 있었고 그 사이로 회색 양말과 반짝이는 덧신이 살짝 엿보였다. 그렇게 서 있던 그녀의 모습은 빛을 반사하면서 뿌리칠 수 없는 유혹의 힘을 발휘하고 있었다. 네모난 창문 안에 그녀의 머리 뒤로 산호초색 풍경화가 한 조각 끼어들어 있었다.

바로 그때였다. 나는 마치 번개가 내리치듯 갑자기 내 욕망을 부추기는 여인을 그녀에게서 다시 발견했고 핏속에서 옛 기억과 함께 애무에 대한 갈망이 불타오르기 시작했다.

나는 그녀를 똑바로 쳐다보며 말을 이었다. 그녀를 바라보면 볼수록 마음이 더 흔들렸다. 게다가 나를 바라보며 그녀가 내 마음을 읽은 것이 틀림없었다. 왜냐하면 그녀 역시 불안해하는 모습이 역력했기 때문이다. 나는 가슴을 졸여가며 생각했다. 〈내가 불을 지른다면? 지금 당장 달려들어 그녀를 내 품 안에 안는다면?〉 몇 마디 던지면서 어떻게든 솔직하게 보이려고 노력한 것도 소용없는 짓이었다. 나는 혼란스러웠다. 나는 더 이상 불안감을 참을 수 없었다.

옆방에서 마리아와 나탈리아, 그리고 미스 에디스의 목소리가 동시에, 도저히 분간할 수 없는 상태로 들려왔다.

나는 몸을 움직여서 창문 쪽으로 다가갔다. 그리고 줄리아나 옆에 자리를 잡았다. 나는 이제 그녀를 향해 고개를 숙이고 오랫동안 상상 속에서 수도 없이 반복했던 말들을 내뱉으려 하고 있었다. 하지만 이야기를 꺼냈다가 다 끝내지 못하리란 두려움이 목덜미를 잡았다. 이야기를 꺼내기에는 때가 적합하지 않다는 생각이 들었다. 모든 얘기를 다 할 수 없었고, 따라서 내 가슴을 열어 보일 수 없고 마지막 몇 주 사이에 일어난 나의 내면의 변화와 신비롭기 짝이 없는 영혼의 회복에 대해, 내 신경의 가장 민감한 부분이 잠에서 깨어나고 있다는 사실과 나의 가장 건강한 꿈들이 다시 살아나고 마음 깊은 곳에서 새로운 감정이 싹트고 있다는 것과 내가 그녀를 집요하게 갈망하고 있다는 것에 대해 모두 이야기할 만한 시간이 없었다. 최근에 가졌던 느낌들에 대해 속속들이 설명할 만한 시간이 없었다. 사랑하는 여인의 귀에는 감미롭게만 들릴, 사소하면서도 솔직한 고백들, 어떤 미사여구보다도 설득력 있고 신선함이 느껴질 정도로 진실한 나의 고백을 늘어놓을 만한 시간이 없었다. 나는 그녀가 그토록 크게 실망한 뒤에 이제는 더 이상 믿기 힘든 엄청난 사실을 두고 그녀를 설득해야만 했다. 내가 되돌아왔다는 사실이 더 이상 거짓이 아니라 솔직한 마음으로 다짐하고 내린 결정이라는 것, 나의 온 존재가 절실하게 그 필요성을 느꼈기 때문이라는 사실을 전달해야만 했다. 하지만 그녀에겐 여전히 불신의 씨앗이 남아 있었다. 그녀가 그토록 조심스럽게 행동하는 것도 나를 믿지 않았기 때문이었다. 우리 사이엔 여전히 그 잔혹한 과거의 그림자가 드리워져 있었다. 나는 그 그림자를 쫓아내고 내 영혼과 그녀의 영혼 사이에 아무것도 끼어들지 못하도록 그녀를 꼭 감싸 안아야 했다. 그리고 그 일은 최상의 순간에, 비밀스럽고 조용한 장소에서, 기억들만 살아 숨 쉬는 곳에서 일어나야 했다. 그곳은 빌라릴라였다.

우리는 창문 앞에 나란히 서서 둘 다 아무 말도 하지 않았다. 옆방에서 마리아와 나탈리아, 그리고 미스 에디스의 목소리가 동시에 들려왔다. 가시나무 향기가 이젠 종적을 감추고 말았다. 아치에 매달린 커튼 사이로 안쪽 깊숙이 놓인 침대가 눈에 들어왔다. 내 시선이 자주 머물던 곳이었다. 어둑어둑한 그림자를 궁금해하며 음흉스럽게 바라보던 곳이었다.

줄리아나가 고개를 숙였다. 달콤하면서도 고통스러운 침묵의 무게를 느낀 것이 틀림없었다. 산들바람이 그녀의 관자놀이 위로 머리카락을 흐트러뜨리고 있었다. 약간은 짙은 갈색 머리카락, 아니, 제병(祭餠)*처럼 창백한 관자놀이 위로 금빛을 발하면서 요동치던 몇 가닥의 머리카락이 나의 모든 기운을 빼앗아가고 있었다. 그러던 가운데 나는 그녀

---

* 가톨릭교회의 성체성사에서 나눠주는 둥근 빵.

의 목에 있는 점을 다시 발견했다. 한때 수도 없이 유혹의 불꽃이 점화되던 곳이었다.

그래서 나는 더 이상 견디지 못하고, 강렬한 욕망과 두려움을 동시에 느끼면서 그녀의 머리카락을 젖히기 위해 손을 들었다. 머리카락 앞에서 파르르 떨리던 내 손가락들이 그녀의 목과 귀를 스치고 지나갔다. 쓰다듬었다고는 할 수 없을 만큼 살짝, 정말 살짝만 스치고 지나갔을 뿐이었다.

"뭐 하는 거예요?"

줄리아나가 소스라치게 놀라면서 어쩔 줄 몰라 하는 눈빛으로 나를 바라보며 말했다. 어쩌면 그녀가 나보다 더 떨고 있었을지도 모른다.

그리고 창가에서 떨어진 그녀는 내가 쫓아오는 걸 느꼈는지 마치 도망치듯이 앞으로 정신없이 걸어 나갔다.

"아! 왜, 줄리아나? 왜 그래?"

걸음을 멈추면서 내가 외쳤다. 하지만 나는 곧장 태도를 달리했다.

"그래 맞아. 내가 아직 자격이 없는 거겠지. 미안해!"

그 순간 성당에서 종이 울리기 시작했다. 그리고 마리아와 나탈리아가 방 안으로 들어와 신나서 줄리아나에게 뛰어들었다. 둘 다 엄마의 목에 매달리면서 그녀의 얼굴에 키스를 퍼부었다. 그다음에는 엄마에게서 떨어져 나와 내게로 달려왔다. 나는 두 아이를 한 명씩 번쩍 들어 올렸다.

두 개의 종이 격렬하게 울리기 시작했다. 청동이 만들어내는 울림이 바디올라 전체를 집어삼키는 것만 같았다. 성토요일이었고 부활을 알리는 시간이었다.

4

그날 오후 나는 알 수 없는 슬픔에 빠져들고 말았다.

바디올라에 우편물이 도착했다. 나와 내 동생은 당구장에서 신문을 이리저리 훑어보고 있었다. 우연히 어떤 기사에 필리포 아르보리오의 이름이 인용되어 있는 것을 발견하고 나는 갑작스러운 혼란에 빠지고 말았다. 마치 병 밑바닥에 가라앉아 있던 액즙이 병을 살짝만 건드려도 솟구치는 현상과도 견줄 만할 상황이었다.

나는 기억하고 있다. 구름이 잔뜩 낀 오후였고 지친 태양이 뿌연 빛을 발하고 있었다. 마당 쪽 창문 밖으로 어머니와 줄리아나가 함께 지나가는 모습이 보였다. 서로 팔짱을 끼고 대화를 나누고 있었다. 손에 책을 한 권 들고 있던 줄리아나는 피곤한 기색이 역력해 보였다.

아무런 관련 없이 이어지는 꿈속의 이미지들처럼 먼 옛날의 단상들이 떠올랐다. 11월 어느 날 거울 앞에 앉아 있던 줄리아나의 모습, 하얀 국화 한 다발, 오르페우스의 아리아를 가슴 졸이며 듣던 나의 모습, 『비밀』 첫 페이지에 적혀 있던 필리포 아르보리오의 헌사, 줄리아나의 옷 색깔, 창가에서 나누던 열띤 대화, 땀으로 범벅된 필리포 아르보리오의 얼굴, 펜싱장 탈의실에서 목격했던 장면······

느닷없이, 마치 벼랑 끝에 서서 심연을 바라보고 있는 사람처럼 나는 건잡을 수 없는 두려움에 휩싸였다. 〈그러니까, 결국에는 내가 구원받지 못할 수도 있다는 건가?〉

나는 혼자 있고 싶어졌다. 불안감에 짓눌린 내 속마음을 들여다보고, 내가 두려워하는 것들을 똑바로 쳐다보고 싶었기 때문이다. 나는 동생과 인사를 나누고 내 방으로 건너왔다.

나를 괴롭히던 것은 분노로 가득 찬 조바심 같은 것이었다. 이를테면 나는 정신적인 회복이 건강과 삶의 안정을 되찾아줄 거라고 굳게 믿으면서 환영에 빠져 있는 사람이었다. 그러다가 갑자기 떠오른 옛 과오의 기억에 시달리는 사람, 자신의 살 속에 악이 뿌리 깊게 박혀 있다는 사실을 깨닫고 어쩔 수 없이 스스로를 관찰하고 감시하는 사람, 그리고 그 무시무시한 사실을 진실로 받아들여야만 하는 사람이었다. 〈그러니까, 결국에는 내가 구원받지 못한다는 건가? 왜?〉

옛것들을 모조리 침몰시켜버린 그 이상한 종류의 망각, 내 의식의 표면을 모두 뒤덮어버린 일종의 암흑 속에서 줄리아나에 대한 그 저주스러운 의혹마저 흔적도 없이 사라지고 말았다. 내 영혼은 환영에 빠져야 할 필요를 절실하게 느끼고 있었다. 내 영혼은 믿음과 희망을 갈망했다. 성스럽게까지 느껴지던 어머니의 손이 줄리아나의 머리카락을 쓰다듬는 동안 그녀의 머리에서 후광이 느껴졌다. 아마도 심신이 약해질 때마다 섬광처럼 타오르던 감정 때문이었을 것이다. 두 여인이 그토록 화기애애한 분위기 속에서 같은 공기를 마시며 같이 붙어 있던 모습은 마치 순결한 광채 속에서 두 여인이 하나가 되는 듯한 환영을 불러일으켰다.

이제, 하찮고 우발적인 사실 하나, 한 일기장에서 우연히 발견한 단순한 이름 하나, 뒤이어 되살아나는 어두운 기억들이 모든 것을 엉망으로 만들면서 당황한 나를 낭떠러지 앞으로 몰아내고 있었다. 심연의 바닥을 눈뜨고 쳐다볼 만한 용기가 내겐 없었다. 왜냐하면 행복에 대한 꿈이 여전히 나를 붙들고 만류하고 있었기 때문이다. 나는 먼저 알 수 없는 불안감과 어둠 속에서 망설여야만 했다. 그러는 가운데 가끔씩 견디기 힘든 장면들이 섬광처럼 떠올랐다. 〈그녀가 정절을 지키지 못했다는 것이 가능할까? 그렇다면? 필리포 아르보리오! 아니면 또 다른 남자가? 그걸 누가 알아!—하지만 그렇다면 그런 허물을 발견하고서도 용서할 수 있을까?—무슨 허물? 무슨 용서? 넌 그녀를 판단할 자격이 없어. 넌 목소리를 높일 자격이 없어. 그녀가 입을 꼭 다물었던 것이 도대체 몇 번이었지? 이번에는 네가 입을 다물어야 할 때야!—그렇다면 행복은?—혼자만의 행복을 꿈꾸는 거야 아니면 모두의 행복을 꿈꾸는 거야? 그래, 모두의 행복이겠지. 그녀가 슬퍼하는 모습을 조금만 내보여도 네 행복은 전부 암흑 속에 갇히고 말 테니까. 과거에 너는 한없는 자유를 누렸어. 그녀는 계속 희생만 감수했는데도, 너는 네가 행복하면 그녀도 행복할 거라고 생각하지. 네가 꿈꾸는 행복은 과거를 완전히 잊어야만 이루어질 수 있어. 줄리아나가 정말 아내로서의 정절을 지키지 못했다고 치자. 왜 네 잘못은 말끔히 잊어버리면서 그녀의 잘못은 잊지 못하지? 왜 잊으려고 애쓰면서도 잊지는 못하는 거지? 왜 너는 과거와 전혀 상관없는 새 사람이 되길 원하면서 그녀는 새로운 여인으로 받아들이지 못하는 거지? 조건은 같아야 하는 거 아냐? 그런 불공평한 처사는 네가 저지른 모든 부당한 일들 중에서도 가장 나쁜 짓이야—그렇다면 꿈은? 내 이상은? 그렇다면, 내 행복은 줄리아나가 절대적으로 우월한 존재, 숭배받을 만한 자격이 있는 여자일 때에만 가능할 거야. 그

96

리고 그녀는 세상에서 가장 겸허한 자세로 이 우월함을 받아들이고 스스로의 넓은 포용력에 대한 인식 속에서 행복다운 행복을 찾게 되겠지. 나는 나의 과거에서와 마찬가지로 그녀의 과거에서도 멀어질 수 없어. 왜냐하면 이 특이한 양상의 행복은 나의 퇴폐적인 과거 없이는 상상할 수 없으니까. 패배를 모르는 초인간적인 영웅주의, 그 망령에 내 영혼이 항상 고개를 숙여왔던 영웅주의 없이는 존재하지 않는 행복이니까—하지만 이러한 네 꿈이 얼마나 이기적이고 허무맹랑한 것인지는 너도 잘 알지? 그런 행복을 상으로 받을 자격이라도 있다고 생각하나? 무슨 특권으로? 그런 식으로라면, 오랫동안 잘못을 반복해온 너는 속죄보다는 보상을 받아야 할 거야……〉

나는 고개를 설레설레 저었다. 나 스스로와의 전쟁을 멈추고 싶었다. 〈결국, 문제는 지금 아주 우연한 기회에 다시 일어난 오래된 의혹, 모호하기 짝이 없는 하나의 의혹일 뿐이야. 비정상적인 고통은 사라질 거야. 내가 두텁게 만들어야 하는 것은 그림자야. 부활절이 끝나고, 이틀 혹은 사흘 후면, 모두 함께 빌라릴라에 가 있겠지. 그곳에 가면 알게 될 거야. 더 이상 의심할 수 없는 진실을 듣고 확인할 수 있을 거야— 하지만 그녀의 눈 속에 잠겨 있는 그 심각한 우울증이 너는 궁금하지 않아? 왠지 다른 곳에 가 있는 듯한 분위기, 속눈썹 사이로 무겁게 내려앉는 끊임없는 근심의 그림자, 움직일 때마다 소름 끼칠 정도로 지쳐하는 모습, 네가 가까이 다가갈 때 그녀가 감추지 못하는 불안감, 이런 것들이 전혀 의심스럽지 않단 말인가?〉 물론 이런 모호한 현상들에 대해서는 얼마든지 내게 유리한 쪽으로 설명할 수 있었을 것이다. 하지만 갑작스레 밀려오는 고통의 파도를 이기지 못하고 나는 몸을 일으켜 창가 쪽으로 다가갔다. 나는 바깥을 바라보며 나의 정신적 상황에 상응하는 느낌, 혹은 계시적이거나 평화로운 느낌의 전경을 찾아보고 싶은 본능적인 충동을 느꼈다.

하늘이 온통 하얗게 물들어 있었다. 겹겹이 쌓여 있는 베일 사이로 기류가 흐르면서 유연하고 주름진 구름층을 만들어내고 있었다. 가끔씩 떨어져 나온 베일들이 대지를 향해 다가오는 듯했다. 마치 나무 꼭대기를 쓰다듬으려는 듯 가까이 다가왔다가 찢어지면서 건드리면 툭하고 떨어질 것 같은 조각들로 흩어졌다. 그리고 바르르 떨면서 꽃처럼 변신하고는 자취를 감추었다. 먼 곳에서 산등성이 지평선을 향해 불규칙적으로 사라지다가 다시 교묘하게 이어지면서 꿈속의 마을을 연상케 했다. 계곡에 드리워진 어두운 그림자와 어디에선가 흘러나와 반짝이던 아쏘로 강이 분위기를 생생하게 만들고 있었다. 어둠 속에서 굽이굽이 이어지는 눈부신 강줄기가 천천히 용해되고 있던 하늘 밑에서 나의 시선을 끌어당기며 무한한 상징의 매력을 발휘했다. 형언하기 힘든 광경들은 마치 비밀스러운 의미를 담고 있는 듯이 느껴졌다.

고통의 쓰라림과 통증이 천천히 가라앉고 무뎌지기 시작했다. 〈왜 그렇게 행복을 갈망하는 거지? 자격조차 없으면서! 왜 미래의 삶을 환영을 토대로 설계해야 하지? 가지고 있지 않은 특권을 어떻게 하면 그토록 맹목적으로 믿을 수 있지? 자신이 어떤 삶을 살아야 하는지 아는 지혜가 현자들의 것이라면 아마 이 세상의 모든 남자들에게도, 비록 앞을 내다볼 수는 없지만, 살아가면서 언젠가는 그걸 깨달을 수 있는 결정적인 기회가 주어지는 셈이야. 나한테도 기회는 이미 있었어. 그 순간을 잘 기억해봐. 사랑과 인내와 평화와 꿈과 망각과 세상의 모든 아름다운 것과 선한 것을 안겨줄 하얀 손이 허공에서 바르르 떨며 마치 생애 최고의 선물인 양 나를 향해 뻗어 있던 그 순간을 기억해봐……〉

떠오르는 기억과 함께 가슴이 벅차오르는 것이 느껴졌다. 나는 창틀에 팔꿈치를 괴고 양손으로 머리를 감싸쥐었다. 하늘이 끝없이 분해되는 동안 어두운 계곡에서 빠져나오던 강의 곡류를 응시하면서 나는 임박한 형벌과 내가 알지 못하는 불행이 내 머리 위에 위태롭게 매달려 있다는 걸 예감했다.

아래층에서 예기치 않은 피아노 소리가 들려왔을 때 나를 압박하던 불안감은 한순간에 사라졌다. 대신에 모든 꿈과 모든 욕망, 희망, 모든 후회와 회한과 공포가 가늠하기 힘든 빠른 속도로 뒤섞이기 시작했고 답답하고 혼란스러운 이미지를 만들어내며 나를 다시 불안하게 만들었다.

어떤 곡인지 떠올랐다. 줄리아나가 좋아했고 미스 에디스가 자주 연주하던 곡이었다. 약간은 몽환적이면서도 무게 있는 멜로디였고 마치 '영혼'이 '삶'에게 항상 똑같은 질문을 던지면서 매번 악센트를 달리하는 듯했다. '왜 제 기대를 저버리셨나요?'

나는 거의 본능에 가까운 충동을 이기지 못하고 서둘러서 밖으로 나와 복도를 걸어 계단을 내려왔다. 그리고 음악이 들려오는 방 앞에 멈춰 섰다. 문은 살짝 열려 있었다. 나는 아무 소리도 내지 않고 방 안으로 들어갔다. 그리고 커튼 사이의 틈새를 통해 안쪽을 바라보았다. 줄리아나가 거기에 있는 걸까?

내 눈에는 아무것도 보이지 않았다. 조금 전까지만 해도 눈동자가 빛에 노출되어 있었기 때문에 어둠에 적응하기까지는 시간이 필요했다. 가시나무 향기가 코를 찔렀다. 타임과 쓴 아몬드 냄새가 뒤섞인, 생유처럼 신선한 향기였다. 방은 창살 사이로 스며든 희미한 녹색 광채를 통해 겨우 분간할 수 있을 정도였다. 피아노 앞에 혼자 앉아 있던 미스 에디스가 내가 와 있다는 것을 눈치채지 못하고 계속해서 피아노를 연주었다. 피아노가 어둠 속에서 반짝이고 가시나무들이 하얀 빛을 발하고 있었다. 온몸을 감싸는 듯한 평온함 속에서 가시나무 향기가 떠오르게 만든 것은 아침의 신선함에 내가 기분 좋게 취해 있던 순간과 줄리아나의 미소와 나의 두근거림이었다. 도중에 들려오는 음악이 그렇게까지 슬프게 느껴진 적은 없었다.

줄리아나는 어디에 있는 걸까? 다시 올라간 걸까? 아직 밖에 있는 걸까?

나는 그곳을 빠져나왔다. 계단을 내려가 회랑을 지나는 동안 아무도 만나지 못했다. 그녀를 보고 싶었다. 그녀를 그냥 한번 보는 것만으로도 마음이 진정되고 원래의 친근감을 돌려받을 수 있을 거라는 생각이 들었다. 마당에 들어서자마자 나는 페데리코가 줄리아나와 함께 느릅나무 밑에 앉아 있는 것을 발견했다.

두 사람 모두 내게 미소를 지어 보였다. 내가 가까이 다가서자 동생이 웃으면서 말했다.

"형 얘기 하고 있었어. 형수는 형이 바디올라를 금방 지겨워할 거라는데…… 그럼 우리의 계획은 어떻게 되는 거지?"

"아니. 줄리아나가 **모르는**……" 나는 평상시와 다를 바 없이 자연스럽게 보이려고 애쓰면서 대답했다. "어쨌든, 두고 보자. 대신에 내가 정말 싫증난 건 로마야…… 그리고 **그 밖의 것들도 전부** 마찬가지고."

드디어 나는 줄리아나를 바라보았다. 그리고 내 안에서 놀라운 변화가 일어나기 시작했다. 그 순간까지 내 가슴을 옥죄어오던 슬픈 기억들이 바닥으로 추락하고 어둠 속으로 자취를 감추면서 건강한 감정에 자리를 양보하기 시작했다. 줄리아나와 내 동생 둘 다 얼굴을 보는 것만으로도 즐거운 사람들이었기 때문이다. 그녀는 앉아서 약간은 넓을

놓고 있는 듯했다. 나는 그녀가 무릎 위에 올려놓고 있던 책이 무슨 책인지 곧장 알아보았다. 며칠 전에 내가 건네준 『전쟁과 평화』였다. 그녀의 자세와 시선 속에서는 정말 모든 것이 부드럽고 달콤하게 느껴졌다. 동시에 내 안에서 솟아오르던 감정은, 그 느릅나무 밑에서 나의 가여운 여동생 코스탄자가 어른이 된 상태로 페데리코 옆에 앉아 있는 모습을 보게 된다면 내가 느꼈을 감정과 크게 다르지 않았다.

느릅나무들은 숨을 쉴 때마다 수많은 꽃잎들을 내뿜었다. 하얀 광채 속에서 끊임없이 쏟아져 내리던 수많은 파편들, 손에 잡히지 않고 초록인지 금색인지 분간할 수 없던 파편들이 허공에서 머뭇거리며 잠자리 날개처럼 파르르 떨리고 있었다. 지속되던 나의 불안감 때문이었는지 그 장면은 환상을 보는 듯한 느낌을 자아냈다. 꽃잎들은 줄리아나의 무릎 위로, 어깨 위로 떨어졌다. 가끔씩 눈가의 머리카락에 붙어 있는 꽃잎들을 떨어뜨리려고 어쩔 수 없이 살며시 고개를 흔들곤 했다.

"아! 만약에 툴리오 형이 바디올라에 남게 되면 우린 굉장한 일들을 하게 될 거예요." 페데리코가 그녀를 바라보며 말했다. "우선 새로운 농경법을 통과시킬 거예요. 새로운 법안의 초석을 놓을 생각이에요…… 웃네요? 형수도 우리들 계획에 참여하셔야죠. 십계명 중에서 두세 개 정도는 떼어드릴게요. 형수도 일하셔야죠…… 그런데 형, 새 일은 언제 시작할까? 손이 너무 하야네. 가시에 조금 찔린 경험 가지고는 어림도 없는데……"

그렇게 말하는 동생의 모습은 행복해 보였다. 그의 맑고 힘찬 목소리는 듣는 이에게 곧장 그의 확신과 진솔함을 전달했다. 페데리코는 자신이 가지고 있던 계획과 미래에 대해 얘기했다. 그는 기독교적인 원리에 입각한 농경법의 원시적인 면에 대해 아주 심각하고 진솔하게 비판

했다. 그의 이야기를 듣는 사람들이 감탄과 칭찬을 늘어놓을 때면 그는 젊은이답게 허심탄회한 답으로 대처할 줄 알았다. 그것은 일종의 겸손함이었다. 페데리코 안에 있는 모든 것이 단순하고 쉽고 자연스러웠다. 선천적인 선량함이 그의 영혼을 밝히고 있었다. 벌써 몇 년 전부터 이 젊은이는 레프 톨스토이에게 강렬한 인상을 심어주었던 한 무지크,* 티모페이 본다레프**의 사회 이론에 관심을 가지고 있었다. 하지만 그는 서구 세계에 출판된 지 얼마 되지 않은 그 굉장한 작품 『전쟁과 평화』에 대해서는 전혀 모르고 있었다.

"그래 이건 너를 위한 책이야."

그에게 말하면서 나는 줄리아나의 무릎 위에 놓여 있던 책을 집어 들었다.

"그래. 형이 주는 거니까 읽어볼게."

"형수는 마음에 들었어요?"

"네, 굉장히 좋았어요. 슬프기도 하고 동시에 위로가 되는 책이에요. 전 벌써 마리아 볼콘스키한테 푹 빠졌어요. 그리고 피에르 베주호프도 마음에 들고요……"

나는 그녀 옆에 자리를 잡고 앉았다. 그녀는 아무 생각도 하지 않는 듯이, 특별한 생각은 하고 있지 않는 듯이 보였다. 반면에 내 영혼은 그녀를 주의 깊게 관찰하고 헤아리고 있었다. 우리가 그곳에 앉아 있던

---

*   moujik: 러시아 상류사회에서 농민 계층을 부르던 말.

** Timofei Mikhailovich Bondarev(1820~1898): 러시아의 농부, 철학자로 말년에 모든 인간이 사회 계층과는 무관하게 자신이 먹을 것을 스스로의 손으로 생산해내야 한다는 생각을 기초로 하는 『농부의 승리 혹은 산업과 기생(寄生) 생활』을 집필했다. 그의 원고는 레프 톨스토이에게 강렬한 인상을 심어주었고 결국 톨스토이의 적극적인 노력으로 톨스토이의 서문과 함께 1888년에 처음으로 출판되었다.

때와 우리 주변을 에워싸고 있던 사물들에 대한 느낌은 이상하게도 페데리코의 이야기와 책이 전하는 느낌, 줄리아나가 사랑하는 등장인물들이 전달하던 느낌과는 너무나 대조적이었다. 느릅나무 꽃잎들이 만들어내던 백색 증기의 혼란 속에서 시간은 점점 느리고 지루하고 무기력하게 느껴졌다. 피아노 소리도 감지할 수 없을 정도로 미약하게만 들려왔고 햇빛도 마치 졸음 섞인 분위기를 감싸 안으려는 듯 우울한 느낌을 더해갈 뿐이었다.

나는 음악 소리에 더 귀를 기울이지 않고 생각에 잠긴 채 책을 펼쳐 들었다. 그리고 몇몇 페이지들의 시작 부분을 읽으면서 책장을 넘겼다. 기억을 해두려고 몇몇 페이지들의 모퉁이를 접어놓은 것이 보였다. 어떤 부분에는 손톱자국이 깊이 파여 있었다. 그건 줄리아나의 습관이었다. 나는 그 부분이 읽고 싶었다. 궁금했다. 아니, 내 마음은 조급해져 있었다. 피에르 베주호프와 미지의 노인 토르조크가 우체국에서 대화를 나누는 장면이 눈에 들어왔다. 많은 구절들에 밑줄이 그어져 있었다.

〈……자네의 영적 시선을 자네의 내면으로 돌이켜보게. 자네 자신이 자네 마음에 드는지 한번 자문해봐. 이성을 유일한 스승으로 두고 어떤 결과를 얻었는지 이제 자문해보란 말일세! 자네는 젊어. 자넨 부자야. 자넨 똑똑해. 이런 장점들을 가지고 대체 뭘 한 건가? 자네 자신이 마음에 드나? 자네 존재가 마음에 들어?

—아니요. 혐오스러울 뿐입니다.

—혐오스럽다면 지워버려! 자넨 스스로를 정화시켜야 해! 자네가 어떤 식으로 변화하느냐에 따라 지혜가 무엇인지도 알게 되겠지. 그동안 어떻게 시간을 보냈나? 난교에 축제와 난동만 벌이지 않았나! 자넨 모든 걸 거저 받고도 아무것도 베풀 줄 몰랐어. 그 많은 재산을 물려받아

서 다 어디에다 썼나? 자네가 형제를 위해서 한 일이 대체 뭔가? 모래 알처럼 많은 자네 노예들을 생각해본 적은 있나? 마음으로든 물질로든 그들을 한 번이라도 도와준 적이 있나? 아니! 아니야! 자넨 부패한 삶을 살기 위해 그들이 흘린 땀을 이용했을 뿐이야. 남을 위해서 뭔가를 해본 적이 한 번이라도 있나? 아니! 자넨 방탕하게 살았을 뿐이야. 자넨 결혼까지 했네. 한 젊은 여인의 반려자로서 끝까지 책임을 지겠다고 약속까지 했단 말이네. 하지만 어떻게 됐나? 그녀를 참된 길로 인도하기보다는 기만과 재앙의 구렁텅이 속으로 집어던지고 말았네……〉

또다시 감당할 수 없는 무게가 나를 짓누르기 시작했다. 괴로웠다. 그건 내가 이미 겪었던 것보다 훨씬 더 잔인하고 무서운 고통이었다. 왜냐하면 줄리아나가 곁에 있다는 사실이 고통을 자극하면서 극에 달하도록 부추겼기 때문이다. 인용 문구가 있던 페이지는 간단한 기호 하나로만 표시되어 있었다. 기호를 표시하면서 줄리아나는 틀림없이 나와 내가 저지른 만행을 떠올렸을 것이다. 하지만 마지막 문장은 내 얘기를, 우리 얘기를 하고 있던 걸까? 내가 그녀를 집어던졌고, 그래서 그녀는 〈기만과 재앙의 구렁텅이 속으로〉 빠지고 말았던 걸까?

내 심장이 뛰는 소리를 줄리아나와 페데리코가 들을까 봐 두려웠다.

또 다른 페이지 하나는 모퉁이가 접혀 있었고 눈에 확연히 드러나는 손톱자국이 남아 있었다. 리씨고리에서 일어나는 리사 공주의 죽음에 관한 이야기가 적혀 있었다. 〈……죽은 그녀는 눈을 감고 있었다. 하지만 그녀의 가냘픈 얼굴은 조금도 변할 기미를 보이지 않았다. 그래서 그녀의 얼굴은 계속 같은 말을 반복하는 듯했다—저한테 무슨 짓을 한 건가요?—안드레 왕자는 울지 않았다. 하지만 자신에게 잘못이 있고 그 잘못을 이제는 돌이킬 수도, 잊을 수도 없다는 걸 알고 가슴 아파 했다. 늙은 왕도 다가와서 차갑게 변한 그녀의 깨질 것 같은 손 위에 키스를 했다. 그 가냘픈 얼굴이 그에게도 똑같은 말을 반복했다──저한 테 무슨 짓을 한 건가요……?〉

부드럽지만 소름 끼치게 만드는 질문이었다. 그 질문이 나를 가시처럼 찔러왔다. 〈저한테 무슨 짓을 한 건가요?〉 나는 글을 뚫어져라 쳐다보았다. 줄리아나를 보고 싶어서 그토록 안달이 나 있었는데도 감히 바라볼 용기가 나지 않았다. 나는 그녀와 페데리코가 내 심장이 뛰는 소리를 듣고 나를 바라보기 위해 내 쪽으로 고개를 돌릴까 봐, 그런 식으로 내가 괴로워하고 있다는 걸 알게 될까 봐 두려웠다. 나는 고통으로 내 얼굴이 일그러져 있을 거라고 생각했다. 때문에 나는 일어날 수도 입을 뻥긋할 수도 없었다. 나는 줄리아나를 딱 한 번 빠르게 훔쳐보았다. 그녀의 옆모습이 기억 속에 얼마나 강하게 각인되었는지 책으로 다시 시선을 돌리는 순간 글씨 위로 죽은 공주의 그 '불쌍하고 가냘픈 얼굴' 대신 그녀의 얼굴이 고스란히 떠올랐다. 깊은 고민에 빠져 있는 모습이었다. 나의 관심 때문인지 더욱 심각해 보였고, 기다란 속눈썹 때문에 그림자가 드리워져 있었다. 꼭 다문 입술 가장자리는 약간 아래쪽으로 내려와 있었다. 무의식 속에서 극단적인 피로와 슬픔을 고백하는 것만 같았다. 그녀는 내 동생의 이야기에 귀를 기울이고 있었다. 하지만 내 귀에는 내 동생의 목소리가 혼란스럽게 들렸다. 가까이서 하는 말인데도 멀리서 들려오는 것만 같았다. 비가 내리듯 쉬지 않고 쏟아지는 느릅나무 꽃잎들, 환영에 가까운, 죽어버린, 그래서 존재하지 않는 듯한 수많은 꽃잎들이 내게 전해주던 느낌은 표현하기 힘든 것이었다. 마치 그 물리적인 현상이 내 안에서 하나의 내면적인 표상으로 변신하는 듯했고 그 붙잡을 수 없는 그림자들이 끊임없이 하늘나라와 내 영혼의 은밀한 공간을 향해 움직이는 듯했다. "저한테 무슨 짓을 한 건가요?" 살아 있는 여인과 죽은 여인 모두가 되풀이하고 있었다. 두 여인 모두 입술 하나 움직이지 않고 똑같은 말을 반복하고 있었다. "저한테 무슨 짓을 한 건가요?"

"툴리오, 지금 뭘 읽고 있어요?"

줄리아나가 나를 바라보고 말했다. 그러고는 내 손에서 책을 빼앗아 덮고 약간 민감한 반응을 보이면서 자신의 무릎 위로 가져갔다.

그러더니 곧장, 조금도 지체하지 않고, 마치 조금 전의 행동에는 아무런 의미도 담겨 있지 않다는 듯이 말했다.

"우리 미스 에디스가 있는 위층으로 음악 들으러 올라가지 않을래요? 들려요? 지금 피아노 연주하고 있잖아요. 영웅의 죽음을 기리는 장송 행진곡 같은데, 페데리코! 도련님도 좋아하는 곡이잖아요……"

그녀는 음악이 들려오는 쪽으로 귀를 기울였다. 그리고 우리 세 사람 모두 귀를 기울였다. 정적 속에서 몇몇 음들이 우리의 귀에까지 와 닿았다. 그녀가 잘못 들은 것이 아니었다. 자리에서 일어나며 그녀가 덧붙였다.

"그럼 가요. 어서 와요."

나는 마지막으로 자리에서 일어났다. 나를 앞서가는 그녀를 바라보고 싶었다. 옷에서 꽃잎을 털어내는 것조차 잊어버린 채 그녀가 앞장서 걷기 시작했다. 주변에는 폭신폭신한 꽃잎 카펫이 만들어져 있었다. 꽃잎들은 그러고도 비 내리듯이 쉬지 않고 쏟아져 내렸다. 걸음을 멈춘 그녀가 잠시 고개를 숙이고 꽃잎 더미를 바라보았다. 그녀는 꽃잎을 넘어서기도 하고 작고 얇은 신발로 꽃잎을 쌓아 모으기도 했다. 그러는 가운데 그녀의 머리 위로 또 다른 꽃잎들이 비 내리듯이 쉬지 않고 쏟아져 내렸다. 그녀의 얼굴이 보이지 않았다. 그런 무의미한 행동에 신경을 집중하고 있는 걸까, 아니면 당황해서 어쩔 줄 몰라 하고 있는 걸까?

5

다음 날 아침 부활절 선물을 가져온 방문객들과 함께 칼리스토가 나타났다. 빌라릴라의 노집사 칼리스토는 신선하고 강한 향기를 뿜어내는 라일락 다발을 한 아름 안고 있었다. 그는 자신의 손으로 줄리아나에게 꽃을 선사하고 싶어 했다. 우리가 빌라에 머물렀던 때의 아름다운 순간들에 대해 이야기하면서 그는 줄리아나에게 한번 놀러 오라고, 짧은 시간이어도 좋으니 한번 찾아오라고 부탁했다.

"아래에 와 계시는 동안 부인께서 너무 좋아하시고 행복해하시는 것 같았어요. 왜 안 돌아오시나요? 집은 그대롭니다. 바뀐 건 하나도 없어요. 정원은 훨씬 더 울창해졌고요. 라일락 나무들이 심어진 곳은 아예 숲으로 변했어요. 지금은 꽃이 만발했습니다. 저녁에 향기가 바디 올라까지 올라오지 않던가요? 집도 정원도 모두 두 분이 오시기만 기다리고 있습니다. 처마 밑에 있는 오래된 둥지들은 제비들로 꽉 찼어요. 부인께서 원하셨던 대로 둥지들은 저희가 항상 소중한 보물처럼 다뤘습니다. 하지만 정말 수가 너무 많았어요. 매주 한 번씩 발코니와 창문 난간에 기둥을 설치해야만 했으니까요. 새벽부터 저녁까지 울어대는 소리도 정말 굉장해요. 어쨌든, 언제 오실 건가요, 사모님? 금방 오시나요?"

내가 줄리아나에게 말했다.

"화요일에 갈까? 당신은 어때?"

얼굴을 거의 가리는 어마어마한 크기의 꽃다발을 힘겹게 떠받들고 조금 망설이면서 그녀가 대답했다.

"좋아요. 당신이 괜찮으면, 화요일에 가요."

"그럼 화요일에 뵙죠. 칼리스토."

내가 노인에게 말했다. 목소리가 얼마나 크고 들떠 있었던지 나도 놀랄 정도였다. 그만큼 내 마음이 움직인 건 지극히 자연스럽고 돌발적인 사건이었다.

"화요일 아침에 뵙도록 하죠. 저희가 아침 식사 거리를 마련해 갈 테니 아저씬 아무것도 준비하지 마세요. 집은 그대로 잠가두시고요. 제가 직접 열 테니까요. 창문도 제가 하나하나씩 열고 싶어요. 무슨 뜻인지 아시겠죠?"

조금도 여과되지 않은 야릇한 느낌의 행복이 나를 들뜨게 만들었다. 그 행복이 부추기던 광적이고 어린아이 같은 말과 행동들을 참아낸다는 건 쉽지 않은 일이었다. 칼리스토를 얼싸안고 그의 흰 수염을 쓰다듬고 팔짱을 끼고 빌라릴라에 대해, 아름다운 추억에 대해, 한때 '좋았던 시절'에 대해 부활절의 커다란 태양 아래에서 마음껏 이야기하고 싶었다. 그를 바라보면서 나는 생각했다. 〈그래. 여기 내 앞에 솔직하고 순전하고 온전한 사람이 또 한 명 있다. 가슴이 믿음으로 충만한 사람이다.〉 다시 한 번 마음이 놓이는 걸 느꼈다. 노인의 다정함은 내게 숙명에 대항하기 위한 좋은 부적처럼 느껴졌다.

전날에는 추락했었지만, 내 영혼은 도처에서 느껴지는 행복한 기운에 자극을 받아 다시 한 번 깨어나고 있었다. 모든 것에서 느껴지는 행복한 기운이 모두의 눈 속에서 광채를 발하고 있었다. 그날 아침 바디올라는 마치 순례자들이 모여드는 성지처럼 느껴졌다. 근교의 마을 사람들이 전부 찾아와 인사를 하고 선물을 내려놓고 갔다. 남자, 여자, 아이들 할 것 없이 모두 어머니의 복스러운 손 위에 끝없이 키스를 쏟아부었다. 미사를 보기 위해 찾아온 많은 사람들이 예배당 문밖까지 넘쳐흘렀다. 사람들은 하늘을 지붕 삼아 기도를 드렸고 은색 종들의 합창소리가 바람 한 점 불지 않는 대기 속으로 울려 퍼지기 시작했다. 탑 위의 해시계에 새겨진 '열심히 일해야 할 시간'*이란 문구가 눈에 들어왔다. 이 세 마디로 모두들 노래를 부르는 듯했다. 영광의 날 아침, 오랫동안의 혜택에 감사하는 모든 영혼들이 나의 달콤한 고향집을 향해 올라오고 있었다.

어쨌든 혼탁한 기억과 불순한 이미지와 의혹으로 꽉 찬 비열함을 내 안에 계속해서 담아둔다는 것이 어떻게 가능할 수 있었단 말인가? 미소 짓는 줄리아나의 이마 위에 어머니가 키스하는 모습을 수도 없이 보고서도 무엇을 두려워해야 했단 말인가? 내 동생은 죽은 여동생 코스탄자가 되살아난 거나 다름없었던 줄리아나의 힘없고 창백한 손을 든든하고 믿음직스러운 손으로 꼭 붙들어주곤 했다. 그런 모습을 지켜보면서 내가 무엇을 두려워해야 했단 말인가?

---

*   원문은 라틴어, Hora est benefaciendi.

6

빌라릴라를 방문한다는 생각은 그날 내내, 그리고 그다음 날까지 계속 나를 괴롭혔다. 어떤 연인과의 첫 약속을 기다리는 시간도 그토록 잔인하게 내 가슴을 뒤흔들어놓은 적은 없었다. 〈나쁜 꿈이었어! 다 그 나쁜 꿈 때문이야. 정신이 반쯤 나갔을 때 항상 일어나는 일이지!〉 토요일의 우울함과 고통을 나는 그런 식으로 해석했다. 그날의 고통을 나는 말할 수 없이 가벼운 마음으로, 될 대로 되라는 식의 몽롱한 상태에서 떠올렸다. 나는 사라졌다가 돌아오고 붕괴되었다가 되살아나는 집요한 환영에 고스란히 사로잡혀 있었다.

내가 나의 욕망을 감각적으로 곡해하고 있다는 사실이 계속해서 나의 의식을 불분명하고 불투명하게 만들었다. 나는 줄리아나의 영혼뿐 아니라 육체까지도 다시 정복할 생각을 하고 있었다. 나의 조급함 속에는 물리적인 오르가슴에 대한 갈망이 섞여 있었다. 빌라릴라라는 이름은 나에게 관능적인 장면들을 떠올리게 만들었다. 그것은 조용하고 목가적인 분위기의 기억이 아니라 타오르는 열정의 기억, 한숨이 아닌 쾌락의 기억이었다. 나도 모르는 사이에, 의혹이 불러일으키던 피할 수 없는 이미지들이 나의 욕망을 부패시키고 날카롭게 만들었다. 내 안에는 독의 씨앗이 웅크린 채 숨어 있었다. 아니나 다를까 그때까지만 해도 내게는 정신적인 감동이 훨씬 우세했었고 그 멋진 날이 다가오기만을 기다리면서 내가 오래전부터 용서를 구하고 싶던 여인과 대화하는 장면을 기쁜 마음으로 상상했었다. 하지만 이제 나는 그녀와의 감상적인 관계보다는 결과적으로 뒤따르는 관능적인 관계를 연상하고 있었다. 내 꿈속에서 용서는 단념으로, 이마 위의 미지근한 키스는 입술 위로 쏟아붓는 열정적인 키스로 변해갔다. 느낌이 정신을 압박했다. 하나의 이미지가 다른 모든 이미지들을 단계별로 빠르게 거침없이 제거하면서 나를 정복하고 주도하기 시작했다. 눈앞에 아른거리는 그 이미지의 세밀한 부분들이 명확하고 또렷하게 떠올랐다. 〈점심 식사를 마치고 나서…… 술을 거의 마실 줄 모르니까 줄리아나의 마음을 흔들려면 샤블리 한 잔으로도 충분해. 오후는 계속해서 더워지는 추세고, 장미와 아이리스, 라일락 향기가 진동하고, 한 무더기의 제비들이 동시에 노래를 부르면서 우리 머리 위를 오가겠지. 우리는 둘뿐이야. 둘 다 참기 힘든 욕망에 취해 있고 어느 순간 내가 이렇게 말하지—우리 방 다시 보러 갈까?—우리가 빌라를 한 바퀴 도는 동안 내가 일부러 열지 않고 내버려두었던 우리의 오래된 침실로. 우리가 방 안으로 들어가면 방 한가운데에서 윙윙거리는 소리가 들려오기 시작하지. 마치 소라에 귀를 기울였을 때의 울림 같지만 그건 사실 내 피가 흐르는 소음에 불과해. 그녀도 그 울림을 감지하겠지만 그것 역시 그녀의 피가 흐르는 소리에 불과해. 그 밖에는 모든 것이 침묵 속에 잠겨 있어. 제비들도 부르던 노래를 그만두었지만, 나는 말을 꺼내고 싶어 하지. 첫 마디를 칼칼한 목소리로 내뱉으려는 순간 그녀가 내 품 안으로 거의 기절하다시피 쓰러지는 거야……〉

이러한 종류의 상상은 계속해서 화려해지기만 했다. 더 복잡해졌고 현실을 대체하면서 믿을 수 없을 정도로 또렷하게 느껴졌다. 내 정신을 완전히 지배하고 있던 이 상상의 세계에 대항할 힘이 내겐 없었다. 마치 오래전의 부랑아가 내 속에서 부활하는 듯한 느낌이었다. 관능적인 장면을 상상하고 끌어안으면서 쾌락을 느끼는 일이 내게 얼마나 뿌리 깊은 습관이었는지 모른다. 봄기운이 왕성히 느껴지는 가운데 벌을 받는 것처럼 흘러가던 몇 주 동안 충분히 휴식을 취한 내 몸이 생리적 욕구를 느끼기 시작했다. 그 단순한 생리 현상이 내 의식 상태를 완전히 변화시키고 내가 가지고 있던 생각과는 완전히 다른 방향으로 몰고 가면서 나를 또 다른 남자로 탈바꿈시키고 있었다.

마리아와 나탈리아는 빌라까지 우리를 쫓아오고 싶어 했고 줄리아나는 기꺼이 허락을 해주고 싶어 했다. 나는 반대했다. 그리고 나의 목적을 달성하기 위해 내가 가진 모든 화술과 애정을 쏟아부었다.

페데리코가 제안을 하고 나섰다.

"화요일은 내가 카살 칼도레에 가는 날이야. 내가 빌라릴라까지 마차로 데려다줄게. 두 사람은 거기서 내리고 나는 볼일 보러 갔다가 저녁에 돌아오면서 들를게. 그리고 다 같이 바디올라로 돌아오면 되잖아."

줄리아나는 내가 보는 앞에서 그의 제안을 받아들였다.

나는 페데리코가 곁에 있는 것이 적어도 빌라릴라로 가는 동안만큼은 그렇게 불편하지 않으리란 생각이 들었다. 아니, 동생이 옆에 있는 만큼 당혹스러운 상황이 발생하는 것을 피할 수 있을 거라고 생각했다. 두세 시간이나 걸리는 긴 마차 여행 동안에 나와 줄리아나 단둘만 있었다면 과연 무슨 얘기를 나눌 수 있었을까? 어떤 태도로 그녀를 대해야 했을까? 일을 완전히 망쳐버리기 십상이었고 좋은 결과를 기대하기 힘들었을 것이다. 적어도 우리를 기다리고 있던 신선한 감동은 전혀 느끼지 못했을 것이다. 내가 꿈꾸었던 것은 그녀와 함께 갑작스러운 순간에 빌라릴라에 가 있는 것, 그리고 그곳에서 나의 부드럽고 솔직한 첫마디를 내뱉는 것이 아니었던가? 페데리코가 있으면 먼저 얘기를 꺼내는 동안의 불안감도 피할 수 있고 고문과도 다를 바 없는 긴 침묵도 피할 수 있고, 마부의 귀를 피해 일부러 목소리를 낮춰야 할 필요도 없었다. 사소할 뿐인 걸림돌, 사소할 뿐인 고문들을 전부 피할 수 있었다. 우리는 빌라릴라에서, 오직 그곳에서, 잃어버린 천국의 문 앞에 서서, 드디어 서로의 얼굴을 마주 바라보아야만 했다.

7

일은 계획대로 이루어졌다. 말고삐에서 딸랑거리는 종소리와 마차가 페데리코를 싣고 카살 칼도레를 향해 멀어져 가는 소리를 들으면서 내가 느꼈던 것들을 한마디로 표현한다는 건 불가능한 일이다. 나는 더 이상 참지 못하겠다는 투로 칼리스토의 손에서 열쇠를 집어 들며 말했다.

"이제 가보셔도 돼요. 나중에 또 부를게요."

사람을 떠나보내는 나의 거칠고 일방적인 태도에 약간 놀란 듯 어리둥절한 표정을 짓는 그에게 나는 등을 돌리고 손으로 철문을 닫아버렸다.

"이제 됐군! 드디어!"

우리 두 사람만 남았을 때 내가 외쳤다. 나를 감싸 안고 있던 행복의 파도가 내 목소리를 통해 일제히 흘러넘쳤다.

나는 행복하고 또 행복하고 말할 수 없이 행복했다. 나는 예기치도, 기대하지도 못한 행복의 어마어마한 환상에 사로잡혀 있었다. 그 환상이 나의 온 존재를 정화시키고 내 안에 남아 있던 젊음과 사랑을 자극하고 증폭시키는 듯했다. 그 환상이 단숨에 나를 세상에서 분리시키면서 정원을 에워싸고 있던 담벼락 안으로 내 인생 전부를 몰아넣고 있었다. 내 입가를 맴돌며 소리 없이 웅성거리던 말들은 서로 아무런 관련도 없고 입 밖으로 내뱉을 수도 없는 말들이었다. 나라는 이성적인 존재는 번개처럼 스쳐 지나가는 생각 속에서 자취를 감추고 말았다.

어떻게 줄리아나가 내 속에서 일어나고 있던 변화를 눈치채지 못하겠는가? 그녀가 나를 이해하지 못한다는 것이 어떻게 가능하단 말인가? 내가 그토록 강렬하게 표출했던 기쁨의 표현이 어떻게 그녀의 가슴 한가운데 깊은 인상을 심어주지 않을 수 있단 말인가?

우리는 서로를 바라보았다. 불안해하는 미소가 떠돌아다니는 듯했던 그 안쓰러운 얼굴 표정을 나는 아직도 생생하게 기억하고 있다. 베일로 감싼 듯한 가냘픈 목소리로 그녀가 입을 열었다. 내가 이미 여러 번 목격한 적이 있는 그녀만의 독특한 망설임이 뒤섞여 있었고 그래서인지 마치 혀끝까지 올라와 있는 말을 내뱉는 대신 다른 말을 하려고 무진장 애를 쓰는 듯이 보였다.

그녀는 설레는 가슴을 다스리고 싶었을 테지만 그러지 못하는 것이 분명했다. 그녀의 정감 어린 마음이 고삐를 풀고 빠져나오려는 것에 제동을 걸어보고 싶었을 테지만 그녀는 어떻게 해야 할 줄을 몰랐다. 그녀도 그곳에서 먼저 내뱉은 말들 때문에 옛 기억들을 떠올리고 있었다.

그녀는 몇 발자국 내디딘 뒤에 걸음을 멈췄다. 우리는 서로를 바라보았다. 형언할 수 없는 변화가 그녀의 검은 눈동자 위에 일어났다. 마치 숨 막혀 하던 감정들이 일제히 폭발하는 듯했다.

"줄리아나!"

나는 그녀의 이름을 불렀다. 더 이상 참을 수가 없었다. 그녀를 향한 감미롭고 열정적인 말들이 금방이라도 가슴 밖으로 넘쳐 흘러나올 것만 같았다. 자갈길 위에서 그만 그녀 앞에 무릎을 꿇고 싶은 광적인 충동이 일기 시작했다. 그녀의 무릎을 끌어안고 그녀의 옷과 손과 손목에 정신없이 끝없는 키스를 퍼붓고 싶었다.

그녀는 내게 간절한 표정으로 입을 다물라는 신호를 보냈다. 그리고 좀더 빠른 걸음으로 다시 길을 걷기 시작했다.

그녀는 밝은 회색에 좀더 어두운 색으로 수를 놓은 옷을 입고 회색 펠트 모자를 쓰고 세 잎 클로버가 새겨진 조그만 비단 양산을 들고 있었다.

섬세하고 깨끗한 분위기의 옷을 우아하게 차려입은 그녀가 빽빽한 라일락나무들 사이를 뚫고 지나갔다. 아직도 기억난다. 라일락이 하늘색과 보라색 중간의 수많은 꽃송이들을 그녀를 향해 기울이고 있던 모습이.

정오가 한 시간밖에 남지 않았을 때였다. 이른 더위가 아침부터 기승을 부렸다. 하늘은 파랬지만 구름이 여기저기서 힘없이 떠다니고 있었다. 빌라에 붙여진 이름처럼 멋진 라일락나무들이 도처에서 꽃을 피우고 정원 전체를 뒤덮으면서 커다란 숲을 만들고 있었다. 여기저기에 있는 아이리스와 노란색 장미 때문에 그 녹색의 찬란함이 간간이 중단될 뿐이었다. 이곳저곳에서 장미들이 줄기를 타고 올라와 가지들 사이를 뚫고 사슬 모양을 하거나 화관 혹은 송이를 만들면서 고개를 떨어뜨렸다. 피렌체의 아이리스가 긴 칼처럼 생긴 옥색 이파리들 사이로 귀족적인 분위기의 커다란 꽃잎들을 펼쳐 보였다. 세 개의 향기가 기막힌 조화를 이루어내고 있었다. 내가 익히 알고 있는 향기들이었다. 왜냐하면 세 개의 음이 빚어내는 멋진 화음과도 같다는 느낌이 아주 오래전부터 내 기억 속에 각인되어 있었기 때문이다. 적막 속에서 들리는 건 제비들의 노랫소리뿐이었다. 원뿔 모양의 사이프러스 꼭대기 너머로 집이 살짝 엿보였고 그곳으로 수많은 제비들이, 마치 벌집으로 모여드는 벌 떼처럼 모여들고 있었다.

얼마 지나지 않아 줄리아나가 걷는 속도를 줄이기 시작했다. 내가 너무 바싹 붙어서 걸었던 탓인지 가끔씩 그녀와 팔꿈치를 부딪치기도 했다. 그녀는 눈동자를 움직이며 조심스럽게 주변을 살폈다. 뭔지 모르지만 놓치면 큰일 날 것 같은 표정을 짓고 있었다. 두세 번 정도 그녀의 입술이 무슨 말을 하려는지 조금씩 움직였다. 말을 그리려는 듯 입술을 움직였지만 끝내는 아무 소리도 내뱉지 않았다. 내가 낮은 목소리로, 부끄러운 듯이, 마치 구애하는 듯한 투로 그녀에게 물었다.

"무슨 생각 해?"

"우리가 여기서 떠나지 말았어야 했다는 생각이 들었어요……"

"맞아. 줄리아나."

제비들이 괴성을 지르면서 우리 곁을 거의 스치고 지나갈 정도로 가까이, 깃털 달린 화살처럼 빠르게 지나갔다.

"내가 이날을 얼마나 고대했는지 모를 거야. 줄리아나! 아! 이 순간을 얼마가 간절히 기다려왔는지 당신은 절대로 알 수 없을 거야!"

나는 드디어 입을 열고 말했다. 복받쳐 오르며 온몸을 휘감는 기운이 얼마나 강렬했는지 내 입에서 무슨 말이 흘러나오는지 분간하기 힘들 정도였다.

"날 좀 봐. 당신이 이곳으로 오겠다고 한 그 순간부터 나를 이렇게 불태우기 시작한 이 간절함은 내가 이제껏 살아오면서 한 번도 느껴본 적이 없는 감정이야. 당신, 우리가 아무도 모르게 처음 만난 날 기억나지? 빌라 오제리의 테라스! 우리가 첫 키스를 했던 곳이잖아. 난 당신한테 완전히 미쳐 있었어. 당신도 기억할 거야. 그래, 그날 밤의 기다림과 비교할 수 있는 건 아무것도 없을 거야…… 당신은 날 믿지 않아. 날 믿지 못하는 충분한 이유가 있을 테니까. 하지만 난 당신한테 모든 걸 털어놓고 싶어. 내가 얼마나 마음 아파했고 뭘 두려워했는지 얘기해주고 싶어. 내가 정말 바랐던 것도…… 그래, 알아. 내가 당신한테 마음 고생하게 만든 것에 비하면 내가 고생한 건 정말 아무것도 아니겠지. 알아, 알아. 내가 겪은 모든 고통을 다 합친다 해도 당신이 흘린 눈물과 비교할 수는 없을 거야. 난 죗값을 치르지 못했어. 용서받을 자격도 없어. 하지만 당신이 얘기해줘. 내가 당신한테 용서받으려면 뭘 해야 하는지, 당신이 얘기해봐! 당신은 날 믿지 않아. 하지만 난 당신한테 모든 걸 털어놓고 싶어. 내가 이제껏 살아오면서 정말로 사랑한 사람은 당신밖에 없어. 내가 사랑한 건 당신뿐이야. 알아, 알아. 이런 말들, 남자들이 용서를 구하면서 항상 하는 말이라는 거 나도 알아. 그리고 당신이 나를 믿지 못하는 것도 이해해. 하지만, 하지만 한때 우리가 사랑했던 순간들을 한번 떠올려봐. 처음 3년 동안 한순간도 떨어지지 않고 다정다감하게 지냈던 우리를 한번 생각해봐. 그게 기억나면, 그걸 기억한다면, 당신이 나를 믿지 못한다는 건 있을 수 없는 일이야. 내가 끝없이 추락하고 있었을 때도 당신을 잊은 적은 한 번도 없어. 내 영혼이 항상 바라는 건 당신이야. 항상 당신만 찾고 당신만 그리워하고…… 영원히, 알겠어? 영원히! 당신도 느꼈던 거잖아? 당신이 내게 그냥 동생처럼만 느껴질 때 내가 슬퍼서 죽을 지경이었던 것 당신도 느꼈잖아? 난 맹세할 수 있어. 당신과 멀리 떨어져 있는 동안 나는 진정한 기쁨이라는 걸 느껴본 적이 없어. 당신을 잊고 단 한 시간을 넘긴 적이 없어. 절대로…… 절대로 없어. 난 맹세할 수 있어. 당신은 내가 마음 깊은 곳에서 비밀스럽게 끊임없이 사랑해온 사람이야. 내 최상의 모습을 나는 항상 당신을 통해서만 발견해왔어. 내겐 아직 꺼지지 않은 희망이 하나 남아 있어. 그건 내가 지은 죄로부터 벗어나서 내 첫사랑, 내가 유일하게 사랑했던 순결한 여인을 되찾을 수 있다는 희망이야…… 아! 내가 터무니없는 꿈을 꾸지 않았다고 얘기해줘, 줄리아나!"

그녀는 하염없이 느리게 걷고 있었다. 앞도 바라보지 않고 고개를 푹 숙인 채 창백한 얼굴로 한 걸음 한 걸음을 내디뎠다. 어디가 아픈지 입술 한쪽을 가끔씩 일그러뜨릴 뿐이었다. 그녀가 입을 꼭 다물고 있었기 때문에 알 수 없는 불안감이 내 안에서 꿈틀거리기 시작했다. 높이 뜬 태양과 주변에 만발해 있던 꽃들과 새소리, 승리의 찬가를 부르는 듯한 봄이 입을 한껏 벌리고 나를 비웃으며 내 가슴을 옥죄어오고 있었다.

"왜 아무 말이 없는 거야?"

나는 그녀가 축 늘어뜨리고 있던 손을 붙잡으며 말을 이었다.

"당신은 날 믿지 않아. 나에 대한 모든 믿음을 당신은 잃어버린 거야. 여전히 내가 당신을 실망시킬 거라고 걱정하고 있는 거지. 당신은 감히 내게 돌아올 엄두를 못 내지만 그건 당신이 항상 그때만 기억하기 때문이야…… 맞아. 사실이야. 그건 내가 저지른 일들 중에서도 가장 추악한 짓이었어. 난 마치 범죄라도 저지른 것처럼 후회하고 있어. 그리고 당신이 나를 용서한다 해도 나는 나 자신을 용서할 수 없을 거야. 난 제정신이 아니었고 병들어 있었어. 정말 그걸 몰랐던 거야? 날 괴롭히던 건 신의 저주였어. 그날 이후로 나는 한순간도 마음의 휴식을 느껴본 적이 없고 머리가 맑았던 적도 없어. 기억 안 나? 정말 기억 안 나? 당신, 그래, 당신은 알고 있었어. 내가 제정신이 아니라는 걸, 정신이 완전히 나가 있었다는 걸 알고 있었다고. 나를 미친 사람처럼 바라봤었으니까. 나를 바라보던 당신의 눈길 속에 담겨 있던 것이 궁금증이었는지 두려움이었는지 나는 몰라. 하지만 당신이 나를 불쌍하게 바라보는 모습을 한두 번 목격한 게 아니야. 내가 얼마나 처참하고 알아볼 수 없도록 변해 있었는지 당신은 알잖아…… 그래. 하지만 지금은 아냐. 난 다 나았어. 난 도망쳐 나왔어. 당신을 위해서. 내게도 드디어 빛이 보이기 시작했어. 내가 내 인생에서 사랑한 사람은 당신밖에 없어. 내가 사랑하는 사람은 당신뿐이야. 이해하겠어?"

마지막 말들을 나는 좀더 천천히, 또박또박 발음했다. 나의 말 한 마디 한 마디를 이 여인의 영혼 속에 심어주고 싶은 것이 내 심정이었다. 나는 붙들고 있던 그녀의 손을 한 번 세게 움켜쥐었다. 걸음을 멈춘 그녀는 마치 금방이라도 쓰러질 것처럼 숨을 몰아쉬기 시작했다. 나는 시간이 한참 흐른 뒤에야 그녀의 호흡 곤란이 안고 있던 죽음과도 같은 고통이 어떤 의미였는지 깨달을 수 있었다. 그 순간에 내가 이해했던 것은 이것뿐이었다. 〈내가 상기시킨 그 무시무시한 배신의 기억이 그녀에게 고통을 배가시키고 있는 거야. 이미 벌어져 있는 상처를 내가 다시 건드린 거야. 아, 나를 믿으라고 그녀를 설득할 수만 있다면! 그녀의 불신과 싸워서 이길 수만 있다면! 아, 내 목소리에 담긴 진실을 그녀는 느끼지 못한단 말인가?〉

우리는 갈림길에 와 있었다. 그곳에 의자가 하나 놓여 있었다. 그녀가 말했다.

"잠깐 앉아요."

그때 그녀가 그곳을 곧장 알아봤는지는 모르겠다. 나는 곧장 알아보지 못했다. 한참 동안 눈가리개를 하고 다닌 사람처럼 어리둥절해하고 있었을 뿐이다. 우리는 주변을 둘러본 뒤에 서로의 눈을 쳐다보았다. 우리들의 시선 속에는 똑같은 생각이 담겨 있었다. 행복했던 순간들과 분리될 수 없는 것이 있다면 그건 바로 그 오래된 돌 의자였다. 가슴이 벅차오르기 시작했다. 회한 때문이었다. 하지만 내 가슴은 동시에 격렬한 욕망과 지칠 줄 모르는 생명력으로 채워졌다. 순식간에 나는 앞으로 일어나게 될 환상적이고 몽상적인 장면들을 떠올리기 시작했다. 〈아! 그녀는 내 사랑이 무슨 힘을 발휘할 수 있는지 몰라. 내 영혼 속에 나는 그녀를 위한 낙원을 가지고 있어!〉 사랑에 대한 꿈이 얼마나 강렬하게 불타오르던지 나는 들뜬 마음으로 입을 열었다.

"당신이 당신 스스로를 소중히 여긴다는 거 알아. 하지만 당신만큼 사랑받는 존재가 이 세상에 또 어디 있을까? 내가 당신한테 보여주는 것에 버금갈 만한 사랑의 증거를 받은 여자가 또 누가 있을까? 당신, 좀 전에는 우리가 여기서 절대로 떠나지 말았어야 했다고 그랬지? 그러면 우리는 행복했을 거라고. 당신이 희생을 강요당할 필요도 없었을 테고 그렇게 많은 눈물을 흘릴 필요도, 그렇게 많은 시간을 허송세월할 필요도 없었을 거라고 그랬지? 하지만 줄리아나, 정말 일이 그렇게 흘러갔다면 나의 진정한 사랑을, 나의 모든 사랑을 느낄 수 있는 기회는 오지 않았을 거야."

그녀는 머리를 푹 숙이고 눈을 반쯤 감은 채 꼼짝도 하지 않고 내 말을 듣고 있었다. 그녀의 눈동자보다도 볼 위로 늘어뜨려진 속눈썹의 그림자가 나를 더 괴롭게 만들었다.

"일이 이렇게 되지 않았더라면 내가 당신을 얼마나 사랑하는지 나도 깨닫지 못했을 거야. 내가 당신한테서 처음으로 멀어졌을 때, 그때부터 나는 이미 모든 것이 끝났다고 생각했어. 난 또 다른 열정, 또 다른 열병과 또 다른 도취의 길을 모색했어. 단 한 번의 포옹으로 내 인생을 전부 끌어안고 싶었어. 그래서 당신만으로는 부족했던 거야. 그래서 수년 동안 잔인하도록 방탕한 생활에 내 모든 기력을 탕진했던 거야. 얼마나 잔인했는지 마치 감옥에 갇혀 **매일같이 조금씩 죽어가는** 죄수의 두려움과 다를 바 없는 공포 속에서 살았지. 내 영혼 속에 이 빛이 비치기 전까지, 이 중요한 진실을 내가 깨닫기 전까지, 수년 동안 어둠 속을 헤매면서 살아왔던 거야. 내가 사랑했던 여인은 한 사람밖에 없어. 당신뿐이야. 나한테 달콤하고 따뜻한 여자는 이 세상에 당신밖에 없어. 내가 꿈꾸던 가장 착하고 가장 아름다운 여인이 당신이야. 당신은 내게 유일무이한 존재야. 당신이 집에 있는 동안 난 당신을 먼 곳에서 찾고 있었을 뿐이야…… 이해해? 이제 이해하겠어? 내가 당신을 멀리서 찾고 있는 동안 당신은 그토록 가까이 있었던 거야. 아! 당신이 얘기해봐. 당신이 흘린 모든 눈물과 바꿀 수 있을 만큼 놀라운 사실 아냐? 그런 사랑의 증거라면 차라리 눈물을 조금이라도 더 흘리는 편이 나았을 거라고 생각하지 않겠어?"

"그럼요. 조금이라도 더……"

그녀가 입을 열었다. 목소리가 너무 작아서 간신히 들은 말이었다. 그냥 핏기 없는 입술 사이로 흘러나온 한숨에 불과했다. 그리고 눈물이 속눈썹 사이로 솟구치더니 뺨에 고랑을 만들면서 떨리는 입술을 적시고 그녀의 두근거리는 가슴 위로 떨어졌다.

"줄리아나! 내 사랑! 내 사랑!"

나는 기쁨을 주체하지 못하고 온몸을 부르르 떨며 소리를 지르고 그녀 앞에 무릎을 꿇고 말았다.

나는 팔로 그녀를 부둥켜안았다. 머리를 그녀의 허벅지 사이에 틀어박고, 어딘지 모를 깊은 곳에서 타오르는 열정을 단 한 번의 몸짓으로, 단 한 번의 포옹으로 모두 폭발시키고 싶었다. 절망 속에서의 긴장감이 내 온몸을 뒤흔들고 있었다. 그녀의 눈물이 내 뺨 위로 떨어졌다. 그 뜨거운 눈물의 온도가 내가 받았던 인상과 일치했더라면 지금쯤 내 뺨 위에는 지울 수 없는 상처의 흔적이 남아 있을 것이다.

"아! 내가 그냥 마시도록 내버려둬!"

나는 그녀에게 매달렸다. 일어서서 입술을 그녀의 속눈썹 위로 가져간 뒤 그녀의 눈물로 내 입술을 적시고 어둠 속을 헤매듯이 손으로 그녀의 몸을 더듬었다. 이상하게도 온몸이 유연해지기 시작했다. 뭔가 부드러운 것이 내 몸을 감싸는 듯싶더니 마치 옷을 모두 벗어던진 것처럼 느껴졌다. 사랑하는 사람의 온몸을 휘어감을 수 있을 것 같았다.

"꿈꿔본 적 있어?"

입에서 목 안쪽으로 퍼져 들어가는 짭짤한 소금기를 느끼면서 내가 말했다(뒤늦게 깨달았지만 내가 눈물의 쓴맛을 전혀 느끼지 못했다는 것은 상당히 놀라운 일이었다).

"그토록 충만한 사랑을 꿈꿔본 적 있어? 이런 행복을 꿈꿔본 적이 있어? 나야, 나를 봐, 그렇게 말하고 있는 사람이 바로 나야. 똑바로 봐. 나야…… 이 모든 것이 내게 얼마나 이상하게 느껴지는지 당신이 알 수만 있다면 얼마나 좋을까! 내가 얘기만 할 수 있다면……! 난 알아, 내가 당신을 이전부터 알고 있었다는 걸. 이전부터 사랑하고 있었다는 것도, 이제 당신을 되찾았다는 것도 알아. 그런데도 난 당신을 지금 처음 만난 것 같아. 방금 전에. 당신이 조금 전에 '그럼요. 조금이라도 더'라고 말했을 때…… 당신, 그렇게 말한 거 맞지? 그 몇 마디…… 입김 같은…… 난 다시 살아났어. 당신도 다시 살아나야지. 그래, 그렇게 우린 행복할 수 있을 거야. 우린 영원히 행복할 거야."

그렇게 말하는 나의 목소리는 마치 띄엄띄엄 멀리서 들려오는 것 같았고 뭐라고 표현하기 힘든 야릇한 분위기를 만들어내고 있었다. 입술 끝에 도달하는 내 목소리는 몸이라고 하는 유기체를 통해 조율되지 않고 영혼의 밑바닥에서부터 울려 퍼지는 듯했다. 드디어, 그때까지 조용히 훌쩍이기만 하던 그녀가 울음을 터뜨리고 말았다.

그녀는 온몸에 경련을 일으키며 흐느껴 울기 시작했다. 감당할 수 없는 기쁨을 참지 못하고 터뜨리는 울음이 아니라 결코 위로받을 수 없을 절망감을 토로하는 울음이었다. 얼마나 서럽게 울던지 나는 인간의 감정이 표출해내는 과장된 발작 증세를 목격하고 놀라움을 느끼면서 물끄러미 그녀를 바라보았다. 그러다가 무의식적으로 약간 뒤로 물러서는 사이에 그녀와 나 사이에 놓인 빈 공간이 곧장 눈에 들어왔다. 그 순간에 우리 둘 사이의 물리적인 접촉만 중단된 것이 아니라 우리가 하나라는 느낌 역시 순식간에 사라졌다는 것을 나는 깨달았다. 우리는 결국 두 개의 구별되고 분리된 존재였다. 우리가 행동하는 방식의 차이도 마찬가지로 우리 사이를 더 멀어지게 만들었다. 그녀는 몸을 잔뜩 웅크리고 양손으로 손수건을 입에 대고 누른 채 흐느꼈다. 한 번씩 훌쩍일 때마다 그녀의 온몸이 경련을 일으켰다. 그녀의 연약함이 한눈에 드러나는 광경이었다. 나는 여전히 그녀 앞에 무릎을 꿇고 앉아 있었다. 나는 그녀를 손가락 하나도 건드리지 않고 바라보기만 했다. 나는 놀라워하면서도 정신만큼은 이상할 정도로 맑은 상태를 유지하고 있었다. 내 안에서 무슨 변화가 일어나는지 지켜보기 위해 잔뜩 긴장한 상태였고 내 주변에서 일어나는 일에 민감하게 반응하기 위해 모든 감각의 문을 활짝 열어놓고 있었다. 그녀가 흐느끼며 우는 소리와 비둘기들이 우는 소리가 함께 들려왔다. 시간이 어느 정도 흘렀는지, 우리가 어디에 있는지도 나는 또렷하게 의식하고 있었다. 하지만 꽃향기와 허공을 꽉 채우고 있던 부동의 광채와 만개한 봄의 미소가 나를 계속해서 어리둥절하게 만들었고 그 느낌은 천천히 공황 상태에 대한 두려움으로, 극복할 수 없는 본능적인 두려움으로 변해갔다. 그러던 가운데 마치 구름 한가운데서 번개가 번쩍이듯, 그 불안한 무질서함 가운데 나를 강타하며 번뜩 떠오르는 생각이 있었다. 〈만약에 그녀가 정절을 지키지 못한 거라면?〉

아! 그렇다면 왜 번개를 맞고 쓰러지지 못했나? 왜 그 짧은 시간에 나를 행복의 절정으로 끌어올렸다가 불행의 심연 속으로 곤두박질치도록 만든 그 여인의 발밑에 꿇어앉아 내장을 꺼내고 자갈길 위에 쓰러지지 못했나?

"대답해봐." (나는 그녀의 손목을 붙잡고 그녀의 얼굴을 들어 올리고 가까이 다가가서 말했다. 들릴까 말까 한 내 목소리는 내게도 뇌의 공명을 통해 겨우 들려올 정도였다.)

"대답해봐. 왜 이렇게 우는 거야?"

그녀는 흐느껴 우는 것을 멈추고 나를 바라보았다. 울어서 눈이 벌겋게 부어 있었는데도 그녀는 어쩔 줄 몰라 하는 감정을 있는 그대로 드러내며 눈을 크게 뜬 채 나를 바라보았다. 마치 내가 죽는 모습을 본 것 같은 눈이었다. 내 얼굴 역시 창백하게 변해 있던 것이 틀림없었다.

"어쩌면, 늦은 건가? 너무 늦은 건가?"

그 알쏭달쏭한 질문을 통해 나의 무시무시한 생각을 그대로 드러내며 내가 말했다.

"아니, 아니, 아니에요…… 툴리오. 아무것도 아니에요. 당신이 그런 생각을 하다니!…… 아니, 아니에요. 몸이 많이 약해져 있을 뿐이에요. 보세요. 지금 난 옛날 같지 않아요…… 모든 것이 힘들어요. 알잖아요, 내가 아프다는 거. 병이 깊다는 거…… 당신이 하는 얘기를 감당하기 힘들었던 것뿐이에요. 당신이 하는 말…… 그냥, 그냥 갑자기 일어난 증세에 불과해요. 신경이 날카로워지면 그래요…… 경련을 일으키면서 기뻐서 우는 건지 아파서 우는 건지도 구분이 가질 않아요…… 오, 하느님!…… 보세요, 이제 괜찮을 거예요…… 일어나요, 툴리오. 내 옆에 와서 앉아요."

그녀의 목소리는 울음 때문에 더 잦아들었다. 훌쩍대는 바람에 그녀는 말을 제대로 이어가질 못했다. 그녀는 나를 바라보면서 내가 익히 알고 있던, 내가 괴로워할 때마다 지었던 표정을 지었다. 한때 그녀는 내가 괴로워하는 모습을 바라보지도 못했다. 그런 부분에서 그녀는 과하다 싶을 정도로 예민했고 덕분에 나는 나의 괴로움을 그녀에게 드러내면서 내가 원하는 모든 것을 얻어낼 수 있었다. 그녀는 나의 괴로움을 조금이라도 덜어주기 위해서라면 무슨 짓이라도 할 사람이었다. 내가 그녀 앞에서 종종 괴로워하는 모습을 보였던 건 연기에 불과했다. 장난삼아, 혹은 그녀를 흥분시키기 위해, 아니면 어린아이처럼 위로받고 싶어서, 애무를 받고 싶어서, 그녀의 매혹적인 모습을 다시 한 번 보고 싶어서였다. 이제, 그녀의 사랑과 두려움이 동시에 담겨 있던 그 눈빛의 느낌이 그 순간에도 그녀의 시선에 똑같이 배어나고 있었다.

"이리 와서 내 옆에 앉아요. 아니면 계속해서 정원을 걸을까요? 아직까지 아무것도 본 게 없잖아요…… 연못이 있는 곳으로 가요. 눈을 좀 적시고 싶어요…… 날 왜 그렇게 봐요? 무슨 생각 해요? 우리 행복하지 않아요? 이제 몸이 조금씩 나아지는 것 같아요. 정말 많이 좋아졌어요. 하지만 눈을 적시고 싶어요. 얼굴도…… 몇 시나 되었을까요? 정오쯤 되었을까요? 페데리코가 6시경에 다시 데리러 온댔어요. 아직 시간은 많아요. 갈까요?"

그녀는 말을 멈추지 않았다. 경련이 완전히 가시지 않은 상태에서 자세를 가다듬고 날카로워진 신경을 가라앉히기 위해, 나의 의혹을 말끔히 씻어주고 행복하게 웃는 모습으로 내게 돌아오기 위해 안간힘을 쓰고 있었다. 여전히 촉촉하고 붉게 젖어 있는 눈의 미소 속에는 또렷한 불안감이 서려 있었다. 그녀의 그런 모습은 안쓰러우면서도 달콤하기 이를 데 없었다. 그녀의 목소리와 행동과 그녀의 인격을 형성하는 많은 요인들 가운데 내 가슴을 녹이고 온몸의 힘을 쏙 빠지게 만드는 것이 있다면 그건 바로 그녀의 달콤함이었다. 물론 당시의 불분명하고 혼란스러운 의식 속에서 그녀가 나의 감성과 영혼을 향해 발산하던 그 섬세한 유혹의 기운을 정의한다는 것은 불가능한 일이다. 그녀는 아무 소리도 내지 않고 내게 말을 걸 줄 알았다. '내가 더 이상 달콤하게 느껴지지 않을 수도 있을 거예요. 하지만 당신은 날 사랑하니까…… 이제 날 안아주세요. 하지만 살살, 아프지 않게, 너무 꼭 안지는 마요. 아, 당신 품에 안기는 것이 얼마나 좋은지 모르겠어요. 하지만 당신이 나를 꼭 죽게 만들 거란 생각이 자꾸 들어요!' 이러한 상상은 그녀의 미소가 내게 어떤 힘을 발휘했었는지 설명하는 데 도움을 준다. 그녀가 '날 왜 그렇게 봐요?'라고 물었을 때 나는 그녀의 입술을 바라보고 있었다. 그녀가 내게 '우리 행복하지 않아요?'라고 물었을 때, 나는 최근의 광란이 내게 남겨놓은 사악한 기운을 벗어던지기 위해 육감적인 세계에 빠져들고 싶은 참을 수 없는 욕구를 느꼈다. 그녀가 자리에서 일어났을 때 나는 그녀를 순식간에 부둥켜안고 내 입술을 그녀의 입술에 포갰다.

내가 그녀에게 준 건 연인의 키스였다. 길고 깊은 키스는 우리 두 사람의 삶의 본질을 요동치게 만들었다. 기운이 빠진 그녀는 다시 의자에 풀썩 주저앉고 말았다.

"아, 안 돼요, 안 돼요, 툴리오. 부탁이에요! 그러지 마요. 그만요. 먼저 내가 기운을 차릴 수 있도록 해줘요."

그녀가 나를 밀어내려는 듯이 손바닥을 뻗으면서 내게 사정했다.

"그러지 않으면 여기서 더 이상 꼼짝도 하지 못할 거예요…… 나를 한번 봐요. 난 죽은 거나 다름없어요."

하지만 그 순간에 아주 놀라운 일이 일어나기 시작했다. 그것이 빚어낸 효과는 해변에서 커다란 파도가 밀려와 모래사장 위의 모든 흔적을 지우고 사라지는 것에 비교할 수 있었다. 그건 일종의 일시적인 상실이었다. 그런 뒤에는 주변 환경의 즉각적인 영향 아래 다시 곧장 불타오르기 시작하는 피의 절박함으로 인해 새로운 상황이 만들어졌다. 내가 알아본 것은 단 한 가지였다. 내가 갈망하던 여인이 그곳에, 내 앞에, 나의 키스에 무릎을 꿇고 온몸을 떨면서 마침내 내 여자로 돌아와 있다는 것이었다. 행복한 추억과 우리들만의 비밀로 가득한 정원에 꽃이 만발해 있었다. 그리고 집이 우리를 은밀하게 기다리고 있었다. 꽃이 핀 나무들 너머로, 이제는 가족처럼 느껴지는 제비들의 보호 아래 집이 우리를 기다리고 있었다.

"내가 당신을 못 안고 갈 것 같아?"

나는 그녀의 손을 붙들고 내 손가락을 그녀의 손가락 사이에 끼워 넣었다.

"옛날에 당신은 정말 깃털처럼 가벼웠어. 그리고 지금 당신은 훨씬 더 가벼울 거야…… 한번 들어볼까?"

순간 그녀의 눈에 어두운 그림자가 스쳐 지나갔다. 그녀는 생각을 가다듬는 듯, 마치 빠르게 판단하고 해결해야 할 일이라도 있는 듯이 보였다. 하지만 금방 고개를 설레설레 젓고 웃으면서 몸을 뒤로 젖히고 팔을 뻗어 매달리며 말했다(웃는 동안 그녀의 핏기 없는 잇몸이 살짝 드러나 보였다).

"날 일으켜 세워봐요."

자리에서 일어난 그녀는 내 품에 와서 안겼다. 그리고 이번에는 그녀가 내게 먼저 키스를 퍼부었다. 격렬하고 정열적인 키스였고 마치 갑작스러운 분노에 휩싸인 사람처럼, 마치 극한 상황에 이를 때까지 참아왔던 갈증을 단숨에 해결하려는 사람처럼 보였다.

"아, 난 죽은 거나 다름없어요."

그녀가 입술을 내게서 떼어내며 똑같은 말을 반복했다.

약간 도톰하고 살짝 벌어져 있는 그녀의 붉고 촉촉한 입술, 그토록 창백하고 바싹 마른 얼굴 한가운데서 서서히 생기를 잃어가고 있는 듯이 보이던 그녀의 입술은 마치 어느 죽은 여자의 얼굴에서 유일하게 살아 있는 부위인 듯한 야릇한 느낌을 주었다.

그녀는 감았던 눈을 뜨며 잠꼬대를 하는 듯한 목소리로 중얼거렸다(기다란 속눈썹이 파르르 떨리면서 마치 눈꺼풀 안으로 희미한 미소가 한 방울씩 떨어지는 듯했다).

"기뻐요?"

나는 그녀를 품 안에 끌어안았다.

"가요, 이제. 당신이 원하는 곳으로 날 데려다줘요. 날 좀 부축해줘요, 툴리오, 무릎이 자꾸만 휘청거려요……"

"집에 갈까, 줄리아나?"

"당신이 원하는 곳이면 돼요……"

나는 마치 몽유병자 같은 그녀의 허리를 팔로 꼭 감아 안았다. 얼마 동안 우리는 아무 말도 하지 않았다. 가끔씩 동시에 고개를 돌려 서로의 얼굴을 바라볼 뿐이었다. 그녀는 정말 다시 태어난 듯했다. 아주 사소한 것들 하나하나가 내 관심을 사로잡았다. 그녀의 살갗 위로 보일락 말락 하는 조그만 점 하나, 아랫입술에 조그맣게 파인 골과 속눈썹의 부드러운 곡선과 관자놀이 위의 힘줄, 눈을 에워싸고 있는 그림자와 한없이 부드러워 보이는 귓바퀴 같은 것들이 눈에 띄었다. 목의 레이스 끄트머리에 살짝 가려 있는 점이 줄리아나가 고개를 움직일 때마다 가끔씩 사라졌다 다시 나타나곤 했다. 그런 사소한 것들 하나하나가 나의 조급함을 자극했다. 나는 무언가에 취해 있으면서도 아주 맑은 정신을 유지하고 있었다. 수가 더 늘어난 비둘기들의 노랫소리와 근처 연못에서 물 흐르는 소리가 들려왔다. 삶이 흐르고 시간이 도망가는 것이 느껴졌다. 그 태양과 그 꽃들과 그 향기와 온 가슴을 열어젖힌 봄의 호탕한 웃음소리가 벌써 세번째 내 가슴을 조여오고 있었다.

"내 버드나무!"

연못에 거의 다다랐을 무렵 줄리아나가 외쳤다. 그리고 내게 기대고 있던 몸을 일으켜 걸음을 재촉하며 앞으로 나아갔다.

"보세요. 얼마나 컸는지 한번 보세요. 기억나요? 달랑 하나뿐이었던 나뭇가지가……"

그리고 잠시 생각에 잠긴 듯 말이 없다가 아주 낮은 목소리로 덧붙였다.

"난 이 나무 이미 본 적이 있어요…… 당신은 모르겠지만, 나 여기 왔었어요, **그때**……"

그녀는 참지 못하고 한숨을 내쉬었다. 하지만 곧장, 그 말 때문에 나와 그녀 사이에 생긴 서먹서먹한 분위기를 지워버리려는 듯이, 입에서 그 씁쓸함을 씻어버리려는 듯이, 그녀는 물을 뿜어내던 수도꼭지 하나를 향해 허리를 숙이고 물을 몇 모금 마신 뒤 다시 일어나면서 내게 키스를 원하는 듯한 자세를 취했다. 그녀의 젖은 턱과 상큼한 입술이 눈에 들어왔다. 임박해 있던 우리의 결속과 우리가 온몸으로 갈망하고 있던 숭고한 화합을 위해 우리는 아무 말 없이 달려들어 서로를 필사적으로 끌어안았다. 우리가 몸을 풀었을 때 서로의 눈에서 느낀 것은 하나로 만들어진 희열이었다. 그 순간에 줄리아나의 솔직한 감정이 그대로 드러난 얼굴 표정은 이루 말할 수 없이 아름다웠다. 하지만 동시에 나는 그 표정을 이해하기 힘들었다. 적어도 그 순간에는 이해하지 못했다. 뒤늦게, 시간이 어느 정도 흐른 뒤에 내가 깨달은 것은 죽음의 이미지와 관능적인 이미지가 동시에 그 불쌍한 피조물의 혼을 빼앗고 그녀로 하여금 모든 것을 포기하고 죽음을 받아들이겠다는 다짐을 하도록 만들었다는 것이었다. 지금도 그때 그녀의 모습이 눈앞에 아른거린다. 나는 커다란 나무의 머릿결이 우리 머리 위로 만들어내던 그림자 속에서 항상 그 신비에 휩싸인 얼굴을 발견할 것이다. 물 위로 쏟아지는 햇볕이 반짝이면서 사방으로 반사되고 투명한 잎사귀와 기다란 가지들 사이로 뻗어 나가면서 그늘 가운데 몽상에 가까운 전율을 만들어냈다. 상큼하고 깨끗한 물소리가 긴 여운에 의해 침침하고 나른한 소리로 변해갔다. 눈에 보이는 모든 것들이 현실 밖으로 떨어져 나와 있는 내 존재를 칭송했다. 집 쪽으로 움직이는 동안 우리는 아무 말도 하지 않았다. 하지만 줄리아나를 갈망하는 나의 마음은 뜨겁게 타오르고 있었다. 곧이어 벌어지게 될 일을 떠올리며 내 영혼은 기쁨의 소용돌이 속으로 빠져들었다. 심장이 얼마나 빠르게 뛰었는지 이런 생각이 들었다. 〈이런 것을 두고 섬망이라고 하나? 내가 신혼 첫날밤, 문턱에 발을 들여놓던 순간에도 느끼지 못했던 감정이다……〉 몇 번씩이나 광적이고 동물적인 충동이 느껴지는 것을 나는 거의 기적적으로 참아냈다. 하지만 그건 그녀를 육체적으로 소유하고 싶어 하는 나의 생리적인 욕구였다.

그녀 역시 더 이상 참을 수 없는 상태로 돌입한 것이 틀림없었다. 그녀가 걸음을 멈추고 숨을 몰아쉬며 이렇게 말했다.

"오, 하느님 맙소사! 더 이상 못 견디겠어요."

그녀는 숨이 막혀 못 참겠다는 듯이 나의 한쪽 손을 붙들고 그녀의 가슴 위로 가져갔다.

"한번 느껴봐요!"

하지만 그녀의 심장 박동보다 내게 더 와 닿은 것은 뭉클뭉클한 젖가슴이었다. 본능적으로 손가락들이 접히기 시작했다. 모양새를 익히 알고 있던 그 조그만 젖가슴을 움켜쥐기 위해서였다. 줄리아나의 눈꺼풀이 내려앉는 가운데 홍채가 하얀 수정체 속으로 녹아드는 것을 나는 지켜보았다. 나는 그녀가 기절할 수도 있다는 생각에 그녀를 거의 들어 안다시피 끌어당겨 사이프러스가 있는 쪽으로 데려갔다. 그리고 둘 다 벤치에 쓰러지듯 주저앉았다. 집이 우리 눈앞에 꿈처럼 펼쳐져 있었다. 그녀가 내 어깨에 머리를 기대며 말했다.

"아, 툴리오. 무서워요! 우리 둘 다 죽을 수 있다는 생각 안 들어요?"

다시 한 번 굵은 목소리였다. 얼마나 깊은 곳에서 올라오는지 가늠하기 힘들 정도로 굵은 목소리였다.

"같이 죽고 싶지 않아요?"

전율이 느껴지는 예사롭지 않은 말이었다. 나는 그 말 속에 이루 말할 수 없이 지고한 감정이 숨겨져 있다는 걸 감지할 수 있었다. 어쩌면 그 감정은 우리가 버드나무 밑에서 서로를 부둥켜안은 뒤에, 말없이 키스를 나눈 뒤에 줄리아나의 얼굴을 변화시켰던 것과 동일한 감정일 수도 있다는 생각이 들었다. 하지만 이번에는 그것이 정확하게 어떤 감정인지 알 수 없었다. 내가 깨달은 것은 우리 둘 다 이미 섬망 상태에 빠져 있고 꿈같은 분위기 속에서 숨 쉬고 있다는 것뿐이었다.

눈앞에 등장한 집을 바라보는 동안 우리는 마치 꿈을 꾸는 것만 같았다. 빌라 정면에 보이는 모든 문과 창문, 모든 돌출 부위에, 물받이, 들보, 창턱, 발코니, 선반, 모퉁이 돌 사이에 제비들이 둥지를 틀어놓은 것이 보였다.

오래된 것에서부터 새 것까지, 흙으로 만든 수많은 둥지들이 벌집처럼 빽빽하게 들어서 있어서 빈 공간을 찾기 어려웠다. 그나마 남아 있는 틈새, 차양 장치 창살 위에, 무쇠로 만든 난간 위 틈새에 제비 똥이 마치 석회반죽처럼 쌓여 하얗게 반짝였다. 집은 굳게 닫힌 채 버려져 있었지만 새 주인들이 나름대로의 삶을 꾸려가고 있었다. 불안하지만 조용하고 즐거운 삶이었다. 착한 제비들이 집을 감싸 안으면서 날아올랐다. 노래를 부르고 날개 사이로 빛을 뿜어대며 유연하고 우아하게 쉬지 않고 집을 감싸 안았다. 공중을 나는 제비들이 떼를 지어 화살 같은 속도로 추격전을 벌이고 있었다. 번갈아가며 큰 소리로 울어대기도 하고 서로 멀어졌다가 순식간에 무리를 지어 뭉치기도 하고 나무들 위로 바싹 붙어 날다가도 하늘 높이 치솟아 태양 속으로 사라지기도 하고, 이따금씩 구름을 뚫고 나와 광채를 발하기도 했다. 그러는 사이에 둥지 안에서는 또 다른 뜨거운 역사가 벌어지고 있었다. 새들이 알을 품고 있었다. 몇몇은 새끼들의 부리 위에 잠시 머물러 있기도 했고 몇

몇은 날개를 퍼덕이며 공중에 머물거나 꼬리를 밖으로 내민 채 비좁은 둥지 사이로 끼어들기도 했다. 검정과 흰색이 섞여 있는 쇠스랑 모양의 꼬리가 황토색 위에서 빠르게 퍼덕였다. 또 몇몇 제비들은 반짝이는 가슴 털과 목의 붉은 금빛을 자랑하며 둥지 한가운데서 고개를 내밀기도 했다. 그때까지 눈에 띄지 않던 새들이 갑자기 날카로운 소리를 지르면서 하늘을 향해 치솟아 올랐다. 굳게 닫힌 집 주변을 맴돌고 있던 상쾌하고 빠른 움직임들, 우리의 오랜 둥지 주변을 꽉 채우고 있는 수많은 둥지들의 활기찬 분위기, 이 모든 것들이 우리에게는 하나의 달콤하고 감동적인 오페라였다. 그토록 섬세하고 기적처럼 느껴지는 축복의 장면을 우리는 몇 분 동안 넋을 잃고 바라보았다.

마법에서 깨어나듯 내가 자리에서 일어나며 말했다.

"열쇠는 여기 있어. 뭘 더 기다려야 하지?"

"툴리오. 우리 조금만 더 있다가 가요."

간곡히 부탁하는 그녀의 목소리에는 두려움이 섞여 있었다.

"그럼 나는 문 열러 갈게."

그렇게 말하고 나는 문을 향해 움직였다. 계단을 세 칸 오르는 동안 마치 제단을 향해 걸어 올라가는 것만 같았다. 마치 성유물을 담은 상자를 여는 신도처럼 두려운 마음으로 열쇠를 돌리려는 순간 나는 뒤에 줄리아나가 와 있다는 걸 알아차렸다. 그녀는 그림자처럼 가볍게, 정신없이 나를 뒤쫓아 와 있었다.

나는 흠칫 놀라며 물었다.

"당신이야?"

"네. 나예요."

그녀가 속삭이듯 말하는 동안 그녀의 입김이 내 귓가에 와 닿았다.

어깨 너머에 서 있던 그녀가 내 목을 팔로 휘감으며 양 손목을 내 턱밑에서 교차시켰다. 무심결에 나온 행동이었다는 것과 '나예요'라고 속삭이는 동안 그녀의 얼굴에 떠오른 희미한 미소, 나를 놀라게 하는 데 성공해서 어린아이처럼 기뻐하고 있다는 걸 끝내 감추지 못하고 드러낸 미소와 내 목을 휘감았던 그 순간의 감미로움, 이 모든 사랑스러운 모습들이 한때의 줄리아나를 떠올리게 만들었다. 그녀는 다시 젊고 상냥한 행복했던 시절의 연인, 길게 땋은 머리와 시원스러운 웃음과 소녀 같은 분위기의 고귀한 피조물로 돌아와 있었다. 옛집의 문턱 앞에서 그때와 똑같은 행복의 기운이 다시 나를 사로잡았다.

"열까?"

손을 여전히 열쇠 위에 올려놓은 채 내가 물었다.

"열어요."

여전히 내 목에 팔을 감은 채로 그녀가 대답했다. 그녀의 입김이 다시 목 위에 느껴졌다. 열쇠가 문 안에서 끼이익 하고 돌아가는 순간 그녀가 팔로 나를 더 꼭 붙드는 것이 느껴졌다. 나에게 찰싹 달라붙으면서 그녀의 두려움을 내게 알리고 있었다. 우리 머리 위에서 제비들이 지저귀고 있었고 그다지 크지 않은 열쇠 소리가 마치 정적 속에서 울려 퍼지듯이 또렷하게 들려왔다.

"들어가요."

그녀가 내게 매달린 채 속삭였다.

"들어가요. 들어가요."

그 목소리, 그렇게 가까이 와 있으면서도 보이지 않던 그 입술이 내뱉던 소리, 생생하면서도 신비하게만 느껴지던 소리, 귓가에 뜨거운 입김과 함께 전해졌으면서도 마치 내 영혼 한가운데서 말하는 듯 은밀하고 신비로웠던, 한 번도 들어본 적이 없다고 느껴질 만큼 유혹적이고 달콤했던 그 목소리를 나는 여전히 듣고 있고 앞으로도 그 소리는 영원히 내 귓전을 떠나지 않을 것이다.

"들어가요. 들어가요."

나는 지그시 문을 밀었다. 우리는 마치 한 사람으로 납작하게 녹아버린 듯 꼭 달라붙은 채로 문턱을 넘어섰다. 높이 달린 둥근 창문에서 들어오는 빛이 복도를 밝히고 있었다. 제비 한 마리가 지저귀며 머리 위로 날아올랐다. 우리는 놀라서 눈을 치켜떴다. 둥지 하나가 천장의 그로테스크 장식 사이에 매달려 있었다. 유리 하나가 비어 있는 창문을 통해 제비가 날카로운 소리를 지르며 밖으로 날아갔다.

"이제 난 당신 거예요. 당신 거야. 당신 거야!"

줄리아나가 떨어지지 않고 내 목에서 가슴 쪽으로, 내 입술을 만나기 위해 유연하게 몸을 뒤틀듯이 미끄러지며 속삭였다.

우리는 한참 동안 키스를 나누었다. 정신이 혼미한 상태에서 내가 말했다.

"이리 와. 올라가자. 내가 안고 갈까?"

키스에 흠뻑 취해 있었음에도 불구하고 나는 그녀를 안고 계단을 단숨에 오를 수 있을 것 같았다. 그녀가 대답했다.

"아니에요. 혼자서 올라갈 수 있어요."

내 눈으로 보고 귀로 듣기에는 불가능한 일이었다.

나는 산책을 하며 걸을 때처럼 팔로 그녀의 허리를 감싸 안았다. 그리고 계단을 하나씩 오를 때마다 그녀를 들어 올리며 부축했다. 커다란 소라들이 간직하고 있는 바닷소리가 집 안에서 들리는 듯했다. 멀리서 들려오는 듯한 음산한 소리였다. 하지만 바깥에서는 정말 아무 소리도 들어오지 못할 것처럼 느껴졌다.

위층에 도착했을 때 나는 바로 앞에 있는 쪽문을 여는 대신 오른쪽으로 나 있는 어두컴컴한 복도를 향해 그녀의 손을 끌어당기면서 아무 말 없이 걸어갔다. 너무 세게 끌어당긴 탓일까. 안타깝게도 그녀가 헐떡거리기 시작했다.

"우리 어디로 가고 있는 거예요?"

그녀가 물었다. 나는 대답했다.

"우리 방으로 가고 있는 거야."

컴컴해서 거의 아무것도 보이지 않았다. 나는 모든 걸 본능에 의존했다. 나는 손잡이를 찾아냈고 문을 열고 안으로 들어갔다.

틈새를 통해 들어오는 한 줄기 빛이 방 안의 어둠을 가로질렀다. 웅웅거리는 소리가 훨씬 더 크게 들려왔다. 나는 방을 밝히려고 빛이 들어오는 곳을 향해 곧장 달려가고 싶었지만 줄리아나를 그대로 내버려둘 수 없었다. 그녀에게서 떨어진다는 것 자체가, 꼭 붙잡은 손을 한 순간이라도 놓는다는 것이 불가능해 보였다. 마치 피부 접촉을 통해 신경의 촉수에 자성(磁性)이 형성되는 것만 같았다. 우리는 장님처럼 나란히 앞으로 걸어 나갔다. 어둠 속에서 무언가가 우리를 가로막았다. 침대였다. 우리가 아직 신혼이었을 때 사용하던, 우리들의 사랑이 배어 있는 침대였……

그 무서운 신음 소리가 어디까지 퍼져나갔던 걸까?

8

오후 2시였다. 우리가 빌라릴라에 도착한 지 세 시간 정도 흘렀다. 나는 줄리아나를 잠시 혼자 내버려두고 칼리스토를 찾아갔다. 잠시 후 노인은 음식이 든 바구니를 가지고 왔다. 노인은 자신을 돌려보내는 나의 버릇없는 인사를 들으면서 이번에는 놀라는 대신 심술궂은 표정을 지어 보였다.

그리고 나는 줄리아나와 서로 얼굴을 마주보고 미소를 지으면서 마치 연인이 된 듯 테이블 앞에 앉아 있었다. 바구니에는 찬 음료와 절인 과일, 비스킷, 오렌지, 샤블리 와인 한 병이 들어 있었다. 벽은 밝은 색이었고 천장은 바로크 양식으로 장식되어 있었다. 문 위에는 전원을 담은 벽화가 그려져 있었다. 약간은 고풍스러운 분위기에 막 지난 세기의 향기가 느껴지는 그림이었다. 문이 열려 있던 발코니에서 온화한 빛이 스며들어왔다. 하늘에는 우윳빛 구름이 길게 드리워져 있었다. 창백한 하늘을 배경으로 하는 사각 액자 속에는 오래된 사이프러스, 발밑에 장미 꽃들이 있고 꼭대기에서 참새들이 지저귀는 늙은 사이프러스 한 그루가 심어져 있었다. 무쇠 난간의 틈 사이로 연한 보라색 숲과 빌라릴라의 화려한 봄이 엿보였다. 빌라릴라에서 맞이하는 봄의 정수, 세 가지 향기가 잔잔한 파도를 타고 느리게 퍼져나갔다.

줄리아나는 말하곤 했다.

"기억나요?"

그리고 반복하고 또 반복해서 물었다.

"기억나요?"

오래된 사랑의 기억들이 하나둘씩 그녀의 입에서 되살아났다. 하지만 말을 하는 그녀는 조심스러웠다. 운 좋게도 그 기억들이 탄생한 곳에 와 있었기 때문에 강렬하게 되살아났을 뿐, 그녀는 조심스럽게 암시적인 표현 몇 마디를 내뱉는 것으로 그쳤다. 정원에서 처음 휴식을 취했을 때 나를 사로잡았던 그 숨가쁜 열정과 광기가 이제는 나를 무감각하게까지 만들면서 나를 무섭게 추적하던 과거의 유령과 맞서 싸울 수 있도록 미래에 관한 무한한 희망을 심어주기 시작했다.

"내일 아니면 모레, 적어도 사흘 후에는 이곳으로 돌아와야 해. 단둘이서. 보이지? 이곳에 부족한 건 하나도 없어. 없어진 것도 하나도 없고 그대로야. 당신이 원하기만 하면 당장 오늘 밤부터라도 여기서 지낼 수 있어…… 하지만 그건 당신이 싫어할 테고. 싫은 거 맞아?"

나는 목소리로, 손짓으로, 시선으로 그녀를 유혹해보았다. 그녀의 무릎이 내 무릎에 와 닿았다. 그녀는 아무 말 없이 나를 뚫어져라 쳐다볼 뿐이었다.

"이곳 빌라릴라에서 보낸 **첫날밤** 기억나? 밖에 나가서 아베 마리아 시간*을 넘길 때까지 돌아다녔지. 창문에 불이 켜져 있던 것 기억나지? 그래 잘 기억할 거야…… 이 집에서 처음으로, **첫날밤**에 켰던 불이

---

* 해가 지고 30분이 지난 뒤 성당에서 「아베 마리아」를 연주하는 것이 이탈리아의 오랜 전통이다. '아베 마리아 시간'은 해가 진 다음 시간을 가리킨다.

니까. 기억나지? 그래, 지금까지 당신은 기억을 떠올리는 것 말고는 한 게 없으니까. 하지만, 한번 봐! 당신의 기억을 전부 준다 해도 나는 오늘 이 순간과 바꾸지 못할 거야. 내일도 내놓지 못할 거야. 우리가 지금 느끼는 이 행복이 어쩌면 꿈일지도 모른다고 의심하는 건 아니겠지? 줄리아나! 나는 당신을 지금처럼 극진히 사랑해본 적이 없어. 지금만큼 간절한 적은 한 번도 없었어. 이해하겠어? 내가 지금처럼 당신 거였던 적은 없었어, 줄리아나…… 들어봐, 내가 어땠는지 한번 들어봐. 그래야 당신에게 무슨 기적이 일어났는지 이해할 테니까. 상처받는 일들이 그렇게 많았으니 그런 기적이 일어날 거라고 누가 기대했겠어? 들어봐…… 어떤 때는 마치 유년기로, 사춘기로 돌아간 것만 같았어. 나 자신이 그때처럼 순결하고 온순하고 순진하게만 느껴졌지. 더 이상 아무것도 기억이 나질 않았어. 내가 가진 생각들은 전부 당신이 가진 생각이나 마찬가지였으니까. 내가 느끼는 모든 감정들이 전부 당신을 향해 있었어. 어떤 때는 정말 꽃 한 송이만 봐도, 조그만 나뭇잎 하나만 봐도 그 감정을 감당해내기가 힘들었어. 그만큼 내 영혼이 충만해져 있었던 거야. 당신은 아무것도 모르고 있었어. 아마 아무것도 알아차리지 못했을 거야. 들어봐…… 지난 토요일, 내가 당신 방에 가시나무들을 가지고 들어갔을 때, 나는 이제 막 첫사랑에 빠진 청년처럼 부끄러웠어. 속으로는, 내 품에 당신을 안지 못하면 꼭 죽을 것만 같았지…… 못 느꼈어? 들어봐, 전부 얘기해줄 테니. 웃게 해줄 테니까…… 그날, 침실 커튼 사이로 당신 침대가 보였는데 난 거기서 더 이상 눈을 떼질 못했어. 난 떨기 시작했어. 얼마나 떨었는지 몰라. 당신은 몰라…… 벌써 두 번, 세 번이나 혼자서 몰래 당신 방에 들어갔었어. 내 심장이 얼마나 두근거렸는지 당신은 모를 거야. 그리고 커튼을 젖히고 당신 침대를 바라보다가 침대보를 쓰다듬어보고, 무슨 광신도처럼 얼굴을 베개에 파묻기까지 했지. 밤이면 가끔씩, 바디올라의 사람들이 다 잠들었을 때, 조용히 몰래몰래 당신 방 문 앞까지 갔다 온 적도 있어. 방문에 귀를 기울이면 당신 숨소리가 들리는 것만 같았지…… 말해봐, 한번 말해봐. 오늘 밤에 당신한테 가도 될까? 날 원해? 얘기해봐. 날 기다려줄 거야? 오늘 밤에 떨어져서 자야 하나? 말도 안 돼! 당신의 뺨이 차지해야 할 자리는 여기 이 가슴이야…… 기억나? 당신이 얼마나 곤히 잠들었었는지!"

"툴리오, 툴리오, 그만해요!"

그녀가 간곡하게 내 말을 가로막았다. 나의 말들이 그녀를 아프게 한 것 같았다. 그녀가 미소를 지으면서 덧붙였다.

"날 그렇게 취하게 만들면 안 돼요…… 내가 얘기했잖아요. 몸이 많이 약해졌다고…… 난 불쌍한 환자예요. 당신은 내게 현기증을 일으켜요. 견디기 힘들어요. 당신이 날 벌써 이 지경으로 만들어놓은 거 안 보여요? 혼을 쏙 빼놓았잖아요……"

그녀는 미소를 짓고 있었다. 힘겹게 지어 보이는 힘없는 미소였다. 눈꺼풀이 조금 붉게 변했지만 그 밑에 숨어 있는 두 눈만큼은 예사롭지 않은 열정으로 불타올랐다. 속눈썹의 그림자 때문에 약간 부드러워 보일 뿐 그녀의 두 눈은 참아내기 힘들 정도로 나를 뚫어져라 쳐다보았다. 그녀의 태도 속에는 내 눈이 보지 못하고 내 정신이 설명할 수 없는 뭔가 부자연스러운 것이 담겨 있었다. 그녀의 외모가 대체 언제 그런 신비하고 음산한 분위기를 풍겼었단 말인가? 그녀의 표정은 이따금씩 복잡해지고 어두워져서 하나의 수수께끼처럼 변하기도 했다. 그래서 나는 생각했다. 〈그녀는 내면에 소용돌이가 일고 있는 거야. 그 안에 갇혀서 일어난 일을 뚜렷하게 바라보지 못하고 있는 거야. 아마도 그 속에서는 모든 것이 뒤죽박죽으로 보이겠지. 사람의 표정이 그렇게 쉽게 변할 수 있다니!〉그녀의 그런 심각한 표정은 계속해서 나의 관심을 불러일으키고 욕망을 부추겼다. 그녀의 시선이 발하던 열정은 화염이 되어 나의 골수를 파고들었다. 나는 그녀가 극도로 지쳐 있는 모습을 눈으로 보면서도 그녀를 안지 못해 안달이 나 있었다. 나는 그녀의 영혼을 모조리 마셔버리고 싶었다.

"아무것도 먹질 않네."

머리끝까지 빠른 속도로 치솟았던 흥분을 가라앉히기 위해 무진장 애를 쓰며 내가 말했다.

"당시도 마찬가지잖아요."

"한 모금이라도 마셔봐. 이 와인 알아보겠어?"

"그럼요, 알아보죠."

"기억나?"

우리는 이상해진 분위기 속에서 서로의 눈동자를 바라보며 그녀가 좋아하던 금빛 와인의 섬세한 향기가 파도치듯 불러일으키는 사랑의 기억들을 떠올렸다.

"어쨌든 같이 한잔하지. 우리의 행복을 위해, 건배!"

우리는 잔을 부딪치며 건배를 했다. 나는 와인을 단숨에 들이켰지만 그녀는 입술조차 적시지 않았다. 지울 수 없는 거부감 같은 것을 느끼는 듯했다.

"왜 그래 줄리아나?"

"못 마시겠어요. 툴리오."

"왜?"

"싫어요. 강요하지는 마요. 한 방울만 마셔도 난 쓰러지고 말 거예요."

줄리아나의 얼굴이 사색이 되어 있었다.

"몸이 안 좋은 모양이네. 줄리아나."

"조금요. 일어나요. 일어나서 발코니로 가요."

그녀를 감싸 안으면서 전과는 다르게 허리가 물컹거리는 것이 느껴졌다. 내가 나갔던 사이에 코르셋을 벗었기 때문이었다. 내가 말했다.

"침대에 누울래? 좀 쉬어, 내가 곁에 있어줄 테니까……"

"아니에요. 툴리오. 벌써 좋아졌어요…… 봐요."

우리는 발코니 문턱에서 사이프러스를 바라보며 멈추어 섰다. 그녀는 문설주에 몸을 기대고 서서 내 한쪽 어깨에 손을 올려놓았다. 처마 밑으로 돌출된 대들보 위에 둥지들이 무리를 지어 들어서 있었다. 제비들이 끊임없이 둥지로 날아들었다가 다시 밖으로 날아갔다. 하지만 아래쪽 정원에선 숨 막히는 적막이 흐르고 있었고 앞에 보이는 사이프러스도 꼼짝하지 않았다. 상대적으로 새들이 퍼덕이고 지저귀는 소리는 내 귀에 거슬릴 수밖에 없었다. 나는 마음이 아팠다. 그 고요한 빛 가운데 모든 것이 나른해지고 베일로 가려지는 듯했다. 그래서 나는 긴 침묵의 시간, 마음을 가다듬기 위한 휴식의 시간과 그 순간의 모든 달콤함과 고독을 즐길 시간이 주어지기를 소망했다.

"나이팅게일이 아직 있을까?"

저녁을 알리던 강렬한 울음소리를 떠올리며 내가 물었다.

"글쎄요? 아마 있겠죠."

"저녁에 노래를 불렀잖아. 다시 듣고 싶은 생각 안 들어?"

"그런데 페데리코는 언제 돌아와요?"

"늦게 올 거야. 그러길 바라야지."

"아, 그럼요. 늦게, 늦게 와야죠."

그녀가 큰 소리로 대답했다. 그 기대감의 표현이 얼마나 솔직하고 뜨거웠는지 나 역시 기쁨을 감추기 힘들었다.

"행복해?"

그녀의 눈 속에서 대답을 찾으며 내가 물었다.

"네. 행복해요."

그녀가 시선을 떨어뜨리며 대답했다.

"내가 당신만 사랑하는 거, 내가 영원히 당신 거라는 거 알지?"

"알아요."

"그래. 당신은 지금…… 날 얼마나 사랑해?"

"내가 당신을 얼마나 사랑하는지 당신은 절대로 알 수 없을 거예요. 가엾은 툴리오!"

그렇게 말하면서 그녀는 문설주에서 떨어져 나와 그녀만의 형언할 수 없이 우아한 동작으로 내게 몸을 기댔다. 그녀의 몸놀림 속에는 세상에서 가장 여성스러운 피조물이 한 남성을 향해 분출하는, 모든 것을 내맡기는 듯한 부드러움이 배어 있었다.

"아름다워! 아름다워!"

정말 아름다웠다. 아름답고, 창백하고, 고분고분하고, 부드럽고, 마치 곁에서 물이 흐르는 것처럼 느껴졌다. 그래서였을 것이다. 그녀를 천천히 마셔버릴 수도 있겠다는 생각까지 들었다. 그녀의 창백한 얼굴 위로 흘러내린 한 묶음의 머리카락이 파도처럼 출렁일 것만 같았다. 뺨 윗부분까지 드리워진 속눈썹의 그림자가 한 번의 시선보다도 더 가슴을 떨리게 만들고 있었다.

"당신도 절대로 알 수 없을 거야…… 내가 속으로만 떠올리는 광적인 생각들을 다 털어놓는다면 당신이 어떤 반응을 보일까! 내가 느끼는 행복이 얼마나 큰지 가슴이 아파, 거의 죽고 싶다는 생각이 들 정도야."

"죽기까지……"

그녀가 야릇한 미소를 지으면서 들릴 듯 말 듯한 목소리로 되뇌었다.

"누가 알겠어요, 툴리오. 내가 먼저 죽을지도 모르잖아요."

"오, 줄리아나!"

그녀가 고개를 치켜들고 나를 똑바로 바라보며 말했다.

"말해봐요. 내가 갑자기 죽으면 어떻게 할 거예요?"

"줄리아나! 무슨, 어린아이 같은 소리!"

"만약에 내일 내가 죽으면요?"

"바보 같은 소리 이제 그만해!"

나는 그녀의 관자놀이 부위를 움켜쥐고 그녀의 입술에, 뺨에, 눈에, 이마에, 머리카락에 가볍고 짧은 키스를 퍼부었다. 그녀는 키스를 계속하도록 내버려두었다. 아니, 오히려 내가 키스를 멈췄을 때 내게 '조금만 더요'라고 속삭였다.

"우리 방으로 돌아가자."

나는 그녀를 끌어당기면서 간곡히 부탁했다. 그녀는 아무 말 없이 끌려왔다.

우리 방에도 발코니 문이 열려 있었다. 밝은 빛과 함께 발코니 근처에서 자라고 있는 노란 장미들의 머스크 향이 방 안으로 스며들고 있었다. 밝은 색 카펫에 새겨진 조그맣고 파란 꽃들이 겨우 알아볼 수 있을 정도로 해져 있었다. 정원의 일부가 옷장 거울에 비치면서 마치 아주 멀리에 있는 것처럼 야릇한 분위기를 만들어냈다. 테이블 위에 놓여 있는 줄리아나의 장갑과 모자, 팔찌가 한때의 행복했던 순간들을 떠올리게 하면서 새롭고 은밀한 분위기를 만들고 있었다.

"내일 오자. 여기 내일 돌아오자. 더 이상은 지체할 수 없어."

내가 방 안의 사물들로부터 무슨 달콤한 독촉을 느꼈는지 답답한 마음에 입을 열고 말았다.

"내일 이곳에 와서 자자. 당신도 그러고 싶지, 그렇지?"

"내일……"

"다시 사랑을 나누는 거야. 여기서, 이 정원에서, 이 봄기운 속에서, 세상일은 모두 잊고 다시 시작하는 거야. 우리가 사랑하던 손길을 하나하나씩 되찾아서 한 번도 체험해본 적이 없는 새로운 느낌을 경험해보는 거야. 시간은 많아. 우리 앞에 놓여 있는 기나긴 날들이……"

"아니에요. 아니에요. 툴리오. 아무 말도 하지 마요, 미래에 대해서는…… 악운을 가져온다는 거 몰라요? 오늘, 오늘만…… 오늘만 생각해요. 지금 흐르고 있는 이 시간만 생각해요……"

그녀가 나를 정신없이, 믿기 힘들 정도로 뜨겁게 껴안으며 미친 듯이 내 입에 키스를 퍼부었다.

9

줄리아나가 몸을 일으키며 말했다.

"말들의 방울 소리가 들리는 것 같았는데…… 페데리코가 오는 모양이에요."

우리는 귀를 기울였다. 그녀가 잘못 들은 것이 틀림없었다.

"올 시간이 되지 않았나요?"

그녀가 내게 물었다.

"그래. 거의 6시야."

"오 하느님 맙소사."

우리는 다시 귀를 기울였다. 마차가 도착하는 소리는 전혀 들리지 않았다.

"당신이 한번 보러 가는 게 좋겠어요. 툴리오."

나는 밖으로 나와 계단을 내려갔다. 몸을 가누기가 쉽지 않았다. 눈앞에 뿌연 안개가 낀 것 같았다. 마치 머리에서 수증기가 뿜어져 나오는 것 같은 느낌이었다. 나는 돌 울타리의 쪽문 앞에 서서 바로 옆에 사는 칼리스토를 불러내 소식을 물었다. 마차는 아직 돌아오지 않았다.

노인은 나를 붙들고 얘기를 계속 나누려는 눈치였다.

"칼리스토, 저희가 아마 내일 다시 돌아올 것 같아요. 당분간 여기서 머물 계획입니다."

내가 말했다. 그는 하늘을 향해 팔을 들어 올리면서 기쁘다는 표시를 해 보였다.

"정말요?"

"그럼요. 앞으로도 얘기를 나눌 시간은 얼마든지 있어요. 마차가 도착하는 게 보이거든 와서 좀 알려주세요. 잘 있어요, 칼리스토!"

그를 혼자 내버려두고 나는 집으로 돌아왔다. 날이 저물고 있었다. 제비들이 지저귀는 소리가 점점 크게 들려왔다. 제비들은 붉게 타오르는 하늘을 떼를 지어 가로지르면서 섬광을 빚어냈다.

"어떻게 됐어요?"

거울 앞에서 벌써 모자를 쓰고 있던 줄리아나가 고개를 돌리면서 내게 물었다.

"아직 아무도 안 왔어."

"날 한번 봐주세요. 아직도 머리가 많이 헝클어져 있나요?"

"아니."

"아니, 얼굴 꼴이 대체 이게 뭐람! 한번 봐주세요."

사실이었다. 줄리아나는 마치 관에서 걸어 나온 사람 같았다. 눈가에 보라색 동그라미가 그려져 있었다. 최악이었다.

"그래도 이렇게 살아 있네요."

그렇게 덧붙이며 그녀는 미소를 지으려 했다.

"어디 아픈 거야?"

"아니에요, 툴리오. 하지만 벌써…… 몰라요, 온몸이 텅 빈 것 같아요. 머리도 비어 있고 가슴도 혈관도 텅 빈 것만 같아요…… 당신한테 모든 걸 바쳤기 때문이라고 얘기해줄래요? 날 위해 남겨둔 건 아무것도 없어요. 보세요. 그저 겉으로만 살아 있을 뿐이잖아요……"

그렇게 말하면서도 이상하게 그녀는 미소를 짓고 있었다. 그 희미하고 수수께끼 같은 미소가 내게 이루 말할 수 없는 불안감을 불러일으키기 시작했다. 나는 육욕에 너무 깊이 취해 있었다. 육감적인 것이 내 정신을 혼미하게 만들었다. 생각이 느리게 움직였고 의식조차 불투명한 상태였다. 불길한 의혹에서 벗어나지 못할 정도는 아니었지만 나는 그녀를 유심히 관찰했다. 괴로워하면서도 이유를 알지 못한 채 그녀를 관찰하기만 했다.

거울 앞에서 모자를 쓴 그녀가 테이블 앞으로 다가가 팔찌와 장갑을 집어 들었다.

"준비 다 됐어요."

그녀가 말했다. 그리고 눈으로 또 다른 뭔가를 찾기 시작했다. 그녀가 덧붙였다.

"우산을 하나 가지고 있었는데…… 그렇죠?"

"그래. 그랬던 것 같은데……"

"아. 맞아요. 저 아래 길목에 있는 벤치에 두고 온 것 같아요."

"우산 찾으러 갈까?"

"아니요. 그럴 기운은 없어요."

"그럼 혼자 가볼게."

"그러지 말고 칼리스토를 보내세요."

"내가 가지. 라일락이랑 머스크 향 장미 한 다발 꺾어 올게. 좋지?"

"아니요. 꽃은 그냥 내버려두세요……"

"우선 이리 와서 앉아봐. 아무래도 페데리코가 좀 늦을 모양이야."

나는 그녀를 위해 발코니로 소파를 내다주었고 그녀는 쓰러지다시피 소파에 주저앉았다. 그리고 말했다.

"내려가는 김에 제 망토가 칼리스토에게 가 있는지 한번 봐주세요. 설마, 마차 안에 두고 내린 건 아니겠죠? 조금 추운 것 같아요."

아니나 다를까 그녀는 떨고 있었다.

"발코니 문 닫아줄까?"

"아니, 아니에요. 그냥 정원 구경할게요. 지금 정원이 가장 예쁠 때잖아요. 보여요? 정말 아름답지 않아요?"

정원 이곳저곳이 금빛으로 변해 있었다. 라일락 꼭대기에는 생생하고 짙은 보라색 꽃들이 매달려 있었고 나뭇가지들 위로 무리를 지어 피어 있던 잿빛과 산호초빛 꽃들이 마치 비단처럼 번쩍였다. 연못에서는 바빌로니아의 버드나무가 머릿결처럼 부드러운 가지들을 물 위로 늘어뜨리고 있었다. 아래에서 반짝이던 연못은 마치 진주모의 광채를 보는 듯했다. 그 부동의 광채와 나무가 쏟아낸 듯한 눈물 바다와 섬세하기 짝이 없는 꽃들의 숲이 죽어가는 듯한 금빛 풍경 속에 미로와 같은 비현실적인 환영을 그려내고 있었다.

우리는 둘 다 그 황홀한 광경에 매료되어 잠시 동안 말을 잊었다. 알 수 없는 우울함이 내 영혼 속으로 스며들었다. 모든 사랑의 밑바닥에 감추어져 있는 어두운 절망감이 내 안에서 꿈틀거렸다. 그 꿈같은 장면 앞에서 나의 육체적인 피곤함과 뜨거워진 욕망이 점점 더 무게를 더해가는 듯했다. 너무 오랫동안 지속되어 날카로워진 욕망이 충족되지 못하고 수그러들면서, 불만과 고통과 형언하기 힘든 회한이 되어 나를 통째로 뒤흔들고 있었다. 나는 괴로웠다.

줄리아나가 마치 꿈을 꾸는 듯한 목소리로 내게 말했다.

"아, 이제 눈을 감고 싶어요. 그리고 영영 뜨고 싶지 않아……"

그리고 몸을 떨면서 덧붙였다.

"툴리오, 추워요. 이제 다녀오세요."

소파에 몸을 눕히고 있던 그녀가 한기에 저항하려는 듯 몸을 잔뜩 움츠렸다. 그녀의 얼굴이, 특히 코 주변이, 설화석고처럼 투명하고 시퍼렇게 변해 있었다. 그녀는 괴로워하고 있었다.

"가엾은 영혼! 많이 아픈 거구나."

그녀를 똑바로 바라보며 내가 말했다. 놀라웠고 가슴이 아팠다.

"추워요. 다녀와요. 망토를 가져다줘요. 어서요…… 부탁이에요."

나는 칼리스토에게 뛰어갔다. 그리고 망토를 되돌려 받은 뒤에 위층으로 다시 황급히 뛰어 올라왔다.

나는 그녀가 서둘러 망토를 걸칠 수 있도록 거들었다. 다시 소파에 주저앉은 그녀가 양손을 소매 안으로 감추면서 말했다.

"이제 훨씬 낫네요."

"이제 그럼 아래에 가서 우산 가져올게. 어디에 두고 온 거지?"

"아니에요. 당장 필요한 것도 아닌데."

나는 왠지 아래로 돌아가고 싶은, 우리가 첫번째 휴식을 취했던 그 오래된 돌 벤치로 돌아가고 싶은 욕망, 그 타는 듯한 갈증을 느꼈다. 그녀가 울면서 그 신성한 말, '그럼요. 조금이라도 더'란 말을 입 밖으로 내뱉었던 그곳으로 돌아가야만 할 것 같았다. 너무 감상적이었던 걸까? 새로운 느낌이라 생각하고 궁금해했던 걸까? 아니면 그 정원이 석양의 신비로운 분위기를 연출하면서 내게 유혹의 손길을 뻗었던 걸까?

"금방 다녀올게."

그렇게 말하고 밖으로 나온 나는 발코니 밑에 도달해서 그녀를 불러보았다.

"줄리아나!"

그녀가 모습을 드러냈다. 그때 보았던 그 영혼의 눈동자가 아직도 눈에 선하다. 황혼 속에 나타난 부인할 수 없는 그녀의 모습을 나는 잊지 못한다. 높은 곳에 있던 그녀, 붉은 벽돌색 망토로 인해 더욱 높아 보이던 그녀의 모습, 어둑해진 가운데 하얗게, 하얗게 빛나던 그녀의 얼굴을 나는 절대로 잊지 못한다(야코포가 아만다*에게 하는 말이 내 영혼 속에서는 영원히 변하지 않을 그녀의 이미지와 하나가 되어버렸다. '아만다. 오늘 밤 당신이 얼마나 하얀지요. 당신의 옷과 색상을 맞추기 위해 피를 전부 뽑으셨나요?').

그녀가 뒤로 물러났다. 아니, 내가 받은 느낌을 정확하게 표현하자면 차라리 사라졌다고 하는 편이 옳다. 그리고 나는 무엇이 나를 그토록 부추겼는지 정확히 알지 못한 상태에서 길을 따라 빠르게 걸어 내려갔다. 내 발걸음 소리가 귓가에 메아리치며 들려왔다. 얼마나 정신이 없었는지 길을 잃지 않기 위해 몇 번이고 걸음을 멈춰야만 했다. 그 알 수 없는 흥분 상태는 어디서 유래했던 걸까? 단순히 신체적인 원인 때문일 거라고, 신경이 특별히 날카로운 상태였기 때문이라고 나는 생각했다. 무엇이든 돌이켜 생각해볼 만한 여유가 없었고 마음을 가다듬을 수도, 머릿속의 생각을 정리할 수도 없었다. 나는 날카로워진 신경의 포로였다. 표면적인 인상들이 머릿속에서 중첩되는 가운데 환각 상태와 같은 아주 강렬한 혼돈을 일으켰다. 하지만 어떤 생각들은 섬광을

---

* 단눈치오의 시 「다시 관능에 대하여Ancora sopra l'Erotik」에서 인용. 여기서 단눈치오는 시의 주인공 에린니 대신(시 원문: "에린니, 오늘 밤 당신이 얼마나 하얀지요……") 아만다와 야코포라는 허구적인 이름들을 사용하고 있다.

발하면서 다른 생각들보다 또렷하게 떠올랐고 구별이 가능했으며 상대적으로, 한때 예상치 못한 사고들이 불러일으켰던 당혹감을 다시 부추기기 시작했다.

줄리아나는 그날 내가 알고 있는 원래의 모습으로 돌아와 있어야 했다. 하지만 그녀는 내가 기대했던 '한때의 줄리아나'가 결코 아니었다. 가끔씩 그녀는 내가 기대하던 것과는 전혀 다른 태도를 취했다. 이질적인 무언가가, 어둡고 발작적이고 과도한 무언가가 그녀와 그녀의 성격을 변질시킨 듯했다. 이러한 변화가 그녀의 병적인 상태에 직접적인 영향을 끼쳤던 걸까? '알잖아요. 내가 병들었다는 거. 병이 깊다는 것도.' 그녀가 마치 변명하듯이 반복했던 말이다. 물론 질병이란 커다란 변화를 가져올 수 있는 요인이었다. 한 인간을 알아볼 수 없는 지경으로까지 만들 수 있는 것이 병이었다. 하지만 그녀가 앓고 있던 것은 무슨 병이었나? 오래전에 외과 의사가 수술 도구로도 완전히 제거해내지 못한 것이 남아 있었던 걸까? 혹시 그것이 퇴치할 수 없는 불치의 병이라면? '누가 알겠어요, 내가 먼저 죽을지도 모르잖아요.' 그녀가 마치 예언을 하는 듯한 독특한 어조로 내뱉었던 말이다. 그녀는 한번 이상 죽음에 대해 얘기했었다. 어쨌든 자신이 죽음의 씨앗을 품고 있다고 생각했단 말인가? 어쨌든 죽음에 대한 생각이 그녀를 지배하고 있었단 말인가? 죽음에 대한 생각이 아마도 그녀의 어둡고 절망적인 욕망에, 내 품 안에 안기고 싶은 광적인 욕망에 불을 질렀을 것이다. 그리고 행복이 가져다준 갑작스러운 광채가 아마도 그녀의 뒤를 쫓는 유령의 모습을 훨씬 더 또렷하고 무섭게 보이도록 만들었을 것이다……

〈어쩌면 그녀는 죽을지도 모른다. 어쩌면 죽음은 내가 그녀를 안고 있는 동안, 그녀가 행복해하는 동안 그녀를 강타할지도 모른다.〉

공포에 질려 서늘해진 가슴을 안고 나는 그렇게 생각했다. 그리고 잠시 동안 아무런 생각도 진전시킬 수가 없었다. 마치 위험이 임박해 있는 것 같았고 줄리아나가 '만약에 내가 내일 죽으면요?'라고 말했을 때 진실을 예고한 것 같다는 느낌이 들었기 때문이다.

해가 저물고 있었다. 공기가 습해지기 시작했고 가끔씩 불어오는 바람이 수풀 사이로 발 빠른 동물이 지나가는 것 같은 소리를 냈다. 흩어져 있던 제비 몇 마리가 날카로운 소리를 지르면서 새총의 돌멩이처럼 빠르게 날아갔다. 끝까지 버티고 있던 서쪽 지평선은 마치 거대한 대장간을 연상시켰다.

나는 벤치가 있는 곳에 도착해서 우산을 발견했다. 주저하지 않았지만 몇 시간 전의 기억이 여전히 생생하고 뜨겁게 나의 온 신경을 자극했다. 그곳에서 그녀가 힘없이 쓰러지며 내게 굴복했었다. 그곳에서 사랑에 흠뻑 취한 나의 지고한 고백이 울려 퍼졌었다. 〈**당신이 집에 있는 동안 난 당신을 먼 곳에서 찾고 있었던 거야.**〉 그곳에서 그녀의 입술로부터 숨을 들이마시며 내 영혼이 한 순간에 행복의 정상으로까지 뛰어올랐다. 그곳에서 그녀의 첫 눈물을 들이마셨고 그녀가 훌쩍이며 우는 소리를 들었고 나의 암울한 의혹에 절규했었다. 〈**어쩌면, 늦은 건가? 너무 늦은 건가?**〉

몇 시간밖에 흐르지 않았는데도 이 모든 것들이 너무나 멀게만 느껴졌다. 몇 시간밖에 지나지 않았는데도 행복은 벌써 사라진 듯했다. 똑같은 의혹이 또 다른 의미로 반복되기 시작했다. 그렇다고 덜 두려운 건 아니었다. 〈**어쩌면, 늦은 건가? 너무 늦은 건가?**〉 근심은 늘어가기만 했다. 의혹의 빛, 어둠에 휩싸인 내리막길과 컴컴한 숲속에서 들려오던 의심스러운 소음, 황혼의 이 모든 기만적인 인상들이 내 머릿속에서 치명적인 효과를 발휘하고 있었다. 〈너무 늦은 것이 사실이라면? 정말로 자신이 죽을 운명이라는 걸 알고 있다면? 자신이 죽음의 씨앗을 키우고 있다고 생각하는 거라면? 살기 힘들어서, 당하기만 하는 것이 싫어서, 나한테선 아무것도 기대할 수 없다는 걸 감당하기 힘들어서, 무기나 혹은 독극물을 사용하는 것은 두려웠을 테고, 그래서 병을 키우는 데 주력했던 거야. 병을 감춘 상태에서 더욱 악화되기만을, 그래서 결국은 더 이상 치료가 불가능한 지경에까지 도달하기만을 바랐던 거야. 아무도 모르게 천천히 자유와 종말을 향해 인도되길 원했겠지. 스스로를 감시하면서 자신이 가지고 있는 병의 정체를 파악했던 거고 이제는 때가 되었다는 것을 확신하고 있는 거야. 사랑과 욕망과 나의 키스가 종말을 앞당기리라는 것도 알고 있었겠지. 이젠 내가 그녀 앞으로 영원히 돌아왔고 그녀 앞에는 예기치 못했던 행복이 펼쳐진 셈이야. 그녀는 나를 사랑하고 있고 내게 무한히 사랑받고 있다는 것도 알고 있어. 하루 만에 우리의 꿈이 현실이 되었는데, 그래서 그녀의 입에 오르는 말이, ‘죽기까지……’〉 그날 아침 수술이 진행되는 동안 내게는 그 끔찍한 병이 남겨놓은 자궁의 참혹한 폐허들이 해부학 도해처럼 선명하게 다가왔다. 수술이 끝나기를 기다리던 두 시간 내내 나의 가슴을 옥죄어오던 그 잔인한 이미지들이 이제 눈앞에 무질서하게 펼쳐지기 시작했다. 그러던 가운데 또 다른 기억, 훨씬 더 오래된 기억 하나가 비교적 또렷한 이미지들과 함께 떠올랐다. 그림자 속에 잠긴 방과 활짝 열린 창문, 바람에 흔들리는 커튼과 창백한 거울 앞에서 불안하게 흔들리는 촛불, 이런 불길한 이미지들과 함께 옷장에 등을 기댄 채 마치 독이라도 삼킨 듯이 몸을 뒤틀던 줄리아나의 이미지가 떠올랐다. 나를 추궁하는 목소리가 계속해서 들려왔다. 〈**널 위해서야. 너를 위해 죽길 원했던**

거야. 네가, 바로 네가 죽게 만들었어.〉

눈앞이 캄캄해진 나는 내가 떠올렸던 생각과 이미지들이 모두 조금도 의심할 수 없는 현실이라는 생각에 집을 향해 달리기 시작했다.

죽은 듯이 고요한 집과 열린 창문과 그림자들로 꽉 차 있는 발코니를 고개를 치켜들고 바라보았다.

"줄리아나!"

내가 큰 소리로 외쳤다. 나는 정해진 시간 안에 도착하지 못하면 다시는 그녀를 볼 수 없다는 생각에 숨을 헐떡거리면서 위층으로 가는 계단으로 뛰어올랐다.

대체 무슨 생각을 했던 걸까? 대체 무슨 어리석은 짓이었단 말인가?

나는 숨을 몰아쉬며 암흑이나 다를 바 없는 계단을 뛰어 올라갔다. 그리고 방 안으로 뛰어들었다.

"무슨 일 있어요?"

줄리아나가 몸을 일으키면서 물었다.

"아니야. 아무것도 아니야. 당신이 날 부르는 줄 알았어. 그래서 좀 뛰어왔네. 당신 지금은 좀 어때?"

"추워요, 툴리오. 너무 추워…… 내 손 좀 만져봐요."

그녀가 손을 내밀면서 말했다. 손이 얼음장처럼 차가웠다.

"온몸이 꽁꽁 얼어붙었어요……"

"하느님 맙소사! 어쩌다가 이렇게 된 거야? 안 되겠어, 몸부터 녹여야지. 어떻게 해줄까, 줄리아나?"

"너무 걱정 마요. 툴리오. 처음 있는 일도 아닌데…… 몇 시간씩 걸리지만 할 수 있는 일은 아무것도 없어요. 그냥 정상으로 돌아올 때까지 기다리는 수밖에······ 그런데 페데리코는 왜 이렇게 늦는 걸까요? 한밤중이 다 되어가는데."

그녀는 마치 말을 하기 위해 온 힘을 다 쏟아부었다는 듯이 몸을 힘없이 등받이에 기댔다.

"이제 문 닫자."

내가 발코니 쪽으로 몸을 돌리며 말했다.

"아니에요. 아니에요. 그냥 열어두세요. 바람 때문에 몸이 차가워진 게 아니에요. 난 바깥 공기가 필요해요······ 그러지 말고 이쪽으로 와요. 내 옆으로 와요. 저 의자 가지고 오세요."

나는 무릎을 꿇었다. 그녀는 차가운 손을 힘없이 내 머리 위에 얹으면서 속삭였다.

"가엾은 툴리오!"

"아니, 말 좀 해봐, 줄리아나, 내 사랑, 내 영혼아······"

나는 더 이상 견디지 못하고 울분을 터뜨렸다.

"사실대로 얘기해봐! 당신 지금 나한테 뭔가 감추고 있는 거지? 뭔가 있어. 틀림없어. 고백하기 싫은 것뿐이야. 당신이 머릿속에 담아두고 버리지 못하는 생각, 당신을 한 번도 놔준 적이 없는 그림자 같은, 우리가 여기에 온 이후로, 우리가 여기서······ 행복을 느낀 후로는 한 번도······ 하지만 우린 정말로 행복한 걸까? 당신은? 당신은 행복해? 그래, 맞는 얘기야. 당신은 몸이 아팠으니까! 당신은 아프니까! 맞아! 하지만 문제는 그게 아니야. 또 다른 문제가 있어. 내가 이해하지 못하는, 내가 모르는 또 다른 문제가······ 사실대로 얘기해봐, 내가 벼락 맞을 얘기라도 상관없어. 오늘 아침, 당신이 훌쩍거리면서 울고 있을 때 내가 당신한테 물었지. '너무 늦은 거야?' 당신은 아니라고 대답했어.

그리고 난 당신을 믿었고. 하지만, 너무 늦지 않았다는 말, 뭔가 다른 의미로 했던 말 아니야? 무언가가 오늘 우리 눈앞에 펼쳐진 이 커다란 행복을 향유하지 못하도록 당신을 방해하고 있는 게 아니냐고. 나는 당신이 알고 있는 게 뭔지 물어보는 거야. 무언가 당신 생각 속에 담겨 있는…… 사실대로 얘기해봐!"

나는 그녀를 똑바로 쳐다보았다. 그녀가 아무 말 없이 가만히 있는 동안 점점 그녀의 눈 외에는 아무것도 보이지 않기 시작했다. 우수에 젖어 꼼짝도 하지 않는 이루 말할 수 없이 커다란 그녀의 눈동자 외에는 아무것도 보이지 않았다. 주변에 있는 모든 것이 사라지기 시작했다. 그리고 나는 그녀의 두 눈이 각인시키는 두려움을 지워버리기 위해 눈을 감아야만 했다. 침묵의 시간이 얼마나 흘렀던 걸까? 한 시간? 일초?

"저는…… 병이 들었어요."

드디어 그녀가 입을 열고 듣기 힘들 정도로 천천히 말했다.

"아니, 어떻게, 무슨 병이 들었다는 거야?"

나는 병들었다는 그녀의 말이 내가 품고 있던 의혹을 증명해주는 고백이나 마찬가지라는 생각에 흥분을 가라앉히지 못하고 말을 더듬었다.

"병이…… 들다니? 죽을병에라도 걸렸다는 거야?"

나는 내가 어떤 식으로, 어떤 목소리로, 어떤 자세로 그런 극단적인 질문을 내뱉었는지 기억하지 못한다. 내 입에서 정말 그런 말이 흘러나갔는지조차도 솔직히 모르겠다. 그녀가 그 말을 전부 다 들었는지도.

"툴리오. 아니에요. 내가 하고 싶었던 말은 그런 게…… 그런 게 아니에요. 내가 정말 하고 싶었던 말은 내가 이렇게 조금 이상하게 보이더라도 그게 내 잘못은 아니라는 것뿐이에요. 내 잘못은 아니에요…… 당신이 날 좀 참아줘요. 지금의 내 모습 그대로 나를 받아줘요. 그 밖에는 아무것도 없어요. 날 믿어요. 내가 감추는 건 아무것도 없어요…… 몸은 차차 나아지겠죠. 나아질 거예요…… 당신 참고 기다려줄 거죠? 그렇죠? 이리 와요. 툴리오. 당신도 조금은 이상한 것 같아요. 의심만 하고…… 사소한 일에 놀라기만 하고, 얼굴도 하얗게 변하고…… 대체 무슨 상상을 하는 건지…… 이리 와요. 이리 와요. 키스해줘요. 한 번만 더…… 한 번만 더…… 네…… 키스해줘요. 날 따뜻하게 안아줘요…… 이제 페데리코가 올 거예요."

말이 끊이질 않았다. 약간은 쉰 목소리로, 어쩐지 불안하면서도 마치 살에 와 닿을 것만 같은 부드러운 목소리로, 흉내 낼 수 없는 그녀만의 말투, 몇 시간 전 벤치에 앉아 나를 위로하고 다독거리며 이야기하던 때와 똑같은 말투로 끊임없이 말을 이어갔다. 그녀는 낮고 넓은 소파에 앉아 가냘픈 몸을 한쪽으로 움츠리며 나를 위해 자리를 마련해주었다. 그녀는 몸을 떨면서 나를 꼭 껴안았다. 그리고 한 손으로 그녀의 망토 끝자락을 끌어당겨 내 몸을 덮었다. 우리는 가슴을 맞대고 서로의 입김을 섞으면서 뒤엉킨 상태로 마치 침대에 누운 듯이 앉아 있었다. 나는 생각했다. 〈내 입김으로, 이 포옹으로 내 몸의 열기를 전부 그녀에게 옮겨줄 수만 있다면!〉 나는 정말 내 열기를 전달하기 위해 몸을 있는 힘껏 움츠려보기까지 했다. 내가 속삭였다.

"오늘 밤, 내가 당신을 지켜줄게. 아무 걱정 하지 않아도 돼……"

"그래요. 그래요."

"내가 얼마나 당신을 잘 보살피는지 알게 될 거야. 내가 재워줄게. 내 가슴 위에서 잠들어도 돼. 밤새도록……"

"네."

"내가 밤새 당신을 지켜줄 거야. 당신의 숨결을 마시면서, 당신 얼굴을 바라보면서 당신이 꾸는 꿈을 읽을 거야. 아마도 꿈속에서 내 이름을 부르겠지……"

"맞아요. 맞아요."

"가끔씩 밤에 당신이 꿈을 꾸면서 내게 말을 걸어온 적이 있어. 그때 당신 목소리가 얼마나 예뻤는지 몰라. 당신은 모를 거야…… 당신이 한 번도 들어본 적이 없는, 나만 알고 있는 목소리잖아. 나만 아는 목소리…… 그 목소리, 다시 들을 수 있겠지? 당신이 무슨 말을 하게 될까? 아마도 내 이름을 부르겠지. 내 이름을 부를 때 당신의 입술 모양이 얼마나 예쁜지, 마치 키스를 해달라고 조르는 것 같거든…… 그거 알아? 나는 당신 귀에다 대고 속삭일 거야. 당신 꿈속에 들어가려고. 기억나? 아침이면 가끔씩 내가 당신이 전날 무슨 꿈을 꾸었는지 알아맞히던 거? 그럼, 내 사랑, 두고 봐. 그때보다 훨씬 달콤하게 속삭여줄 테니까. 내가 얼마나 부드러운 남자인지 한번 보여주지…… 전부 당신을 낫게 해주려고 그러는 거야. 가여운 줄리아나, 당신한테 정말 필요한 건 포근한 애정이야."

"그래요. 그래요."

그녀는 내 말이 끝날 때마다 마치 모든 걸 운명에 맡긴다는 듯이 '그래요'를 되풀이하면서 환영에 빠져 있는 나의 기대감을 부추겼다. 내 목소리와 나의 유혹적인 언어가 그녀에게는 자장가처럼 들렸으리라는 확신과 함께 시작된 몽상적인 분위기 역시 그녀의 '그래요'에 의해 더욱 고조되기만 했다.

"들었어?"

소리를 제대로 듣기 위해 몸을 일으키며 내가 물었다.

"무슨 소리예요? 페데리코가 돌아온 건가요?"

"아니야. 들어봐."

우리는 둘 다 정원을 바라보며 귀를 기울였다. 정원은 온통 보라색으로 뒤덮여 사물을 분간하기 어려울 정도였고, 연못에서만 어둡고 침침한 광채가 새어 나오고 있었다. 땅과 하늘이 갈라지는 곳에서 세 개의 빛이 기다란 수평선을 그리고 있었다. 땅에 가까운 선은 핏빛으로 물들어 있었으며 그 위로 오렌지색과 죽은 식물에서나 볼 수 있는 진한 녹색이 이어졌다. 황혼의 적막 속에서 크고 끈끈한 소리가 마치 플루트 서곡 같은 느낌으로 들려오기 시작했다. 나이팅게일이 노래를 부르고 있었다.

"버드나무 위에 있어요."

줄리아나가 내게 속삭였다.

우리는 둘 다 태양이 타고 남은 재 밑에서 창백하게 식어가는 지평선을 바라보며 나이팅게일의 노랫소리를 들었다. 영혼이 허공으로 떠오르는 듯한 기분이 들었다. 마치 그 노래로부터 또 다른 사랑의 증거를 기다려야만 할 것 같았다. 새소리를 듣는 동안 그 불쌍한 피조물은 내 곁에서 무엇을 느꼈던 걸까? 고통의 정상 어딘가에 도달했던 걸까?

나이팅게일이 계속해서 노래를 불렀다. 처음에는 마치 기쁨의 찬가가 흘러나오는 듯했다. 허공에서 떨어지는 감미로운 트릴 소리는 마치 진주알이 유리 하모니카 위에서 튀는 듯한 소리를 연상시켰다. 잠시 침묵이 흘렀다. 그러다가 지저귀는 소리가 하늘 높이 치솟았다. 능수능란하게, 힘자랑이라도 해보겠다는 듯이 하염없이 길게, 미지의 적수와 대항이라도 해보겠다는 듯이 충동적인 자신감에 사로잡혀 내뿜는 소리였다. 또다시 침묵이 흘렀다. 세 음으로 움직이는 테마 하나가 뭔가를 묻는 듯한 분위기를 자아내면서 일련의 가벼운 변주곡들을 만들어냈다. 무엇이 궁금한 건지 똑같은 질문이 대여섯 번이나 반복되었다. 마치 얇은 갈대 피리나 양치기의 뿔피리 소리를 듣는 것 같았다. 다시 한 번 침묵이 흘렀다. 노래는 곧 애가로 변신했다. 한층 수그러든 목소리가 부드러운 한숨으로 힘없는 신음 소리로 변해갔다. 새들이 노래하는 것은 외로운 연인의 슬픔과 짓눌린 욕망과 헛된 기다림이었다. 그러다가 느닷없이 날카롭고 고통스럽게 울부짖는 소리를 내며 피날레가 울려 퍼졌다. 또다시 침묵이, 이번에는 훨씬 더 무거운 침묵이 이어졌다. 그러다가 전혀 새로운 소리가 들려오기 시작했다. 똑같은 새소리가 아니었다. 훨씬 더 수그러든 소리, 수줍어하는 듯한, 우는 듯한, 이제 막 태어난 새들의 양양거림이나 새끼 참새의 재잘거림에 가까웠다. 이제 그 무고한 소리가 걷잡을 수 없이 관능적으로 변하면서 점점 빠른 음들로 교체되기 시작했다. 반짝이는, 날아갈 듯한 트릴이 청명하게 울려 퍼졌다. 새들의 노래는 정열적으로 변해갔고 다시 수그러들었다가 점점 커지면서 소프라노를 방불케 하는 높은 음을 노래하기에 이르렀다. 자기들의 목소리에 흠뻑 취해 부르는 노래였다. 숨 쉬는 순간이 얼마나 짧았는지 음이 사라질 만한 시간조차 주지 않았다. 끊임없이 변화하는 선율 위에 감정을 실어 때로는 열정적으로 때로는 달콤하게 노래했다. 속삭이는 듯하면서도 날카롭게 변했고, 가벼운 듯하면서도 무게 있게, 때로는 힘없는 신음 소리, 호소하듯 흐느껴 우는 소리로 변했다가 충동적이고 즉흥적으로, 혹은 숭고한 찬양으로 돌변하곤 했다. 정원도 새들의 노래를 경청하는 듯했다. 우수에 젖은 나무 꼭대기에 앉아 그토록 아름다운 운율을 쏟아내던 보이지 않는 시인을 향해 하늘도 허리를 굽히는 것 같았다. 만발한 꽃들은 깊은 숨을 들이쉬고 있었지만 아무 소리도 내지 않았다. 서쪽 하늘에서 여전히 머뭇거리고 있던 황금빛 광채가 하루를 떠나보내고 있었다. 하늘의 마지막 시선은 슬프게만, 아니 음산하게까지 느껴졌다. 하지만 별이 하나 떠 있었다. 살아 숨 쉬는 듯한, 밝게 빛나는 이슬방울처럼 무언가를 간절히 소망하는 별이었다.

"내일!"

숫구쳐 올라오는 희망에 인사를 하고 싶어서였을까. 내게 많은 걸 약속해주던 한 마디, 그것은 거의 무의식 속에서 튀어나온 말이었다.

우리는 새소리를 듣기 위해 몸을 일으키고 몇 분 동안 그대로 멍하니 정원을 바라보고 있었다. 갑자기 줄리아나의 머리가 내 어깨 위로 마치 시체처럼 무겁게 쓰러지는 것이 느껴졌다.

"줄리아나! 줄리아나!"

내가 깜짝 놀라 외치면서 황급히 몸을 돌리는 바람에 그녀의 머리가 뒤로 무겁게 젖혀졌다.

"줄리아나!"

그녀는 듣지 못했다. 황혼의 마지막 광채에 비친 그녀의 얼굴이 시체처럼 새파랗게 질려 있는 것을 바라보면서 나는 무서운 생각에 사로잡혔다. 줄리아나가 정신을 못 차리고 그만 소파의 등받이에 힘없이 쓰러지도록 내버려둔 나는 끊임없이 그녀의 이름을 부르면서, 그녀의 심장이 뛰고 있는지 확인하기 위해 떨리는 손으로 옷의 가슴 부위를 풀어헤치기 시작했다.

그때 우리를 다정다감하게 부르는 내 동생의 목소리가 들려왔다.

"우리 비둘기들! 어디들 있어요?"

10

그녀는 짧은 시간 안에 의식을 되찾았다. 몸을 가눌 수 있게 되자 그녀는 바디올라로 돌아가기 위해 곧장 마차에 올라탔다.

그녀는 모포를 뒤집어쓰고 그녀의 자리에 아무 말 없이 웅크리고 앉아 있었다. 동생과 나는 걱정스러운 눈빛으로 가끔씩 서로의 얼굴을 쳐다보았다. 마부가 말을 향해 채찍을 휘둘렀고 말이 쏜살같이 달리며 땅을 차는 소리가 귓가에 크게 울려 퍼졌다. 길가 양쪽 이곳저곳에서 꽃이 핀 관목들이 모습을 드러냈다. 포근하기 짝이 없는 4월의 밤. 하늘은 이루 말할 수 없이 깨끗했다.

우리는 이따금씩 물어보았다.

"좀 어때, 줄리아나?"

그녀가 대답했다.

"그냥, 그래요…… 조금 나은 것 같기도 하고……"

"춥지는 않아?"

"네…… 조금요."

그녀는 말하는 것조차 힘들어 했다. 우리들의 질문 공세가 거의 그녀를 괴롭히고 있다는 느낌이 들 정도였다. 결국 페데리코가 집요하게 말을 걸었을 때 그녀는 이런 식으로 대답하고 말았다.

"미안해요, 페데리코…… 나, 말하기 힘들어요."

마차의 덮개 지붕을 완전히 덮은 상태에서 그녀는 그늘 속에 숨어 담요를 덮고 꼼짝도 하지 않았다. 그녀의 얼굴을 관찰하기 위해 내가 허리를 숙여 본 것이 한두 번이 아니었다. 잠이 든 것 같기도 했고 실신한 상태일 거라는 생각에 걱정이 앞서기도 했다. 하지만 매번 나는 예기치 못했던 느낌에 놀라지 않을 수 없었다. 어둠 속에서 그녀가 눈을 부릅뜨고 허공만 뚫어져라 쳐다보고 있었기 때문이다. 기나긴 침묵의 시간이 흘렀다. 우리는 입을 꼭 다물고 아무 말도 하지 않았다. 세차게 들려오던 말발굽 소리가 터무니없이 느리게만 느껴졌다. 마부에게 더 빨리 달리라고 소리치고 싶었다. '더 빨리 몰아!'

우리는 10시가 다 돼서야 바디올라에 도착했다.

어머니가 늦게 오는 우리를 걱정하면서 기다리고 있었다. 최악의 상태였던 줄리아나를 바라보며 어머니가 말했다.

"내가 이럴 줄 알았다. 저 정신 나간 녀석이 널 이 지경으로 만들 줄 알았다니까……"

줄리아나는 어머니를 안심시키고 싶어 했다.

"아무것도 아니에요. 어머니…… 내일 아침이면 멀쩡해질 거예요. 그냥 조금 피곤할 뿐이에요……"

하지만 밝은 곳에서 줄리아나의 얼굴을 다시 본 어머니가 소스라치게 놀라면서 외쳤다.

"하느님 맙소사! 오, 하느님! 지금 네가 얼마나 무시무시한 얼굴을 하고 있는 줄 아니? 서 있을 순 있겠어? 에디스, 크리스티나, 당장 올라가서 침대 덥혀놔! 툴리오, 이리 와라. 위층으로 옮겨 가자꾸나……"

"아니에요, 아니에요."

줄리아나가 부축을 거절하며 고집을 부렸다.

"놀라실 필요 없어요, 어머니, 아무것도 아니라니까요……"

"내가 마차 몰고 투씨에 가서 의사를 불러올게. 30분이면 돌아올 수 있어."

페데리코가 말했다.

"아니에요, 페데리코. 아니에요!"

줄리아나가 고함을 질렀다. 그녀의 절망적인 목소리에는 분노가 섞여 있었다.

"싫어요. 의사가 할 수 있는 건 아무것도 없어요. 무슨 약을 먹어야 하는지 내가 알아요. 그리고 나한테 다 있어요. 그러니까 가지 마요. 올라가세요, 어머니. 맙소사! 왜 그렇게들 기겁을 해요. 올라가세요. 올라가요……"

줄리아나는 단숨에 다시 기운을 차린 듯했다. 그녀는 아무렇지도 않게 당당히 걸음을 옮기기 시작했다. 계단을 오르는 동안에는 내가 어머니와 함께 그녀를 부축했다. 방에 도착해서 그녀는 경련을 일으키며 구역질을 하기 시작했다. 경련은 몇 분 동안이나 지속되었다. 여자들이 그녀의 옷을 벗기기 시작했다.

"나가보세요, 툴리오, 가세요. 나중에 보러 오세요. 여기엔 어머니가 계시니까, 너무 걱정 마요……"

나는 밖으로 나왔다. 그리고 옆방으로 건너가 소파에 앉아 기다렸다. 집안 여인들이 이리저리 오가는 소리가 들려왔다. 조급해진 마음을 진정시키기가 힘들었다. 〈언제 다시 들어갈 수 있을까? 언제쯤 줄리아나와 단둘이 있게 될까? 혼자 내버려두지 않겠어. 밤을 새워서라도 곁

에 앉아 침상을 지킬 거야. 몇 시간 정도면 괜찮아지겠지? 조금은 나아
지겠지? 내 손으로 줄리아나의 머리카락을 쓰다듬으면서 재워줄 수 있
을 거야. 또 모르지. 조금 지나고 나서 꿈과 현실을 구분하지 못하고 내
게 이렇게 말할지도. '이리 와요.'〉 나는 나의 애무가 가지고 있는 능력
을 맹신하는 경향이 있었다. 여전히 나는 그날 하루가 달콤한 결말을
맺게 될 거라고 믿고 있었다. 줄리아나의 괴로워하는 모습을 생각하면
언제나 떠오르던 고통스러운 이미지들 가운데서도 가장 분명하고 지속
적이었던 것은 관능적인 이미지였다. 〈침실의 커튼 뒤로 환히 빛나던
전등 밑에서 하얀 셔츠처럼 창백한 얼굴로 깜빡 잠이 들었다가 힘없이
깨어난 그녀가 게슴츠레한 눈으로 중얼거리듯 말하겠지. '이리 와서 내
곁에 누워요.'〉

페데리코가 방 안으로 들어왔다. 다정한 목소리로 그가 말했다.

"왜 그러고 있어? 방금 계단에서 미스 에디스랑 얘기를 나눴는데,
별일 아닌 것 같아. 내려가서 뭘 좀 먹지 않을래? 아래서 뭘 좀 준비한
모양인데……"

"아니야. 지금은 입맛이 없어서, 나중이라면 몰라도…… 방 안에서
날 부를 때까지 기다리려고……"

"그럼, 난 내려가볼게. 당장 필요한 게 아니면……"

"그래, 가봐, 페데리코. 고마워! 난 나중에 내려갈게."

멀어져가는 동생을 지켜보면서 나는 다시 한 번 믿음이 솟아나고
마음이 넓어지는 것을 느낄 수 있었다. 그리고 3분 정도 흘렀을 것이
다. 맞은편에 있는 벽시계의 추가 시간을 계산하고 있었다. 시계가 10시
45분을 가리켰다. 내가 참지 못하고 줄리아나의 방에 가볼 생각으로 몸
을 일으키는 동안 어머니가 방 안으로 들어오면서 이젠 안심이라는 듯

이 나지막한 목소리로 말했다.

"좀 가라앉은 것 같다. 이젠 휴식이 필요해. 불쌍한 것 같으니!"

"제가 가봐도 될까요?"

"그래. 가보려무나. 하지만 쉬도록 내버려둬."

내가 발걸음을 옮기려는 순간 어머니가 나를 불러 세웠다.

"툴리오!"

"네, 어머니. 왜요?"

어머니는 망설이는 듯한 눈치였다.

"얘기 좀 해봐…… 줄리아나 수술 받은 뒤에 의사 선생님하고 한 번이라도 얘기 나눠본 적 있니?"

"아, 그럼요. 몇 번, 같이 얘기를 나눈 적 있어요…… 그런데 왜요?"

"위험할 수도 있단 얘기……"

어머니는 망설이고 있었다.

"생명에 지장을 줄 수도 있단 얘기 들은 적 없어? 줄리아나가 다시 임신할 경우에……"

사실 나는 의사 선생과 얘기를 나눠본 적이 없었다. 나는 무슨 말을 해야 할지 몰랐다. 모든 것이 뒤죽박죽 엉켜버리고 말았다. 내가 다시 물었다.

"왜요?"

어머니는 여전히 망설이고 있었다.

"줄리아나가 임신한 거 눈치 못 챈 거니?"

망치로 가슴 한복판을 두들겨 맞은 것 같은 느낌이었다. 순간적으로 나는 사실을 있는 그대로 받아들이지 못했다.

"임신을 했군요."

내가 더듬거리며 말했다. 어머니가 내 손을 붙들었다.

"그래. 툴리오……"

"몰랐어요."

"그렇게 무서운 얼굴만 하고 있지 말고…… 어쨌든 의사 선생님
이……"

"그러게요. 의사가……"

"이리 와서 앉아라, 툴리오."

어머니는 나를 소파에 앉게 했다. 그리고 놀란 표정으로, 내가 입
을 열기만 기다리며 나를 바라보았다. 잠깐 동안이었지만 바로 코앞에
계신 것이 분명했는데도 내 눈에는 더 이상 어머니의 얼굴이 보이지 않
았다. 한줄기 강렬한 빛이 머릿속에 투영되면서 눈앞에 한 편의 드라마
가 펼쳐졌다.

누가 내게 저항할 수 있는 힘을 주었던가? 누가 내게 사리를 분별
할 수 있는 힘을 남겨두었던가? 아마도 내가 살아남은 것은 한계를 모
르는 고통과 공포 속에서 찾아낸 영웅의식 때문이었을 것이다.

외부 사물에 대한 지각 능력이 정상으로 돌아오자마자 가까이서 어
머니가 안타까워하며 나를 바라보고 있는 모습이 눈에 들어왔다. 무엇
보다도 먼저 어머니를 안심시켜야겠다는 생각이 들었다. 내가 말했다.

"몰랐어요…… 줄리아나는 저한테 아무 말도 안 했어요. 전 전혀
눈치채지 못했고요…… 좀 놀랐어요. 의사가…… 그래요, 위험할 수
도 있단 얘기 한 적이 있어요. 그래서 제가 더 놀란 거예요. 아시잖아
요. 줄리아나가 몸이 얼마나 약한지…… 하지만 상황이 이 정도로 심
각할 거라고 얘기하진 않았어요. 어쨌든 수술은 성공적으로 끝났으니

까…… 두고 봐야겠죠. 의사 선생님 모시고 올게요. 선생님 의견도 들을 겸……"

"그래, 그래. 그래야지."

"어머니…… 그런데 확실한 거예요? 혹시, 줄리아나가 그러던가요? 아니면……"

"내가 알아차린 거란다. 걔가 보인 건 흔한 증상들이니까…… 그걸 못 알아차린다는 건 불가능한 일이야. 며칠 전까지만 해도 줄리아나는 아니라고 했단다. 확실히는 모르겠다고 했지. 네가 많이 이해해주니까 그랬는지, 너한테는 당분간 말하지 말아달라고 나한테 그러더구나. 하지만 난 얘기해주고 싶었어…… 줄리아나가, 네가 잘 알잖니, 몸이 말이 아니야. 너도 봤겠지만 이곳에서도 나아지기보다는 날이 가면 갈수록 악화되는 것 같으니…… 옛날에는 산에서 일주일만 지내면 정말 꽃 피듯이 활짝 되살아나곤 했는데 말이야. 기억나니?"

"네, 그랬었죠."

"이럴 땐 서둘러서 조치를 취한다고 해될 건 없어. 당장 베베스티 의사 선생님께 전보 써라."

"네. 당장 쓸게요."

나는 더 이상 나 자신을 주체하지 못하고 몸을 일으키며 말했다.

"줄리아나에게 가볼게요."

"그래 가보거라. 하지만 오늘 밤은 편히 쉴 수 있도록 조심스럽게 다뤄. 조용조용히 하고. 나는 아래에 좀 내려갔다가 올라오마."

"고마워요. 어머니."

그렇게 말하면서 나는 어머니의 이마에 가볍게 입을 맞췄다.

"그래 우리 아들 복 받을 거다!"

어머니가 멀어지면서 내게 속삭이듯 말했다.

맞은편 문 앞에서 나는 걸음을 멈추고 뒤를 돌아보았다. 그리고 한 우아한 여인이 허리를 똑바로 펴고 검은 옷을 입고 이루 말할 수 없이 귀족적인 자태로 사라지는 모습을 지켜보았다.

그때 받은 인상을 나는 결코 말로 설명할 수 없을 것이다. 집 전체가 벼락을 맞아 모두 무너져야만 그런 인상을 받을 수 있을 것 같았다. 내 안에서, 내 주변에서 모든 것이 힘없이 무너지고 부서져버렸다.

11

난감한 일을 당한 남자들이 이런 종류의 말을 내뱉는 걸 한두 번쯤 들어보지 않은 사람이 어디 있겠는가? 〈한 시간이 꼭 십 년 같았어.〉 당연히 말도 안 되는 얘기다. 하지만 나는 그 말을 누구보다도 잘 이해한다. 어머니와 함께 다정다감한 분위기 속에서 나누었던 그 짧은 대화가 오가는 동안 10년 이상의 세월을 산 것이 아니었나? 인간의 내면적 삶이 가지고 있는 세월의 가속도는 우주가 가지고 있는 가장 경이롭고 동시에 가장 무시무시한 현상일 것이다.

이제 무엇을 해야 한단 말인가? 충동적이고 광적인 생각들이 몰려왔다. 한밤중에 멀리 도주를 하거나, 아니면 방 안에 틀어박혀 문을 잠그고 혼자 남아서 나의 몰락에 대해 곰곰이 되새기며 그 전모를 파헤쳐 볼 수도 있었다. 하지만 나는 참아냈다. 내 천성의 우월함이 그날 밤에 본 모습을 드러냈다. 내가 가지고 있는 능력 중에 가장 남성적인 것을 나는 그 잔인한 소용돌이에서 탈출시켰다. 그래서 생각했다. 〈어머니에게든 동생에게든, 이 집에서 사는 사람이면 누구에게든, 나의 어떤 행동도 독특하다거나 난해하게 비쳐서는 안 된다.〉

줄리아나의 방문 앞에 서서 나는 망설였다. 꼼짝도 하지 못하는 상태에서 온몸이 떨려오는 것을 멈출 수가 없었다. 복도에서 발소리가 다가오는 것을 듣고 나는 용기를 내 방 안으로 들어갔다. 미스 에디스가 뒤꿈치를 들고 침대 커튼 밖으로 빠져나오고 있었다. 그녀는 손짓으로 내게 조용히 하라는 표시를 했다. 그녀가 낮은 목소리로 말했다.

"이제 막 잠들려고 해요."

그러고는 문을 살살 닫으면서 살짝 열린 채 놔두고 밖으로 나갔다. 아치형 천장 한가운데 매달려 있는 전등이 온화한 빛을 발하고 있었다. 의자 하나 위에 붉은색 망토가 놓여 있었고 또 다른 의자 위에는 짙은 검정 코르셋, 빌라릴라에서 줄리아나가 내가 잠깐 자리를 비운 사이에 벗어놓았던 코르셋이 놓여 있었다. 그녀가 우아하게 핀 라일락 사이를 거닐 때 멋지게 차려입었던 회색 드레스가 또 다른 의자 위에 놓여 있었다. 그 물건들이 전해준 알 수 없는 충격 때문에 나는 방에서 도망치고 싶은 충동을 느꼈다. 하지만 나는 침실 커튼을 밀어젖혔다. 침대가 보였고 베개 위에는 얼굴 대신 한 무더기의 머리카락이 펼쳐져 있었다. 담요 밑으로 그녀의 몸의 윤곽이 드러나 있었다. 내 영혼 앞에 하나의 잔인한 진실이 가장 저속하고 무자비한 방식으로 완전한 정체를 드러내고 있었다. 〈다른 남자의 소유가 되고 말았구나. 다른 남자의 배설물을 취하고 그 씨앗을 배 속에 품고 있구나.〉 혐오스러운 이미지들이 내 눈앞에 펼쳐지기 시작했다. 눈을 감을 수가 없었다. 그것들은 이미 일어난 일들의 이미지일 뿐만 아니라 앞으로도 필연적으로 일어날 수밖에 없는 일들의 이미지였다. 나는 미래의 줄리아나를 생각할 수밖에 없었다. 정확하게 똑바로 쳐다보는 일을 피할 길이 없었다. 불륜의 씨앗을 안고 부풀어 오른 커다란 배와 그로 인해 일그러진 나의 꿈, 나의 이상, 줄리아나의 모습을.

그토록 잔인한 형벌을 누가 상상했겠는가? 하지만 전부 사실이었고 모든 것이 명백했다! 고통이 고통을 견딜 수 있는 힘보다 우세할 때, 본능적으로 인간은 의혹 속에서 참을 수 없는 고난의 일시적인 온화를 도모한다. 그래서 생각한다. 〈어쩌면 내가 잘못 생각하고 있을지도 몰라. 어쩌면 이 재난이 내가 보는 것과는 다른 차원의 것일지도 몰라. 어쩌면 이 모든 고통이 옳지 않은 것인지도 모르지.〉 당황한 영혼이 휴전을 지속시키기 위해 시도하는 것은 현실에 대한 보다 정확한 의미를 파악하는 일이다. 하지만 나는 한순간도 의혹을 가져본 적이 없다. 생각이 흔들렸던 적조차 없다. 내가 이루 말할 수 없이 맑은 정신이었을 때 일어난 그 현상에 대해 설명한다는 것이 내게는 불가능하다.

인간의 내면 깊숙한 곳에서 일어나는 자연스럽고 비밀스러운 변화의 규칙에 따라, 그 무시무시한 사건과 관련되는 모든 감지하기 힘든 단서들이 서로 논리적이고 완전하고 일관적인 개념을, 하나의 완성된 개념을 구축하면서 배열되는 듯했다. 그건 내 의식 속에 불현듯 모습을 드러냈다. 마치 미지의 요소들에 의해 밑바닥에 묶여 있던 사물들이 다시는 가라앉지 않겠다는 듯이 수면 위로 빠르게 떠오르는 듯했다. 모든 단서들, 모든 증거들이 그곳에 정돈되어 있었다. 나는 그것들을 찾기 위해, 고르기 위해, 모으기 위해 어떤 노력도 할 필요가 없었다. 무의미한 사건들, 먼 옛날의 사건들이 새로운 빛 속에서 새로운 의미를 획득했고 최근에 있었던 일들의 경계가 또 다른 색채를 띠기 시작했다. 줄리아나가 평소와는 다르게 꽃과 향기에 대해 거부감을 보였다는 사실, 그녀만의 고뇌와 구역질을 연기하는 서투른 모습, 그녀의 창백한 얼굴과 눈썹 사이에 드리워진 일종의 먹구름처럼 행동에서도 느껴졌던 이루 말할 수 없는 피로, 러시아 문학 작품에 손톱을 그어 표시해놓은 페이지들, 베주코프 백작을 향한 노인의 질책, 어린 공주 리사의 극단적인 질문, 그리고 내 손에서 책을 낚아채듯 빼앗아 갔던 줄리아나의 행동, 빌라릴라에서 있었던 일, 흐느껴 울던 그녀의 모습, 알쏭달쏭했던 말과 미소들, 슬픔을 자아내게 했던 그녀의 열정과 광기에 가까울 정도로 관능적이었던 그녀의 모습들, 죽음을 연상시키던 말들…… 이 모든 단서들이 내 영혼 한가운데 새겨진 어머니의 말 주변으로 모여들기 시작했다.

어머니가 말했다. '**그걸 못 알아차린다는 건 불가능한 일이야.** 며칠 전까지만 해도 줄리아나는 아니라고 했었단다. **확실히는 모르겠다고 했었지.** 네가 많이 이해해주니까 그랬는지, **너한테는 당분간 말하지 말아달라고 나한테 그러더구나.**' 더이상 또렷할 수 없는 진실이었다. 이미, 모든 것이 분명했다.

나는 침대 앞으로 다가갔다. 내 뒤쪽에서 침실 커튼이 다시 내려앉았다. 침실 안이 좀더 어두워졌다. 조급한 마음이 내 호흡을 빼앗아 가버렸다. 침대 머리맡에 도달했을 때 마치 흐르던 피가 전부 멈춰버린 것만 같았다. 나는 허리를 숙여 침대보에 거의 가려 있던 줄리아나의 머리를 좀더 가까이서 바라보았다. 그 순간에 그녀가 깨어나서 얼굴을 들고 내게 말을 걸었다면 무슨 일이 벌어졌을지 나는 모른다.

자고 있는 걸까? 보이는 건 이마의 눈썹 윗부분뿐이었다.

나는 몇 분 동안 서서 기다렸다. 하지만, 그녀는 자고 있는 걸까? 비스듬히 누워서 꼼짝도 하지 않았다. 침대보로 가려진 입에서 숨소리도 전혀 들려오지 않았다. 내가 볼 수 있는 거라곤 눈썹 윗부분까지의 이마뿐이었다.

내가 와 있다는 걸 그녀가 알고 있었다면 어떤 식으로 대처해야 했을까? 심문을 하거나 대화를 나눌 만한 시간은 아니었다. 내가 모든 걸 알고 있다는 사실을 그녀가 눈치채고 있었다면 그날 밤에 어떤 극단적인 행동을 취했을까? 나는 모르는 척하고 그녀에게 부드럽게 대해주어야만 했다. 아무것도 모르는 척해야만 했다. 4시간 전 빌라릴라에서 그녀에게 달콤한 말을 내뱉게 했던 그 감정에 매달려야만 했다. 〈오늘 밤 침대에서 내가 당신을 지켜줄게. 내가 재워줄게. 내 가슴 위에서 잠들어도 돼. 밤새도록……〉

나는 시선을 어디에 두어야 할지 모르고 있었다. 그러던 가운데 카펫 위에 놓인 얇고 반짝이는 신발 하나, 의자 등받이 위에 늘어져 있는 기다란 회색 스타킹과 파도 문양의 비단 가터벨트, 그리고 비밀스러운 분위기의 멋진 물건들이 눈에 들어왔다. 모든 물건 하나하나가 우리가 은밀한 시간을 보내는 동안 사랑을 갈망하던 내 눈이 즐거워하며 바라보았던 것들이었다. 나는 질투로 불타오르기 시작했다. 줄리아나에게 달려들어 그녀를 흔들어 깨우고 그녀에게 분노에 휩싸인 잔인하고 광적인 말들을 내뱉고 싶은 충동을 가까스로 참아낸 건 거의 기적에 가까운 일이었다.

나는 몸도 제대로 가누지 못한 채 뒤로 물러서서 침실 밖으로 나왔다. 막막한 가슴을 움켜쥐고 나는 생각했다. 〈이 일이 어떻게 끝나게 될까?〉

그곳을 벗어나야겠다는 생각이 들었다. 〈내려가자. 어머니에게 줄리아나가 고이 잠들었다고 하고 나도 좀 쉬어야겠다고 얘기하자. 그리고 내 방으로 돌아가자. 내일 아침이면……〉 하지만 당혹스럽게도 나는 그곳에서 꼼짝도 하지 못했다. 너무 많은 것들에 대한 두려움에 포로가 되어 문턱을 넘어서지 못하고 있었다. 나는 돌연 고개를 돌려 다시 침대를 바라보았다. 마치 나를 바라보는 듯한 시선이 느껴졌기 때문이다. 침실 커튼이 움직이는 듯이 보였다. 하지만 그것은 환영에 불과했다. 그럼에도 불구하고 마치 자기장 같은 무언가가 커튼을 뚫고 나와 나를 끌어당기는 것만 같았다. 내가 저항할 수 없는 무언가가 그곳에 있었다. 나는 소름이 끼치는 것을 참고 다시 한 번 침실 안으로 들어갔다.

줄리아나는 똑같은 자세로 누워 있었다. 자고 있는 걸까? 보이는 건 눈썹 윗부분의 이마뿐이었다. 나는 머리맡에 앉아 기다렸다. 침대보처럼 창백해진 그녀의 이마를 바라보면서. 여동생의 이마처럼 연약하고 순결한 그 이마 위에 끊임없이 입술을 가져가던 내 마음은 거의 신앙심에 가까웠다. 어머니도 수없이 키스를 했던 이마였다.

오염의 흔적은 전혀 찾아볼 수 없었다. 눈으로 보아서는 내가 항상 알고 있던 그녀와 다를 것이 하나도 없었다. 하지만 내 영혼의 눈이 바로 그 창백한 얼굴에서 발견한 또렷한 얼룩의 흔적을 지울 수 있는 것은 이 세상에 아무것도 없었다.

마지막으로 사랑에 흠뻑 취해 내뱉었던 나의 몇 마디 말들이 다시 떠올랐다. '내가 밤새 당신을 지켜줄 거야. 당신 얼굴을 바라보며 당신이 꾸는 꿈을 읽을 거야.' 그리고 그녀가 말끝마다 덧붙이던 말도 생각났다. '그래요. 그래요.' 나는 혼자서 이런 질문을 던졌다. 〈속으로 무슨 생각을 하고 무슨 인생을 살고 있었던 걸까? 무슨 계획을 가지고? 무슨 마음을 먹고?〉 나는 다시 그녀의 이마를 바라보았다. 그리고 그곳에서, 나의 고통은 뒤로 미루어두고, 그녀를 이해하기 위해 안간힘을 쓰며 그녀가 어떤 고통을 겪었을까 그려보기 시작했다.

그녀의 절망이 인간의 한계를 넘어서는 것이었으리란 생각이 들었다. 끝도 없고 경계도 없는 절망이었을 것이다. 내가 받는 벌은 동시에 그녀가 받는 벌이었다. 그녀에게는 아마도 훨씬 무시무시했을 벌이다. 저 아래, 빌라릴라에서 길을 걷는 동안, 벤치에서, 집 안에서 내가 하는 말들을 듣고 그녀는 진실을 발견했을 것이다. 내 얼굴에서 진솔함을 읽었을 것이다. 나의 어마어마한 사랑 앞에서 그녀는 무릎을 꿇었었다.

〈'당신이 집에 있는 동안 난 당신을 먼 곳에서 찾고 있었을 뿐이야……
아! 당신이 얘기해봐. 당신이 흘린 모든 눈물과 바꿀 수 있을 만큼 놀라운 사실 아냐? 그런 사랑의 증거라면 차라리 눈물을 조금이라도 더 흘리는 편이 나았을 거라고 생각하지 않겠어?'

'그럼요. 조금이라도 더……'〉

그녀는 그렇게 대답했었다. 그녀의 영혼이 그렇게 대답했다. 답을 하는 그녀의 숨소리는 신성하게까지 들렸었다.

'그럼요. 조금이라도 더……'

그녀는 과거로 돌아가 조금이라도 더 눈물을 흘리고 싶어 했을 것이다. 그런 정도의 사랑이라면 과거로 돌아가 조금이라도 더 희생과 고통을 감수하는 편이 나을 거라고 생각했을 것이다. 그녀는 오랫동안 잃어버린 줄만 알고 슬퍼했던 남자가 자신의 발밑에 무릎을 꿇고 그녀가 일찍이 느껴본 적이 없는 열정을 호소하는 모습을 보고, 그녀가 상상할 수 없었던 드넓은 천국이 눈앞에 펼쳐지는 것을 보고, 오히려 자신이 순결하지 못하다는 것을 느꼈을 것이다. 다른 남자의 씨앗을 품고 있는 아랫배로 내 머리를 억지로 감싸 안은 채 자신의 불순함을 온몸으로 체험했을 것이다. 아, 어떻게 그녀의 눈물이 내 얼굴에 정말 상처 하나 내지 않고 흘러내릴 수 있었단 말인가? 어떻게 내가 그녀의 눈물을 마시고도 독을 삼킨 듯이 발광하지 않을 수 있었단 말인가?

다정다감했던 우리의 하루가 다시 전부 한순간에 떠올랐다. 모든 표정들이 머릿속에 떠올랐다. 우리가 빌라릴라에 발을 들여놓은 순간부터 줄리아나의 얼굴에 나타났던 모든 표정, 하찮은 표정까지도 전부 떠올랐다.

그 순간 내 안에서 떠오른 커다란 광채가 모든 것을 환하게 비추기 시작했다. 〈아, 내가 내일에 대해 얘기할 때는 미래에 대해서 얘기했던 거다…… 내가 입에 올린 그 내일이란 말이 그녀에게는 얼마나 무시무시하게 들렸을까!〉 발코니를 바로 앞에 두고 사이프러스를 바라보며 나누었던 짧은 대화가 떠올랐다. 가냘픈 미소를 지으면서 그녀가 말했었다. '죽기까지……' 임박한 죽음에 관한 얘기였다. 그녀가 이렇게 물은 적이 있다. '내가 갑자기 죽으면 어떻게 할 거예요? 만약 내일 내가 죽으면요?' 뒤이어서, 우리가 방에 있는 동안, 그녀는 내 품에 꼭 안기면서 소리를 질렀었다. '아니에요. 아니에요. 툴리오. 아무 말도 하지 마요, 미래에 대해서는…… 오늘만 생각해요. 지금 흘러가고 있는 이 시간만 생각해요……' 그녀의 말과 행동은 결국에는 죽고 싶다는 뜻을, 비극적인 결말을 예고하고 있었다. 그녀가 자살을 계획하고 있었다는 것은, 어쩌면 그녀가 그날 밤에, 더 이상 피할 길을 찾지 못하고 그 입에 담을 수 없는 내일이 도래하기 전에 죽을 생각을 하고 있었다는 것은 불을 보듯 빤한 일이었다.

나는 임박한 위험에 대한 두려움이 일으키는 이상한 생각들을 뿌리치고 나 자신을 바라보며 중심을 되찾았다. 〈줄리아나의 죽음이 가져올 결과와 그녀가 살아남았을 때 일어날 일들 사이에 어느 것이 더 심각한 피해를 가져다줄 것인가?〉 몰락은 숨을 곳을 허락하지 않고 심연은 바닥을 가지고 있지 않다. 즉각적인 재난이 무시무시한 드라마를 무작정 안고 가는 것보다는 훨씬 나을 것이다. 나는 다시 임신한 줄리아나가 아이를 낳는 과정을 상상하기 시작했다. 새로 태어난 아이, 내 이름으로 불리게 될, 내 후계자가 될, 내 어머니와 딸들과 동생의 애정을 독차지하게 될 그 불청객의 모습을 떠올렸다. 〈이 일의 숙명적인 흐름을 멈추게 할 수 있는 것은 죽음뿐이다. 하지만 자살은 비밀로 남을 수 없지 않은가? 무슨 핑계를 대고 줄리아나가 자살을 한단 말인가? 자살이라는 것을 알게 되면 어머니와 페데리코가 무슨 생각을 할까? 어머니가 얼마나 큰 충격을 받을까? 마리아와 나탈리아는? 그리고 나는? 난 내 인생을 가지고 뭘 어떻게 해야 한단 말인가?〉

실제로 줄리아나가 없는 나의 삶은 상상하기 힘들었다. 몸이 더럽혀졌다는 것과 상관없이 나는 그 불쌍한 피조물을 사랑했다. 질투에 의해 시작된 충동적인 분노를 빼놓고는 나는 그녀를 미워한다거나 원망한다거나 무시하는 감정을 느껴본 적이 없었다. 복수를 해야겠다는 생각은 조금도 들지 않았다. 대신에 나는 그녀가 하염없이 불쌍하게 느껴졌다.

처음부터 나는 그녀가 추락한 책임이 전적으로 내게 있다는 사실을 받아들이겠다고 다짐했다. 모든 걸 용서할 수 있을 듯한 뿌듯한 마음에 나는 날아갈 듯 기뻤다. 〈그녀는 내가 가한 타격에 고개를 숙일 줄 알았어. 고통을 감수하고 입을 다물 줄 알았어. 내게 살신성인의 본보기가 되면서 진정한 용기가 무엇인지 보여줬어. 이제 내 차례야. 이제는 내가 되돌려주어야 할 차례야. 어떤 대가를 치르더라도 그녀를 살려내야 해.〉 영혼이 떠오르는 느낌, 이 멋진 느낌은 그녀에게서 오는 것이었다.

나는 그녀를 가까이서 바라보았다. 그녀는 여전히 같은 자세로 이마만 내놓고 꼼짝도 하지 않고 있었다. 나는 생각했다.

〈자고 있는 걸까? 하지만 만약에 자는 척하는 거라면? 의심받고 싶지 않아서, 이제는 진정했다고 믿게 만들려고, 그래서 혼자 남아 있으려고 자는 척하는 거라면? 그래, 그녀가 내일이 오지 않기를 바라는 거라면 이런 식으로라도 수단과 방법을 가리지 않고 감추려는 건 당연한 일이지. 자는 척하고 있는 거야. 정말로 잠든 거라면 이렇게 가만히 꼼짝도 하지 않을 수는 없어. 더군다나 신경이 그렇게 날카로운 사람이……이제 흔들어봐야 하지 않을까……〉 하지만 나는 망설였다. 〈하지만 정말 자고 있는 거라면 어쩌지? 가끔씩 감정을 주체하지 못하고 신경을 잔뜩 곤두세웠다가 기운이 쏙 빠진 상태에서 실신하듯이 잠에 깊이 빠져들곤 하지 않았나? 이렇게 잠이 들었으니 내일 아침까지 푹 쉬고 일어나면 그땐 나와의 대화를 피할 수 없겠지?〉 나는 침대보처럼 하얀 그녀의 이마를 뚫어져라 쳐다보다가 허리를 숙이면서 이마가 촉촉해져 있는 것을 발견했다. 눈썹 위에 땀방울이 맺혀 있는 것이 보였다. 마치 마약을 복용했을 때 흘리는 차가운 땀 같았다. 그때 머릿속에 번쩍 떠올랐다. '모르핀!' 내 시선은 본능적으로 그녀의 머리맡에 있던 침대용 협탁으로 향했다. 나는 검정 해골이 그려진 조그만 유리병을 찾아 부지런히 눈을 움직였다. 협탁 위에는 물병 하나, 컵 하나, 촛대, 휴지, 반짝이는 머리핀 외에는 아무것도 없었다. 나는 빠르게 침실 안쪽을 둘러보았다. 조급한 마음이 고통스럽게 가슴을 조여왔다. 〈줄리아나한테 모르핀이 있어. 어느 정도는 항상 주사용으로 가지고 있었어. 그걸 독약 대신 사용하려고 했던 게 틀림없어. 약병을 어디에 감춘 거지?〉 내 눈앞에 보이는 건 언젠가 줄리아나가 손에 들고 있던 조그만 유리병의 이미지뿐이었다. 약사들이 해가 될 수 있는 약들을 구별하기 위해 사용하는 표시가 눈에 띄었었다. 상상이 나를 괴롭히기 시작했다. 〈줄리아나가 벌써 약을 마셔버린 거라면? 그래서 식은땀을 그렇게……〉 나는 의자에 앉아 떨고 있었다. 속으로 나는 열띤 토론을 벌였다. 〈하지만 언제? 어떻게? 한 번도 혼자 남아 있던 적이 없잖아—하지만 그 조그만 유리병 정도는 눈 깜짝할 사이에 비워버릴 수 있지 않겠어?—하지만 그렇다면 구토를 하지 않고서는 견디지 못했을 거야…… 그러니까 집에 도착하자마자 경련을 일으키며 토했던 것이? 자살을 계획하고 있었던 거라면 모르핀을 가지고 다녔을 수도 있어. 바디올라에 도착하기 전에 그걸 마셨단 말인가? 마차 안의 그 어두운 구석에 앉아…… 그래. 그래서 페데리코가 의사를 부르러 가겠다는 걸 극구 말렸던 거야.〉 나는 모르핀을 마셨을 때의 증상에 대해 사실 아는 것이 별로 없었다. 의혹 속에서 촉촉이 젖어 있는 창백한 그녀의 이마와 꼼짝도 하지 않는 그녀의 몸을 바라보며 나는 두려움에 휩싸였다. 나는 그녀를 흔들어 깨워보고 싶었다. 〈하지만 내가 틀렸다면? 무엇보다도, 그녀가 눈을 뜨고 일어난다면 그다음엔 난 무슨 말을 해야 하지?〉 그녀가 내뱉을 첫마디가, 내가 그녀와 처음으로 주고받게 될 눈길, 처음으로 나누게 될 말들이 예측도 상상도 할 수 없을 만큼 굉장한 충격을 가져다줄 거라는 생각이 들었다. 내 감정을 감출 수 없고 나 자신을 주체하지도 못할 거라는 생각이 들었고 그녀가 내 얼굴을 보는 순간 내가 모든 걸 눈치채고 있다는 걸 순식간에 알아차릴 것만 같았다. 그래, 하지만 그게 무슨 상관이지? 나는 어머니가 들어오실 수도 있다는 걱정과 기대를 동시에 하면서 귀를 기울였다. 그리고 천천히 그녀의 얼굴을 가리고 있던 침대보를 끌어내렸다(죽은 사람의 모습을 보기 위해 침대보를 들어 올린다 해도 그렇게까지 떨지는 않았을 것이다). 그녀가 눈을 떴다.

"아, 툴리오, 당신이에요?"

이를 데 없이 자연스러운 목소리였다. 전혀 예상치 못한 일이었지만 나는 당황하지 않고 첫마디를 내뱉는 데 성공했다.

"잠들었던 거야?"

그녀의 눈길을 피하면서 내가 물었다.

"네, 깜빡 졸았어요."

"그럼, 내가 당신을 깨운 거네…… 미안해…… 침대보가 당신 입을 덮고 있어서 치워주고 싶었어. 숨을 제대로 못 쉴 것 같아서…… 침대보가 혹시라도 당신을 질식시킬까 봐……"

"그러게요. 이젠 덥네요. 너무 더워요…… 담요 몇 장 치워주실래요?"

나는 일어나서 무게를 덜어주기 위해 담요 몇 장을 걷어냈다. 이제 와서 무슨 생각으로 그런 행동을 했는지 설명한다는 것은 힘든 일이다. 내 귀에도 생생하게 들려오던 나의 말들을 입으로 내뱉는 동안, 마치 변한 것은 아무것도 없는 것처럼, 우리 모두 아무런 잘못도 하지 않고 아무것도 모르고 있다는 듯이, 마치 그 조용한 침실 안에서는 간음과 환멸과 후회, 질투와 두려움, 죽음과 인간의 모든 잔인함을 전혀 찾아볼 수 없다는 듯이 모든 일들이 자연스럽게 벌어지고 있는 동안 나의 의식 상태가 어땠는지 이제 와서 설명한다는 것은 불가능한 일이다.

그녀가 내게 물었다.

"많이 늦었죠?"

"아니야. 아직 자정도 되지 않았어."

"어머니는 잠자리에 드셨나요?"

"아직."

잠시 침묵이 흘렀다.

"그럼 당신은…… 자러 안 가요? 당신도 피곤할 텐데……"

나는 대답을 어떻게 해야 할지 몰랐다. 남아 있겠다고 대답해야 할까? 남아 있게 해달라고 부탁해야 할까? 빌라릴라에서 소파에 앉아 내가 다정다감하게 속삭였던 말들을 되풀이해야 하나? 하지만 내가 그곳에 남아 무슨 수로 밤을 보내란 말인가? 한쪽에 놓인 의자에 앉아 밤을 새우면서, 아니면 그녀 옆에 누워서? 어떤 식으로 행동해야 했던 걸까? 끝까지 모르는 체할 수 있었을까?

그녀가 덧붙였다.

"툴리오, 이제 당신도 그만 가보는 게 좋을 것 같아요…… 오늘 밤은요…… 이제 내게 필요한 건 아무것도 없어요. 이제 쉬기만 하면 돼요. 당신이 여기 남아 있으면…… 오히려 안 좋을 거예요. 이제 그만 가보세요. 그게 좋을 것 같아요, 툴리오."

"하지만 당신이 필요한 게 생길지도 모르니까……"

"아니에요. 크리스티나가 바로 옆에 와서 자니까 괜찮아요."

"난 저쪽에, 긴 의자에 담요 덮고 누우면 돼."

"왜 사서 고생을 해요? 많이 피곤할 텐데. 당신 얼굴에 쓰여 있어요. 그리고, 당신이 그곳에 있다는 걸 아는데, 내가 어떻게 잠을 자겠어요? 부탁이에요. 툴리오. 내일 아침에 일찍 절 보러 오세요. 지금은 우리 둘 다 휴식이 필요해요. 푹 쉬고 싶어요……"

그녀는 내 살결을 쓰다듬는 듯한 힘없는 목소리로, 아무런 동요도 없이 편안하게 말했다. 내게 돌아가라고 설득하기 위해 고집을 부린 것 외에는 그녀의 치명적인 비밀에 대해 조금이라도 의심받을 수 있는 행동은 전혀 하지 않았다. 힘들어 하는 모습이었지만 침착하기 짝이 없었다. 졸음을 이기지 못하겠다는 듯 가끔씩 눈을 감았다. 〈어떻게 해야 할까? 그녀를 혼자 내버려두어야 하나? 나를 무섭게 하는 것은, 그러니까 그녀의 침착함이다. 그런 종류의 침착함은 무언가를 굳게 마음먹었을 때 생기게 마련이야. 뭘 어떻게 해야 하나? 상황을 봐서는 내가 같이 밤을 보내기는 어려울 것 같다. 그녀는 아무런 문제없이 자신의 계획을 행동으로 옮길 수 있을 것이다. 마음의 준비도 했을 테고 방법도 마련해놓았을 것이다. 그 방법이 정말 모르핀일까? 그러면 약병은 어디에 감춰두고 있는 거지? 베개 밑일까? 침대용 협탁 서랍 안에? 그걸 어떻게 찾아내지? 대놓고 느닷없이 물어봐야 하는 걸까? '당신이 자살하려고 하는 거 다 알아!' 하지만 그런 다음에는 무슨 일이 벌어질까? 그래놓고 남은 이야기를 피한다는 것은 불가능한 일이야.〉 그런 일이 벌어졌다면 그날 밤은 어떤 밤이 되었을까? 수많은 망설임이 내 에너지를 탕진하고 내 몸을 녹이고 있었다. 날카로워졌던 신경이 가라앉기 시작했다. 몸은 계속해서 더 피곤하게만 느껴졌고 모든 신체 기능이 무기력한 상태로 빠져들었다. 어떤 의지도 행동으로 옮길 수 없는 마비된 상태, 행동과 반응이 전혀 상응하지 않거나 혹은 아예 느낄 수 없는 상태였다. 이 싸움을 더 이상 지속하기 힘들었고 효과적인 방법도 찾지 못하는 상황이었다. 일어나고 있던 일들, 일어나야 할 일들의 필연성과 나의 무기력함에 대한 의식이 나를 온통 마비시키고 있었다. 마취 주사라도 맞은 것처럼 갑자기 온몸에 기운이 빠져나갔다. 나도 모르게 내 존재에 대한 그 희미한 의식마저도 떨쳐버리고 싶다는 생각이 들었다. 그렇게 찾아든 절망적인 생각이 내가 가지고 있던 조급한 마음을 말끔히 지워버렸다. 〈될 대로 되라지. 나도 죽을 수밖에 없는 인간이야!〉

"그래. 줄리아나. 편히 쉬어. 잘 자고 내일 봐."

"저런, 당신 쓰러지겠어요!"

"그러게. 이러다 쓰러지겠어…… 안녕. 잘 자!"

"툴리오, 키스도 안 해주는 건가요?"

소름이 끼치면서 본능이 드러내는 혐오스러운 감정이 나의 온몸을 휘감았다. 나는 망설였다. 그때 어머니가 방 안으로 들어왔다.

"저런, 일어났구나?"

어머니가 놀라면서 물었다.

"네. 하지만 이제 다시 자아죠."

"난 아이들 좀 보고 왔다. 나탈리아가 깨어 있었는데 나한테 곧장 묻더구나. 엄마 돌아왔냐고. 올라오고 싶어 하더라……"

"에디스더러 좀 데려오라고 하시죠. 에디스는 자러 갔나요?"

"아니."

"안녕, 줄리아나."

내가 끼어들며 그녀에게 다가갔다. 팔꿈치를 기대고 살짝 몸을 일으키며 내게 가져다 댄 그녀의 볼에 나는 허리를 굽혀 입을 맞췄다.

"안녕히 주무세요. 어머니. 자꾸 눈이 감겨서 그만 자러 가야겠어요."

"아무것도 안 먹고? 페데리코가 아래에서 기다리던데……"

"아니에요. 배 안 고파요. 안녕히 주무세요."

나는 어머니의 볼에도 키스를 하고 주저하지 않고, 줄리아나도 다시 돌아보지 않고 밖으로 나와버렸다. 문턱을 넘어서자마자 나는 도중에 쓰러지지는 않을까 두려워 있는 힘을 다해 내 방문으로 달려갔다.

나는 쓰러지다시피 침대에 몸을 뉘었다. 나의 울분은 절정에 달해 있었고, 울음을 터뜨리기 직전 상태에서 나는 온몸을 떨기 시작했다. 울음을 터뜨리고 잔뜩 긴장되어 있던 가슴을 무너뜨리기 일보 직전이었다. 하지만 절정에 달했을 뿐 울분은 계속되었지만 눈물은 흐르지 않았다. 참아내기 힘든 무시무시한 고통이었다. 엄청난 무게가 나의 온몸을 짓눌렀다. 몸 위에서가 아니라 내 안에서 느껴지던 무게였다. 마치 내 뼈와 근육들이 무거운 납덩어리로 변한 것만 같았다. 그런데도 내 머리는 여전히 생각을 멈추지 않았고 내 의식은 여전히 경계를 늦추지 않고 있었다.

〈아니야, 줄리아나를 혼자 놔두는 게 아니었어. 내가 그냥 그렇게 걸어 나오는 게 아니었어. 그래, 어머니가 방에서 나오게 되면 줄리아나는 자살을 시도할 거야. 나탈리아를 보고 싶다고 했을 때 줄리아나의 목소리가⋯⋯〉 나는 곧장 환각에 사로잡혔다. 〈어머니가 방에서 나오는 모습이 보인다. 줄리아나가 침대에서 일어나 앉은 채로 사방을 향해 조용히 귀를 기울이고 있다. 그리고 혼자밖에 없다는 걸 확인한 뒤 침대용 협탁 서랍에서 모르핀 병을 집어 들고 조금도 주저하지 않고 단숨에 들이마신다. 그러고는 담요 안으로 기어들어가서 몸을 움츠린다. 그리고 기다린다⋯⋯〉 머릿속에 떠오르는 시체의 이미지가 얼마나 강렬하게 와 닿았던지 나는 마치 홀린 사람처럼 자리에서 일어나 방 안을 돌아다니기 시작했다. 가구에 부딪치고 카펫 위로 넘어지고 허공을 향해 손짓을 해가면서 방 안을 계속 돌아다녔다. 나는 창문을 열었다.

별들이 반짝이고 개구리 우는 소리가 끊임없이 들려오는 평온한 밤이었다.

곰 자리가 유난히 반짝이는 가운데 시간은 하염없이 흘러갔다.

창문 앞에 서서 기다리는 동안 하늘을 뒤덮고 있던 별들이 마치 나를 향해 쏟아지는 것처럼 느껴졌다. 어떻게 보면 그건 내가 사물을 또렷이 구별할 수 없는 상황이었기 때문이기도 하다. 하지만 나는 정말 내가 무엇을 기다리고 있었는지 알지 못했다. 나는 길을 잃고 있었다. 그 어마어마한 하늘이 내게는 공허하게만 느껴졌다. 의혹으로 가슴을 졸이던 가운데 갑자기 무의식 속에서 나쁜 공기라도 들이마신 것처럼 내가 아직 깨닫지 못하고 있던 그녀의 질문이 다시 떠올랐다. '**저한테 무슨 짓을 한 건가요?**' 시야에서 잠시 벗어나 있던 시체의 이미지가 다시 눈앞에 나타났다.

두려움에 사로잡힌 나는 내가 무엇을 원하는지 알지 못한 상태에서 조금도 주저하지 않고 몸을 돌려 밖으로 나와 줄리아나의 방으로 향했다. 복도에 미스 에디스가 나타났다.

"어디에서 오시는 건가요?"

내가 그녀에게 물었다. 그녀는 나를 보고 놀라는 눈치였다.

"사모님이 나탈리아를 보고 싶어 하셔서 데려다드리고 오는 길입니다. 나탈리아를 두고 나올 수밖에 없었어요. 자기 침대로 돌아가서 자야 한다고 타일렀는데 소용이 없었습니다. 하도 우는 바람에 사모님께서 데리고 주무시겠다고 하셨어요. 이제 마리아까지 깨어나는 일은 없어야 할 텐데……"

"아, 그러니까……"

심장이 어찌나 빠르게 뛰는지 나는 말을 계속 이을 수가 없었다.

"그러니까, 나탈리아가 엄마 침대에서 같이 잔단 말씀이군요……"

"네, 주인님."

"그리고 마리아는…… 아니, 마리아를 같이 좀 보러 가시죠."

감정이 복받쳐 올라 숨이 막힐 것만 같았다. 줄리아나는 그날 밤만큼은 안전했다. 아이를 옆에 데리고 있는 이상 죽을 생각을 한다는 것은 있을 수 없는 일이었다. 나탈리아의 투정이 기적적으로 엄마를 살려낸 셈이었다. 〈잘했어! 잘했어!〉 잠든 마리아를 바라보기 전에 나는 텅비어 있는 조그만 침대 한가운데가 살짝 눌려 있는 것을 목격했다. 나탈리아가 누워 있던 곳이었다. 이상한 욕구가 생겼다. 베개에 키스를 하고 나탈리아가 누워 있던 곳이 아직 따뜻한지 만져보고 싶은 욕구가 생겼다. 곁에 있는 에디스가 왠지 싫어졌다. 나는 마리아에게 눈을 돌렸다. 나는 호흡을 죽이고 몸을 숙여 오랫동안 마리아를 관찰했다. 나랑 닮은 곳을 하나하나 살피면서 마리아의 관자놀이와 볼과 목에 희미하게 드러나 있던 가냘픈 힘줄의 개수를 세기 시작했다. 마리아는 옆으로 비스듬히 누워 턱을 치켜들고 고개를 뒤로 한껏 젖히고 목 안을 활짝 열어놓고 잠들어 있었다. 탈곡한 벼 알갱이처럼 조그만 이가 벌린 입 안에서 반짝이고 있었다. 엄마랑 닮은 기다란 눈썹이 움푹 파인 눈 부위에서 뺨 윗부분까지 그림자를 늘어뜨리고 있었다. 마리아는 가늘게 흐르는 내 핏줄이었다. 마리아를 구별해주는 것은 고귀한 꽃의 가냘픔과 이루 말할 수 없는 섬세함이었다. 〈아이들이 태어난 후로 이런 감정을 느껴본 것이 대체 언제였나? 아이들에 대해 그토록 깊고 달콤하고 동시에 슬픈 감정을 느꼈던 적이 한 번이라도 있었나?〉

조그만 두 침대 사이에 앉고 싶은 심정이었다. 비어 있는 침대 한쪽에 머리를 두고 쉬면서 **내일**이 오기만을 기다리고 싶었다. 나는 괴로워하며 밖으로 나왔다.

"잘 자요. 에디스."

밖으로 나오면서 이상하게 떨리는 목소리로 내가 말했다.

나는 방에 도착해서 침대 위에 쓰러졌다. 그리고 결국에는 눈물을 흘리며 정신없이 울기 시작했다.

12

　어느 순간엔가 갑자기 거의 잔인하다 싶을 정도로 깊이 빠져들었던 잠에서 내가 깨어났을 때 내게는 현실에 대한 정확한 감각을 되찾는다는 것이 거의 불가능해 보였다.

　시간이 흐르면서 간밤의 흥분된 상태에서 조금씩 벗어나기 시작한 내 의식 속에 나타난 것은 피할 수 없는 차갑고 벌거벗은 현실이었다. 내가 경험한 당시의 충격적인 고통에 비한다면 최근에 겪은 괴로움은 아무것도 아니라는 생각이 들었다. 〈살아야 한다!〉 마치 누군가가 바닥이 보이지 않는 잔을 내밀면서 내게 말하는 듯했다. 〈마시고 싶으면, 오늘, 네가 살고 싶으면, 이곳에서 피 한 방울 남기지 않고 네 심장을 쥐어짜야만 해!〉 마음속 깊은 곳에서 소름 끼치는 혐오감과 역겨움이 솟구쳐 올라왔다. 동시에 나는 살아야만 했다. 그날 아침, 나는 삶을 받아들여야만 했다! 그리고 무엇보다도 행동으로 옮겨야 했다.

　내가 실제로 깨어난 순간의 현실과 하루 전날 빌라릴라에서 기대에 부풀어 꿈꾸었던 행복한 현실 사이에는 어마어마한 차이가 있었다. 나를 계속해서 괴롭히는 것이 바로 그것이었다. 나는 생각했다. 〈그런 상황을 내가 받아들인다는 건 불가능한 일이야. 내가 자리에서 일어나 옷

을 입고 밖으로 나가 줄리아나의 얼굴을 마주보고 그녀와 이야기를 나
눈다는 것 자체가 불가능한 일이야. 어머니 앞에서는 아무렇지도 않은
체하면서 줄리아나와 이야기할 기회를 엿보다가 드디어 그녀에게 앞으
로 우리의 삶이 어떻게 전개되어야 할 것인지에 대해 설교를 늘어놓는
다? 아니, 그건 있을 수 없는 일이야. 그렇다면? 이 괴로운 일들을 당
장 모조리 지워버리는 거야…… 자유로워지는 거야. 사라지자. **그 방법
말고는 없어.**〉그다지 어려운 일이 아니라는 생각과 함께 빠르게 방아
쇠를 당기는 장면과 납덩어리의 즉각적인 효과와 이어지는 암흑의 세
계를 상상하면서 나는 온몸에 특이한 전율이, 고통스러우면서도 무언
가로부터 해방되는 듯한, 달콤한 전율이 전해지는 것을 느꼈다. 〈그 방
법 말고는 없어.〉그런 상상이 긴장감을 불러일으키고 있었음에도 불구
하고 나는 가벼운 마음으로 더 이상은 내가 아무것도 알 필요가 없다고
생각했다. 그런 긴장감도 한순간에 전부 사라지고 모든 것이 종말을 맞
이하게 되리라는 생각이 들었다.

　문 두드리는 소리가 들려왔다. 그리고 큰 소리로 외치는 내 동생의
목소리가 들려왔다.

　"형. 아직 안 일어났어? 9시야. 들어가도 돼?"

　"들어와. 페데리코."

　동생이 방 안으로 들어왔다.

　"늦은 시간이라는 거 알지? 9시가 넘었어……"

　"늦게 자서 그래. 그리고 너무 피곤했어."

　"지금은 좀 어때?"

　"그저 그래……"

　"어머니는 일어나셨어. 줄리아나가 많이 좋아졌다고 그러시던데.

창문 좀 열어줄까? 기막히게 화창한 아침이야."

동생이 창문을 활짝 열어젖혔다. 상큼한 바람 한 줄기가 방 안으로 출렁이며 스며들었다. 커튼이 돛처럼 부풀어 오르면서 네모난 공간 안에 푸른 하늘이 모습을 드러냈다.

"봤지?"

환한 빛이 내 얼굴을 비추면서 여전히 남아 있던 고통의 흔적을 드러낸 것이 틀림없었다. 페데리코가 내게 물었다.

"형도 어디 아픈 거 아냐?"

"열이 좀 있었던 것 같아."

페데리코의 반짝이는 옥색 눈동자가 나를 바라보았다. 순간 미래를 위해 내 영혼 속에 담아두었던 모든 기만과 은폐의 무게가 느껴졌다. 아, 페데리코가 이 모든 걸 알고 있다면!

하지만 언제나처럼 동생은 곁에 있는 것만으로도 내가 혼자서는 떨쳐버리지 못하는 비열함을 벗어던질 수 있도록 만들었다. 형체 없는 힘이, 마치 코르디알레*를 한잔 마셨을 때처럼, 나를 일으켜 세웠다. 나는 생각했다. 〈만약에 페데리코가 나였다면 어떤 행동을 취했을까?〉 하지만 나의 과거, 내가 받은 교육, 나의 본성 자체가 그런 비교를 허락하지 않았다. 그럼에도 불구하고 한 가지만큼은 분명했다. 위기에 봉착했을 때, 비슷한 경우든 아니든, 그는 강인하고 자비로운 남자로서 행동했을 것이다. 고통을 영웅적으로 받아들였을 것이다. 남의 희생을 바라기보다는 자신이 희생하기를 원했을 것이다.

"어디 한번 만져보자……"

---

* Cordiale: 달걀 노른자와 레몬즙을 섞어 만든 영양식.

내게 다가오며 그가 말했다. 그리고 손바닥을 내 이마에 얹고 손목을 붙들었다.

"괜찮은 것 같은데. 맥박은 불규칙하네!"

"이제 일어나야겠다, 페데리코. 시간이 너무 많이 지났어."

"오늘, 12시 넘어서, 난 아쏘로 숲에 갈 거야. 형도 가고 싶으면, **오를란도**에 안장 올려놓으라고 할게. 어떤 숲인지 기억나? 줄리아나가 몸이 안 좋으니 안타깝네. 같이 갈 수 있으면 좋으련만. 장작 쌓아놓고 숯 만드는 것도 볼 수 있을 텐데."

줄리아나의 이름을 입에 올리는 순간 그의 목소리가 훨씬 더 정감 있고 부드럽게 변했다. 친동생을 부르는 듯한 다정한 목소리였다. 아, 그가 모든 걸 알고 있었다면!

"안녕, 형. 난 일하러 갈 거야. 언제부터 날 도와줄 거야?"

"오늘 당장이라도, 아니면 내일, 네가 원할 때."

페데리코가 웃기 시작했다.

"자신 있는 모양이야! 됐어. 한번 두고 보자고. 안녕."

그는 가볍고 빠른 걸음으로 밖으로 나섰다. 해시계에 새겨진 '**열심히 일해야 할 시간**'이라는 문구가 그를 독촉하는 듯했다.

13

내가 방에서 나왔을 때 시계가 10시를 가리키고 있었다. 활짝 열어젖힌 창문과 발코니와 온 숲을 향해 쏟아지던 4월의 화창한 아침 햇살이 나의 기운을 짓누르기 시작했다. 어떻게 그 휘황찬란한 햇빛 아래서 위선의 가면을 쓰고 다닌단 말인가? 나는 줄리아나의 방에 들어가는 대신 어머니를 찾아갔다. 어머니가 나를 반기면서 말했다.

"늦게 일어났구나. 몸 좀 어떠니?"

"좋아요."

"얼굴이 창백해 보이는데?"

"어젯밤에 열이 좀 났었어요. 하지만 지금은 괜찮아요."

"줄리아나는 봤니?"

"아직요."

"일어나겠다고 하더구나. 그 복덩어리가 하는 말이 이제는 아무런 통증도 못 느끼겠다지 뭐니. 하지만 얼굴이 좀……"

"제가 가볼게요."

"의사 선생님한테 편지 쓰는 거 잊지 마라. 줄리아나 말 듣지 말고. 오늘 당장 써."

"줄리아나한테 말씀하셨어요······ 제가 알고 있다고?"

"그래. 네가 알고 있다고 얘기했다."

"가볼게요, 어머니."

내가 인사를 하는 동안 어머니는 아이리스 향기로 가득한 호두나무 옷장 앞에 서 있었다. 옆에서 두 명의 여자들이 흰 빨래들을 수북이 쌓으면서 헤르밀 집안의 부유함을 과시했다. 피아노 방에서 미스 에디스에게 레슨을 받는 마리아가 반음계 스케일을 빠르게 흐트러짐 없이 연주하고 있었다. 피에트로가 지나갔다. 시종들 중에서도 가장 충직한 사람이 피에트로였다. 흰 머리에 허리가 약간 굽은 그가 크리스털이 가득 든 쟁반을 들고 있었다. 그가 팔을 떠는 바람에 흔들리던 크리스털들이 반짝이며 빛을 발했다. 바디올라 전체가 빛과 봄기운으로 가득했고 잔잔한 기쁨에 젖어 있는 듯했다. 알 수 없는 축복과 사랑의 감정이 도처에서 꽃피는 것만 같았다. 그 분위기는 가냘프면서도 사라지지 않는 라리*들의 미소와 견줄 만한 것이었다.

그런 감정, 그런 미소들이 내 영혼을 그토록 깊이 파고드는 일은 지금까지 한 번도 일어난 적이 없었다. 이루 말할 수 없는 평화와 축복의 기운이 나와 줄리아나가 죽지 못해 감추고 있던 역겨운 비밀을 감싸 안고 있었다.

나는 생각했다. 〈이제 어쩌지?〉 나는 조급한 마음에 길을 잃은 이방인처럼 복도를 이리저리 오가기 시작했다. 내가 두려워하는 곳으로 발걸음을 옮기지 못했다. 내 몸이 내 의지에 복종하기를 거부하고 있었다.

〈이제 어쩌지? 줄리아나는 내가 진실을 알고 있다는 사실을 알고

---

* Lari: 고대 로마에서 가족을 보호하는 수호신.

있어. 우리 두 사람 사이에는 이제 어떤 은폐도 필요하지 않아. 우린 이제 서로의 얼굴을 똑바로 쳐다보고 그 무시무시한 일에 대해 입을 열어야 해. 하지만 이 결투를 꼭 오늘 아침에 해야 하나? 믿을 수 없는 일이야. 결과는 아무도 예측할 수 없어. 하지만 중요한 건, 어느 때보다도 지금 필요한 건, 우리 두 사람의 행동이 어머니나 동생이나 집 안에 있는 누구에게든 설명하기 힘든 이상한 행동으로 비쳐서는 안 된다는 거야. 어제저녁에 내가 동요하던 모습과 내가 가지고 있던 불안감과 슬픔은 내가 임신한 줄리아나에게 일어날 수도 있는 위험한 상황에 대해 걱정했던 것으로 충분히 설명이 가능해. 다른 사람들은 내가 그렇게 걱정하는 모습을 보고 그녀를 향해 내가 좀더 부드러워졌고 어느 때보다도 인자해졌으며 훨씬 더 많은 신경을 쓸 거라고 느끼겠지. 오늘은 어느 때보다도 신중해야 해. 무슨 수를 쓰더라도 오늘은 줄리아나와 함께 있는 모습을 보여줘선 안 돼. 내가 줄리아나와 단둘이 남게 되는 상황을 오늘은 피해야 해. 하지만 또 중요한 건 내 행동에 대한 이유, 나의 태도를 결정짓는 감정상의 이유를 그녀에게 이해시킬 수 있는 방법이 있어야 해. 하지만 그녀가 자살을 계속 시도한다면? 그녀가 자살의 순간을 약간 미뤘을 뿐이라면? 여전히 기회를 노리고 있는 거라면?〉 이런 걱정들이 나의 망설임을 토막 내듯 잘라버리고 실천에 옮기도록 나를 부추겼다. 나는 전쟁터에서 채찍을 맞아가며 전투에 임하는 전사와 다를 바 없었다.

나는 피아노 방으로 향했다. 나를 본 마리아가 연습을 멈추고 마치 구세주를 만난 듯이 반가워하며 나를 향해 달려왔다. 마리아는 우아했고 민첩했으며 날개 달린 새처럼 가벼운 몸을 가지고 있었다. 나는 키스를 해주려고 아이를 두 팔로 번쩍 들어 올렸다.

"날 좀 데려가주세요, 아빠."

마리아가 물었다.

"지쳤어요. 미스 에디스가 나를 여기에 가둬둔 지 벌써 한 시간이 지났어요…… 더는 못 하겠어요. 아빠랑 같이 밖에 나가고 싶어요. Let us take a walk before breakfast(아침 먹기 전까지 우리 산책해요)."

"어디로?"

"Where you please, it is the same to me(아빠가 원하는 곳으로요. 저는 상관 없어요)."

"하지만 먼저 엄마한테 가보자……"

"에이. 어제는 둘이서만 빌라릴라에 다녀왔잖아요. 우리는 바디올라에 남아 있고…… 그리고 우리가 같이 가는 걸 반대한 사람이 아빠잖아요. 엄마는 좋다고 했는데. 나빠요! We should like to go there. Tell me how you amused yourselves……(우리도 거기 가고 싶다구요. 두 분이 얼마나 재미있었는지 얘기해줘요)"

마치 새 한 마리가 지저귀는 것만 같았다. 모국어가 아닌 언어로 그토록 감미롭게……

우리가 줄리아나의 방으로 가는 동안 계속해서 들려오는 마리아의 칭얼대는 소리가 나의 불안한 마음을 지켜주는 듯했다. 내가 망설이는 사이에 마리아가 문을 두드리며 엄마를 불렀다.

"엄마!"

줄리아나가 문을 열었다. 내가 와 있다는 것을 전혀 예측하지 못한 것이 분명했다. 문을 열고 나를 발견한 그녀는 귀신이나 유령이라도 만난 사람처럼, 뭔가 무시무시한 것을 본 사람처럼 화들짝 놀라고 말았다.

"아, 당신이에요?"

들릴까 말까 한 목소리였다. 말하면서 입술도 곧장 시퍼렇게 변했고 몸을 흠칫 사리더니 헤르마*보다도 더 딱딱하게 굳어지고 말았다.

우리는 문지방 앞에 서서 서로의 얼굴을 바라보았다. 서로를 향해 시선을 고정시키고 뚫어지도록 서로의 영혼을 바라보았다. 모든 것이 사라지고 주변에는 아무것도 남지 않았다. 그러던 어느 순간이었다. 우리 두 사람 사이에 모든 말이 오가고 모든 것이 이해되고 모든 문제가 순식간에 사라지고 말았다.

그다음에 무슨 일이 일어났나? 잘 모르겠다. 기억이 나지 않는다. 그다음에 일어난 일에 대해서는 얼마 동안 간헐적으로 의식했다는 것만 기억하고 있을 뿐이다. 그건 마치 계속해서 반복되는 짧은 일식과도 같았다. 내가 보기에는 중환자들에게서나 볼 수 있는 지각 능력의 감퇴 현상과 비슷했다. 나는 의식을 잃어가고 있었다. 더 이상은 보이지도, 들리지도 않았고 말의 의미를 파악할 수도, 이해할 수도 없었다. 의식은 시간이 흐르면서 천천히 되돌아왔다. 주변을 바라보고 사물과 사람들을 관찰하면서 감각과 사고의 흐름이 정상적으로 돌아오기 시작했다.

줄리아나가 나탈리아를 무릎 위에 앉혀놓고 있었다. 나도 자리를 잡고 앉았다. 마리아가 나와 줄리아나 사이를 끊임없이 오가면서 잠시도 쉬지 않고 입을 열었다. 가끔씩 동생을 부추기면서 마리아는 우리에게 끝없이 질문을 늘어놓았다. 우리는 아무 말 없이 머리를 끄덕일 뿐이었다. 그 흥겨운 재잘거림이 우리들의 침묵을 메워주고 있었다. 마리아가 동생에게 하는 말이 귀에 들어왔다.

---

* 헤르마(ἕρμα, Herma): 사각형의 각주로 된 몸통 위에 두상이 올려져 있고 몸통 한가운데 남성의 성기가 새겨져 있는 고대 그리스 시대의 조각상.

"아, 그러니까 네가 지난밤에 엄마랑 잤다는 거지, 맞아?"

"응. 나는 막내니까."

"하지만 오늘 밤엔, 알지, 내 차례야. 그렇죠, 엄마? 오늘 밤엔 나랑 잘 거죠?"

줄리아나는 잠자코 웃을 뿐이었다. 나탈리아가 엄마에게 등을 돌린 채 무릎 위에 앉아 있었고 줄리아나는 아이의 허리를 양손을 감아 안고 있었다. 딸의 배 위로 모으고 있는 그녀의 두 손이 마리아의 흰 옷보다 훨씬 더 희게, 동시에 날카롭고 고통스러워 보였다. 얼마나 안타깝게 느껴졌는지 두 손만으로도 그녀의 형언할 수 없는 슬픔이 모두 드러나는 듯했다. 고개를 숙이면서 나탈리아의 곱슬머리를 턱으로 감싸 안던 그녀가 아이의 머리카락에 입술로 키스를 하는 듯했다. 그래서 그녀의 얼굴 아랫부분과 입술이 짓는 표정은 제대로 볼 수가 없었다. 게다가 그녀와 시선을 마주칠 기회는 한 번도 주어지지 않았다. 내가 볼 수 있는 것은 약간 붉어진 눈꺼풀이 내려앉아 있는 모습뿐이었다. 그런 모습을 볼 때마다 눈을 가리고 있던 눈꺼풀을 통해 어딘가를 뚫어져라 쳐다보고 있는 그녀의 눈동자를 만나는 것 같아 괴롭기 짝이 없었다.

내가 무슨 말이라도 꺼내기를 기다렸던 걸까? 결코 내뱉을 수 없는 말이 가려진 그녀의 입술 안쪽까지 올라와 있던 걸까?

모든 것이 지극히 명쾌하게 보이던 순간과 이루 말할 수 없이 암울했던 순간이 수도 없이 교체되고 있었다. 드디어 그 무기력한 상태에서 혼신의 힘을 다해 벗어나는 순간, 나는 조용히 입을 열고 말했다(내가 기억하는 바로는, 나의 말투는 마치 하고 있던 이야기를 계속 잇는 듯한, 이미 오간 말에 몇 마디 새로운 말을 덧붙이는 듯한 말투였다).

"어머니가 의사 베베스티 선생님께 연락하라고 하시네. 그래서 그러겠다고 했어. 내가 편지 쓸게."

그녀는 고개를 들지 못했다. 말도 한마디 없었다. 아무것도 모르는 마리아가 놀란 표정으로 그녀를 바라보았다. 그러고는 고개를 돌려 나를 바라보았다.

나는 밖으로 나가려고 자리에서 일어났다.

"오늘 12시 넘어서 페데리코와 함께 아쏘로 숲에 갈 계획이야. 돌아와서 저녁에 다시 볼까?"

아무런 대답이 없었던 탓에 나는 입에 올리지 못한 모든 말들을 다 폭로하는 듯한 목소리로 똑같은 질문을 반복했다.

"돌아와서 저녁에 다시 볼까?"

나탈리아의 곱슬머리 위에 숨어 있던 그녀의 입술 사이로 한 마디 말이 새어 나왔다.

"네."

14

　변화무쌍한 흥분의 맹렬함 속에서도, 충격이 가져다준 고통의 회오리 속에서도, 임박한 위험의 위협 속에서도 나는 상대가 누군지 곰곰이 생각해본 적이 없었다. 그럼에도 불구하고 나의 오래된 의혹이 가지고 있는 정당성에 대해 나는 한 번도 의심해본 적이 없었다. 내 머릿속에서 상대의 이미지는 곧장 필리포 아르보리오의 이미지로 채워졌다. 내가 침실 안에서 처음으로 질투심에 사로잡혔을 때 떠올랐던 그 가증스러운 이미지가 줄리아나의 이미지와 하나가 되면서 추하기 짝이 없는 영상들을 만들어냈다.

　이제, 내가 페데리코와 함께 말을 타고 성토요일의 그 뿌연 오후에 조망했던 구불구불한 강줄기를 따라 숲속으로 들어가고 있는 동안 상대가 우리 앞에 나타났다. 나와 내 동생 앞에, 나의 미움에 의해 되살아난 필리포 아르보리오의 모습이 등장했다. 나의 증오심을 자극하던 그의 이미지가 얼마나 생생하게 느껴졌는지 그 모습을 마치 실체인 양 바라보면서 나는 쾌감을 느끼기까지 했다. 그건 내가 평지에서 셔츠를 벗어젖힌 적을 앞에 두고 공격 신호를 기다리며 느꼈던 일종의 야생적인 전율과도 비슷한 것이었다.

내 동생이 곁에 있다는 사실이 놀랍게도 괴로움을 더하고 있었다. 너무 깡마르고 신경질적이고 여성적이기까지 한 그 남자의 모습이 페데리코에 비해 훨씬 형편없고 저질스럽고 역겹게 느껴졌기 때문이다. 동생에게서 받은 영감 때문에 나는 남성적 힘과 솔직담백함에 대한 새로운 이상을 가지고 있었다. 그래서 나는 그 복잡하면서도 알쏭달쏭한 인간을 미워했고 멸시했다. 하지만 그는 나와 같은 부류의 인간이었고 그의 문학 작품에서 나타나듯이 정신적인 면에서는 공통분모라고 할 수 있는 요소들을 분명히 가지고 있는 사람이었다. 나는 그를 상상할 때마다 항상 그의 문학 작품 속에 등장하는 한 주인공을 떠올렸다. 그는 늘 우울하고 고질적인 정신질환을 앓는 인간이었다. 삐딱하고 이중적이고 잔인할 정도로 모든 걸 궁금해할 뿐 아니라 습관적으로 분석과 반추된 아이러니만 고집하는 나쁜 버릇을 가지고 있는 전혀 생산적이지 못한 인간이었다. 인간의 영혼이 갈망하는 뜨겁고 자연스러운 욕구를 뚜렷하기만 할 뿐 차갑기 짝이 없는 개념들로 계속 뒤바꾸는 일을 고집했고 인간의 존재를 심리학적 관찰의 대상으로만 여기고, 사랑할 줄 모르고 자비를 베풀 줄 모르고 포기도 헌신도 모르는 인간, 거짓말과 고집부리기에 익숙하고 혐오로 둔감해진 음흉하고 냉소적이고 비열한 인간이었다.

줄리아나가 그런 남자에게 유혹을 받아 몸을 맡겼다는 것이 믿기지 않았다. 그런 남자에게 사랑받는다는 것은 불가능한 일이었다. 그의 방법이라는 것이 『비밀』의 첫 페이지에, 내 아내와 그 소설가의 지나간 관계를 설명해주는 유일한 단서였던 그 특별한 헌사에도 잘 나타나 있지 않은가? 그 인간의 손 안에서 그녀는 분명히 쾌락의 도구에 지나지 않았을 것이다. 상아탑을 정복하는 일, 대외적으로 정조를 무너뜨리는

무고한 존재 203

것이 불가능하다고 알려진 여인들을 정복하는 일, 찾아보기 힘든 귀한 여인들을 상대로 유혹의 기술을 실험하는 일, 비록 이런 일들이 성취하기 힘든 면을 가지고 있다 하더라도, 그에게는, 『지극히 신실하고 천사 같은 도니』라는 작품을 쓸 수 있는 고상한 예술가이자 까다로운 심리학자인 그에게는, 많은 관심을 불러일으키고 유혹적인 면이 수도 없이 많은 일이었을 것이다.

생각을 거듭할수록 사건은 본래의 잔인한 모습을 드러냈다. 틀림없이 필리포 아르보리오는 이 〈영적〉 여인이 오랫동안 지속된 금욕으로 인해 시적 영감이라든지 불분명한 욕망 내지 알 수 없는 노곤함 같은 것에 쉽게 자극받던 시기에 그녀를 만났을 것이다. 사실 그런 것들은 가장 낮은 단계의 성적 취향들을 은폐하는 유충에 지나지 않는다. 하지만 많은 경험을 쌓은 전문가답게, 필리포 아르보리오는 그가 취하고 싶었던 여인의 특별한 신체적 특징들을 찾아낸 뒤에 그에 어울리는 가장 효과적이고 확실한 방법을 이용했을 것이다. 그 방법이란 바로 높은 이상과 동맹 관계에 대해 신비롭게 이야기하고 또 다른 신비한 이야기들을 섞어가며 설득력 있는 말 한마디에 아주 정교한 거짓말을 조합하는 방식이다. 줄리아나는 입이 무거운 여자였고 금과 철로 다듬어진 상아탑이자 세상에서 유일무이한 여인이었다. 그런 줄리아나가 그 낡아빠진 유희에 몸을 던진 것은 그 오래된 속임수에 넘어갔기 때문이다. 그녀 역시 여성은 연약한 존재라는 오래된 법칙에 무릎을 꿇고 말았던 것이다. 감정의 실랑이가 결국 두 사람을 묶어버리고 볼품없이 비옥한 결과를 낳았으니……

우롱하고 싶은 마음이 내 영혼을 무섭게 뒤흔들고 있었다. 세상에는 우리로 하여금 경련을 일으키고 웃으면서 죽게 만드는 풀잎이 있다.

내가 입이 아니라 몸 안에서 느꼈던 것이 바로 그 경련이었다.

나는 강둑을 따라 박차를 가하면서 빠르게 말을 몰기 시작했다.

둑 위를 달리는 건 상당히 위험한 일이었다. 급류가 파고들어 초승달 모양으로 움푹 파인 오솔길은 비좁기 짝이 없었고 몇몇 지점은 무너지기 일보 직전이었다. 간간이 두터운 나무들이 몸을 뒤틀면서 팔을 뻗고 바닥에서 굵직한 뿌리들이 불쑥불쑥 튀어 올라와 길을 막았다. 나는 내가 어떤 종류의 위험에 직면해 있는지 또렷하게 인지하고 있었다. 하지만 속도를 줄이지 않았다. 나는 계속해서 더 빠르게 말을 몰았다. 죽고 싶은 생각은 없었다. 하지만 빠른 속도의 격렬함 속에 나의 참을 수 없는 경련을 묻어버리고 자유로워지고 싶은 생각뿐이었다.

그런 종류의 광기가 어떤 효과를 발휘하는지 나는 일찍부터 알고 있었다. 10년 전, 내가 훨씬 젊었을 때, 콘스탄티노플의 대사관에서 일하던 시기에 일어났던 일이다. 가슴 아픈 사랑의 행각을 떠올리며 슬픔을 이기지 못하고 나는 한밤중에 달빛을 받으면서 말을 몰아 무덤이 빽빽하게 들어서 있는 무슬림 공동묘지 안으로 달려 들어간 적이 있었다. 미끄러운 돌들이 비스듬히 줄을 지어 들어서 있는 곳에서 나는 떨어져 죽을 뻔한 고비를 수도 없이 넘기면서 밤길을 달렸었다. 나와 함께 말 등에 올라탄 죽음이 나의 모든 걱정거리들을 떨쳐주었었다.

"형! 형! 멈춰!"

멀리서 페데리코가 외쳤다.

"멈춰!"

나는 그의 말을 귀담아듣지 않았다. 몇 번씩이나 삐죽 튀어나온 나뭇가지에 머리를 부딪칠 뻔했다. 내가 여전히 살아 있는 것은 매번 기적이나 다름없는 일이었다. 말이 몇 번이나 나무 기둥에 머리를 들이박을 뻔했다. 좁은 길을 달리면서 아래에서 반짝이는 강에 빠져 죽을 것만 같은 느낌을 몇 번씩이나 받았다. 하지만 내 뒤에서 또 한 마리의 말이 달려오고 있다는 걸, 페데리코가 대단한 속도로 나를 쫓아오고 있다는 걸 깨달은 순간 나는 황급히 고삐를 뒤로 잡아당기면서 지친 말을 멈춰 세웠다. 말은 마치 물속으로 뛰어들겠다는 듯이 앞발을 높이 치켜세우고 잠시 멈췄다가 다시 땅을 디뎠다. 나는 살아 있었다.

"아니, 돈 거 아냐?"

페데리코가 내게 다가와서는 하얗게 질린 얼굴을 하고 소리를 질렀다.

"내가 너무 무섭게 했나? 미안해. 위험할 건 없다고 생각했는데…… 말을 한번 시험해보고 싶었어. 그런데 그러고는 더 이상 멈출 수가 없더라…… 말이 입도 좀 찡그리는 것 같고……"

"오를란도가 입을 찡그린다고?"

"그런 것 같지 않아?"

페데리코가 불안해하는 눈빛으로 나를 뚫어져라 쳐다보았다. 나는 억지로 미소를 지어 보였다. 평상시와는 다르게 얼굴이 하얗게 질려 있는 페데리코의 모습이 가엾고 안쓰럽게만 느껴졌다.

"어떻게 된 건진 모르겠지만, 어쨌든 이 나뭇가지들에 목도 안 부러지고, 말에서 떨어지지도 않고……"

"그러는 너는?"

나를 쫓아오기 위해 페데리코 역시 똑같은 위험을 감수해야만 했다. 아니, 아마도 더 큰 위험을 감수했을 것이다. 훨씬 무거운 말을 몰고 나를 따라잡기 위해 엄청난 속도로 달려야 했으니까.

우리는 둘 다 우리가 달려온 길을 바라보았다. 그가 말했다.

"기적이나 마찬가지야. 그래, 이런 식으로 아쏘로에서 살아남는다는 건 불가능해. 보이지?"

우리는 둘 다 우리 밑에서 죽음의 냄새를 풍기고 있던 강을 바라보았다. 음산한 분위기 속에서 빠르게 흐르며 반짝거리는 강물 곳곳에서 소용돌이가 일고 있었다. 흙으로 쌓은 둑 사이에서 조용히 흐르는 아쏘로 강의 침묵이 강을 더 위협적으로 보이게 만들었다. 강은 배신과 협박의 분위기를 풍기고 있었고 수증기에 흠뻑 젖은 오후의 태양이 눈앞에 펼쳐지는 우거진 숲 위로 뿌옇고 하얀 빛을 힘없이 뿜어내고 있었다. 봄기운이 아직 이겨내지 못한 붉은 낙엽들이 숲을 뒤덮고 있었다. 죽은 잎사귀들이 살아 있는 새순들과 뒤섞여 있었고 바싹 마른 나뭇가지와 잔가지들이, 식물계의 시체와 신생아들이 뭔가를 풍자하려는 듯 엉켜 있었다. 힘없는 하늘이 혼탁한 강물과 선명한 나무들 사이로 서서히 녹아들고 있었다.

〈그냥 물속으로 뛰어드는 거다. 그러면 더 이상 아무 생각도 할 필요 없고 고통스러워야 할 이유도 없고 이 보잘것없는 몸뚱이를 더 이상 끌고 다니지 않아도 돼. 하지만 어쩌면 내 동생이 같이 둑 밑으로 뛰어들려고 할지도 몰라. 한 귀족적인 남자의 인생을 내가 망칠지도 모르는 일이야. 내가 기적적으로 살아 있는 것처럼 그가 살아 있는 것 역시 기적이야. 내 광기가 그를 극단적인 위험에 처하게 만들었어. 그가 세상을 떠난다면 이 세상의 모든 아름다운 것과 선한 것도 그와 함께 영원히 사라져버릴 거야. 어떤 운명이 나라는 존재가 나를 사랑하는 사람들에게 그토록 해가 되길 바란단 말인가?〉

나는 페데리코를 바라보았다. 그는 심각하게 변해 있었고 깊은 생각에 빠져 있었다. 그에게 감히 말을 건넬 수가 없었다. 그를 슬프게 했다는 것이 가슴이 저리도록 후회스러웠다. 무슨 생각을 하는 걸까? 무슨 생각에 마음이 흔들리고 있는 걸까? 내가 고백할 수 없는 고통을 은폐하고 있다는 걸 눈치챘단 말인가? 내가 떨쳐버리지 못한 생각의 날카로운 칼날 같은 것이 나에게 죽음을 무릅쓰고 달리도록 부추겼다는 사실을 알아차린 걸까?

우리는 어슬렁어슬렁 말을 몰면서 줄을 지어 강둑을 따라 움직였다. 그러다가 숲속으로 이어지는 길로 접어들었다. 길이 넓어지면서 우리는 다시 나란히 말을 몰기 시작했다. 말들이 입김을 뿜어대며 마치 비밀리에 할 말이라도 있다는 듯이 자갈에서 흘러나오는 거품을 뒤섞으며 서로의 코를 문질러댔다.

여전히 시무룩해 있던 페데리코를 가끔씩 쳐다보며 나는 생각했다. 〈그래. 내가 페데리코에게 진실을 밝힌다 해도 내 말을 믿지 않을 거야. 페데리코는 줄리아나의 외도를 믿지 않을 거야. 피붙이나 다름없는 그녀의 몸이 더렵혀졌다는 걸 그는 받아들이지 못할 거야…… 페데리코와 어머니 중에 누가 더 줄리아나를 깊이 사랑하는지 나는 판단할 수 없을 거야. 자기 책상 위에 가여운 여동생 코스탄자의 사진과 줄리아나의 사진을 마치 두 폭 제단화처럼 나란히 세워놓고 똑같은 애정을 쏟아부었잖아. 오늘 아침에도 그녀의 이름을 부르는 동안 목소리가 얼마나 부드럽게 변했었나!〉 문득 머릿속에 정반대의 이미지가 떠올랐다. 추하고 역겹기까지 한 이미지였다. 내 눈앞에 아른거린 것은 내가 펜싱장의 탈의실에서 목격했던 알몸의 이미지였다. 나는 그 이미지 위에 증오를 쏟아부었고 나의 증오는 그의 실루엣을 새겨 넣은 동판 위에 질산을 쏟아붓는 듯이 활활 타올랐다. 그리고 동판이 타들어가는 동안 그의 이미지는 점점 또렷하게 드러났다.

쏜살같이 말을 몰았을 때의 흥분이 채 가시지 않은 상태에서, 힘으로 이기고 싶어 하는 나의 본능, 다른 남자들과 다툴 때마다 느끼던 내 핏속의 공격적인 본능이 되살아났다. 필리포 아르보리오와의 대결을 피할 수 없으리라는 생각이 들었다. 〈로마에 가서 그를 찾아낼 테다. 그의 속을 들쑤셔서 결투에 응하도록 하고 말 테다. 무슨 수를 써서라도 그를 죽이고 말 테다. 죽이진 않더라도 최소한 불구로 만들어버릴 테다.〉 그는 비겁한 인물이었다. 펜싱장에서 마에스트로가 그의 가슴 한복판에 일격을 가했을 때 그가 엉겁결에 취했던 우스운 행동이 머릿속에 떠올랐다. 내가 벌일 결투에 대해 질문을 던지면서 궁금해하던 모습도 기억났다. 그런 일에 전혀 경험이 없는 사람은 눈을 휘둥그레 뜰 수밖에 없는 어린아이 같은 질문이었다. 내가 공격을 감행하는 동안 그가 나를 뚫어져라 쳐다보았던 것이 기억났다. 나는 내가 그보다 월등하고 그를 꼼짝 못하게 만들 수 있다고 확신했다. 시뻘건 액체가 그의 혐오스럽고 창백한 살갗 위로 흘러내리는 모습이 떠올랐다. 한때 다른 남자들 앞에서 경험했던 생생한 느낌들이 앞을 다투면서 내가 배회하고 있던 상상 속의 장면을 독특한 방식으로 구축해갔다. 나는 멀리 떨어진 한 농장에서 그가 짚더미 위에 피를 흘리며 축 늘어져 있고 두 명의 의사가 인상을 찌푸리며 그를 향해 몸을 구부리고 있는 모습을 상상했다.

이상주의자요 분석가요 말세의 소피스트 철학자인 내가, 바로 먼 옛날 범선을 타고 카를 5세가 지켜보는 앞에서 영웅답게 비범한 용기를 증명해 보였던 라이몬도 헤르밀 데 페네도의 후예라는 것을 얼마나 자랑스럽게 여겼던가! 지나칠 정도로 발달된 나의 지성과 다양한 얼굴을 지닌 내 영혼도 결국에는 내가 가지고 있는 본질의 밑바탕, 나와 같은 인간들의 유전적인 특성들이 기록되어 있는 숨은 바탕을 변화시키지 못했다. 모든 면에서 안정적이었던 내 동생의 생각은 항상 행동을 동반했다. 반면에 내겐 생각이 우선이었다. 물론 행동으로 옮길 능력이 부족했던 것은 아니다. 아니, 오히려 굉장한 추진력을 발휘하며 생각을 실천에 옮겼던 경우가 결코 적지 않다. 뭐랄까, 나는 난폭하고 열정적이었지만 또렷한 의식을 가지고 있었다. 단지 두뇌의 몇몇 중요한 부위가 비대해지면서 정신적으로 평범한 삶을 살아가기 위해 필요한 연계의식을 상실했을 뿐이었다. 나는 나 자신의 엄격한 감시자였지만, 동시에 제어할 수 없는 원시적 본능의 충동적 욕망을 느끼고 있었다. 몇 번이고 나는 범죄에 대한 욕망을 느낀 적이 있다. 몇 번이고 본능적인 잔인함이 자연스럽게 솟구쳐 오르는 것을 보고 나는 놀랐었다.

천천히 말의 속도를 올리면서 내 동생이 말했다.

"숯 쌓기 한다!"

숲속에서 도끼 찍는 소리가 들려왔고 연기가 나무들 사이로 몸을 비틀며 솟아오르는 것이 보였다. 숯을 만드는 사람들이 우리에게 인사를 건넸다. 페데리코는 일꾼들에게 작업이 어떻게 진행되고 있는지 묻고 전문가답게 화덕을 관찰하면서 충고와 경고의 말을 건넸다. 앞에 서 있던 모든 사람들이 그에게 경의를 표했고 그가 하는 말을 주의 깊게 경청했다. 뒤이어 시작된 작업은 훨씬 더 활기를 띠었고 좀더 수월해지고 흥겨워졌다. 불도 훨씬 효과적으로 타올랐다. 사람들은 이곳저곳을 뛰어다니면서 불이 너무 세게 타오르는 곳에 흙을 던지거나 폭발 때문에 푹 꺼진 곳을 진흙으로 채워 넣었다. 사람들은 시끌벅적 떠들면서 뛰어다녔다. 일꾼들의 거친 목소리에 나무꾼들이 나무를 쓰러뜨리면서 목 안쪽에서부터 질러대는 고함 소리가 가세했다. 쌓아놓은 숯 안쪽에서 장작들이 쓰러지는 소리가 울려 퍼졌다. 그 소리가 멈추면 가끔씩은 지빠귀가 울어댈 때도 있었다. 커다란 숲이 꼼짝도 하지 않고 스스로의 살로 활활 타오르는 화형장을 응시하고 있었다.

일이 되어가는 과정을 동생이 지켜보는 동안 나는 컴컴한 숲속을 향해 여러 갈래로 뻗어 있는 길 중 어느 길을 택할지를 말에게 맡기고 그곳을 빠져나왔다. 내 뒤쪽에서 시끄러운 소리가 점점 멀어졌고 메아리도 천천히 죽어갔다. 숲 정상에 무거운 침묵이 내려앉았다. 나는 생각했다. 〈다시 기운을 차리려면 무엇을 해야 하지? 내일부터 내 삶은 어떻게 변할까? 비밀을 간직한 채 어머니의 집에서 계속 살 수 있을까? 내 삶과 페데리코의 삶이 하나의 공동체를 이룬다는 것이 가능할까? 도대체 누가, 무엇이 내 영혼 안에 있던 신뢰의 불꽃을 되살려낼 수 있단 말인가?〉 작업장에서 들려오던 시끌벅적한 소리가 완전히 사라지면서 완벽히 고독한 분위기가 만들어졌다. 〈일하고 선행하고 남을 위해 살고…… 이제 이런 것들 속에서 삶의 진정한 의미를 되찾는다는 것이 가능할까? 정말 삶의 의미란 한 개인의 행복 속에 담겨 있지 않고 이런 것들 속에서만 찾을 수 있는 걸까? 며칠 전 동생의 이야기를 들었을 때 나는 그의 말을 이해할 수 있을 것 같았다. 그의 입을 통해 진리의 의미를 깨달았다고만 생각했다. 진리란, 내 동생의 의견으로는, 법이나 교훈에 적혀 있는 것이 아니라 단순히, 그리고 오로지 인간이 삶에 부여하는 의미에 달려 있었다. 나는 이해했다고만 생각했다. 하지만 지금은 한순간에 다시 암흑 속으로 돌아오고 말았다. 지금 나는 장님이다. 아무것도 더 이상 이해가 되지 않는다. 도대체 누가, 무엇이 세상에서 가장 소중한 것을 잃어버린 나의 상실감을 위로해줄 수 있단 말인가?〉 다가오는 미래가 내게는 무섭게만 느껴졌다. 희망이 보이지 않았다. 태아의 불투명한 이미지가 서서히 자라나 우리가 악몽 속에서나 발견하는 무형의 망측한 악령으로 변신해서 천지를 뒤덮고 있었다. 그것은 후회도 아니고 회한도 아니고 지우지 못하는 기억도 아니고 가슴속에 담아둔 쓸쓸함도 아닌 살아 있는 존재였다. 나의 미래는 끈질기고 해로운 생명을 지닌 한 존재의 삶에 묶여 있었다. 내 미래의 삶은 한 이방인과, 한 침입자와, 한 가증스러운 피조물과 묶여 있었다. 그 역겨운 존재는 나의 영혼은 물론, 나의 육체, 나의 모든 피와 살이 죽음도 불사를 만큼 치열하게 혐오하는 존재였다. 나는 생각했다. 〈나의 영혼과 육체를 동시에 고문하는, 이보다 더 고통스러운 형벌을 누가 상상할 수 있었을까? 세상에서 가장 천재적이고 야만적인 독재자도 이토록 아이러니한 잔인함을 상상하지는 못했을 것이다. 그런 잔인함은 운명만이 결정할 수 있다. 그녀가 앓았던 병이 임신으로까지 이어졌을 가능성이 충분히 있다. 그래, 그녀는 한 남자에게 몸을 허락하고, 자신의 첫번째 실수를 저지르고, 부끄럽게도 임신을 하고 말았다. 욕정을 참지 못하고 달려드는 마을 남자들에게 울타리 뒤에서 쉽게 몸을 허락하는 여자들과 다를 바 없었다. 게다가, 그녀가 입덧이 한창이었을 때 나는 꿈을 꾸며 이상으로 목을 축이고 순진했던 어린 시절로 돌아가 꽃을 따는 것 외에는 아무것도 생각하지 못했으니……(아 그 꽃들, 그렇게 부끄러워하며 가져다 바쳤던 그 구역질나는 꽃들!) 그러고 나서 모든 감정과 감각이 온통 뒤죽박죽이 되어버린 다음 그 감미로운 소식을 누구에게 전해 들었던가? 바로 우리 어머니였다! 소식을 전해 들은 뒤에는 들떠서 관대한 모습을 보이기까지 했다. 솔직한 마음으로 고상한 역할을 맡아 침묵 속에 나를 가두는 희생정신까지 발휘했다. 옥타브 푀예*의 영웅처럼! 그럼,

---

*   Octave Feuillet(1821~1890): 가난한 자들과 약자들의 슬픈 사연을 다룬 소설을 주로 쓴 프랑스 소설가. 단눈치오가 언급하는 영웅은 아마도 『한 가난한 청년의 소설』의 주

정말 대단한 영웅이야! 대단한 영웅이고말고!〉조소로 가득 찬 마음이 내 영혼과 살을 비틀고 있었다. 다시 도주의 광기가 나를 사로잡기 시작했다.

나는 앞을 바라보았다. 멀지 않은 곳에 나뭇가지 사이로 현실과는 전혀 동떨어진 분위기의 아쏘로 강이 몽롱한 꿈처럼 반짝이고 있었다. 나는 생각했다. 〈이상하군!〉 야릇한 소름이 끼쳤다. 바로 직전까지도 나는 전혀 눈치를 못 채고 있었다. 혼자 알아서 길을 가던 말이 강으로 이어지는 오솔길로 접어들었던 것이다. 마치 아쏘로 강이 나를 끌어당긴 것 같은 느낌이 들었다.

나는 둑까지 계속 갈 것인지 그냥 돌아설 것인지 잠깐 망설였다. 나는 물의 유혹과 나쁜 생각을 떨쳐버리고 말머리를 돌렸다.

내면의 동요는 급격한 탈진으로 이어졌다. 언제부터인지 내 영혼이 마치 시들고 쭈그러지고 볼품없는 것으로 추락해버린 듯했다. 마음을 부드럽게 가져야겠다는 생각이 들었다. 나 자신이 불쌍하게 여겨졌다. 줄리아나가 불쌍하게 느껴졌고 고통이 그 흔적을 남겨놓은 모든 피조물들이 불쌍하게 여겨졌다. 나무랄 수 없는 승자의 주먹 밑에서 패배자들이 허우적거리며 몸을 떨듯, 인생을 붙들고 허우적거리는 모든 피조물들이 불쌍하게 여겨졌다. 〈우리는 누구인가? 우리가 아는 것은 무엇인가? 원하는 것은 무엇인가? 정말 끝까지 사랑할 수 있는 것을 얻은 사람은 아무도 없다. 아무도 정말 사랑하는 것을 얻을 수 없다. 우리는 정의와 미덕을 찾고 우리의 영혼을 채워줄 열정을 찾고 우리의 불안감을 씻어줄 믿음을 찾고 우리의 모든 용기를 동원해 지켜야 할 이상

인공으로 보인다.

을 찾고 추구하고자 하는 목표를 찾고 기쁜 마음으로 죽을 수 있는 명분을 찾는다. 이 모든 노력의 끝은 의미 없는 기력 탕진에 불과하고 언젠가는 사라지고 말 힘과 시간에 대한 애틋한 느낌 외에 아무것도 아니다.〉 그 순간에 인생이란 내게 멀리 있어서 잘 보이지 않는, 그러나 왠지 모르게 흉악하게만 느껴지는 무엇과도 같았다. 기억의 상실, 지능의 상실, 가난과 실명과 온갖 종류의 질병과 재난으로 이루어진 것이 바로 인생이었다. 우리들의 본질 속에 은밀히 숨어 있는, 의식할 수 없고 야생적이고 격세유전적인 힘의 어둡고 끝없는 동요가 바로 인생이었다. 고고한 정신의 표현도 결국에는 불안정하고 정의 내릴 수 없는 것들이면서 항상 물리적인 상태에 종속되기 마련이었다. 정신적인 것의 역할은 오르간의 그것과 다를 바 없었다. 삶 속에서 순간적인 변화를 일으키는 것은 감지할 수 없고 형체 없는 요인들이었다. 인간의 가장 고귀한 행동 속에서조차 빼놓지 않고 등장하는 것은 이기주의였다. 불분명한 목표를 향해 움직이는 어마어마한 감정적 에너지는 한마디로 불필요했다. 영원하리라고 믿었던 사랑이 덧없이 지워지고 굳게 믿었던 가치들이 허무하게 무너지는 것이 인생사였다. 인간의 건강한 의지 속에는 언제나 나약함이 존재했다. 나는 삶 속에서 경험할 수 있는 모든 수치와 모든 불행을 눈앞에 떠올렸다. 〈어떻게 살아가야 한단 말인가? 어떻게 사랑해야 한단 말인가?〉

숲속에서 도끼를 내려치는 소리가 들려왔다. 일격이 가해질 때마다 짧고 거친 고함 소리가 함께 들려왔다. 들판 이곳저곳에서 원뿔 혹은 사각형 피라미드 모양으로 수북이 쌓아놓은 장작더미가 연기를 뿜어내고 있었다. 짙은 연기 기둥들이 바람 한 점 불지 않는 하늘 위로 치솟아 올랐다. 마치 나무처럼…… 그때 내게는 모든 것이 무언가의 상징이었다.

나는 페데리코를 발견하고 숯을 쌓는 화덕 쪽으로 말을 몰았다.

그는 말에서 내려 키가 크고 수염이라곤 찾아볼 수 없는 깨끗한 얼굴의 한 노인과 이야기를 나누고 있었다.

"아, 드디어!" 나를 발견한 그가 큰 소리로 말했다. "길을 잃어버린 줄 알고 걱정했잖아."

"아니야. 그렇게 멀리 간 건 아니었어……"

"여긴, 조반니 디 스코르디오라고 해. 사람이니까 걱정 마."

그가 노인의 어깨에 손을 얹으며 말했다.

나는 노인을 바라보았다. 그의 주름투성이 입가에 부드럽기 짝이 없는 미소가 피어올랐다. 하지만 그토록 슬픈 눈을 가진 사람을 나는 한 번도 본 적이 없었다.

"잘 있어요, 조반니. 힘내세요."

마치 술을 한잔했을 때처럼 생기를 불어넣어주는 목소리로 페데리코가 말했다.

"형! 우리는 이제 바디올라로 돌아가자. 많이 늦었어. 다들 우릴 기다리고 있을 거야."

페데리코는 말에 올라탄 뒤 다시 노인에게 인사를 건넸다. 그리고 화덕의 연기가 피어오르는 작업장을 지나면서 일꾼들에게 다음 날 밤 열리게 될 '큰불' 행사를 위해 몇 가지 지시를 내렸다. 그런 뒤에 우리는 나란히 말을 몰아 숲을 벗어나기 시작했다.

머리 위에서 천천히 하늘이 열리기 시작했다. 수증기가 모여 만든 베일들이 허공을 떠돌면서 흩어졌다가 다시 모여들었다. 그런 식으로 파란 하늘은 계속해서 창백하게 변해갔다. 마치 하늘에다 우유를 계속 붓는 듯한 분위기였다. 어느덧, 하루 전날 내가 줄리아나와 함께 빌라릴라에서 정원을 바라보던 시간이 가까워지고 있었다. 꿈같이 찬란한 빛을 받아 파도치는 듯했던 정원처럼 주변의 숲도 금빛으로 물들어가고 있었다. 새들이 어디선가 숨어서 노래를 부르고 있었다.

"그 조반니란 노인 자세히 봤어?"

페데리코가 내게 물었다.

"응. 그 사람 눈빛하고 미소, 쉽게 잊지 못할 것 같아."

"성인이나 다름없는 사람이야. 그 사람처럼 일 많이 하고 고생 많이 한 사람도 세상에 없을 거야. 아들이 열넷이나 돼. 하지만 마치 나무에서 과일 떨어져 나가듯이 하나둘씩 곁을 떠나고 말았지. 그 사형 집행인 같던 마누라도 세상을 떠났고 이젠 혼자서 살아. 자식들을 위해 평생을 헌신했는데도 그런 아버지의 공로를 무시해버리다니. 그렇게 배은망덕한 놈들만 골라서 모아놓기도 힘들 거야. 모르는 사람들도 아닌 자기 자식들한테 그런 수모를 당했으니 마음이 어땠겠어? 자기 피가 뱀의 피로 변해버린 걸 보고 마음이 얼마나 아팠겠느냐고. 그런데도 노인은 변하질 않아. 그런 자식들을 항상 아끼고 사랑했지. 여전히 사랑하고 있고. 그는 저주를 모르는 사람이야. 자식들이 그를 혼자 죽도록 내버려둬도 축복을 내릴 사람이지. 굉장하지 않아? 선에 대한 이런 굽힐 줄 모르는 믿음, 정말 대단하잖아. 그렇게 많은 고생을 하고서도 형이 본 그런 미소를 지을 수 있다는 건 정말 놀라운 일이야. **잘하는 거야, 형. 그 미소 잊지 마……**"

15

갈망하면서도 두려워하던 운명의 순간이 다가오고 있었다. 줄리아나는 마음의 준비가 되어 있었다. 떼를 쓰며 달려들던 마리아를 뿌리치고 방 안에 혼자 남아 나를 기다리고 있었다. '무슨 말을 해야 하지? 나한테 무슨 말을 할까? 그녀 앞에 섰을 때 어떤 모습으로 비칠까?' 내가 작정하고 예상했던 모든 것이 머릿속에서 지워지기 시작했고 참을 수 없는 불안감 외에는 내게 아무것도 남지 않았다. 우리 두 사람이 나누게 될 대화의 결과를 누가 감히 점칠 수 있단 말인가? 나는 나 자신을 주체할 수 없었다. 말도 행동도. 내가 느낄 수 있는 것은 내 안에 있는 어둡고 모순적인 것들이 뒤죽박죽 얽혀 있고 그것들이 조금만 건드려도 밖으로 뛰쳐나오리란 것뿐이었다. 내장이 뒤틀리는 고통을 그토록 또렷하고 절망적으로 느껴본 적이 없었다. 내면 깊은 곳에 있는 화해할 수 없는 감정들이 반란을 일으키며 서로를 끊임없이 파괴하고 그 누구에게도 굴복하지 않겠다는 듯이 발광을 하고 있었다. 그러는 가운데 그날 끊임없이 나를 괴롭히던 이미지들이 그 특이한 형태의 고뇌를 불러일으키기 시작했다. 내가 너무나 잘 알고 있는 고뇌, 남자의 내면에 잠겨 있는 흙탕물을 누구보다도 잘 흐트러뜨릴 줄 아는 고뇌였다. 그것은 아무도 이길 수 없는 저속한 욕망, 내가 미워하고 경멸하던 여자 테레사 라포에게 나를 몇 달 동안이나 묶어두던 성욕이라는 무서운 열병이었다. 이제 줄리아나와의 대면을 견뎌내기 위해, 그녀와 오래전에 나누던 희망찬 이야기들을 다시 꺼내기 위해 내게 필요한 내면의 힘과 용서와 자비의 정신은 불행히도 내 안에서 뿌연 수증기처럼 힘없이 흐느적거릴 뿐이었다. 아무런 소리 없이 음흉하게 부글거리는 흙탕물 위로.

자정이 얼마 남지 않았을 때 나는 내 방에서 나와 줄리아나의 방으로 향했다. 적막이 흘렀다. 깊은 적막 속에서 바디올라가 휴식을 취하고 있었다. 나는 귀를 기울였다. 마치 적막을 뚫고 어머니와 동생, 딸아이들의 가느다란 숨소리가, 아무것도 모르는 무고한 존재들의 숨소리가 나지막하게 들려오는 듯했다. 잠든 마리아의 얼굴이 머릿속에 떠올랐다. 전날 밤에 보았던 모습 그대로였다. 다른 사람들의 얼굴도 떠올랐다. 모두의 표정은 휴식과 평화와 만족감으로 가득했다. 곧장 가슴이 녹아들기 시작했다. 하루 전날 잠시 느꼈다가 놓치고 만 행복이 다시 나의 영혼 앞에서 빛을 발하면서 거대한 모습으로 등장했다. 아무 일도 없었다면, 아니, 무슨 일이 일어났는지 내가 전혀 모르고 있었다면 그날 밤은 어떤 밤이 되었을까? 천사를 붙잡으려는 듯 그녀를 향해 달려갔을 것이다. 사랑을 애타게 감싸고도는 침묵보다 더 달콤한 것은 없다. 그것 말고 내가 무엇을 기대할 수 있었단 말인가?

전날 어머니에게서 그 갑작스러운 소식을 전해 들었던 방 앞을 지나고 있었다. 어제 시간을 알리던 진자 시계 소리가 다시 들려왔다. 그 따분하고 변함없는 진자 소리가 왠지 모르게 나의 답답한 마음을 자극하기 시작했다. 나를 좇아 같이 가슴 졸여하는 줄리아나의 심장 박동이 똑같은 속도로 점점 빨라지는 것만 같았다. 우리 사이를 가로막고 있던 벽을 통해 들려오는 것만 같았다. 나는 더 이상 머뭇거리지 않고, 소리를 내지 않으려고 조심스레 걷던 것도 그만두고 곧장 줄리아나의 방으로 향했다. 그리고 노크도 하지 않고 문을 열어젖혔다. 줄리아나가 그곳에 서 있었다. 내 앞에서 한 손을 테이블 끝에 살짝 올려놓고 조각상처럼 딱딱하게 굳은 채로 서 있었다.

모든 것이 아직도 생생하게 떠오른다. 그때 내가 놓친 것은 아무것도 없다. 지금도 마찬가지다. 현실 세계가 완전히 자취를 감추고 내가 숨을 헐떡이던 가상 세계 외에는 아무것도 존재하지 않았다. 그 안에서 조여오는 가슴을 부둥켜안고 말 한 마디 내뱉지 못했지만 나는 어느 때보다도 맑은 머리로 마치 무대 위에 오른 연기자들을 바라보듯 줄리아나의 방을 관찰했다. 테이블 위에서 촛불 하나가 타오르며 확실히 무대 같은 분위기를, 배우들이 절망적이거나 위협적인 몸짓으로 펼쳐 보이는 연기의 긴장감을 불꽃 하나로 뒤흔들 수 있는 분위기를 연출하고 있었다.

그 이상한 느낌이 완전히 사라진 건 대리석처럼 꼼짝도 하지 않는 그녀의 부동 자세와 침묵을 더 이상 견디지 못하고 드디어 내가 입을 연 순간이었다. 입술을 떼는 순간 내 것이라고 믿기 힘든, 사뭇 다른 목소리가 입 밖으로 흘러나왔다. 내가 의도한 적이 없는 부드럽고 떨리는 목소리, 마치 수줍어하는 듯한 목소리였다.

"나 기다리고 있었어?"

그녀는 시선을 아래로 떨어뜨리고 있었다. 그리고 그 자세로 대답했다.

"네."

나는 그녀의 팔을 바라보았다. 버팀목처럼 꼼짝도 하지 않는 팔이 테이블 끝에 살며시 올려놓은 손 위로 점점 더 딱딱하게 굳어가고 있었다. 그 약한 버팀목이 금방이라도 부러지지는 않을까, 그래서 그녀가 바닥에 와르르 무너지듯 쓰러지지는 않을까 걱정스러웠다.

"그럼, 내가 왜 왔는지도 알겠군."

나는 가슴 안쪽에서 아주 느린 속도로 한 마디 한 마디를 끄집어냈다. 그녀는 아무 말이 없었다. 내가 말을 이었다.

"내가 어머니에게 들은 말…… 사실이야?"

그녀는 여전히 아무 말이 없었다. 마치 입을 열기 위해 남아 있는 모든 힘을 긁어모으는 것만 같았다.

침묵이 흐르는 동안 이상하게도 그녀가 아니라고 대답하는 것이 절대적으로 불가능한 건 아니라는 생각이 들었다.

드디어 그녀가 입을 열었다(말을 듣는 대신 나는 그녀의 핏기 없는 입술 위에 그려지는 모습을 바라보았다).

"사실이에요."

나는 어머니에게서 들었을 때보다 훨씬 강한 충격이 가슴 한복판에 가해지는 것을 느꼈다. 모든 것을 이미 알고 있었고 모든 것이 사실이라는 확신 속에서 24시간을 보냈음에도 불구하고 그녀의 대답은 쓰러질 정도로 충격적이었다. 그녀의 또렷하고 분명한 확언을 통해 더 이상 돌이킬 수 없는 일이라는 소식을 마치 처음 접하는 것만 같았다.

"사실이었군!"

나는 본능적으로 그녀의 말을 되풀이했다. 혼잣말에 가까웠다. 현기증이 느껴졌다. 의식이 멀쩡한 상태에서 깊은 소용돌이 속으로 빠져들어 갈 때 느낄 수 있을 법한 현기증이었다.

줄리아나가 눈꺼풀을 치켜세우고 내 눈을 똑바로 쳐다보았다. 그녀의 눈동자가 무섭게 경련을 일으키고 있었다. 그녀가 내게 말했다.

"툴리오. 들어보세요……"

하지만 복받쳐 오르는 감정에 목소리가 잠기고 말았다.

"들어보세요. 저는 제가 뭘 해야 하는지 알아요. 당신이 이 순간을 피할 수만 있다면 무슨 일이든 하겠다고 다짐했었어요. 하지만 운명이 세상에서 가장 추한 고통을 겪게 하려고 저를 지금까지 살려두었네요. 죽는 것보다 천 배 만 배는 무서운(아, 당신은 날 이해하겠군) 일이에요. 툴리오, 툴리오, 당신 눈빛이……"

또다시 복받쳐 오르는 감정을 이기지 못하고 그녀가 말을 멈추었다. 목소리가 얼마나 날카로웠는지 은밀한 곳의 살이 찢어지는 듯한 느낌이 피부로 와 닿을 정도였다. 나는 테이블 옆 의자에 주저앉고 말았다. 그리고 양손에 머리를 파묻고 그녀가 다시 입을 열기만 기다렸다.

"난 이 순간이 오기 전에 목숨을 끊었어야 해요. 난 이미 오래전에 죽었어야 할 몸이에요. 내가 여기에 오지 않았으면 훨씬 나았을 뻔했어요. 당신이 베네치아에서 돌아왔을 때 내가 없었으면 차라리 나았을 거예요. 내가 먼저 죽었으면 당신이 이런 수모를 겪지 않았을 텐데…… 당신은 내 죽음을 슬퍼했을 테고 아마도 날 영원히 사랑할 수 있었을 거예요. 나는 당신이 영원히 사랑하는 여인으로, 당신이 유일하게 사랑했던 여인으로 남았을 거예요. 어제 당신이 얘기했던 것처럼…… 죽는 건 두렵지 않았어요. 그건 지금도 마찬가지예요. 하지만 우리 아이들, 어머니 생각 때문에 결단을 내리지 못하고 매일같이 다음 날로 미루고 말았어요. 툴리오, 고통스럽기 짝이 없는 날들이었어요. 한 번이 아니라 수천 번은 죽은 것 같아요. 그런데도 난 이렇게 살아 있어요!"

그녀는 잠시 멈췄다가 말을 이었다.

"건강이 그렇게 엉망이었는데도 그런 고통을 견뎌냈다는 것이 정말 놀라워요. 물론 나한테는 또 하나의 불행이었죠. 당신이랑 이곳에 오겠다고 허락하면서 생각한 것이 있어요. '틀림없이 병이 들고 말 거야. 그곳에 도착하면 곧장 침대에 누워야겠지. 그러니까 누워서 더 이상 일어나지 않는 거야. 자연사처럼 보이겠지. 툴리오는 아무것도 알 수 없고 의심도 할 수 없을 거야. 그렇게 모든 걸 끝내는 거야.' 하지만 여전히 이렇게 두 발로 서 있네요. 당신은 이제 모든 걸 알아버렸고 우린 모든 걸 잃었어요. 돌이킬 수 없는 일이에요."

그녀의 목소리가 가라앉으면서 잦아들기 시작했다. 하지만 찢어지는 듯한 느낌은 여전했다. 힘없는 목소리였지만 마치 날카롭게 반복되는 고함 소리를 듣는 것 같았다. 나는 양손으로 머리를 움켜쥐었다. 맥박이 얼마나 세게 뛰던지 소름이 끼칠 정도였다. 마치 동맥이 관자놀이 밖으로 튀어나와 내 손바닥에 뜨겁고 물컹물컹한 몸을 비벼대는 것만 같았다.

"내가 유일하게 걱정했던 것은 당신에게 진실을 감추는 일이었어요. 나를 위해서가 아니라 당신을 위해서, 당신을 살리기 위해서. 무슨 공포가 나를 꽁꽁 얼어붙게 만들었는지, 어떤 불안감이 내 숨을 막히게 했는지 당신은 결코 알 수 없을 거예요. 우리가 이곳에 도착한 뒤로 당신은 줄곧 꿈을 꾸고 희망에 부풀어 있었어요. 행복해 보였어요. 하지만 이곳에서 지내는 내 모습을 보세요. 그런 비밀을 간직한 채 당신 어머니 곁에서 지내는 내 모습…… 이 축복받은 집 안에서! 어제 우리가 식탁에 앉았을 때 내 가슴을 무너뜨리는 그 달콤한 이야기를 들려주면서 당신이 그랬었죠. '당신은 아무것도 모르고 있어. 아마 아무것도 눈치채지 못했을 거야.' 아…… 사실이 아니에요. 나는 전부 알고 있었어요. 난 모든 걸 알아차렸어요. 당신의 눈길에서 부드러움을 발견할 때마다 난 영혼이 추락하는 것만 같았어요. 들어보세요, 툴리오. 사실대로 알려드릴게요. 있는 그대로 얘기할게요. 당신 앞에 있는 나는 곧 죽을 사람이나 마찬가지예요. 거짓말은 못 할 거예요. 그러니 믿어주세요. 변명을 하고 싶진 않아요. 나 스스로를 방어하고 싶은 생각도 없어요. 이미 모든 건 끝난 셈이니까. 하지만 한 가지만큼은 당신한테 얘기해주고 싶어요. 당신도 알다시피 난 우리가 처음 만난 날부터 당신을 사랑했어요. 그 이후로, 그 기나긴 세월 동안 나는 줄곧 당신에게만 충실했어요. 장님처럼요. 그건 우리가 행복했던 시절뿐만 아니라 불행했던 때에도 마찬가지였어요. 나에 대한 당신의 사랑이 식었을 때였죠. 툴리오. 당신은 항상 당신이 원하는 대로 날 대했어요. 잘 알잖아요. 난 당신에게 항상 친구였고 여동생이었고 아내였고 연인이었어요. 날 당신의 쾌락을 위해서라면 어떤 희생이라도 감수할 수 있는 존재로 만들었죠. 나쁘게 생각하지는 마세요, 툴리오. 당신을 나무라기 위해 나의 오랜 헌신에 대해 얘기하는 건 절대 아니에요. 그런 건 아니에요. 내 마음에 씁쓸함이라고는 한 방울도 남아 있지 않아요. 알아요? 한 방울도…… 난 그토록 오랜 세월 동안 지속해온 헌신과 애정이 과연 어떤 것이었는지 당신한테 기억시키고 싶어요. 사랑에 대해서, 한 번도 멈춰본 적이 없는 내 사랑에 대해서 얘기하고 싶어요. 알아요? 한 번도 멈춰본 적이 없다는 걸…… 최근 몇 주 동안만큼 당신에 대한 내 열정을 그렇게 강렬하게 느꼈던 적도 없는 것 같아요. 당신이 어제 했던 그 이야기들 전부…… 아, 며칠 동안의 내 삶이 어땠는지 얘기할 수만 있다면…… 난 당신에 대해 모든 걸 알고 있었어요. 난 모든 걸 깨달았어요. 그래서 당신을 멀리할 수밖에 없었어요…… 몇 번이고 나는 당신

품에 안기고 싶었어요. 눈을 감고 극심한 피로로 연약해진 몸을 당신에게 맡기고 싶었어요. 지난 토요일 아침, 당신이 꽃다발을 가지고 여기에 나타났을 때, 옛날 그대로의 당신 모습을 보는 것 같았어요. 반짝이는 눈에 항상 웃고 친절하고 열정적인 당신 모습. 당신이 손을 내밀고 긁힌 상처를 보여주었을 때는 정말 당신 손을 붙들고 키스를 퍼붓고 싶은 충동을 느꼈어요…… 하지만 참을 수 있는 힘을 누가 주었을까요? 나 자신이 그럴 만한 자격이 없다고 생각했기 때문이에요. 당신이 그 꽃과 함께 내게 선사한 모든 행복은 하나의 섬광에 지나지 않았어요. 내가 영원히 포기해야만 하는 행복이었으니까. 아, 툴리오, 당신 품에 안기고 싶은 걸 끝내 참아낸 건 내 뜨거운 심장이었어요. 내 삶이 이토록 끈질길 줄은……"

마지막 말을 잇는 어조는 좀더 또렷하면서도 아이러니와 분노가 섞인 형언하기 힘든 느낌을 안겨주었다. 나는 고개를 들고 그녀의 얼굴을 쳐다볼 엄두를 내지 못했다. 그녀의 말들이 내게 잔인한 고통을 전해주고 있었다. 그런데도 그녀가 말을 멈출 때면 나는 두려움에 사로잡혔다. 갑자기 기운이 빠져 말을 잇지 못하는 건 아닐까 염려스러웠다. 그녀의 입에서 나는 또 다른 고백을, 또 다른 영혼의 토로를 기다리고 있었다.

"큰 실수였어요."

그녀가 다시 말을 잇기 시작했다.

"당신이 베네치아에서 돌아오기 전에 죽지 못한 건 커다란 실수였어요. 하지만 불쌍한 마리아, 불쌍한 나탈리아를 두고 어떻게 떠나란 말인가요……"

줄리아나는 약간 망설이는 듯했다.

"당신도요…… 아마도 온전히 두고 떠나진 못했을 거예요. 회한을 남겼겠죠. 사람들이 당신을 나무랐을 거예요. 무엇보다도 어머니한테는 숨길 수 없었을 거예요…… 이렇게 물으셨겠죠. '왜 그 아이가 죽기를 원했던 거니?' 결국에는 우리가 감추고 있던 진실의 정체를 깨달았을 거예요…… 불쌍한 어머니!"

그녀의 목이 잠기는 듯했다. 목소리가 힘이 없고 울먹일 때처럼 떨리고 있었다. 똑같은 긴장감이 내 목까지 틀어막았다.

"그런 생각을 했었어요…… 그리고 당신이 날 이곳으로 데려오고 싶다고 했을 때, 나는 어머니를 뵐 면목이 없다는 생각도 했어요. 이마에 어머니의 키스를 받을 만한, 며느리라고 불릴 만한 자격이 없다는 생각이 들었어요. 하지만 당신도 알다시피 우린 약한 존재잖아요. 그냥 만사가 흘러가는 대로 내버려두는 일이 허다하잖아요. 난 더 이상 아무것도 바라지 않았어요. 나한테 죽음 외에는 또 다른 탈출구가 없다는 걸 너무나 잘 알고 있었으니까요. 탈출구가 날이 가면 갈수록 좁아지고 있다는 것도. 하지만 나는 아무런 해결책 없이 하루하루가 흘러가도록 그냥 내버려두었어요. 확실하게 죽을 수 있는 방법이 있었는데도……"

그 순간 그녀는 말을 멈추었다. 충동적으로, 충동에 복종해야겠다는 마음으로 나는 고개를 들고 그녀의 얼굴을 쳐다보았다. 그녀가 온몸을 떨기 시작했다. 내가 바라보는 것이 그녀에게 이루 말할 수 없는 고통을 안겨주고 있었다. 분명했다. 어쩔 수 없이 나는 다시 고개를 떨어뜨리고 말았다.

그녀도 자리에 앉았다.

그리고 잠시 침묵이 흐른 뒤에 그녀가 어쩔 줄 몰라 하는 목소리로 내게 물었다.

"그게 중죄라고 생각하세요? 영혼이 그걸 허락하지 않는데……"

죄라는 단어! 그녀가 그 말을 입에 올리자마자 잠잠하던 내 안의 흙탕물이 다시 소용돌이치기 시작했다. 속에서 신물이 올라오는 것이 느껴졌다. 무의식 속에서 빈정대는 말이 입 밖으로 미소까지 지어 보이면서 튀어나왔다.

"불쌍한 영혼!"

줄리아나의 얼굴에 고통스러운 표정이 그려졌다. 얼마나 괴로워했는지 그 모습을 보고 가슴이 찢어질 듯 아팠다. 후회스러웠다. 내가 그녀에게 안겨줄 수 있는 가장 잔인한 상처를 남긴 셈이었다. 그토록 힘든 순간에, 지칠 대로 지친 영혼을 향해 그런 모순적인 말을 내뱉는다는 것이 세상에서 가장 비겁한 짓이라는 걸 나는 깨달았다.

"용서하세요……"

그렇게 말하는 그녀는 마치 상처를 입고 죽을 지경에 이른 여자처럼 보였다(줄리아나는 내가 들것에 실려 가는 환자들에게서 가끔 보았던 눈을 하고 있었다. 슬프면서도 포근함이 느껴지는 눈, 마치 어린아이의 눈 같은……).

"용서하세요. 당신도 어제 영혼에 대해 얘기했었는데…… 당신은 이렇게 생각하겠죠. '이런 말들은 여자들이 단순히 용서받기 위해 하는 말일 뿐이야.' 하지만 전 용서받고 싶은 마음 없어요. 이미 용서도 망각도 불가능하다는 걸 알고 있어요. 피할 길이 없다는 걸 난 알아요. 이해하시겠어요? 전 당신 어머니에게서 받은 키스에 대해서만 당신의 용서를 구하고 싶을 뿐이에요……"

다시 한 번 그녀의 목소리가 가라앉기 시작했다. 아! 그럼에도 불구하고 그 찢어지는 듯한 느낌은 날카로운 비명과 다를 바 없었다.

"내 이마 위에서 느껴지던 고통의 무게가 얼마나 무거웠는지 날 위해서가 아니라, 툴리오, 바로 그 고통 때문에, 그 고통을 위해 어머니의 키스를 받아들였어요. 제가 자격이 없다 해도 적어도 그 고통만큼은 자격이 있었어요. 그건 당신도 용서할 수 있을 거예요…… 마음이 편해지고 사랑스러운 느낌으로 가슴이 채워지기 시작했어요. 하지만 난 그걸로 무너지지 않았어요. 어머니의 눈을 똑바로 쳐다보질 않았어요. 난 무의식적으로 어머니의 아랫배를 바라보았어요. 그 엄청난 일의 흔적이라도 느껴보고 싶었던 거겠죠. 난 거친 숨을 내뱉으며 몸을 비틀지 않으려고, 이상한 행동을 하지 않으려고 안간힘을 썼어요. 어떤 날에는 계획을 행동에 옮기려다 그만두는 짓을 하루에도 몇 번씩 되풀이한 적도 있어요. 그럴 때마다 이 집에 대한 생각이, 나중에 이 집에서 일어나게 될 일에 대한 생각이 제 용기를 빼앗고 말았어요. 그렇게 해서 당신에게 진실을 감출 수 있다는, 당신을 살릴 수 있다는 희망도 함께 사라져버렸던 거예요. 왜냐하면 어느 날 어머니가 제 몸 상태를 보고 눈치를 채셨으니까요. 제가 한번 저쪽 창가에서 보라색 꽃향기 때문에 힘들어했던 것 기억나요? 그때부터 어머니는 알고 계셨어요. 이제 제 두려움이 어떤 것이었는지 한번 상상해보세요. 이런 생각을 했어요. '내가 자살을 한다면 툴리오는 그 사실을 어머니를 통해서 알게 될 거야. 내가 저지른 죄의 파동이 대체 어디까지 퍼져야 하는 걸까?' 전 당신을 살리기 위해 밤낮으로 내 영혼을 집어삼켜야만 했어요. 일요일에 당신이 내게 물었죠. '화요일에 빌라릴라로 가는 건 어때?' 전 고민하지 않고 그러겠다고 했어요. 모든 걸 숙명에 맡기기로 했던 거죠. 모험을 하기로 했던 거예요. 그날이 제 생애의 마지막 날이 될 거라고 전 확신했어요. 그런 확신이 저를 흥분케 하더군요. 모든 걸 잊게 만들었어요…… 아, 툴리오, 당신이 어제 했던 말을 다시 생각해보세요. 이제 내 괴로움을 이해하는지 이야기해줘요. 이해해요?"

그녀가 나를 향해 몸을 기울였다. 깍지를 끼고 양손을 쥐어짜듯 문지르며 마치 그 고통스러운 질문을 내 영혼 안으로 밀어 넣으려는 듯이 보였다.

"당신이 나한테 그런 식으로 얘기해준 적은 한 번도 없었어요. 그런 목소리 처음이었어요. 당신이 벤치에 앉아서 내게 물었을 때요. '어쩌면, 늦은 건가? 너무 늦은 건가?' 난 당신 얼굴을 바라봤어요. 당신 얼굴을 보고 두려웠어요. 내가 이렇게 대답할 수 있었을까요, '네, 너무 늦었어요.' 그렇게 한순간에 당신 심장을 무너져 내리게 할 수 있었을까요? 그러면 우리한테 무슨 일이 일어났을까요? 난 마지막으로 혼돈을 경험하고 싶었어요. 난 광인이었어요. 죽음과 고통 외에는 아무것도 보이지 않았어요."

이상하게도 그녀의 목에서 쉰 목소리가 흘러나오고 있었다. 나는 그녀를 바라보았다. 마치 다른 사람을 보는 것 같았다. 사람의 모습이 어떻게 그런 식으로 변할 수 있는지 알아보기 힘들 지경이었다. 너무 긴장한 탓에 얼굴의 윤곽이 전부 일그러져 있었다. 아랫입술을 파르르 떨고 있었고 부릅뜬 두 눈에서는 불이 활활 타오르고 있었다.

"나를 정죄할 건가요?" 그녀가 쉰 목소리로 날카롭게 물었다. "어제 내가 한 일 때문에 나를 경멸할 건가요?"

그렇게 묻고 그녀는 양손에 얼굴을 파묻었다. 잠시 후, 도대체 어디에서 시작된 것인지 알 수 없는 공포와 관능과 고통이 뒤섞인 어조로 그녀가 말을 이었다.

"어제저녁에, 독약을 손에 쥐고 망설였던 건 **내 피 속에 남아 있는**

당신의 일부를 파괴하고 싶지 않아서였어요."

그녀는 두 손을 힘없이 떨어뜨렸다. 하지만 약한 모습을 보이고 싶지 않다는 듯 자세를 가다듬으면서 좀더 또렷한 목소리로 말을 이었다.

"제가 지금 이 순간까지 살아남아 있는 것이 제 운명이었어요. 당신이 어머니한테서 진실을 듣는 것이 제 운명이었어요. 어머니한테서…… 어제저녁 당신이 이 방으로 다시 돌아왔을 때 당신은 이미 모든 걸 알고 있었어요. 그런데도 아무 말도 하지 않았죠. 대신에 어머니 앞에서 제가 내미는 볼에 키스를 해줬어요. 제가 당신한테 원하는 건 아무것도 없어요. 전 당신의 말을 듣고 복종하기 위해 지금까지 기다렸을 뿐이에요. 전 마음의 준비가 되었어요. 말씀하세요."

내가 말했다.

"당신은 살아야 해."

"있을 수 없는 일이에요. 툴리오. 그건 불가능해요." 그녀가 소리를 질렀다. **"제가 죽지 않고 계속 살 경우에 일어날 일들을 생각해봤어요?"**

"생각해봤어. 당신은 살아야 해."

"무서워요!"

그녀가 전신을 파르르 떨었다. 그녀가 보인 반응은 본능적이고 광적이었다. 아마도 그 순간에 그녀의 배 속에 들어 있는 또 다른 생명의 존재를 의식했기 때문이었을 것이다.

"들어보세요, 툴리오. 당신이 모든 걸 알아버렸으니, 이제는 제가 당신 앞에 나타나는 걸 피하려고, 당신한테 창피를 당하지 않으려고 자살을 해야 할 이유도 없어졌어요. 이제 모든 걸 알잖아요…… 그리고 우린 여기에 이렇게 있어요. 여전히 얼굴을 마주보고 얘기도 나누고 있고…… 이제는 전혀 다른 문제예요. 난 이제 당신의 눈을 피해 자살하고 싶은 생각 없어요. 제가 원하는 건 따로 있어요. 제가 이곳에서 아무도 눈치채지 못하고 자연스럽게 세상을 떠날 수 있도록 당신이 도와줘요. 제가 모르핀과 승홍(昇汞)*을 가지고 있긴 하지만 그런 독극물들은 아마도 소용이 없을 거예요. 독극물 중독을 감추긴 힘들 테니까요. 자살이 아닌 사고사인 것처럼 꾸밀 필요가 있어요. 우연히 일어난 불행한 사건처럼 보여야 해요. 이해하겠어요? 그래야 우리가 원하는 걸 얻을 수 있어요. 진실은 우리 두 사람만 아는 비밀로 남게 되겠죠."

이제는 말하는 속도까지 빨라지기 시작했다. 그리고 굉장히 진지했다. 그녀는 자살 계획이나 말도 안 되는 일을 실행하기 위한 공모가 아니라 마치 무슨 좋은 조건의 계약을 성사시키기 위해 설득하는 사람처럼 이야기했다. 나는 잠자코 듣기만 했다. 일종의 이상한 매력 같은 것이 나를 그곳에 남아 그녀의 병들고 창백한 모습을 계속 바라보며 그녀의 이야기를 경청하도록 만들었다. 그녀의 연약한 몸 안으로 어떤 정신적인 힘의 파도가 무섭게 밀려들고 있었다.

"들어보세요, 툴리오. 제게 묘안이 하나 있어요. 당신이 오늘 어이없는 짓을 저질렀다는 얘기 페데리코한테 들었어요. 아쏘로 강가에서 사고를 당할 뻔했다면서요. 무슨 일이 있었는지 다 들었어요. 전 떨면서 이런 생각을 했어요. '얼마나 고통스러웠으면 그런 모험을 감행했을까!' 그리고 생각을 거듭하면서 당신을 이해할 수 있었어요. 갑자기 모든 것이 분명해졌어요. 당신이 앞으로 겪게 될 모든 고통들이 눈앞에 펼쳐지는 것 같았어요. 당신이 절대로 피하지 못할 고통들, 시간이 흐르면서 점점 더 참을 수 없고 위로할 수 없는 지경으로 악화되기만 할

---

* 수은에 염소를 더해 만드는 이염화수은으로 독성이 강하다.

고통들이에요. 아, 툴리오, 당신도 이미 느꼈을 거예요. 그리고 당신 힘으로는 견뎌내지 못하리란 것도 느끼고 있겠죠. 방법은 하나예요. 당신과 나, 그리고 우리의 사랑을 구할 수 있는 방법은 하나뿐이에요. 그래요, 우리의 사랑이라고 말하도록 허락해주세요. 어제 당신이 해준 말을 계속해서 믿을 수 있도록 허락해주세요. 이런 사랑은 느껴본 적이 없을 정도로 당신을 사랑한다고 또 말할 수 있도록 허락해주세요. 그래요. 그러니까, 우리가 서로 사랑하니까, 어쩔 수 없이 저는 이 세상을 떠나야 해요. 당신은 이제 더 이상 나를 볼 수 없어요."

말을 마치던 그녀의 목소리와 그녀의 온몸을 흥분 상태로 몰고 가던 격한 감정의 소용돌이는 정말 굉장한 것이었다. 전율이 느껴졌다. 정체불명의 환영이 나의 혼을 사로잡고 말았다. 그 순간에는 정말 줄리아나와 함께 내가 인간의 죄와 불행으로부터 멀리 떨어져서 헤아릴 수 없이 높은 사랑의 경지에 도달해 있는 듯했다. 잠깐이었지만 처음에 들었던 것과 똑같은 느낌, 현실 세계가 완전히 사라져버린 듯한 느낌을 다시 받았다. 그러고는 여느 때와 마찬가지로 피할 수 없는 현상이 일어났다. 조금 전의 의식 상태는 더 이상 나의 것이 아니었다. 모든 것이 정상으로 돌아오면서 나와는 거리가 먼 세계로 변해버렸다.

"들어보세요." 그녀는 마치 누가 듣기라도 하는 듯이 목소리를 낮추면서 계속 말을 이었다. "제가 페데리코에게 숲도 보고 숯 쌓기며 그 멋진 곳들도 전부 다시 보고 싶다고 얘기해놨어요. 내일 아침에는 페데리코가 우리랑 같이 못 가요. 카살 칼도레로 돌아가야 하거든요. 그러니까 우리 둘이만 가는 거예요. 페데리코는 제가 파빌라를 타도 된다고 그랬어요. 강가에 도착하면…… 당신이 오늘 아침에 했던 모험을 저도 시도해볼 거예요. 틀림없이 사고가 일어나겠죠. 페데리코는 아쏘로 강에서 살아남는 건 불가능하다고 했어요…… 어때요?"

그녀의 말이 모두 일관성 있는 말들이었음에도 불구하고 정작 말을 하는 그녀는 무슨 광기에 사로잡힌 것만 같았다. 붉게 변한 볼이 예사롭지 않았고 반짝이는 두 눈은 빛을 뿜어내고 있었다.

음산하고 불쾌했던 강의 이미지가 내 머리를 빠르게 스쳐 지나갔다.

그녀가 다시 나를 향해 몸을 기울이며 물었다.

"어때요?"

나는 자리에서 일어나 그녀의 손을 붙들었다. 그녀를 진정시키고 싶었다. 고통스럽고 안쓰러운 마음이 가슴을 조여왔다. 부드럽고 다정다감한 목소리로 내가 말했다.

"불쌍한 줄리아나! 그렇게 흥분할 필요 없어. 마음이 너무 아파서, 그래서 그렇게 무모한 생각을 한다는 거 알아. 중요한 건 당신이 용기를 가지는 일이야. 당신이 지금 한 말들은 더 이상 생각하면 안 돼. 마리아, 나탈리아를 생각해봐…… 난 이 형벌을 받아들이기로 했어. 내가 당신에게 한 몹쓸 짓들을 생각하면, 어쩌면 내가 그런 벌을 받는 것이 당연한지도 몰라. 난 받아들였어. 참고 견뎌낼 거야. 당신은 살아야 해. 약속해줘, 줄리아나. 마리아를 위해서, 나탈리아를 위해서, 당신이 그토록 아끼는 어머니를 위해서, 내가 어제 당신에게 고백한 것들을 생각해서, 절대로 죽지 않겠다고 약속해줘."

고개를 숙이고 있던 그녀가 갑자기 내 손을 붙잡고 그 위에 정신없이 키스를 퍼붓기 시작했다. 손에 그녀의 입술과 눈물의 열기가 전해졌다. 내가 그녀의 손을 뿌리치려 하자 그녀가 의자에서 내려와 무릎을 꿇고 내 손을 붙든 상태에서 훌쩍거리며 망연자실한 표정을 지었다. 눈물이 시냇물처럼 흘러내렸고 일그러진 입술을 통해 드러나는 형언하기 힘든 고통이 그녀의 온몸에 경련을 일으키는 걸 느낄 수 있었다. 나는 그녀를 일으켜 세우지도 못하고, 갑작스레 숨이 막혀 더 이상 말도 못하고, 그녀의 창백한 입술을 일그러뜨리고 경련을 일으킨 무서운 힘 앞에서 무기력하게 고개를 숙인 채, 회한도 잊고 자부심도 벗어던지고 삶에 대한 무조건적인 두려움 외에는 아무것도 느끼지 못하는 상태에서, 그 가련한 여인과 나에게서 인간의 고통과 피할 수 없는 위반이 가져올 재난과 우리의 볼품없는 살의 무게와 우리의 존재 안에 뿌리 깊게 새겨진 숙명에 대한 공포와 마치 슬픔을 조각해놓은 것 같은 우리들의 사랑 외에는 아무것도 발견하지 못하고, 나 역시 그녀 앞에 무릎을 꿇고 말았다. 나 스스로에게 벌을 내리고 싶은 본능적인 욕구 때문이었고, 고통받는 그 연약한 여인, 내게 고통을 주는 그 여인과 같아지고 싶은 욕구 때문이었다. 나 역시 흐느끼며 울음을 터뜨렸다. 그토록 오랜 시간이 흐른 뒤에 우리는 다시 한 번 우리의 눈물을 섞을 수 있었다. 그토록 뜨거우면서도 우리의 운명을 절대로 바꾸지 못할 눈물을.

16

부질없이 눈물을 쏟아내고 절망에 몸부림친 뒤 인간에게 남는 그 놀라우면서도 텅 빈 느낌을 누가 말로 표현할 수 있단 말인가? 눈물은 일시적인 현상에 불과하다. 모든 위기는 극복되기 마련이고 모든 과도한 행동은 하나의 사건에 불과하다. 인간은 기진맥진한 상태로 살아간다. 아니 고갈된다고 하는 것이 옳다. 스스로의 무기력함을 어느 때보다도 절실히 느끼고 꼼짝달싹하지 않는 현실 앞에서 온몸으로 자신의 어리석음과 보잘것없음을 깨닫는 것이다.

눈물을 먼저 멈춘 것은 나였다. 눈에 먼저 빛을 되찾은 것도 나였다. 나는 먼저 내가 취하고 있던 자세를 살피고 다음에 줄리아나의 자세와 주변의 사물들을 살피기 시작했다. 우리는 카펫 위에서 서로를 마주보며 무릎을 꿇고 앉아 있었다. 줄리아나는 여전히 훌쩍거렸고 테이블 위에서 타오르던 촛불이 간간이 불어오는 바람에 인사를 하며 고개를 숙이고 있었다. 침묵이 흐르는 가운데 방 안 어디엔가 있는 시계의 재깍거리는 소리가 들려왔다. 인생은 흐르고 시간은 도망가고 내 영혼은 텅 빈 채로 외롭게 남아 있었다.

감정의 소용돌이가 멈추고 고통의 취기가 사라진 뒤에 바라본 우리들의 행동은 아무런 의미도 없고 동기도 추적할 수 없는 행동들이었다. 자리에서 일어나 그녀를 일으켜 세우고 무슨 말이라도 한마디 해야만 하는 상황이었다. 공연은 이제 끝났다는 것을 알려야 했다.

하지만 이상하게도 이 모든 것이 혐오스럽게 느껴졌고 육체적으로든 정신적으로든 더는 손 하나 까딱할 수 없을 정도로 무기력하게만 느껴졌다. 그곳에 있다는 것 자체가 역겨웠다. 그렇게 힘든 자세로 어쩔 수 없이 눌러앉아 있어야 하는 상황이 싫었다. 줄리아나를 향한 일종의 소리 없는 원망 같은 것이 내 안에서 서서히 꿈틀거리기 시작했다.

나는 자리에서 일어나 줄리아나를 일으켜 세웠다. 이따금씩 그녀가 몸을 움츠리며 흐느낄 때마다 그녀를 향한 형언할 수 없는 원망의 감정도 점점 커져만 갔다.

사실이다. 두 사람을, 두 이기주의를 하나로 묶어주는 감정의 밑바닥에 언제나 어느 정도의 미움이 숨어 있다는 말은 정말 맞는 말이다. 그리고 이 빼놓을 수 없는 증오의 감정이 우리의 가장 가슴 아픈 희생과 가장 아름다운 열정을 언제나 불명예스럽게 만든다는 것도 역시 사실이다. 영혼이 소유하고 있는 모든 아름다운 것들은 부패의 씨앗을 안고 있고 결국에는 썩어들게 마련이다.

내가 말했다(내 목소리가 조금이라도 거칠게 들릴까 봐 걱정이 앞선 가운데).

"진정해 줄리아나. 이제 마음 굳게 먹어야 돼. 이리 와. 여기 앉아 봐. 그리고 진정해. 물 한잔 줄까? 향료라도 좀 가져다놓을까? 얘기해 봐."

"네. 물 좀 가져다주세요. 저쪽 침실에 있어요. 침대 옆 협탁 위에."

그녀의 목소리엔 여전히 울음이 섞여 있었다. 그녀는 커다란 거울 앞에 놓인 낮은 소파에 앉아 여전히 흐느끼며 손수건으로 눈물을 닦고 있었다.

나는 물잔을 가지러 침실 안으로 들어갔다. 어둠 속에 숨어 있던 침대가 시야에 들어왔다. 침대는 깨끗이 정돈된 상태였다. 침대보가 한쪽으로 접혀 있었고 기다란 흰색 셔츠가 베개 옆에 가지런히 놓여 있었다. 곧장, 나의 날카롭고 민감한 후각이 미약한 아마포 냄새를 포착했다. 내게는 익숙한 아이리스와 제비꽃 향기의 흔적도 함께 느껴졌다. 침대를 바라보며 익숙한 향기를 맡은 것이 나의 심중을 뒤흔들고 말았다. 나는 서둘러서 물을 따라 밖으로 나와버렸다. 그리고 물잔을 줄리아나에게 가져다주었다.

그녀가 물을 몇 모금 들이켜는 동안 나는 그녀 앞에 서서 그녀의 입을 물끄러미 바라보았다. 그녀가 말했다.

"고마워요. 툴리오."

그리고 물이 반쯤 남은 잔을 내게 건넸다. 나는 목이 말랐던 터라 아무 생각 없이 남은 물을 들이켰다. 하지만 그 아무렇지도 않은 일이 다시 나의 마음을 뒤흔들기 시작했다. 나도 소파에 자리를 잡고 앉았다. 우리는 아무 말이 없었다. 좁은 공간을 사이에 두고 각자 자기만의 생각에 깊이 빠져 있을 뿐이었다.

소파에 앉아 있는 우리의 모습이 거울에 비쳤다. 우리는 서로를 바라보지 않고서도 서로의 얼굴을 확인할 수 있었다. 단지 조명이 어둡고 흔들렸기 때문에 얼굴을 또렷이 구별하긴 힘들었다. 나는 뿌연 거울 위에 나타난 줄리아나의 얼굴을 뚫어져라 쳐다보았다. 꼼짝도 않는 그녀의 모습은 서서히 신비로운 분위기를 띠기 시작했다. 낡아서 어둡게 변해버린 여자 초상화들의 을씨년스러운 매혹과 환영의 피조물들이 가지고 있는 강렬한 인상을 풍기고 있었다. 그리고 뒤이어서 그 희미한 이미지가 서서히 실제의 인물보다 훨씬 사실적으로 느껴지기 시작했다. 그 희미한 이미지 속에서 나는 점점 애무하는 여인, 관능적인 여인, 정부, 배신자의 모습을 발견했다.

나는 눈을 감았다. **상대**가 내 앞에 나타났다. 내가 익히 알고 있는 형체들 가운데 하나가 구체적으로 모습을 드러냈다.

나는 생각했다. 〈그녀는 아직까지 무슨 일이 있었는지 자신의 외도에 대해 직접적으로 언급한 적이 한 번도 없어. 의미 있는 말이라곤 한 마디만 내뱉었을 뿐이야. '그게 중죄라고 생각하세요? **영혼이 그걸 허락하지 않는데?**' 단 한 마디뿐이었어! 대체 무슨 뜻으로 한 말일까? 배신과 부정한 짓거리들을 은폐하고 떨쳐버리기 위한 예리하면서고 흔해빠진 계산법에 지나지 않는 걸까? 하지만, 이미 저질러진 일은 제쳐두더라도, 그녀와 필리포 아르보리오는 대체 무슨 관계였단 말인가? 도대체 어떤 상황 속에서 그 인간에게 몸을 맡겼단 말인가?〉

궁금증이 나의 가슴을 잔인하게 파고들었다. 나를 부추기던 생각들은 바로 나 자신의 경험에서 비롯된 것들이었다. 나의 옛 연인들이 유혹에 무릎 꿇기 위해 사용하던 특이한 방식들이 머릿속에 구체적으로 떠올랐다. 눈앞에 그려지던 이지미들은 뒤바뀌고 또 다른 이미지들로 또렷하고 빠르고 교체되었다. 줄리아나의 모습이 떠올랐다. 오래전에 창가에 혼자 앉아 무릎 위에 책을 한 권 올려놓은 채 창백한 얼굴을 하고 금방이라도 기절할 것 같은 자세로 앉아 있는 모습을 본 적이 있었다. 그때 그녀의 새카만 눈동자 위로 지나가던 울분의 그림자 속에서 숨 막혀 하는 것들의 난폭함을 느꼈었다. 〈그런 식으로 기진맥진해 있던 사이에 공격을 당했던 걸까? 내 집에서? 의식이 없었다고 볼 수밖에 없는 상태에서 폭행을 당한 뒤에 깨어나서 벌어진 일을 두고 공포와 구토를 느꼈던 걸까? 그래서 그를 쫓아내고 다시는 그를 만나지 않은 걸까? 아니면 어떤 비밀스러운 장소에서 만나줄 것을 허락했던 걸까? 먼 곳에 있는 조그만 아파트, 아니면 수많은 인간들이 외도를 저지르는 침대 딸린 지저분한 방들 중 하나에서? 같은 베개 위에서 한 번이 아니라 몇 번에 걸쳐, 내가 없는 동안 마음 놓고, 날이면 날마다, 시간을 정해 놓고 애무를 주고받았던 걸까?〉

11월 어느 날 거울 앞에 서 있던 줄리아나의 모습이 떠올랐다. 모자에 베일을 달던 모습과 그녀의 옷 색깔, 그리고 '햇볕이 내리쬐는 보도' 위로 가볍게 발걸음을 옮기던 그녀의 모습, 어쩌면 그날 아침에 약속을 했던 걸까?

이름 없는 고문이 내게 고통을 가해왔다. 알아야겠다는 생각이 계속해서 내 마음을 괴롭혔다. 머릿속에 구체적으로 떠오르는 모습들이 더욱 나를 못살게 굴었다. 줄리아나를 원망하는 마음은 더 날카로워지기만 했다. 최근에 있었던 애정행각과 빌라릴라에 있는 신혼 침대의 기억, 내 핏속에 여전히 남아 있는 그녀의 일부가 희미한 불꽃을 불태우고 있었다. 줄리아나가 가까이 있다는 것이 내게 주는 느낌, 그 특별한 긴장감으로 인해 나는 내가 질투의 열병을 앓고 있고 증오의 갑작스러운 충동을 피하기 위해서는 도망쳐야 한다는 걸 깨달았다. 하지만 나의 의지는 전부 마비된 상태였다. 나는 나 자신을 제어할 수 있는 상태가 아니었다. 내가 그곳에 남아 있던 것은 두 개의 상반된 힘 때문이었다. 하나는 거부 반응이었고 또 하나는 순수한 육욕과 혐오감이 뒤섞인 욕정이었다. 나라는 악한 존재의 끝없는 심연에서 벌어지고 있어 나조차

238

도 이해할 수 없는 어두운 싸움이 나를 지탱하고 있었다.

상대는 머릿속에 처음 떠올랐던 그 순간부터 끝까지 내 눈앞에서 사라지지 않고 남아 있었다. 그가 필리포 아르보리오였을까? 내가 알아맞힌 걸까? 속는 건 아니겠지?

갑자기 나는 줄리아나를 향해 고개를 돌렸다. 그녀가 나를 바라보았다. 느닷없이 떠오른 질문이 목에서 그만 멈춰버리고 말았다. 나는 시선을 떨어뜨리고 고개를 숙였다. 그리고 몸에서 살점을 떼어내야만 느낄 수 있을 법한 격렬한 긴장감 속에서 입을 열었다.

"그 남자의 이름은?"

나는 떨고 있었다. 그 말은 내게도 이루 말할 수 없는 고통을 안겨주었다.

"대답 안 할 거야?"

나는 그녀를 다그쳤다. 나는 금방이라도 나를 집어삼킬 것 같은 분노를 억누르고 있었다. 전날 밤 침대 앞에 서 있는 동안 가슴속에 돌풍처럼 휘몰아쳤던 바로 그 막무가내의 분노였다.

"오, 하느님!"

옆으로 쓰러지면서 그녀는 쿠션에 얼굴을 파묻고 고통스럽게 신음하는 목소리로 내뱉었다.

"오, 하느님, 오, 하느님!"

하지만 나는 알고 싶었다. 무슨 수를 써서라도 그녀의 자백을 받아내고 싶었다.

"기억나?" 내가 말을 이었다. "11월이었어. 어느 날 아침에 내가 당신 방에 갑자기 들어갔던 거 기억나? 기억나지? 방에 왜 들어갔는지 모르겠어. 아마도 당신이 노래를 부르고 있었기 때문이었겠지. 당신은 오르페우스의 아리아를 부르고 있었어. 막 나가려던 참이었지. 기억나지? 난 당신 책상 위에서 책을 한 권 발견했어. 책을 펼치고 첫 페이지에 적혀 있는 헌사를 읽었지…… 소설이었어. 『비밀』이라는 소설…… 기억나?"

그녀는 쿠션 위에 엎드린 채 아무 대답도 하지 않았다. 나는 그녀를 향해 몸을 수그렸다. 순간 열병 전에 찾아오는 한기처럼 온몸에 소름이 돋는 것이 느껴졌다. 내가 덧붙였다.

"그 사람이야?"

그녀는 아무 대답이 없었다. 그러고는 절망적인 표정을 지으면서 갑자기 몸을 일으켰다. 정신이 완전히 나간 사람 같았다. 내게 달려들어 안기려다 멈춘 그녀가 울분을 터뜨렸다.

"미안해요! 미안해요! 그냥 죽게 해주세요. 당신이 나한테 이러는 거 내게는 죽음보다 더한 고통이에요. 난 뭐든지 참아냈고, 뭐든지 참을 수 있을 거예요. 하지만 그건 싫어요. 말 못 해요…… 내가 살아 있으면 남은 인생은 전부 고문과 같을 거예요. 하루하루가 지옥 같을 거라고요. 그래서 당신은 날 미워하게 될 거예요. 당신은 내게 증오를 쏟아부을 거예요. 난 알아요. 벌써 당신 목소리에서 그 증오가 느껴져요. 미안해요. 날 그냥 죽게 내버려두세요."

마치 정신이 나간 사람 같았다. 내게 매달리고 싶어서 어쩔 줄 몰라 하고 있었다. 양손을 비틀고 온몸을 떨면서 감히 엄두를 못 낼 뿐이었다. 하지만 나는 그녀의 팔을 붙들고 내 쪽으로 끌어당겼다.

"그러니까 결국 난 아무것도 알 수 없단 말이지?"

거의 그녀의 입에 대고 한 말이었다. 나도 미칠 것만 같았다. 나의 잔인한 본능이 내 손을 거칠게 만들고 있었다.

"사랑해요. 항상 당신만 사랑했어요. 전 항상 당신의 여자였어요. **한순간의 실수**였을 뿐이에요. 그 죗값을 이 지옥 같은 일로 치르고 있어요. 한순간의 실수였어요. 정말이에요. 제가 사실대로 말하고 있다는 거 모르겠어요?"

다시 한 번 모든 것이 명쾌해지는 듯했다. 그리고 다시 걷잡을 수 없는 야생의 충동이 나의 온몸을 휘감았다.

머리를 뒤로 젖히고 소파 위에 쓰러지는 그녀의 비명을 틀어막으며 내 입술이 그녀의 입술 위에 포개졌다.

17

그 격렬한 포옹은 많은 것을 질식시켜버렸다. '잔인해! 잔인해!' 움푹 파인 줄리아나의 눈을 가득 채우고 있던 그 소리 없는 눈물이 다시 눈앞에 떠올랐다. 그토록 숭고한 눈물을 흘리면서 마치 죽기 일보 직전에 놓인 사람처럼 헐떡이던 소리도 다시 들려왔다. 포옹 뒤에 나를 향해 쏟아져 내리던, 무엇과도 닮지 않은 슬픔이 다시 나의 영혼을 향해 파도처럼 밀려왔다. '아 너무너무 잔인해!' 처음으로 범죄에 대한 생각을 머릿속에 떠올린 것이 바로 그 순간 아니었나? 내 의식 속에 살인의 의도가 고개를 내민 순간이 바로 그 광분의 순간이 아니었던가?

줄리아나가 쓸쓸히 내뱉었던 말이 다시 떠올랐다. '내 삶이 이토록 끈질길 줄은……' 하지만 내게 대단해 보였던 것은 그녀의 끈질김이 아니라 그녀가 몸속에 품고 있던 또 다른 생명의 끈질김이었다. 내가 분노를 참지 못하고 꾸미기 시작한 음모는 그 또 다른 생명을 노리고 있었다.

줄리아나는 겉으로는 아무런 변화를 보이지 않았다. 허리와 배가 부풀어 오른 흔적도 전혀 찾아볼 수 없었다. 아직은 초기, 3개월, 아니면 4개월째인 것이 분명했다. 태아와 모태의 결속력이 아직은 약할 때였다. 유산의 가능성이 비교적 높은 시기였다. 그렇다면 왜 우리가 빌라릴라에 가 있는 동안, 그리고 그날 밤에, 줄리아나가 일으킨 경련과 혼수 상태가 아무런 결과도 초래하지 않았단 말인가? 순간 모든 것이 적대적으로 느껴지기 시작했다. 모든 사람들이 나를 상대로 음모를 꾸미는 것만 같았다. 시간이 흐르면서 나의 적대감은 점점 날카로워졌다.

아이가 태어나는 것을 막겠다는 것이 나만의 계획이었다. 우리가 처한 상황에 대한 모든 두려움이 그 태아의 미래에, 그 불청객의 협박에 기인하고 있었다. 왜 임신한 사실을 알았을 때 줄리아나는 수단과 방법을 가리지 않고 그 불경한 존재를 지우려 하지 않았을까? 무엇이 그녀를 가로막았을까? 선입견? 두려움? 아니면 어미의 보호본능 때문에? 외도로 인해 들어선 아이에게 모성애를 품고 있었단 말인가?

나는 상상의 나래를 펼치면서 예정된 미래를 살피기 시작했다. 〈줄리아나는 아들을 낳을 거야. 드디어 우리의 오랜 사랑을 물려받을 유일한 상속자를. 하지만 아무런 사고 없이 자라나는 건 누군가? 그건 남의 아들이야. 아이는 내 어머니와 동생의 사랑을 찬탈하고, 나의 친딸 마리아와 나탈리아를 뒷전으로 밀어내고 모두의 사랑을 독차지할 거야. 습관의 힘은 무서운 법이야. 줄리아나는 앞뒤 가리지 않고 모성애에만 매달릴 테고 결국에는 남의 자식이 줄리아나의 정성 어린 보호를 받으면서 자라나겠지. 건강하고 멋진 청년으로 자란 뒤에는 제멋대로 행동하면서 폭군처럼 내 집을 독차지하고 말 거야.〉 내가 상상했던 장면들은 시간이 흐르면서 조금씩 구체화되었고 어떤 장면들은 현실의 기억과 구분하기 힘들 정도로 또렷한 이미지로 떠오르기 시작했다. 그런 식으로 상상된 삶의 어떤 순간들은 의식 속에 깊이 각인되었고 얼마 동안은 현실의 이미지와 동시다발적으로 등장하기까지 했다. 어린 남자 아이의 모습은 변화무쌍했다. 그의 행동, 그의 몸짓도 마찬가지였다. 어떤 때에는 힘없고 창백하고 말도 없고 크고 무거운 머리를 가슴팍에 파묻고 있는 모습으로, 어떤 때에는 둥글고 밝은 얼굴에 말도 많고 어리광도 부릴 줄 알고 귀여운 구석도 굉장히 많은 모습, 특히나 내게는 착하고 사랑스럽게 구는 모습으로, 또 어떤 때에는 신경질적이고 약간은 고양이처럼 성도 내고 똑똑하고 못된 짓만 골라서 하고 누나들과 싸우기 일쑤고 동물들을 학대하고 고분고분할 줄 모르는 구제불능의 아이로 등장했다. 그리고 이 마지막 이미지가 다른 이미지들을 조금씩 밀어내고 좀더 빈번히 고정적으로 등장하면서 하나의 정확하고 뚜렷한 인격까지 갖추기에 이르렀다. 내 머릿속에서 아이는 그만의 허구적인 삶을 왕성하게 살아갔고 나중에는 이름까지 가지게 되었다. 남자 아이가 태어날 때를 위해 이미 오래전부터 예정되어 있던 이름 라이몬도, 아버지의 이름이었다.

이 작고 사악한 유령은 내가 가지고 있던 증오의 산물이었다. 내가 그를 미워하는 것처럼 그도 나를 미워했다. 그는 나의 원수였고 내가 전투를 준비하고 있는 적이었다. 그는 나의 희생자였고 나도 그의 희생자였다. 나는 그에게서 벗어날 수 없었고 그 역시 내게서 벗어날 수 없었다. 우리는 모두 쇠로 만든 고리 안에 갇혀 있었다.

아이의 눈은 필립포 아르보리오의 눈처럼 회색이었다. 아이가 가진 여러 가지 분위기의 시선 가운데 특히 하나가 가끔씩 떠오르던 동일한 장면 속에서 매번 나를 놀라게 만들었다. 가끔씩 떠오르던 장면은 이런 것이다. 나는 정적이 감도는 독특한 분위기의 어두운 방 안으로 들어선다. 나는 조금의 의심도 없이 방 안에는 나 혼자뿐이라고 믿는다. 그러다가 어느 순간 고개를 돌리면서 한쪽 구석에서 회색 눈을 부릅뜨고 나를 노려보고 있는 라이몬도를 발견한다. 범죄를 저지르고 싶은 충동이 곧장 나를 사로잡는다. 하지만 나는 그 충동의 강렬함을 이기지 못하고 도주를 시작한다. 그 작고 사악한 존재에게 달려드는 걸 피하고 싶었기 때문이다.

18

 나와 줄리아나의 공모는 어쨌든 이루어진 셈이었다. 그녀는 죽지 않고 우리는 은폐된 현실 속에서 살아갔다. 우리는 발작증을 겪는 사람들처럼 주기적으로 두 종류의 서로 상반된 삶을 살아갔다. 하나는 겉으로 부드러운 태도를 취하고 아이들을 다정다감하게 대하는 삶이었고, 또 하나는 어지럽고 불안하고 흥분된 상태에서 아무런 희망 없이 망상에 사로잡혀 항상 무언가에 쫓기면서 종잡을 수 없는 파국을 향해 치닫는 삶이었다.

 가끔씩은 나쁜 상상의 집요한 공격과 내 영혼을 휘감고 있던 악의 세계로부터 벗어나 옛날부터 몇 번이고 감지했던 선한 세계의 드높은 이상을 향해 벅찬 가슴을 열어 보일 때가 있었다. 그럴 때면 아쏘로의 숲을 벗어날 무렵 내 동생이 조반니의 미소를 두고 했던 말이 떠올랐다. '잘하는 거야, 형. 그 미소 잊지 마.' 바싹 오그라든 노인의 입술 위로 피어올랐던 미소가 이제 그 깊은 뜻과 함께 눈부신 광채를 발하면서 내게 지고한 진실을 계시하는 듯했다.

 그 드문 순간들이 다가올 때마다 거의 매번 같이 떠오르던 또 다른 미소는 베개를 베고 힘없이 누워 있던 줄리아나의 미소였다. 예기치 못했던 그 미소는 완전히 사라지지 않고 수그러들 뿐이었다. 조용했던 어느 날 오후의 기억도 함께 떠올랐다. 창백해진 손을 가슴에 올려놓고 병석에 누워 있던 불쌍한 그녀의 혼을 쏙 빼놓으면서 나는 갖은 유혹의 언사를 늘어놓았었다. 그녀가 병이 들고 처음으로 침대에서 몸을 일으켰던 날 아침, 방 한가운데에서 내 팔에 안겨 숨을 몰아쉬며 지어 보였던 미소도 떠올랐다. 그러나 내게 사랑과 인내와 평화와 꿈과 망각과 세상의 모든 아름다운 것과 훌륭한 것을 선사하던 그녀의 고귀한 자태는 어느덧 내게 끝없는 절망과 회한을 선사하고 있었다.

안드레이 볼콘스키*가 리사 공주의 차갑게 식은 얼굴에서 읽어냈던 감미로우면서도 무시무시한 질문을 나는 살아 있는 줄리아나의 얼굴에서 계속 읽을 수 있었다. '저한테 무슨 짓을 한 건가요?' 그녀의 입을 통해 나를 나무라는 소리는 한마디도 듣지 못했다. 자신이 저지른 죄의 무게를 덜기 위해 내가 저지른 불경한 짓들을 들먹이며 얼마든지 따질 수도 있었지만 그녀는 그러지 않았다. 그녀는 자신의 사형 집행인 앞에서 겸허하게 고개를 숙일 뿐이었다. 씁쓸함이 느껴지는 말은 한 마디도 내뱉지 않았다. 그런데도 그녀의 눈은 계속해서 말하고 있었다. '저한테 무슨 짓을 한 건가요?'

희생을 향한 야릇한 욕망이 곧장 내 가슴을 불태우며 십자가를 끌어안으라고 나를 종용하기 시작했다. 나의 용기가 속죄의 위대함에 부합하는 듯했다. 내 안에서 힘이 넘쳐흐르는 것이 느껴졌다. 영웅이 된 듯했고 머리도 모든 것을 꿰뚫어볼 수 있을 것처럼 맑아졌다. 고통받는 나의 여동생 줄리아나가 있는 곳으로 향하면서 나는 생각했다. 〈그녀에

---

* Andrei Bolkonsky: 톨스토이의 『전쟁과 평화』의 주인공 볼콘스키 공작을 말한다.

게 위로가 될 수 있는 말들을 찾아내야 해. 그녀의 고통을 덜어주고 그녀가 고개를 들 수 있도록 정말 친오빠처럼 다정하게 대해야지.〉 그러나 정작 그녀 앞에 서면 나는 아무 말도 하지 못하는 벙어리로 변하고 말았다. 아무도 열지 못하는 자물쇠로 입을 꼭꼭 채워놓은 것만 같았다. 마치 온몸이 악령의 저주를 받은 듯했다. 어디서 불어오는지 알 수 없는 찬바람에 마음의 빛이 훅 꺼져버리고 말았다. 그러고 난 다음에는 내가 너무나 잘 알고 있고 동시에 잊어버리지 못하고 있던 그 무감각한 회한의 감정이 어둠 속에서 꿈틀거리기 시작했다. 감정의 동요를 알리는 신호였다. 나는 줄리아나의 눈을 똑바로 쳐다보지 못하고 어쩔 줄 몰라 말을 더듬다가 밖으로 나와버렸다. 도망쳐 나왔던 것이다.

몇 번은 남아 있었던 적도 있다. 정신이 거의 없는 상태에서 부풀어 오르는 욕망을 참지 못하고 나는 줄리아나의 입술을 향해 달려들었다. 숨 막힐 정도로 긴 키스와 격렬한 포옹이 우리를 뜨겁게 만들었다. 그리고 그 열기가 우리를 더 고통스럽고 슬프게 만들었다. 하나의 오점이 더해지면서 더욱 비천해진 우리를 깊은 어둠 속에서 갈라놓고 있었다.

'잔인해! 잔인해!' 그 충동적인 말 속에는 살인에 대한 생각이 깊이 숨어 있었다. 나 스스로에게도 감히 고백하지 못한 생각이었다. 〈이 숨 막히는 포옹이 모태에 끈질기게 붙어 있는 태아를 떨어뜨릴 수만 있다면!〉 나는 줄리아나를 위험에 빠뜨릴 가능성에 대해서는 전혀 생각하지 못했다. 아이가 죽으면 아이 엄마의 목숨도 동시에 위험해질 수 있다는 것이 불을 보듯 빤한 사실임에도. 뭐랄까, 정신이 혼미한 상태에서 아이를 지워야 한다는 것 말고는 아무 생각도 하지 못했다. 시간이 한참 흐른 뒤에야 나는 한 인생이 또 다른 인생의 노예라는 것을, 나의 광적인 계획이 두 존재를 한꺼번에 위협할 수도 있다는 걸 깨달았다.

248

사실 내가 그녀를 뜨겁게 포옹하던 순간 나의 욕망 속에 어떤 불순한 의도가 섞여 있었는지 분명히 느꼈을 텐데도 줄리아나는 조금도 반항하는 모습을 보이지 않았다. 소리 없이 흘러내리던 짓밟힌 영혼의 눈물도 더 이상 그 움푹 파인 눈을 채워 넣지 못했다. 그녀는 눈물을 흘리는 대신 나의 욕망에 답하면서 자신의 몸을 내맡겼다. 그녀는 처절했다. 순간순간 정말 '죽어가는 사람의 살과 땀'을 보는 듯했다. 소름이 끼쳤다. 한번은 소리를 지르기까지 했다. 정신이 혼미한 상태에서 헐떡이며 그녀가 외쳤다.

"그래요, 죽여줘요!"

그때 나는 깨달았다. 그녀가 기다리고 있는 것은 죽음이라는 것을, 그리고 그것을 나에게서 바라고 있다는 것을.

19

아무것도 모르는 사람들 앞에서 아무 일도 없었다는 듯이 미소를 지어 보이던 그녀의 연기 능력은 믿기 힘들 정도로 놀라웠다. 내가 그녀의 건강을 염려하고 있다는 건 모두가 아는 사실이었고 그것이 내가 감추지 못하는 슬픔을 정당화할 빌미를 마련해주었다. 게다가 어머니와 동생도 같은 걱정을 하고 있었고 그것이 결과적으로 줄리아나가 다시 임신했다는 것 때문에 집안이 축제 분위기로 변하거나 태어나게 될 아이에 대한 흔해 빠진 예견 혹은 그와 비슷한 이야기들이 오가는 것을 피하도록 만들었다. 그건 일종의 행운이었다.

드디어 의사 베베스티가 바디올라에 도착했다.

그의 방문은 모두를 안심시켰다. 그는 줄리아나가 몸이 많이 약해진 상태이고 신경쇠약과 빈혈 증세가 엿보인다면서 영양 보충이 필요하다고 했다. 하지만 태아의 성장에는 특별한 문제가 없어 보이고 산모의 건강 상태만 좋아진다면 아무런 문제없이 아이를 낳을 수 있을 거란 진단을 내렸다. 그는 이어서 줄리아나의 강인한 성품을 믿는다며 과거에도 그녀의 굉장한 인내력을 눈으로 직접 확인할 수 있었다고 덧붙였다. 회복을 위해서는 청결한 환경과 적절한 영양 섭취가 필요하다면서 바디올라에서 지내는 걸 허락해주었고 유용한 조언과 함께 정신적인 안정과 적절한 운동을 권했다.

"특히 선생님께서 신경 많이 써주시리라 믿습니다."

그가 내게 진지한 투로 말했다. 하지만 의사의 진단은 내겐 실망스러웠다. 그에게서 나의 구원을 기대했는데 그 기대가 물거품이 되고 말았던 것이다. 그가 도착하기 전에 나는 생각했다. 〈의사가 아이 엄마를 살리기 위해 아직 형체도 없고 생명이라고 볼 수도 없는 아이를 희생시켜야 한다고 말한다면? 아이가 완전히 모양새를 갖춘 다음 닥치게 될 위험을 피하기 위해서라도 유산을 기술적으로 유도할 필요가 있다고 말한다면? 줄리아나는 살 수 있어. 건강을 되찾을 수 있을 거야. 그래야 나도 살 수 있어. 다시 태어나는 거야. 모든 걸 잊는 거야. 아니, 최소한 분을 가라앉힐 수는 있겠지. 시간이 상처를 아물게 하고 일이 슬픔을 위로해줄 거야. 천천히 마음의 평화를 되찾고 반성하고 동생을 본받아 훌륭하고 진지한 사람이 되어서 새로운 신앙을 받아들이고 남을 위해 봉사하며 사는 거야. 바로 그런 고통 속에서 나의 자존심을 되찾는 거야. 남보다 더 고통받은 사람이 남보다 더 고통받을 자격도 있는 거야. 그게 바로 내 동생이 항상 하는 말 아니었나? 어쨌든 선택받은 건 고통이야. 조반니를 한번 봐. 그는 선택받은 사람이야. 그런 미소를 지을 줄 아는 사람은 신에게 선택받은 사람이야. 그런 신의 선물을 나도 받을 수 있어……〉 나는 희망을 잃지 않았다. 죗값을 치러야겠다는 굳은 결심과는 다르게 형벌의 감소에 기대를 걸고 있었다.

사실 고통 속에서 다시 태어나고자 하는 나의 희망과는 달리 나는 고통에 대한 두려움을 가지고 있었다. 잔인한 고통과 맞서 싸워야 한다는 것에 대한 이루 말할 수 없는 두려움이 내게 있었다. 내 영혼은 지칠 대로 지친 상태였다. 위대한 길을 일별하고 그리스도교적 영감에 고무되어 있었지만 내 영혼은 피할 수 없는 심연이 기다리고 있는 비탈길을 내려가고 있었다.

의사와 이야기를 나누는 동안 나는 그의 긍정적인 진단 내용에 대한 나의 당혹감과 불안감을 감추지 않고 나의 생각을 나름대로 피력했다. 나는 어떤 식으로든 줄리아나의 생명에 지장을 주는 일이 벌어져서는 안 된다는 것과 필요하다면 세번째 아이를 포기하는 것도 기꺼이 감수하겠다는 내 의도를 분명히 하고 의사에게 아무것도 감추지 말 것을 부탁했다.

하지만 그는 나를 안심시키려고 들었다. 최악의 경우에도 유산을 해결책으로 삼지는 않을 거라면서 그건 줄리아나가 지금 같은 상태에서 피를 흘린다는 것이 위험하기 짝이 없는 일이기 때문이라고 설명했다. 그는 무엇보다도 줄리아나가 원기를 회복해야 하고 무슨 수를 쓰더라도 아이를 낳을 시기에 건강하고 편안한 마음과 믿음을 가진 상태여야만 한다고 반복해서 설명했다. 그리고 덧붙였다.

"부인께는 무엇보다도 마음의 위로가 필요하단 생각이 듭니다. 제가 오랜 친구 아닙니까. 마음고생 많이 하셨던 걸로 알고 있습니다. 선생님께서 기분 좀 좋게 해주시죠."

20

기운을 되찾은 어머니는 줄리아나에게 두 배 세 배의 애정을 쏟아부었다. 어머니는 멋진 꿈을 가지고 있었고 그 꿈이 이루어질 거라는 강한 예감을 가지고 있었다. 어머니는 손자, 라이몬도를 기다렸다. 이번에는 틀림없다고 믿고 있었다.

내 동생도 라이몬도를 기다렸다.

마리아와 나탈리아도 나와 엄마와 할머니에게 미래의 동생에 관한 순진하면서도 우아한 질문들을 던지곤 했다.

그렇게 해서 우리 가족들의 사랑은 때로는 예감으로 때로는 간절함으로 때로는 기대감으로 보이지 않는 미래를, 아직은 형체조차 없는 존재를 감싸 안기 시작했다.

그러는 사이에 줄리아나의 배는 불러오기 시작했다.

어느 날 줄리아나와 함께 느릅나무 아래에 앉아 있을 때였다. 조금 전까지만 해도 어머니가 자리를 같이했었고 다정다감하게 이야기를 나누는 동안 라이몬도의 이름을 입에 올렸었다. 아니, 라이몬도를 약칭인 몬디노라는 이름으로 부르면서 돌아가신 아버지에 대한 오래된 기억들을 떠올리게 만들었다. 우리는 어머니에게 미소를 지어 보였다. 어머니는 당신의 꿈이 곧 우리들의 꿈이라고 믿고 있었다. 그래서 우리가 그 꿈을 계속 꿀 수 있도록 둘만 남겨두고 자리를 비웠던 것이다.

곧 해가 저물 시간이었다. 모든 것이 여전히 또렷하고 조용했다. 우리들의 머리 위에 있던 나뭇가지와 잎사귀들은 꼼짝도 하지 않았다. 가끔씩 느닷없이 제비들이 날개를 퍼덕이며 하늘을 가로지르곤 했다. 괴성을 지르면서, 마치 빌라릴라에서처럼.

우리는 제비들이 시야에서 사라질 때까지 지켜보았다. 그리고 서로의 얼굴을 바라보았다. 지친 눈으로, 아무 말 없이. 잠시 동안 우리는 우리들이 앓고 있던 슬픔의 거대함에 짓눌려 말을 잊었다. 나는 온몸이 무섭게 떨리는 것을 느꼈는데 아이가 줄리아나의 몸에서 떨어져 나와 혼자 내 곁에 와 있는 것 같았다. 마치 그 아이 외에는 내 곁에 아무도 없는 듯했다. 그리고 그 환영은 신비롭기는커녕 아주 사실적이고 구체적이었다. 그것이 온몸을 경직시키면서 나를 소스라치게 놀라도록 만들었다. 나는 그 무서운 환상을 떨쳐버리기 위해 다시 고개를 들어 아내의 얼굴을 바라보았다. 그 떨림 앞에서 무슨 행동을 해야 할지, 무슨 말을 해야 할지 모르는 상태에서 우리는 길을 잃은 사람처럼 서로의 얼굴만 바라보았다. 나의 고통이 투영된 그녀의 얼굴에서 내 모습을 보는 듯했다. 본능적으로 그녀의 아랫배를 바라보았다가 다시 고개를 드는 순간 바라본 그녀의 얼굴은 공포에 질려 있었다. 그건 마치 환자들이 불치의 일그러진 상처를 바라보며 짓는 표정 같았다.

우리는 서로를 바라보며 우리의 고통을 헤아려보았지만 끝내는 적절한 표현을 발견해내지 못했다. 그녀가 낮은 목소리로 말했다.

"당신은 이런 순간이 평생 지속될 수도 있다는 생각 해봤어요?"

나는 입을 열지 않았다. 하지만 내 대답은 가슴속에서 단호하게 울

려 퍼졌다. 〈아니. 평생 가지 않아.〉

그녀가 덧붙였다.

"당신 말 한마디로 모든 걸 끝낼 수 있다는 걸 기억하세요. 자유를 찾으세요. 전 마음의 준비가 되어 있어요. 기억해두세요."

나는 여전히 입을 다물고 있었다. 하지만 생각했다. 〈당신은 죽으면 안 돼.〉

그녀가 떨면서 부드럽기 짝이 없는 목소리로 말했다.

"난 당신을 위로해줄 수 없어요! 당신에게도 나에게도 위로는 없어요. 영원히 없을 거예요…… 우리 사이에 누군가가 평생 동안 끼어들 거라는 생각 당신은 해봤어요? 어머니의 소원이 이루어진다면 어쩔 거예요? 생각해보세요. 생각해보세요."

그러나 내 영혼은 한 가지 집요한 생각의 음산한 빛을 받으며 떨고 있을 뿐이었다. 내가 입을 열었다.

"모두들 벌써 아끼잖아."

나는 망설이다가 재빨리 줄리아나를 쳐다보았다. 그리고 곧장 고개를 숙이고 눈꺼풀을 떨어뜨리면서 입술 사이에서 사라지는 목소리로 내가 물었다.

"아이를 사랑하는 거야?"

"아, 당신 대체 무슨 질문을 하는 건가요?"

입을 열면서 손톱이 살을 파고드는 듯한 고통이 느껴졌음에도 불구하고 나는 반복하지 않을 수 없었다.

"사랑하는 거야?"

"아니에요. 아니에요. 역겨울 뿐이에요."

나는 희열을 느꼈다. 마치 그녀의 고백으로 나의 은밀한 계획에 대한 동의를 얻고 공모자를 찾아낸 것 같았다. 하지만 그녀가 진실을 말한 걸까? 아니면 내가 불쌍해서 연기를 한 걸까?

나는 좀더 집요하게 꼬치꼬치 캐묻고 싶은, 더 길고 자세한 고백을 얻어내고 싶은, 그녀를 파헤치고 싶은 잔인한 욕망에 사로잡혔다. 하지만 그녀의 외모를 보고 입을 다물어버렸다. 비록 나에게 형벌이나 다름없는 존재를 배 속에 품고 있었지만 그녀를 향한 나의 분노는 곧장 수그러들기 시작했다. 이제 나는 감사한 마음으로 그녀를 바라보았다. 그녀가 떨면서 고백했을 때의 두려움이 그녀를 아이에게서 멀리 떨어뜨려 내게 되돌려주는 것 같았다. 나는 이런 생각들을 그녀에게 알리고 태아를 향한 그녀의 적대감을 날카롭게 하고 아이를 우리 모두의 화해할 수 없는 적으로 여기도록 만들어야 할 필요를 느꼈다.

나는 그녀의 손을 붙잡고 말했다.

"당신 덕분에 마음이 한결 가벼워진 것 같아. 고마워. 당신이 원하는 게……"

나는 내 살의를 종교적 소망으로 위장하며 덧붙였다.

"그래, 하늘의 뜻인지도 몰라. 누가 알아, 우리를 이 지옥에서 해방시켜줄지…… 당신이 원하는 거. 그래, 누가 알겠어! 하느님께 기도해!"

그건 태아의 죽음을 바라는 기도였다. 하나의 서원이었다. 그녀의 소원을 들어줄 하느님께 기도하라고 말하면서 나는 그녀가 살인에 동참하도록 유도한 셈이었다. 그녀와 일종의 영적 공모 관계를 구축한 셈이었다. 나는 이런 생각까지 했다. 〈만약에 그녀가 내 말을 듣고 스스로 범죄를 저지르겠다는 생각을 하게 된다면, 그 생각이 점점 더 강해져서 나중에 참을 수 없는 욕망으로까지 번지게 된다면? 그래, 그래야 할 필요성을 스스로 깨닫고 나를 고통에서 해방시켜야겠다는 생각에 들떠서 스스로를 희생시키려는 광적이고 충동적인 행동을 저지를 수도 있어. 조금 전에 항상 죽을 준비가 되어 있다고 몇 번이고 말했잖아? 그녀의 희생은 곧 아이의 죽음을 의미하는 거야. 어쨌든 그녀는 종교적 편견에 사로잡혀 있지 않아. 죄를 짓는다는 생각은 없는 거야. 죽을 준비가 되어 있다는 건 자기 자신과 배 속의 태아를 모두 희생시킬 준비가 되어 있다는 걸 의미해. 하지만 그것이 죄라는 생각은 안 하는 거야. 그녀는 이 땅 위에서 자신의 존재가 자신을 사랑하고 자신이 사랑하는 사람들에게 유용하다고, 아니 필요하다고 믿고 있어. 그래서 동시에 내 아이가 아닌 태아의 존재가 우리들의 삶을 참을 수 없는 고문으로 만들어버릴 거라고 믿는 거야. 우리가 다시 결합할 수 있다는 것도, 용서와 망각을 통해 다시 행복을 기대해볼 수 있다는 것도 알고 있어. 나와 그녀 사이에 그 불청객만 없다면 시간이 흐르면서 상처가 아물 수도 있다는 걸 그녀는 알고 있어. 아, 이런 것들만 한번 생각해보면 될 텐데. 아무 의미도 소용도 없는 서원과 기도가 계획으로, 행동으로 옮겨지려면……〉 나는 생각에 잠겼고 그녀 역시 아무 말 없이 고개를 숙이고 무언가를 골똘히 생각하고 있었다. 그녀가 여전히 내 손을 붙잡고 있는 동안 꼼짝도 않는 커다란 느릅나무의 그림자가 우리 머리 위로 드리워졌다.

무슨 생각을 하고 있는 걸까? 그녀의 이마는 여전히 성체 성사에 쓰는 빵처럼 부드럽고 창백했다. 어쩌면 밤의 그림자 말고도 또 다른 그림자가 그녀 위에 드리워졌던 걸까?

라이몬도의 모습이 떠올랐다. 더 이상 고양이 같은 회색 눈을 하고 나타나는 사악한 소년의 모습이 아니라 막 태어난 핏덩어리, 손가락 하나로도 쉽게 죽음의 문턱 안으로 밀어 넣을 수 있을 제물의 모습이었다.

바디올라의 종소리가 저녁 기도 시간을 알리기 시작했다. 줄리아나
가 내 손을 놓고 십자가를 그었다.

21

넉 달이 지나고 다섯 달이 흘렀다. 태아는 빠른 속도로 성장했고 유연하고 늘씬했던 줄리아나의 모습은 점점 부풀어 올라 부종을 앓는 환자처럼 엉망으로 변해갔다. 그런 모습으로 내 앞에 선다는 것이 그녀에게는 굴욕적인 일이었다. 내가 그녀의 부풀어 오른 배를 노려보고 있으면 그런 내 모습을 발견하는 순간 괴로워하는 모습이 그녀의 날카로운 표정을 통해 어김없이 드러났다.

나는 도저히 기운을 차릴 수가 없었다. 줄리아나의 배 안에 있는 그 불쌍하고 무의미한 존재의 무게 이상을 들어 올린다는 것이 엄두가 나지 않았다. 정말 매일 아침 무서운 꿈을 꾸고 눈을 뜰 때마다 누군가가 마치 내게 커다란 잔을 내밀면서 이렇게 말하는 듯했다. 〈목이 마르면, 오늘도, 살고 싶으면, 이 안에 한 방울도 남기지 않고 네 심장의 피를 쥐어짜내야 해.〉 잠에서 깨어날 때마다 형언할 수 없는 오한과 역겨움과 혐오감이 속에서부터 끓어올랐다. 무엇보다도 그걸 견디면서 살아가야 했다.

하루하루가 잔인할 정도로 느리게 흘러갔다. 시간은 흐르지 않고 한 방울씩 천천히 무겁게 떨어졌다. 게다가 여름이 다가오고 있었다.

가을까지 기다려야 했다. 내게는 영원이나 다를 바 없는 시간이었다. 나는 일부러 동생을 열심히 쫓아다니면서 그가 계획한 농경 사업을 돕고 그의 꿈을 실현하기 위해 내 열정을 불태웠다. 나는 카우보이처럼 하루 종일 말을 타고 다녔다. 수작업과 단순 노동으로 기력을 소진했고 그런 식으로 날카로워진 내 의식을 무디게 만들려고 노력했다. 그리고 농민들, 감정의 흐름이 몸동작처럼 몇 안 되는 규칙만을 따르는 단순하고 순진한 사람들과 함께 지냈다. 나는 몇 번씩이나 고독한 성인 조반니 디 스코르디오를 찾아갔다. 그의 목소리가 듣고 싶었다. 그의 불행한 운명 이야기를 듣고 그의 슬픈 눈과 부드럽기 짝이 없는 미소를 보고 싶었다. 그는 말이 많지 않은 사람이었다. 내 앞에서는 약간 수줍어하는 태도를 보였다. 내가 하는 질문에 모호한 몇 마디로 답을 할 뿐이었다. 자기 자신에 대해 이야기하는 것을 그다지 좋아하지 않았다. 불평하는 것도 좋아하지 않았고 열심히 하고 있던 일을 멈추는 것도 싫어했다. 갈색의 울퉁불퉁하고 뼈밖에 없는 손은 마치 청동 조각이 살아움직이는 것 같았다. 쉴 줄 몰랐고 피곤함도 몰랐다. 한번은 내가 감탄하며 이렇게 물었다.

"아니 손은 대체 언제 쉬는 건가요?"

노인은 웃으면서 손등과 바닥을 앞뒤로 뒤집으며 햇빛에 비춰보았다. 그 시선과 미소, 행동, 햇빛이 그 굳은살이 박인 커다란 손을 고귀하기 짝이 없는 것으로 만들고 있었다. 농기구 때문에 생긴 굳은살과 수없이 뿌린 씨앗과 끝없는 노동으로 신성해진 그 손은 종려나무 가지를 받을 자격이 있었다.

노인은 그리스도교 장례의식에서처럼 가슴에 십자가를 긋고 여전히 입가에 미소를 지으면서 대답했다.

"머지않았습니다, 주인님. 하느님께서 원하시면 이 손들을 관 속에
집어넣으실 때가 오겠지요."

22

할 수 있는 모든 것을 해봤지만 소용없는 일이었다. 내게는 노동이 즐겁지 않았고 나를 위로해주지도 않았다. 내게는 과도했고 불규칙적이었고 무질서했으며, 나의 계속되는 탈진과 극복할 수 없는 피로에 빈번히 중단되었다. 동생이 말했다.

"일은 그렇게 하는 게 아니야. 6개월 동안 써야 할 에너지를 일주일 만에 써버리면 어떻게 해. 그러니까 그렇게 기운이 쏙 빠져서 힘없이 무너지지. 그리고 좀 쉬었다가는 다시 정신없이 달려들잖아. 일은 그렇게 하는 게 아니야. 침착하게 같이 조화를 이루면서 해야 효율적이라고. 이해가 가? 아무래도 일하는 방식을 정해놓고 시작해야겠어. 형은 신참들이 모두 하는 실수를 범하고 있는 거야. 힘을 너무 과도하게 쓰는 거지. 좀 지나고 나면 나아질 거야."

동생은 또 이렇게 말하곤 했다.

"형은 아직 균형을 찾지 못했어. 아직도 땅을 어떻게 딛고 서야 하는지 몰라. 서두르지 마. 언젠가는 형도 적응을 하게 되겠지. 그런 일이 어느 날 갑자기 예기치 못한 순간에 일어난다는 거 알아?"

동생은 이런 말도 했다.

"형수가 이번에는 틀림없이 아들을 낳을 텐데. 라이몬도 말이야. 난 대부를 누구한테 맡길까 벌써 생각해뒀어. 형 아들 세례식을 조반니한테 맡기는 거야. 그보다 더 훌륭한 대부를 어디서 구하겠어? 조반니가 아이한테 선한 마음과 힘을 전해줄 거야. 나중에 라이몬도가 말을 알아듣게 되면 이 노인에 대해 이야기해주자고. 형 아들은 훌륭하게 자라나서 우리가 이루지 못한 것들을 해낼 거야."

페데리코는 비슷한 이야기를 자주 꺼내는 편이었다. 라이몬도의 이름을 자주 언급했고 아이가 모두에게 모범이 될 이상적인 인간으로 태어나기를 기대했다. 동생은 자신이 내뱉는 말 한 마디 한 마디가 내 가슴에 화살처럼 와 꽂힌다는 것을 모르고 있었다. 아이를 향한 나의 증오를 더욱 날카롭게 만들고 나의 절망을 더욱 처절하게 만든다는 것을 그는 모르고 있었다.

모두들 아무것도 모른 채 내게 상처를 주고 나를 쓰러뜨리기 위해 경쟁이라도 하듯 달려들었다. 가족들 중에 누구든 내게 가까이 다가오는 것이 두려웠고 가슴을 두근거리게 만들었다. 마치 손에 무시무시한 무기를 쥐고 있으면서 사용할 줄도 모르고, 그걸 휘두르면 어떤 결과를 가져올지 전혀 모르는 사람 옆에 서 있는 것만 같았다. 나는 매 순간 내게 가해지는 일격을 기다리며 살았다. 그래서 나는 혼자 있고 싶었고 모두에게서 도망치고 싶었다. 내겐 휴전이 필요했다. 하지만 혼자 있는 동안은 내가 가장 두려워하는 적, 나 자신과 얼굴을 마주보고 있어야 했다.

나는 아무도 모르게 죽어가고 있었다. 삶을 지탱하는 기운이 모든 모공을 통해 전부 빠져나가는 듯했다. 이제는 머나먼 과거의 가장 어두웠던 시기에 겪었던 고통들이 느닷없이 고개를 들기 시작했다. 모든 사물, 모든 사건의 유령들 가운데 고립되어 있는 나의 존재에 대한 의식 외에는 아무것도 느낄 수가 없었다. 몇 시간씩 흐르는 동안에도 나는 못에 박힌 것 같은 삶의 무거운 정점이 나를 짓누르는 듯한 느낌과 나의 뇌를 지나가는 동맥의 미세한 박동 외에는 아무것도 느끼지 못했다.

그러고 나면 나를 엄습하는 것들은 나 스스로를 조롱하는 아이러니와 빈정댐과 모든 것을 파괴하고 싶은 걷잡을 수 없는 욕망과 잔인한 비난과 사악한 광기와 내면의 밑바닥에 가라앉아 있던 온갖 잡다한 오물의 썩는 냄새였다. 참는다는 것이 무엇인지, 자비와 사랑과 선한 마음이 무엇인지 나는 더 이상 알지 못했다. 긍정적인 생각의 모든 창구가 닫혀버린 듯, 마치 저주를 받아 바싹 말라버린 듯했다. 그래서 줄리아나를 바라보면서도 나쁜 모습 외에는, 불어 오른 배와 또 다른 사내를 배설하는 장면 외에는 아무것도 보지 못했고 나 스스로도 우스꽝스러운 인간이나 배신당한 남편 혹은 삼류 연애소설의 어리석은 영웅으로밖에는 보이지 않았다. 속으로 빈정거리면서 나는 나 자신의 어떤 행동도, 줄리아나의 어떤 행동도 용서하지 않았다. 내가 보는 우리의 드라마는 우습고 씁쓸한 코미디로 변해갔다. 나를 지지하는 것은 아무것도 없었고 모든 인간관계는 단절되고 말았다. 돌풍처럼 들이닥친 것은 결별이었다. 나는 생각했다. 〈왜 여기 남아서 이 혐오스러운 역할을 하고 있어야 하나? 가자. 나의 세상으로 돌아가자. 먼저의 인생으로, 방탕한 생활로 돌아가자. 기분을 풀고 나를 세상에 내맡기자. 무슨 상관인가? 나 자신을 되찾는 것, 진흙 속에서 진흙을 되찾는 것 말고는 나는 아무것도 원하지 않는다. 아!〉

23

그래서 나는 바디올라를 떠나 로마에 가서 자유로운 생활을 즐기기로 결심했다.

적당한 핑곗거리도 가지고 있었다. 우리는 집을 떠나 그렇게 오랫동안 머물게 되리라는 것을 전혀 예상치 못했었다. 집을 비운 지 상당한 시간이 흘렀기 때문에 상태가 엉망일 것이 틀림없었다. 원래대로 되돌려놓기 위해 해야 할 일들이 많았다. 우리가 타지에서 더 오랫동안 마음 편안하게 지낼 수 있으려면 꼭 해놓아야 할 일들이었다.

출발을 알리면서 나는 그래야만 한다고 어머니와 동생과 줄리아나를 설득했다. 며칠 안으로 모든 것을 마치고 돌아오겠노라고 약속한 뒤 나는 떠날 준비를 했다.

떠나기 전날 저녁 늦은 시간, 내가 막 짐 가방을 닫고 있는데 문을 두드리는 소리가 들렸다. 나는 큰 소리로 외쳤다.

"들어와!"

놀랍게도 눈앞에 나타난 건 줄리아나였다.

"아, 당신이었군!"

나는 그녀에게 다가갔다. 계단을 올라오느라 그랬는지 약간 힘들어하는 모습이었다. 나는 그녀를 자리에 앉게 한 뒤 내가 마시려던 음료를 그녀에게 건넸다. 레몬을 얇게 썰어 얹은 아이스티였다. 한때 줄리아나가 즐겨 마시던 음료였다. 하지만 그녀는 입술만 살짝 적신 뒤에 잔을 내게 돌려주었다. 그녀의 눈동자에 불안이 서려 있었다. 나지막한 목소리로 그녀가 말했다.

"떠나는 거예요?"

"응, 내일 아침에…… 알잖아."

그리고 긴 침묵이 흘렀다. 열린 창문을 통해 방 안으로 감미롭고 상큼한 바람이 불어오고 있었다. 창턱에 달빛이 비쳤고, 귀뚜라미 소리가 마치 멀리서 부는 플루트 소리처럼 들려왔다.

약간은 흥분한 듯한 목소리로 그녀가 또 물었다.

"언제 돌아와요? 솔직하게 말해줘요."

"몰라."

또다시 침묵이 흘렀다. 창문 안쪽으로 가벼운 바람이 들어올 때마다 커튼이 부풀어 올랐다. 우리가 있는 곳까지 바람이 불어올 때마다 한여름 밤이 유혹의 손길을 뻗치는 것만 같았다.

"날 버리는 건가요?"

그렇게 말하는 그녀의 목소리가 얼마나 슬프게 느껴졌는지 꽁꽁 묶여 있던 내 마음의 매듭이 한순간에 풀리면서 동정과 회한의 감정이 나를 사로잡았다.

"아니. 걱정하지 마, 줄리아나. 난 휴식이 필요할 뿐이야. 더 이상은 못 견디겠어. 숨 쉴 공간이 필요해."

그녀가 말했다.

"맞아요."

"약속한 대로 일찍 돌아올 거야. 편지 쓸게. 아마 당신도 내가 괴로 워하는 모습 안 보면 마음이 좀 편안해질 거야."

그녀가 말했다.

"제 마음이 편안해지는 일은 절대로 없을 거예요."

그녀는 울음을 터뜨리기 일보 직전이었다. 애절한 목소리로 그녀가 덧붙였다.

"툴리오. 툴리오. 사실대로 얘기해줘요. 내가 미워요? 사실대로 얘 기해줘요."

그리고 그녀는 말로 할 수 없는 훨씬 더 고통스러운 질문들을 눈으 로 던지기 시작했다. 잠깐이지만 내 안에서 자신의 영혼을 발견하고 노 려보는 듯했다. 둥그렇게 뜬 두 눈과 하얀 이마와 떨리는 입술, 바싹 마 른 턱과 고통받는 가운데서도 부드럽기 짝이 없는 그 얼굴 표정과 나를 향해 용서를 구하는 듯한 손의 모습이 내 마음을 아프게 하고 수그러지 게 만들었다.

"날 믿어, 줄리아나. 앞으로도 마찬가지야. 난 당신 원망하는 마음 조금도 없어. 절대로 원망할 수 없을 거야. 이번에는 내가 참아야 할 차 례라는 거 난 잊지 않아. 난 아무것도 안 잊었어. 그건 벌써 잘 알고 있 잖아? 안심해. 그리고 이제 마음 편안히 가져야 해. 그러다가…… 또 누가 알아…… 어쨌든, 난 돌아올 거야, 줄리아나. 지금은 그냥 떠나도 록 내버려둬. 아마도 며칠 정도 떨어져 있는 게 난 좋을 것 같아. 차분 해져서 돌아오도록 하지. 차분해져야만 해. 어느 때보다도. 당신이 나 중에 내 도움을 전적으로 필요로 할 테니까……"

"고마워요. 당신 원하는 대로 해요."

한밤중에 누군가 노래를 부르는 소리가 들려왔다. 힘없는 나무 피리 소리도 섞여 있었다. 나는 생각했다. 〈탈곡하러 모인 사람들이 부르는 노래겠지. 어디선가 멀리서, 달빛 아래 모여⋯⋯〉 내가 말했다.

"들려?"

우리는 노랫소리에 귀를 기울였다. 함께 불어오던 유혹적인 한여름 밤의 바람에 가슴이 한껏 부풀어 올랐다.

"저쪽 테라스에 가서 앉을까?"

내가 부드러운 목소리로 줄리아나에게 물었다.

그녀는 좋다면서 몸을 일으켰다. 우리는 보름달 말고는 다른 조명이 없는 옆방으로 건너갔다. 우유를 쏟아놓은 것처럼 새하얀 광채가 온 바닥을 물들이고 있었다. 그녀가 그 하얀 바닥을 걸어 테라스를 향해 내 앞을 지나갔다. 그녀의 부풀어 오른 낯선 그림자가 광채 속에 희미하게 비쳤다.

〈아, 내 품에 안기던 그 가냘프고 여린 몸매의 여인은 어디로 갔단 말인가? 4월의 어느 날 오후, 라일락꽃 밑에서 다시 찾아냈던 나의 연인은 어디로 갔단 말인가?〉 한순간에 모든 회한과 모든 욕망과 모든 절망이 가슴속으로 한꺼번에 몰려들었다.

줄리아나는 난간에 머리를 기대고 앉았다. 달빛에 비친 그녀의 얼굴은 주변에 있는 그 무엇보다도, 흰 벽보다도 더 하얗게 빛나고 있었다. 눈을 반쯤 감고 있던 그녀의 광대뼈 위로 눈썹의 그림자가 드리워졌다. 그녀의 슬픈 시선보다 나를 훨씬 더 가슴 아프게 만드는 장면이었다.

아무 말도 할 수 없었다.

나는 쇠로 된 차가운 난간을 손으로 붙들고 허리를 굽히면서 계곡을 바라보았다. 형체를 알아보기 힘든 거대한 숲이 내 밑에서 모습을 드러냈다. 반짝이는 아쏘로 강 외에는 아무것도 보이지 않았다. 밤바람이 입김을 뿜어낼 때마다 노랫소리가 멈췄다가 다시 시작되곤 했다. 노래가 멈춘 동안에는 어딘지 모를 먼 곳으로부터 그 둔탁한 피리 소리가 들려왔다. 그토록 달콤하면서도 숨 막히는 밤을 나는 일찍이 경험해본 적이 없었다. 귀에 들리지 않을 뿐 내 영혼의 밑바닥으로부터 잃어버린 행복을 향한 절규가 드높이 솟아올랐다.

24

로마에 도착하자마자 떠나온 것이 후회되기 시작했다. 로마는 불에 타는 듯 뜨거웠고 사막처럼 텅 비어 있었다. 당혹스러웠다. 집은 묘지처럼 조용했고 똑같은 사물들, 내게 너무나 익숙했던 물건들이 이상하게도 전혀 다른 모양새로 다가왔다. 당혹스러웠다. 그리고 외로웠다. 내가 맞이한 고독은 두려움이 느껴질 정도로 강렬한 것이었다. 하지만 나는 친구들을 찾아 나서지 않았다. 친구들은 기억하고 싶지도, 알은척하고 싶지도 않았다. 대신에 나의 걷잡을 수 없는 증오가 몰아세우며 찾아 나서도록 만들었던 건 필리포 아르보리오였다.

공공장소 어디에서든 곧장 그와 부딪쳤으면 하는 바람이었다. 그가자주 다닌다는 레스토랑에 가보았다. 나는 그와 만나게 될 순간을 떠올리며 저녁 내내 그를 기다렸다. 새로운 사람이 레스토랑 안으로 들어올때마다 피가 끓어올랐다. 하지만 그는 나타나지 않았다. 나는 종업원들에게 그의 소식을 물었다. 오랫동안 나타나지 않는다는 것이 그들의 대답이었다.

나는 펜싱장으로 향했다. 하지만 그곳은 텅 빈 채 어둠 속에 잠겨있었다. 꽉 닫힌 녹색 겉창 때문에 그늘에도 녹색 기운이 감돌았고 나무 바닥에 물을 뿌릴 때 올라오는 독특한 냄새로 가득 차 있었다. 대신에 혼자 남아 있던 마에스트로가 나를 반기면서 맞이했다. 나는 그가 들려주는 마지막 시즌의 결승전 이야기를 귀 기울여 듣고 펜싱장을 드나들던 몇몇 친구들의 소식을 물은 뒤에 드디어 필리포 아르보리오의 소식을 물었다.

"이젠 로마에 없네. 벌써 4, 5개월 됐을 거야…… 건강이 안 좋다는 얘기를 들었네. 신경계통인데 굉장히 심각하다고 들었어. 갈리파 공작이 그러더군, 회복되기 힘들 거라고. 하지만 나도 그 이상은 모르네." 그러더니 그가 덧붙였다.

"힘이 빠져 있었던 건 사실이야. 나한테 레슨을 받은 것도 몇 번 안 되네. 칼에 찔릴까 봐 겁을 먹고 있었지. 칼끝이 코앞에 와 있어도 보이지가 않았던 거야……"

"갈리파는 아직 로마에 있나요?" 내가 물었다.

"아니, 리미니에 가 있네."

그리고 얼마 지나지 않아 나는 인사를 하고 밖으로 나왔다.

아르보리오에 관한 예기치 못한 소식은 한마디로 충격이었다. 나는 생각했다. 〈정말 사실이어야 할 텐데……〉 나는 그가 척수나 뇌수에 문제가 생겨 발생하는 무서운 병에 걸려서 신체 기능이 천천히 파괴되고 백치가 되거나 도저히 꼴을 볼 수 없는 광인으로 추락해서 결국 죽어버리기를 바랐다. 의학 서적을 통해 배운 것들, 정신 병동을 방문했을 때 목격했던 것들, 특히 나의 불쌍한 친구 스피넬리를 방문했을 때 내 머릿속에 새겨진 또렷한 이미지들이 이제 빠르게 기억 속으로 되돌아오기 시작했다. 누런 흙색으로 변해버린 얼굴로 빨갛고 커다란 소파에 앉아 있는 스피넬리의 모습이 떠올랐다. 그는 얼굴 근육이 전부 딱딱하게 군은 상태에서 일그러진 입을 벌리고 침을 흘리며 알아들을 수 없는 말을 더듬거리고 있었다. 입 끝에서 계속 떨어지는 침을 닦기 위해 매번 손수건을 들어 올리던 모습도 생각났다. 금발에 가냘픈 몸매를 가진 여동생이 괴로워하며 병든 오빠를 갓난아이 다루듯이 턱 밑에 수건을 가져다 대던 모습, 그가 삼킬 수 없는 음식물을 인두(咽頭)에 튜브를 꼽아 넣어주던 모습도 떠올랐다.

나는 생각했다. 〈내가 아직은 유리해. 만약에 내가 그런 유명한 인물과 결투를 벌인다면, 그래서 그에게 심각한 부상을 안긴다면, 아니 그를 죽인다면 그 사실은, 그래, 비밀로 남을 수 없을 테지. 모든 사람의 입에 오르내리게 될 거야. 소문이 온 세상에 퍼지고 신문에도 실리겠지. 그러면 왜 결투가 벌어졌는지 그 이유도 밝혀질 거야! 그렇지만 그가 앓고 있는, 이 신의 섭리 같은 병! 그것이 나를 모든 위험과 모험에서 구해줄 수 있어. 내가 미워하는 인간이 병들어서 온몸이 무기력하게 마비된 상태라면 괜히 피를 흘릴 필요는 없어. 꼭 내 손으로 벌을 주지 않아도 돼(게다가 결투의 결과도 장담할 수 없잖아?). 하지만 병들었단 소식, 정말일까? 만약에 그냥 일시적인 증상이라면?〉

좋은 생각이 떠올랐다. 나는 택시를 잡아타고 그의 출판사가 경영하는 책방을 찾아갔다. 차로 움직이면서 나는 머릿속으로 뇌에 이상이 있을 때 일어났던 가장 끔찍한 경우 두 가지를 생각해냈다. 한 사람은 문학가였고 또 한 사람은, 지어낸 말 같지만, 패션 디자이너였다. 두 사람의 증상은 실어증과 실서증(失書症)이었고 나는 상상의 나래를 펼치면서 그 증상들을 한껏 증폭시켰다.

나는 책방에 들어갔다. 눈이 햇빛에 노출되어 있었기 때문에 처음에는 아무것도 구별하지 못했다. 안쪽에서 외국인 억양의 코맹맹이 소리가 들려왔다.

"뭘 찾으시나요, 선생님?"

계산대 뒤로 나이를 짐작하기 힘든 남자 한 사람이 눈에 들어왔다. 금발에 가까운 머리카락과 바싹 마른 체구에 말끔한 얼굴을 하고 있는 모습이 꼭 백인 피가 섞인 흑인을 보는 듯했다. 그에게 말을 걸면서 나는 몇몇 책들에 대해 물었다. 나는 꽤 많은 책을 구입했다. 그리고 필리포 아르보리오의 최근 소설이 있는지 물었다. 책방 주인은 내게 『비밀』을 내밀었다. 나는 아르보리오의 열렬한 팬인 듯이 연기를 해 보이며 그에게 물었다.

"이 책이 마지막으로 나온 책인가요?"

"네, 선생님. 몇 달 전에 저희 출판사에서 『상아탑』이란 신작을 예고했었죠."

"아! 상아탑!"

심장이 두근거렸다.

"하지만 출판을 하긴 힘들 것 같습니다."

"그건 왜요?"

"작가분께서 많이 아프시거든요."

"아파요? 무슨 병인데요?"

"진행성 숨뇌 마비라고 해요."

책방 주인이 대답했다. 그 무시무시한 단어들을 또박또박 발음하는 모습에서 의도적으로 잘난 척하려는 모습이 엿보였다. 〈아! 바로 줄리오 스피넬리가 앓던 병이라니!〉

"그 병 심각한 병일 텐데요."

"심각하다마다요. 아주 고약한 병입니다." 책방 주인이 자신 있게 말했다.

"아시겠지만 마비는 멈추질 않습니다."

"하지만 아직 시작 단계라면……"

"시작이라…… 하지만 병의 증상에 대해서는 의심할 여지가 없어요. 마지막으로 이곳에 왔을 때 그분이 말하는 걸 들었습니다. 몇 마디 단어는 벌써 내뱉는 것조차 힘들어 했어요."

"말하는 걸 들으셨다고요?"

"네, 선생님. 벌써 발음부터 불안했습니다. 말하다가 떨기까지 했어요."

거의 감탄스러워하는 눈빛으로 그의 말을 경청하면서 나는 조심스럽게 책방 주인을 부추겼다. 좀더 밀어붙였다면 책방 주인은 그 유명한 소설가의 혀가 입안에서 허우적거리며 발음하지 못한 말들이 어떤 것이었는지도 내게 기꺼이 털어놓았을 것이다.

"그래서 지금은 어디에 있습니까?"

"나폴리에 있습니다. 의사들이 권한 전기충격 요법으로 치료를 받으러 갔습니다."

"아! 전기충격 요법을……"

나는 아무것도 모르는 사람처럼 놀라워하며 그의 말을 되풀이했다. 책방 주인의 허영심을 자극해 대화를 좀더 나눠보고 싶었다.

포근한 느낌의 조명 아래 복도처럼 길고 좁게 이어진 책방 안으로 거짓말처럼 한 줄기 시원한 바람이 불어왔다. 종업원이 의자에 앉아 지구본의 그림자 밑에서 턱을 가슴까지 떨어뜨린 채로 평화롭게 졸고 있었다. 손님은 아무도 없었다. 책방 주인은 허여멀건 얼굴이며 말하면서 내는 코맹맹이 소리, 다람쥐처럼 생긴 입과 같이 우스꽝스럽게 보이는 특징들을 가지고 있었다. 도서관 같은 조용한 분위기 속에서 증오하는 남자의 불치병에 대해 그토록 자신감 있게 떠드는 소리를 듣는다는 건 내게 한없이 즐거운 일이었다.

"의사들은 어쨌든 그를 살려낼 수 있다는 희망을 잃지 않을 겁니다." 내가 말했다. 책방 주인을 자극하기 위해 한 말이었다.

"그건 불가능해요."

"가능할 거라는 희망을 잃지 말아야 합니다. 그의 작품들을 기리는 마음에서라도……"

"아닙니다. 불가능한 일이에요."

"하지만 진행성 마비라고 해도 치료가 가능한 걸로 저는 알고 있는데요."

"아닙니다. 선생님. 아니에요. 앞으로 3, 4년 정도는 더 살 수 있겠죠. 하지만 치료는 불가능해요."

"하지만, 제가 보기에는……"

내가 어떻게 나의 정보 제공자 앞에서 그런 식으로 마음 놓고 연기를 할 수 있었는지, 속에서 솟아오르는 잔인한 감정을 느끼면서 맛보는 그 야릇한 즐거움이 어디서 비롯된 것인지 나는 모른다. 물론이다. 나는 그 순간을 즐겼다.

나의 집요한 반대 의견에 자극을 받았는지 책방 주인은 별다른 말 없이 높은 선반에 닿아 있던 나무 사다리에 올라탔다. 몸이 많이 마른 탓이었는지 마치 살도 없고 털도 없는 떠돌이 고양이가 지붕 끝에 매달려 있는 모습을 연상시켰다. 사다리를 오르면서 그가 책꽂이의 양쪽 모퉁이를 연결하고 있던 끈을 머리로 건드렸다. 끈 위에는 파리들이 잔뜩 모여들어 휴식을 취하고 있었다. 곧장 파리 떼가 구름처럼 들고일어나 그의 머리 주변을 사납게 맴돌았다. 그는 책 한 권을 뽑아 들고 내려왔다. 아르보리오가 죽음을 피할 수 없다는 걸 변론해줄 책이었다. 파리들이 그를 따라 내려왔다.

그가 내게 책 표지를 들어 보였다. 특이한 경우들을 다룬 병리학 서적이었다.

"자 한번 들어보시죠."

책장을 두 장씩 붙여 만든 새 책이어서 그는 손가락으로 책장을 떼어가며 뒤적거리기 시작했다. 그리고 흰자만 보이도록 눈을 가늘게 뜨고는 한쪽을 읽어 내려갔다. '진행성 숨뇌 마비, 대부분의 경우에 부정적인 결과를……' 그리고 내게 말했다.

"이제 아시겠어요?"

"아, 네. 한데 정말 안됐어요. 그렇게 똑똑한 사람도 드문데!"

파리들이 일제히 달려들어 신경을 건드리면서 나와 책방 주인, 그리고 지구본 밑에서 잠들어 있는 종업원 주변을 지칠 줄 모르고 맴돌았다.

"나이가 몇 살이었나요?"

질문을 던지면서 나는 무의식적으로 과거 시제를 사용했다. 마치 이미 죽은 사람의 나이를 묻는 것처럼.

"누구 말입니까, 선생님?"

"필리포 아르보리오요."

"아마 서른다섯 살일 겁니다."

"아! 아직은 젊은 친구였군요."

나는 이상하게도 웃어버리고 싶은 생각이 들었다. 책방 주인이 보는 앞에서 한껏 웃고 그를 어리둥절하게 만들고 싶은 어린아이 같은 욕심이 생겼다. 흥분 상태치고는 상당히 독특했다. 형언하기 힘든, 한 번도 경험한 적 없는 욕구였고 약간은 발작 증세와도 비슷하다는 생각이 들었다. 무언가가 내 정신을 뒤흔들고 있었다. 그건 가끔씩 이상한 꿈이 만들어내는 야릇하고 주체할 수 없는 행복감과도 비슷했다. 책은 여전히 펼쳐진 채로 계산대 위에 놓여 있었다. 나는 허리를 굽혀 한쪽 페이지에 실린 그림을 바라보았다. 한 사람이 인상을 징그럽다 싶을 정도로 잔뜩 찌푸리고 있는 모습이었다. 아래에는 '좌측 안면 위축 증후군'이라고 적혀 있었다. 파리들이 조금도 물러서지 않고 왱왱거렸다. 그때였다. 한 가지 걱정거리가 떠올랐다. 내가 주인에게 물었다.

"그럼 출판사에서는 '상아탑'의 원고를 아직 못 받은 건가요?"

"못 받았습니다. 광고는 나갔는데, 제목 말고는 아무것도 안 가지고 있어요."

"제목밖에는 없다……"

"네 선생님. 그래서 광고도 삭제했습니다."

"알겠습니다. 고맙습니다. 그럼 이 책들은 오늘 안으로 집으로 보내주세요."

나는 주소를 적어주고 밖으로 나왔다.

길을 걸으면서 나는 이상하게도 정신이 혼미해지는 느낌을 받았다. 내 뒤에 인위적이고 허구적인 삶의 흔적을 남겨두고 온 탓이라는 생각이 들었다. 내가 한 행동, 내가 한 말, 내가 느꼈던 것들, 책방 주인의 모습과 그의 목소리, 손짓, 이 모든 것들이 하나의 허구처럼 느껴졌다. 그건 마치 꿈을 꾸고 나온 듯한, 현실과의 접촉과는 거리가 먼, 마치 책을 읽은 뒤에 남는 감상과도 같은 느낌이었다.

차를 타고 집으로 돌아왔을 때 정체불명의 느낌은 더 이상 남아 있지 않았다. 나는 조용히 생각에 잠겼다. 나는 모든 것이 실제로 일어났고 그건 의심할 여지가 없는 일이라고 스스로를 위로했다. 머릿속에서 환자의 이미지가 어렵지 않게 구체화되기 시작했다. 불쌍한 스피넬리의 기억이 불러일으키는 이미지와 비슷한 것들이었다. 또 하나의 궁금증이 나를 괴롭히기 시작했다. 〈내가 그를 보러 나폴리로 간다면?〉 정신병자처럼 말을 더듬으며 나는 장애인으로 추락해버린 한 지성인의 처참한 모습을 떠올렸다. 더 이상 즐겁지가 않았다. 증오로 타오르던 쾌락은 사라지고 암울한 기운이 나를 엄습했다. 그 인간의 몰락은 사실 나의 상황에 아무런 영향도 끼칠 수 없는 것이었다. 나의 몰락을 막아줄 수 없었다. 변한 것은 아무것도 없었다. 내가 처한 상황도 나 자신도 나의 미래도.

나는 필리포 아르보리오가 펴내기로 계획하고 있던 책 제목을 떠올렸다. 상아탑! 머릿속이 의혹으로 채워지기 시작했다. 〈책의 헌사에 쓰인 단어를 우연히 사용한 걸까? 아니면 정말 줄리아나와 닮은 인물을 만들어서 그녀가 최근에 경험한 사랑의 모험에 대해 쓰려고 했던 걸까?〉 그리고 내게는 고문이나 다를 바 없는 질문이 다시 고개를 들고 일어났다. 〈그 모험은 어떻게 시작해서 어떻게 끝난 걸까?〉

잊지 못할 그날 밤에 줄리아나가 외쳤던 말이 귓속에서 다시 울려 퍼졌다. '사랑해요. 항상 당신만 사랑했어요. 전 항상 당신의 여자였어요. 한순간의 실수였을 뿐이에요. 그 죗값을 이 지옥 같은 일로 치르고 있어요. 한순간의 실수였어요. 정말이에요. 제가 사실대로 말하고 있다는 거 모르겠어요?'

〈아! 거짓말을 내뱉는 목소리에서 진실을 듣는다고 믿는 경우가 얼마나 허다한가? 우리를 기만으로부터 지켜줄 수 있는 것은 아무것도 없다. 하지만 내가 줄리아나의 목소리를 통해 들은 것이 정말 사실이라면, 그렇다면 그녀는 정말 내 집에서 제정신이 아닌 무감각한 상태에서, 무의식 속에서 기습적으로 폭력을 당한 셈이고, 그렇다면 의식을 되찾으면서 돌이킬 수 없는 일을 저지른 것에 대해 두려움과 혐오감을 느끼고 그를 쫓아내고 다시는 만나지 않았겠지?〉

사실 이런 상상을 하지 말아야 할 구체적인 이유나 근거는 아무것도 없었다. 다시 말해 줄리아나와 그의 관계가 오래전부터 결정적으로 끝났다는 가정을 세울 만한 근거는 아무것도 없었다.

그럼에도 불구하고 나는 생각했다. 〈내 집에서!〉 무덤처럼 조용한 내 집에서, 습한 열기로 가득한 사막 같은 방 안에서 대면을 피할 수 없는 그 장면이 나의 숨통을 조여왔다.

25

무엇을 해야 하나? 로마에 좀더 남아서, 불같은 더위 속에서, 성난 시리우스 밑에서, 머리가 터져나갈 때까지 기다려야 하나? 바다로, 산으로 떠날까? 멋진 여름 휴양지들을 찾아다니면서 사람들 사이에 섞여 망각의 잔을 마셔볼까? 내 안에 잠들어 있던 쾌락의 노예를 깨워 또 다른 테레사 라포를 찾아, 아무런 의미 없는 또 하나의 연인을 찾아 떠나야 할까?

몇 번이고 나는 그 금발의 여인을 떠올리며 망설였다. 마음속에서 완전히 사라져버린 여자였는데도, 오랫동안 기억조차 하지 않던 여인이었는데도, 나는 망설였다. 〈그녀는 어디에 있을까? 아직도 에우제니오 에가노와 같이 있는 걸까? 다시 만나면 어떤 느낌이 들까?〉 하지만 그건 힘없는 궁금증일 뿐이었다. 나는 내가 간절히 바라는 것이, 나 스스로도 꺾을 수 없는 유일한 욕망이, 저 아래로, 형벌과 고문이 기다리고 있는 나의 집으로 돌아가는 것뿐이라는 걸 깨달았다.

나는 서둘러서 떠날 채비를 했다. 그리고 베베스티 박사를 방문해서 바디올라에 있는 가족들에게 내가 돌아간다는 내용의 전보를 치고 곧장 출발했다.

초조함이 나를 집어삼키고 있었다. 조바심에 애를 태우면서 마치 굉장히 새롭고 희귀한 것을 보러 가는 사람처럼 마음을 가라앉히지 못했다. 여행은 한없이 길게만 느껴졌다. 소파에 비스듬히 앉아 찌는 듯한 더위 속에서, 틈새를 통해 들어오는 먼지와 나의 불편한 심기는 아랑곳하지 않고 끊임없이 울어대는 매미 소리와 지루하기 짝이 없는 기차 소리를 참아내며, 나는 머지않아 일어나게 될 일들을 머릿속에 떠올렸다. 미래를 생각하며 나를 기다리고 있는 커다란 그림자의 모습을 유심히 관찰했다. 〈아버지가 죽을 지경으로 심각한 상처를 입었다면 아들에게는 어떤 운명이 기다리고 있는 걸까?〉

26

나는 아주 짧은 기간 동안 떠나 있었고 바디올라에 새로운 소식이라고 할 만한 것은 아무것도 없었다. 모두들 나의 귀가를 반겼다. 나를 다시 만난 줄리아나의 첫 시선에는 무한한 감사의 마음이 담겨 있었다.

"일찍 돌아오길 잘했다." 어머니가 웃으면서 말했다. "줄리아나가 잠시도 마음 편할 날이 없었지 뭐니. 이제는 떠날 생각 말거라. 제발 부탁이다."

어머니는 임신부의 배를 넌지시 가리키며 말을 이었다.

"아이가 많이 큰 거 안 보이니? 아, 참. 레이스 가져왔니? 잊었니? 저런, 기억력 하곤!"

돌아온 첫 순간부터 고문이 시작되었다. 줄리아나와 단둘이 남게 되었을 때 그녀가 내게 말했다.

"당신이 이렇게 일찍 돌아올 줄은 몰랐어요. 정말 고마워요!"

고분고분한 자세에서도 부드러운 목소리에서도 그녀가 부끄러워하고 있다는 것이 느껴졌다.

그녀의 얼굴과 얼굴을 제외한 몸의 나머지 부분이 훨씬 더 대조적으로 변해 있었다. 그녀의 괴로워하는 표정을 나는 또렷이 알아볼 수 있었다. 그 표정 속에는 그녀의 몸을 힘들게 하고 일그러뜨리던 그 불명예스러운 무게에 대한 그녀의 끊임없는 무관심이 그려져 있었다. 그 표정을 그녀는 한시도 떨쳐버리지 못했다. 다른 표정들을 짓고 있는 사이에도 그 슬픈 표정만큼은 사라지지 않았다. 그건 그녀의 정신세계 속에 내재된, 고정된 표정이었다. 그것이 내 마음을 아프게, 나의 분노를 수그러들게 만들었다. 그리고 눈에 띄게 날카롭던 나의 역설적인 비난도 감출 수 있도록 만들었다.

"그동안에 뭐 하면서 지냈어?"

내가 물었다.

"당신 기다렸어요. 당신은요?"

"아무것도 안 했어. 그냥 돌아오고 싶었어."

"날 위해서요?"

그녀가 고분고분하고 다소곳한 목소리로 물었다. 나는 대답했다.

"그럼. 당신을 위해서지."

그녀는 눈을 감았다. 한 가닥의 미소가 그녀의 얼굴에 피어올랐다가 곧장 사라졌다. 나는 그 순간만큼 많이 사랑받아본 적이 한 번도 없다는 느낌이 들었다.

잠시 후 그녀가 촉촉이 젖은 눈으로 나를 바라보며 말했다.

"고마워요."

목소리의 음색과 느낌이 그녀의 또 다른 '고마워요'를 떠올리게 만들었다. 오래전 그녀가 앓아누웠을 때, 내가 처음으로 머릿속에 범행을 떠올리던 날 아침에 그녀가 그렇게 말했었다.

27

바디올라에서의 나의 힘든 생활은 그렇게 시작되었고 슬픔 속에서 특별한 사건 없이 지속되었다. 해시계 속에서 느릿느릿 움직이던 시간은 느릅나무 위에서 지루하게 울어대던 매미 소리 탓에 더욱 무겁고 더디게만 흘러갔다. **열심히 일해야 할 시간!**

내 영혼 속에서는 허구한 날 반복되는 똑같은 광기와 무기력함과 빈정거림과 환영이 그대로 되풀이될 뿐이었다. 나는 끊임없이 이어지는 생각과 텅 빈 생각 사이에서 모순의 위기 속으로 하염없이 빠져들어 갔다. 몇 번이고 나는 인생이라는 줏대 없고 보잘것없고 이리저리 떠다니는 회색의 전능한 원동력을 떠올리며 생각했다.

〈누가 알아! 인간은 무엇보다도 편안함을 추구하는 동물이야. 인간이 적응하지 못하는 오류와 고통은 없어. 그러니까 그냥 편하게 생각하면 되는 건지도 모르지. 누가 알아!〉

나는 온갖 아이러니를 동원해 나 스스로를 무능력한 인간으로 만들었다.

〈혹시라도 필리포 아르보리오의 아들이 꼭 나를 닮았을지 누가 알아. 그러면 편하게 생각해야 할 정도가 아니라 아주 만사형통이겠지.〉

나는 사람들이 한 아이를 두고(나는 사생아라고 굳게 믿고 있었다) 법적 부모 앞에서 '아빠랑 똑같이 생겼네'라고 말하는 걸 듣고는 웃고만 싶었던 슬픈 경험을 한 적이 있다. 나는 그때의 기억을 계속 떠올렸다. 사실 굉장히 많이 닮았었고 그건 생체학자들이 후천적 유전이라고 부르는 신비한 법칙 때문이었다.

그 법칙에 따르면 아이는 종종 아버지나 어머니를 닮는 대신 어머니가 임신 전에 관계했던 남자를 닮게 된다. 남편이 죽고 한참 뒤에 다시 결혼한 여자가 낳은 아이들이 실제의 아버지는 조금도 닮지 않고 모두 죽은 남편을 닮는 경우도 있다.

나는 생각했다. 〈어쨌든 라이몬도가 나와 닮은꼴로 영락없는 헤르밀 집안의 혈통으로 보일 수도 있다는 얘기로군. 귀족의 혈통을 이어갈 귀한 장손을 낳았다고 내게 다들 축하를 하는 일이 벌어질 수도 있겠어! 하지만 어머니와 내 동생을 실망시키는 일이라도 벌어진다면? 줄리아나가 다시 딸을 낳기라도 한다면?〉

하지만 줄리아나가 딸을 낳을 수도 있다는 가능성은 나의 불안한 마음을 어느 정도 가라앉혀주었다. 마치 딸아이는 덜 미워해야 할 것 같았고 받아들일 수도 있을 것 같았다. 시간이 흐른 뒤에 집에서 내보낸다면 또 다른 이름으로 또 다른 가정에서 살아갈 수 있었다.

그러나 그런 생각들을 하는 동안, 운명의 시간은 다가오고 있었고 나의 불안감은 계속해서 커져갔다. 하염없이 불러오기만 하는 그 산만한 배를 항상 두 눈으로 보고 있어야 한다는 것이 나를 지치게 만들었다.

무기력하게 지속되는 긴장 속에서, 똑같은 염려와 똑같은 당혹감 사이에서 혼자 하는 머리 싸움에 나는 지쳐 있었다. 나는 차라리 상황이 걷잡을 수 없이 치닫게 되면, 무슨 일이라도 좋으니 비극이 벌어지는 편이 오히려 좋겠다고 여겼다. 어떤 종류의 비극이든 그 피를 말리는 고문의 시간보다는 견디기가 수월할 것이 분명했다.

하루는 내 동생이 줄리아나에게 물었다.

"아니, 그런데 얼마나 남았어요?"

그녀가 대답했다.

"한 달 남았어요!"

나는 생각했다. 〈한순간에 마음이 흔들렸다는 얘기가 사실이라면, 아이가 들어선 날이 언제인지도 정확히 알고 있겠군!〉

때는 9월이었다. 여름은 죽어가고 추분이 다가오고 있었다. 일 년 중에 가장 아름답고 달콤한 시기, 익은 포도들이 취기를 공중에 실어 나르는 시기였다. 가을의 마법이 내 영혼을 부드럽게 감싸 안으면서 조금씩 나를 파고들기 시작했다. 가끔씩 다정다감한 손길이 걷잡을 수 없이 그리웠고 누군가를 한없이 어루만져주고 싶은 마음이 들었다. 마리아와 나탈리아가 오랜 시간을 나와 함께 보냈다. 집 안에서도, 숲속을 돌아다니면서도 나는 딸아이들하고만 긴 시간을 보냈다. 아이들에게 그토록 깊고 다정한 사랑을 베풀었던 적은 일찍이 없었다. 무엇이든 조금씩만 의식할 뿐인 아이들의 눈동자에서 가끔은 내 영혼 깊은 곳까지 평화의 햇살이 부서져 내리곤 했다.

28

하루는 바디올라에 있는 줄리아나를 찾아갔다. 이른 오후 시간이었다. 하지만 그녀는 방에 없었고 나는 다른 곳에서도 그녀를 발견하지 못했다. 나는 어머니의 숙소를 찾아갔다. 문은 열려 있었지만 말소리나 소음은 전혀 들리지 않았고 얇은 커튼이 가볍게 떨리고 있을 뿐이었다. 창문을 통해 느릅나무 숲이 살짝 내다보였다. 밝은 색의 벽과 대조를 이루면서 그늘에 잠긴 공간이 은은한 분위기를 만들어내고 있었다.

나는 천천히 성소로 향했다. 어머니가 졸고 계실 것을 염려해서 조심스럽게 다가갔다. 나는 문을 열고 문턱에서 안쪽으로 고개를 내밀었다. 아니나 다를까 잠든 사람의 숨소리가 들려왔다. 어머니가 창문 옆 소파에 앉아 주무시고 계셨다. 그리고 또 다른 소파의 등받이 뒤로 줄리아나의 머리카락이 엿보였다. 나는 안으로 들어갔다.

두 사람은 서로 마주보고 앉아 있었다. 한가운데 놓인 낮은 테이블 위에 골무들이 가득 담긴 바구니 하나가 놓여 있었고 여전히 골무를 끼고 있는 어머니의 손가락 사이로 바늘 하나가 반짝였다. 일하는 동안 찾아온 졸음을 이기지 못하고 어머니가 고개를 떨어뜨리고 턱을 가슴팍에 파묻은 채 잠들어 있었던 것이다. 꿈을 꾸고 있는 듯했다. 바느질

하던 하얀 실이 반 정도 남아 있었다. 하지만 훨씬 더 귀중한 실을 꿈속에서 꿰고 있을 것이 틀림없었다.

줄리아나도 등받이에 머리를 기대고 손을 팔걸이 위에 올려놓고 잠이 들어 있었다. 그녀의 몸도 얼굴도 달콤한 꿈에 녹아 있는 것만 같았다. 하지만 그녀의 입술에는 여전히 슬픈 기색과 고통의 그림자가 남아 있었다. 살짝 벌린 입술 사이로 핏기 없는 잇몸이 드러나 보였고 두 눈썹 사이 코가 시작되는 부위에 조그만 홈이 파여 있었다. 괴로워하는 탓이었다. 이마가 땀으로 촉촉하게 젖어 있었고 땀 한 방울이 관자놀이 위로 선을 그리면서 천천히 흘러내렸다. 모슬린 옷보다도 더 하얀 손이 그 자태만으로도 그녀의 헤아릴 수 없는 피로를 고백하고 있었다. 하지만 나는 이러한 감흥들에 전혀 집착하지 않았다. 이제는 완성된 존재를 부둥켜안고 있는 줄리아나의 배를 바라보면서 신경을 곤두세우고 있었기 때문이다. 나는 곧 감상에서, 줄리아나에게서 벗어나 다시 한 번 그 살덩어리가 살아 숨을 쉬는 것을 느꼈다. 그 순간에는 마치 내 옆에, 내 주변에 그 고립된 생명 외에는 아무것도 존재하지 않는 것처럼 느껴졌다. 그 느낌은 다시 한 번 환영의 단계를 넘어서서 사실적으로 무게 있게 다가왔다. 나는 공포와 혐오감에 치를 떨기 시작했다.

나는 눈을 다른 곳으로 돌렸다. 어머니의 손가락과 골무와 그 사이에서 반짝이던 바늘이 눈앞에 떠올랐다. 바구니를 꽉 채우고 있던 조그만 레이스들, 어디선가 불어오는 바람에 바르르 떨고 있던 분홍과 하늘색 리본들도 함께 떠올랐다. 가슴이 미어져서 쓰러질 것만 같았다. 어머니의 손에서 내가 느낀 건 무한한 사랑이었다. 손자의 머리를 포근하게 감싸줄 하얀 모자를 그리면서 꿈을 꾸고 있는 어머니의 그 무한하고 애틋한 사랑은, 그러나 내 핏줄이 아닌 사생아를 향한 것이었다.

몇 분 정도 더 머물면서 나는 그곳이 정말 집안의 성소라는 것을, 집에서 가장 은밀하고 소중한 공간이라는 것을 느낄 수 있었다. 한쪽 벽에 아버지의 초상화가 걸려 있었다. 페데리코와 무척 닮았다는 생각이 들었다. 또 한쪽 벽에는 코스탄자의 초상화가 걸려 있었다. 마리아와 조금 닮은 모습이었다. 초월적으로 존재하면서 동시에 사랑하는 후손들의 모습을 떠올리게 하는 두 사람의 눈은 모든 것을 빨아들이고 관찰하는 일종의 혜안을 가지고 있는 듯했다. 두 사람의 유물들이 그곳을 신성한 곳으로 만들고 있었다. 한쪽 구석에 놓인 유리관 안에는 어머니가 죽음을 불사할 정도로 사랑했던 한 남자의 데스마스크가 검은 베일에 덮인 채 놓여 있었다. 하지만 음산한 분위기는 전혀 느껴지지 않았다. 근접할 수 없는 절대적인 평화가 성소를 지배하고 있었고 심장이 피를 공급하며 생명을 주관하듯 집 안 곳곳으로 삶의 기운을 퍼뜨리고 있었다.

29

한번은 마리아와 나탈리아, 그리고 미스 에디스와 함께 빌라릴라에 놀러 간 적이 있다. 안개가 살짝 낀 아침이었다. 그 때문에 내가 가지고 있는 기억도 조금은 어둡고 불분명하고 모호하다. 마치 달콤하면서도 가슴 아픈 기나긴 꿈을 기억할 때처럼.

정원에서는 더 이상 무성한 라일락 꽃송이들을 찾아볼 수 없었다. 그 우아한 꽃의 수풀도, 음악처럼 조화롭게 퍼져 나가던 꽃향기도, 활짝 웃어 보이던 꽃들의 미소도, 계속해서 울어대던 제비들의 노랫소리도 더 이상 아무런 흔적조차 남아 있지 않았다. 아무것도 모르는 두 딸아이가 뛰어다니면서 떠드는 소리 외에 반가운 것이라곤 전혀 찾아볼 수 없었다. 제비도 이미 대부분 떠난 상태였고 우리가 도착했을 때는 마지막 무리가 출발을 준비하고 있었다. 인사를 나눌 수 있는 시간에 도착한 셈이었다.

혼 없는 둥지들이 전부 텅 빈 채로, 어떤 것들은 부서진 채로 버려져 있었다. 둥지의 흙에 박힌 가느다란 깃털들이 바르르 떨고 있었다. 마지막 제비 떼가 빗물받이 통 위에 일렬로 모여 앉아 여기저기 흩어져 있던 식구들을 기다리고 있었다. 어떤 것들은 주둥이를 앞으로 하고 또 어떤 것들은 등을 보인 채, 삼지창 모양의 꼬리와 조그맣고 하얀 앞가슴이 번갈아 보이도록 앉아 기다리면서 침묵 속의 허공 어딘가에 있을 식구들을 향해 신호를 보냈다. 뒤늦게 도착한 제비들이 두세 마리씩 짝을 지어 내려앉았다. 떠나야 할 시간이 다가왔고 제비들이 노래하는 소리는 더 이상 들리지 않았다. 힘없는 햇살이 문이 굳게 닫힌 집과 텅 빈 둥지를 비추고 있었다. 흙 속에 파묻혀 여기저기서 몸을 떨고 있는 죽은 깃털들보다 더 슬프게 느껴지는 것은 아무것도 없었다.

돌풍이라도 들이닥친 듯 제비 떼가 일제히 날개를 퍼덕이며 공중으로 솟아올랐다. 소용돌이를 일으키며 집 위로 솟아오른 제비 떼는 수직선을 그리면서 몇 초 동안 허공에 머물러 있었다. 그러다가 일제히, 조금도 주저하지 않고 마치 허공에 길이라도 펼쳐진 것처럼 똘똘 뭉쳐 비행을 시작했다. 멀어지기 시작한 제비 떼는 점점 희미해지면서 시야에서 완전히 사라졌다.

도망가는 새들을 끝까지 지켜보려고 의자 위에 올라선 마리아와 나탈리아가 팔을 뻗으면서 외쳤다.

"안녕, 안녕, 안녕. 제비야 안녕!"

이 밖에 그날의 모든 기억은 내게 불투명하게만 남아 있다. 꿈을 기억할 때처럼.

마리아가 집 안으로 들어가고 싶어 했다. 내가 직접 문을 열었다. 계단 세 칸을 오르는 동안 줄리아나가 내가 모르는 사이에 그림자처럼 나를 쫓아와서 팔짱을 끼고는 내게 속삭이듯 말했다. "들어오세요. 들어오세요." 복도 천장의 그로테스크 장식 사이에 여전히 둥지가 매달려 있었다. "이제 저는 당신 거예요. 전 당신 거예요." 내 목에서 떨어지지 않고 가슴을 향해, 내 입술을 찾아 유연하게 몸을 돌리면서 그녀가 말했다. 복도는 조용했다. 계단도 마찬가지였다. 침묵이 온 집 안을 감싸 안고 있었다. 한때 그곳에서 커다란 소라에서나 들을 수 있는, 멀리서 들려오는 바닷소리 같은 것을 들은 적이 있다. 하지만 이제 그곳의 침 묵은 차라리 무덤의 침묵에 가까웠다. 그곳에 나의 행복이 묻혀 있었다.

마리아와 나탈리아는 쉬지 않고 재잘거리면서 내게 끊임없이 질문을 던져왔다. 모든 걸 궁금해하던 아이들은 장롱과 옷장 서랍을 뒤지면서 돌아다녔고 결국에는 미스 에디스가 쫓아다니면서 아이들을 말려야 했다.

"이것 봐, 이것 봐. 내가 뭘 찾았는지 한 번 봐!"

마리아가 내게 달려오며 외쳤다.

마리아가 서랍 안쪽에서 찾아낸 건 라벤더 한 다발과 장갑 한쪽이 었다. 장갑은 줄리아나의 것이었는데 손가락 끝 부위가 검은색으로 얼 룩이 져 있었다. 장갑 안쪽 끝 부위에 새겨진 글귀가 그대로 남아 있었 다. '블랙베리: 1880년 8월 27일을 기억하며.' 그 순간 한때의 기억이 또렷하게 떠올랐다. 블랙베리 이야기는 하나의 목가나 다름없는, 우리 가 행복했던 시절의 아름다운 에피소드 가운데 하나였다.

"엄마 장갑 아니에요?"

마리아가 내게 물었다.

"이리 줘요. 이리 줘요. 엄마한테 가져다줄 거예요……"

이 밖에 그날의 모든 기억은 불투명하게만 남아 있다. 꿈을 기억할 때처럼.

집사 칼리스토가 내게 많은 얘기를 했지만 나는 거의 아무 말도 이 해하지 못했다. 그는 내게 몇 번씩 축복의 말을 전했다.

"이번엔 아들입니다. 멋진 사내아이요. 하느님이 축복을 내려주실 겁니다. 멋진 사내아이가 태어날 거예요!"

우리가 모두 밖으로 나왔을 때 칼리스토가 문을 잠그고 멋진 백발을 휘날리며 물었다.

"이 예쁜 둥지들은 어떻게 할까요?"

"그냥 내버려두세요. 칼리스토."

혼 없는 둥지들이 전부 텅 빈 채로 버려져 있었다. 마지막까지 남아 있던 제비들도 이제 떠나버렸고, 힘없는 햇살이 문이 굳게 닫힌 집과 텅 빈 둥지를 비추고 있었다. 흙 속에 파묻혀 여기저기서 몸을 떨고 있던 죽은 깃털들보다 더 슬프게 느껴지는 것은 아무것도 없었다.

30

마지막 순간이 다가오고 있었다. 10월도 어느덧 절반이 지나갔다. 통증이 언제 시작될지 모르는 상황이었고 의사 베베스티에게도 연락을 취해놓은 상태였다.

점점 부풀어 오르던 나의 불안하고 조급한 마음은 시간이 흐르면서 견딜 수 없는 상태로 변하고 말았다. 충동적으로 광기에 휩싸이는 일이 빈번히 일어났다. 언젠가 아쏘로 강가에서 나를 위험한 지경으로 몰아넣었던 것과 비슷한 상황들이 전개되기 시작했다. 나는 바디올라에서 도망쳐 나와 몇 시간이고 말을 타고 달렸다. 오를란도에게 억지로 늪과 덤불을 뛰어넘도록 만들면서 위험천만한 길로 쏜살같이 내달렸다. 결국에는 나도 불쌍한 말도 땀을 뻘뻘 흘리면서 기진맥진한 상태로, 하지만 언제나 상처 하나 없이 살아 돌아왔다.

드디어 어느 날 의사 선생이 도착했고 바디올라에서는 모두들 한숨을 돌리고 믿음과 희망을 가지기 시작했다. 줄리아나만이 헤어나질 못하고 있었다. 그녀가 이상한 생각을 품고 있다는 걸 눈으로 보고 느낀 것이 한두 번이 아니었다. 내가 느낀 것은 그녀의 집요한 생각에서 뿜어져 나오던 어두운 광채였고 암울한 예감이 가져다주는 공포였다.

294

산통이 시작되었다. 간헐적으로 멈출 때가 있었을 뿐 산통은 하루 종일 계속되었다. 어떤 때에는 참지 못할 정도로 심해졌다가 완화되는 기미를 보이는가 하면 견딜 만하다가도 찢어지는 비명을 내지를 정도로 악화되었다. 그녀는 옷장에 붙여 놓은 테이블에 몸을 기대고 서서 소리를 지르지 않으려고 이를 악물었다. 가끔은 소파에 앉아 꼼짝도 하지 않고 손에 얼굴을 파묻고 간간이 맥 빠진 숨을 내뱉곤 했다. 가끔씩 방 안을 이리저리, 한쪽 구석에서 다른 구석으로 돌아다니다가 어디선가 멈춰 서서는 떨리는 손으로 무언가를 집어 들고 꽉 쥐어보는 모습을 보이기도 했다. 고통받는 그녀의 모습이 내 가슴을 갈기갈기 찢어놓았다. 나는 더 이상 바라보지 못하고 방을 뛰쳐나와 몇 분 정도 멀리까지 나갔다가 다시 무의식적으로 빨려들듯 돌아오곤 했다. 그리고 고통받는 그녀의 모습을 다시 주시하기 시작했다. 그녀를 돕지도 못하고 위로의 말 한마디도 내뱉지 못한 채.

"툴리오, 툴리오. 아! 무서워요. 너무 무서워요. 이렇게까지 아팠던 적은 없었어요. 한 번도."

저녁이 되어서 어머니와 미스 에디스, 의사 선생님이 식사를 하러 부엌으로 내려갔을 때 나는 줄리아나와 단둘이 남아 있었다. 조명을 아직 가져다놓지 않은 상태였다. 10월의 보라색 황혼이 방 안까지 스며들었고 함께 들어오는 미풍에 유리잔들이 간간이 달그락거리는 소리를 냈다.

"도와줘요, 툴리오. 도와주세요!"

그녀가 정신을 못 차리고 경련을 일으키며 내게 팔을 뻗고 소리를 질렀다. 나를 바라보던 그녀의 부릅뜬 눈의 흰자위가 그늘에 가린 얼굴과는 달리 유난히도 희게 빛나고 있었다.

"얘기해봐! 말해봐! 어떻게 해줄까?"

나는 말을 더듬거렸다. 길을 잃은 아이처럼 어쩔 줄 모르고 그녀의 관자놀이 위로 머리카락을 쓰다듬었다. 초능력이라도 발휘하고 싶은 마음으로.

"얘기해봐! 얘기해봐! 어떻게 할까?"

그녀가 신음을 멈추고 나를 바라보았다. 마치 모든 고통을 잊었다는 듯이, 마치 내 목소리가 충격적이었다는 듯이, 괴로워서 어쩔 줄 몰라 하는 내 모습을 보고, 그녀의 머리카락을 쓰다듬던 내 손가락이 떨리는 걸 보고, 그 아무런 의미 없는 행동의 허망한 애처로움을 느끼고 놀랐다는 듯이 나를 바라보고 내 말에 귀를 기울이기 시작했다.

"당신 나 사랑하죠? 맞죠?"

그녀가 물었다. 마치 내가 느끼는 감정의 흔적 하나라도 놓치지 않겠다는 듯이 도무지 내 얼굴에서 눈길을 떼지 못했다.

"나의 모든 걸 용서해주는 거군요."

더 이상 감정을 주체하지 못하는 듯했다.

"사랑해주세요. 많이많이 사랑해주세요. 지금요. 내일이면 나는 세상에 없을 거예요. 오늘 밤에 떠날 거예요. 어쩌면 오늘 저녁인지도 몰라요. 그러면 당신은 날 사랑해주지 않은 걸 후회하겠죠. 날 용서해주지 않은 걸 후회하겠죠. 그럼요 후회하고말고요……"

그녀가 자신의 죽음을 얼마나 확신했는지 나는 두려운 나머지 곧장 얼음장처럼 굳어지고 말았다.

"날 사랑해주세요. 그래요. 내가 했던 얘기, 당신이 못 믿을 수도, 아니 지금도 제 말을 못 믿을 수 있겠네요. 하지만 내가 더 이상 세상에 남아 있지 않게 되면 그땐 제 말을 믿을 수 있을 거예요. 그러면 당신에게도 빛이 비치겠죠. 진실을 알게 될 거예요. 그리고 나를 많이 사랑해 주지 못한 걸, 날 용서하지 못한 걸 후회하게 될 거예요……"

그녀는 울먹이면서 잠시 말을 멈췄다.

"왜 죽는 게 가슴 아픈 줄 알아요? 왜냐하면 내가 당신을 얼마나 사랑했는지 모르는 당신을 두고 죽어야 하기 때문이에요…… 특히 나중에, 얼마나 사랑했는지. 아! 이 얼마나 가혹한 형벌인가요? 꼭 이런 최후를 맞이해야만 하는 건가요?"

그녀는 손으로 얼굴을 가렸다. 하지만 곧 손을 내리고 더욱 창백해진 얼굴로 나를 똑바로 쳐다보기 시작했다. 뭔가 더 무시무시한 생각이 번뜩 떠오른 듯했다.

"내가 죽는다면……"

그녀는 말을 잇지 못했다.

"내가 죽는 대신 살려놓고……"

"조용히 해!"

"무슨 말인지 당신……"

"아무 말도 하지 마. 줄리아나!"

우리 둘 중에 더 약한 사람은 나였다. 공포에 질린 나머지 위로의 말 한마디 내뱉을 수 있는 힘을 나는 잃고 말았다. 살아 있는 말 한마디로 그 죽음의 이미지와 맞설 수 있는 힘이 내겐 없었다. 나 역시 그 잔인한 최후가 다가오리라는 것을 알고 있었다. 나는 어두운 그림자 속에서 나를 바라보고 있는 줄리아나의 얼굴을 헤아리기 시작했다. 그 지친 표정 속에서 나는 최후의 순간에 그녀가 맞이하게 될 고통과 이미 걷잡을 수 없는 쇠퇴와 붕괴의 흔적을 읽을 수 있었다. 그녀가 끝내 참지 못하고 내뱉는 괴성에서 더 이상 인간적인 면은 찾아보기 힘들었다. 그녀는 내 팔에 매달렸다.

"도와줘요, 툴리오! 도와줘요!"

그녀는 내 팔이 아파올 정도로 나를 힘껏 잡아당겼다. 손톱으로 내 살을 파고들 정도는 아니었지만 그것이 내가 바라던 것이었다. 그녀가 겪는 고통과 나를 하나로 묶어줄 육체적 고통을 나는 느껴보고 싶었다. 그녀는 내 팔에 이마를 가져다 대고 계속해서 신음 소리를 내뱉었다. 극심한 육체적 고통을 당할 때 내뱉는 말을 전혀 알아들을 수 없는 것으로 만들어버리는 바로 그 소리였다. 고통받는 인간을 고통 자체와 하나로 만들어버리는 소리, 살이 찢어질 때마다 본능적으로 울부짖는 소리였다. 그것이 인간의 것이든 짐승의 것이든 간에.

간간이 자신의 목소리를 되찾은 그녀가 외치기도 했다.

"도와줘요!"

그렇게 외치면서 그녀가 내게 알린 것은 자신이 지금 견뎌내고 있는 경련의 고통이었다. 나는 그녀의 배 속에서 그 악하고 보잘것없는 존재가 어미의 목숨을 위협하며 쉴 틈을 주지 않고 온몸을 비틀고 있다고 확신했다.

내 속에서 증오의 파도가 일기 시작했다. 그 증오가 내 온몸을 타고 올라와 손끝에서 살인적인 힘으로 폭발할 것만 같았다. 아직은 때가 아니었다. 하지만 벌써 범죄를 저지르는 순간의 이미지가 내 눈앞에 번뜩이며 펼쳐졌다. 〈넌 살 수 없어.〉

"아! 툴리오, 툴리오. 목을 조여주세요. 죽게 도와줘요. 도저히 못 하겠어요. 난 못해요. 알겠어요? 더 이상은 못 견뎌요. 더 이상은 고통받고 싶지 않아요."

절망적으로 외치면서 그녀는 마치 정신 나간 사람처럼 주변을 두리번거렸다. 마치 내가 줄 수 없는 도움을 다른 무언가로부터, 다른 누군가로부터 찾으려는 듯했다.

"진정해. 진정해, 줄리아나…… 이제 때가 됐기 때문에 그런 거야. 힘내! 오 내 사랑! 조금만 더! 나 여기 있어. 당신 곁에 있잖아. 두려워하지 마."

나는 달려가서 종을 울렸다.

"의사 선생님! 어서 오세요. 선생님!"

하지만 줄리아나의 신음 소리가 더 이상 들려오지 않았다. 갑자기 통증이 멈춘 듯했다. 아니, 무슨 생각이 들었는지 마치 자신이 겪고 있는 고통의 정체를 깨달은 것만 같았다. 무슨 생각이든 하고 있는 것이 분명했다. 무언가에 골몰하고 있었다. 나는 이러한 갑작스러운 변화를 간신히 알아차릴 수 있었다.

"툴리오. 내가 발작을 일으키면……"

"아니 그게 무슨 소리야?"

"그러니까 조금 뒤에, 열이 오르고 내가 발작을 일으키면서 죽어버리면……"

"그래서?"

그녀의 두려움이 느껴졌다. 망설이면서도 헐떡이기까지 했던 그녀의 말을 들으면서 나도 정신 나간 사람처럼 몸을 떨었다. 그녀가 하려던 말이 무엇이었는지는 여전히 이해가 되지 않았다.

"그래서?"

"다들 모이겠죠? 내 곁에…… 내가 정신이 없는 상태에서 입을 열면, 사실을 밝힌다면…… 무슨 말인지 이해해요? 알겠어요? 한마디면 충분해요. 정신이 나갔을 때 하는 말, 무슨 말인지 모르고 하는 말이니까, 당신은……"

그때 어머니와 의사 선생님, 그리고 산파가 방 안으로 들어왔다.

"아! 선생님! 꼭 죽는 줄만 알았어요!"

줄리아나가 한숨을 내쉬면서 말했다.

"힘내세요!" 의사가 부드러운 목소리로 말했다. "두려워하지 마세요. 다 잘될 겁니다."

그리고 의사는 나를 바라보고 미소를 지으면서 덧붙였다.

"제가 보기에는 부군께서 훨씬 더 상태가 안 좋으신 것 같은데요."

그렇게 말하고는 문을 가리키며 내게 말했다.

"여기 계시면 안 됩니다."

나는 어머니를 바라보았다. 어머니는 어리둥절해하면서도 불안하고 안타까워하는 눈치였다.

"그래. 툴리오. 넌 나가 있는 게 좋겠다. 페데리코가 기다리고 있다."

어머니가 말했다. 나는 남들의 시선은 아랑곳하지 않고 줄리아나를 바라보았다. 나를 똑바로 쳐다보는 그녀의 반짝이는 눈이 환한 광채를 발하고 있었다. 마치 절망한 존재의 모든 것이 담겨 있는 듯한 시선이었다.

"옆방에서 꼼짝 않고 기다릴게."

나는 그녀를 바라보며 굳게 다짐했다.

밖으로 나서는 동안 산파가 침대 위에 베개를 올려놓는 것이 보였다. 재앙이 내린 침대, 비참한 침대! 온몸에 죽음의 입김이라도 들이마신 듯이 소름이 끼쳤다.

31

　줄리아나의 통증은 잠시 가라앉았던 몇몇 순간들을 빼놓고는 새벽 4시, 5시까지 계속되었다. 내가 옆방 소파에 앉아 갑작스레 찾아온 졸음을 이기지 못하고 깜빡 잠이 든 것은 3시였다. 크리스티나가 나를 깨웠다. 그리고 줄리아나가 나를 보고 싶어 한다는 말을 전했다. 나는 잠이 깨지도 않은 상태에서 벌떡 일어났다.

　"내가 잠이 들었나? 무슨 일이야? 줄리아나가……"

　"놀라지 마세요. 아무 일도 없습니다. 산통은 이제 좀 가라앉았어요. 와서 한번 보세요."

　나는 방 안으로 들어가서 곧장 줄리아나를 바라보았다.

　베개에 몸을 기댄 그녀의 얼굴은 입고 있는 셔츠처럼 하얗고 창백해 보였다. 우리는 바로 눈이 마주쳤다. 줄리아나가 나를 기다리며 문쪽을 바라보고 있었기 때문이다. 그녀의 눈이 어제보다 훨씬 커 보였고 움푹 파인 눈 주변이 검게 변해 있었다.

　"저 좀 보세요. 저 아직도 이러고 있어요."

　맥 빠진 목소리로 그녀가 말했다. 그리고 계속해서 나를 쳐다보았다. 리사 공주의 눈처럼 그녀의 눈이 내게 말하고 있었다. 〈당신의 도움

무고한 존재 301

이 필요했는데 당신조차 나를 도와주지 않는군요!〉

"의사 선생님은요?"

지칠 대로 지친 어머니에게 내가 물었다.

어머니가 한쪽에 있는 문을 가리켰다. 나는 다가가서 문을 열고 안으로 들어갔다. 의사는 테이블 앞에 서서 분주히 움직이고 있었고 테이블 위에는 여러 종류의 약과 까만 봉투, 온도계, 붕대, 소독약에 적신 거즈와 특이한 모양의 튜브들이 놓여 있었다. 의사는 고무 튜브에 도뇨관을 연결하면서 나지막한 목소리로 크리스티나에게 지시 사항을 전달하고 있었다.

"어떻게 된 겁니까?" 느닷없이 내가 물었다. "무슨 일이에요?"

"별일 아니니 아직은 걱정 안 하셔도 됩니다."

"그럼 이 물건들은 다 뭡니까?"

"만약을 대비해서 준비하는 겁니다."

"이 사투는 대체 언제 끝나는 겁니까?"

"거의 다 됐습니다."

"솔직히 말씀해주세요. 부탁이에요. 무슨 사고라도 일어날 거라고 보시는 건가요? 솔직하게 말씀해주세요."

"지금으로선 딱히 위험하다고 볼 순 없습니다. 출혈을 예상하고 있습니다만 준비를 하고 있습니다. 멈추게 할 수 있어요. 절 믿으시고 좀 진정하시죠. 선생님께서 옆에 계실 때마다 환자가 굉장히 불안해하는 모습을 봤습니다. 마지막 순간에는 환자도 혼신의 힘을 다해야 할 거예요. 선생님께선 멀리 떨어져 계셔야 합니다. 제 말씀대로 하시겠다고 약속해주세요. 때가 되면 들어오시라고 알려드리겠습니다."

그 순간에 비명 소리가 들려왔다.

"통증이 다시 시작되는 모양입니다. 자, 이제 때가 됐습니다. 어쨌든 진정하세요!"

의사는 그렇게 말하고는 문 쪽을 향해 달려갔고 나는 그의 뒤를 쫓았다. 우리는 줄리아나 앞에 같이 다가섰다. 그녀가 내 팔을 붙들고 놓지 않겠다는 듯이 꼭 껴안았다. 그 마지막 힘이 그녀에게 아직 남아 있었던 걸까?

"힘내, 줄리아나. 이제 다 됐어. 다 잘될 거야. 그렇죠, 선생님?"

나는 말을 더듬거릴 뿐이었다.

"그럼요, 그럼요. 이제 시간이 없어요. 놓으세요, 줄리아나. 이제 부군께선 여기서 나가셔야 합니다."

그녀가 눈을 둥그렇게 뜨고 의사와 나를 한 번씩 바라보더니 내 팔을 놓아주었다.

"힘내!"

목멘 소리로 내가 말했다.

나는 땀으로 흥건히 젖어 있는 그녀의 이마에 키스를 건네고 등을 돌렸다.

"아! 툴리오!"

그녀가 내 뒤에서 찢어지는 듯한 목소리로 외쳤다. 그 말이 의미하는 것은 하나뿐이었다. 〈이제 당신과는 마지막이에요.〉

다시 돌아서서 그녀에게 달려가려 했지만 의사가 단호하게 나를 가로막았다.

"자 이제 그만 가세요!"

나는 그의 뜻에 따르기로 했다. 누군가가 내 뒤에서 문을 걸어 잠그는 소리가 들려왔다. 나는 몇 분 동안 그 자리에 그대로 서서 귀를 기울렸다. 하지만 무릎이 흔들리기 시작했고 심장이 뛰는 소리가 모든 소음도 집어삼킬 정도로 귓가에 세차게 울려 퍼졌다. 나는 소파에 몸을 눕혔다. 그리고 이 사이에 손수건을 물고 얼굴을 베개에 파묻었다. 줄리아나의 고통을 나 역시 느낄 수 있었다. 엉망으로 느릿느릿 진행된 절개 수술이 비슷한 고통을 전해줄 거란 생각이 들었다. 산모의 비명소리가 문을 통해 전해졌다. 소리가 들려올 때마다 나는 생각했다. 〈이번이 마지막이겠지.〉 비명이 멈췄을 때는 여자들의 말소리가 들려왔다. 산모를 달래는 어머니와 산파의 목소리였다. 하지만 또다시 인간의 것이라고 할 수 없는 더 날카로운 비명이 들려왔다. 〈이번이 마지막!〉 나는 참지 못하고 벌떡 몸을 일으켰다.

하지만 나는 그곳에서 움직일 수 없는 처지였다. 시간이 몇 분 정도 흘러갔다. 아니, 헤아릴 수 없이 긴 시간이었다. 갑자기 수많은 영상과 생각들이 번개처럼 빠르게 내 머리를 스치고 지나갔다. 〈아이가 태어난 건가? 줄리아나가 죽었다면 어쩌지? 아니, 혹시라도 엄마와 아이가 둘 다 죽었다면? 아니, 아니야. 틀림없이 그녀는 죽고 아이가 살아남은 거야. 그렇다면 왜 아무도 울지 않는 거지? 출혈, 피는……〉 붉은 호수가 눈앞에 펼쳐졌다. 한가운데에서 줄리아나가 허우적거리고 있었다. 나는 나를 꼼짝달싹 못하게 만들던 두려움을 과감히 떨쳐버리고 문을 열고 뛰쳐나갔다. 그리고 산모가 있는 방 안으로 문을 열고 들어갔다.

의사가 곧장 나를 향해 신경질적으로 외쳐댔다.

"가까이 가지 마세요. 만지지 마세요. 죽이고 싶어요?"

줄리아나는 죽은 듯이 누워 있었다. 베개보다 더 창백한 얼굴색을 하고 꼼짝도 하지 않았다. 어머니는 줄리아나 위에서 몸을 구부리고 거즈를 받치고 서 있었다. 침대가 시뻘건 피로 온통 물들었고 바닥에도 여기저기에 핏자국이 묻어 있었다. 의사는 빠르게 움직이면서 침착하고 정확한 동작으로 분무기를 준비했다. 인상을 쓰고 있었지만 그의 손은 전혀 떨리지 않았다. 한쪽 구석에 놓인 양동이의 뜨거운 물에서 김이 올라오고 있었다. 크리스티나가 또 다른 양동이에 온도계를 담근 채 그릇으로 물을 채워 넣고 있었고 또 다른 여자 한 명이 솜뭉치를 옆방으로 가져가고 있었다. 방 안에는 암모니아와 식초 냄새가 배어 있었다.

그때 목격한 한 장면을 나는 결코 잊지 못할 것이다. 단 한 번 보았을 뿐이지만 나는 그 장면의 세세한 부분까지 하나도 놓치지 않고 기억할 수 있다.

"이제 50도로."

의사가 크리스티나에게 말했다.

"조심해!"

울음소리를 듣지 못한 나는 주변을 두리번거리기 시작했다. 있어야 할 누군가가 자리를 비우고 있었다.

"아이는요?"

떨리는 목소리로 내가 물었다.

"저쪽에 있습니다. 옆방에요. 보러 가시지요. 그리고 그곳에 그냥 계세요."

의사가 대답했다.

나는 절망하는 표정으로 줄리아나를 가리켰다.

"걱정하지 마세요. 크리스티나, 여기, 물!"

나는 옆방으로 건너갔다. 들릴까 말까 한 아주 미약한 울음소리가 귀에 와 닿았다. 겹겹이 쌓아놓은 솜 위에 분홍빛의 조그만 핏덩어리가 올려져 있는 것이 보였다. 군데군데 보라색 기운이 느껴지던 그 살덩어리의 등과 발바닥을 산파가 뼈밖에 남지 않은 손으로 닦아내고 있었다.

"오세요. 어서 오세요 주인어른. 와서 보세요." 아이를 계속 닦으면서 산파가 말했다. "와서 보세요. 아주 잘생긴 사내아이예요. 나오자마자 숨을 안 쉬지 뭐예요. 하지만 이제 위험한 건 다 지나갔어요. 얼마나 잘생겼는지 한번 보세요!"

산파는 아이를 똑바로 눕힌 뒤에 성기를 내보였다.

"보세요!"

그리고 아이를 번쩍 들어 공중에서 흔들어 보였다. 울음소리가 좀 더 크게 들리기 시작했다. 하지만 이상한 불꽃 같은 것이 내 눈에 들어와 시야를 방해하고 있었다. 내 주변에서 일어나던 지극히 사실적이고 폭력적인 현실들을 전부 있는 그대로 정확하게 인식하지 못하도록 방해하는 이상한 열등감이 나란 존재를 온통 뒤흔들고 있었다.

"보세요!"

우는 아이를 솜이불 위에 다시 눕히면서 산파는 똑같은 말을 반복했다.

아이는 이제 큰 소리로 울기 시작했다. 숨을 쉬며 살아 있는 것을 만끽하고 있었던 것이다. 나는 석송 냄새를 풍기면서 몸을 떨고 있는 그 살덩어리를 허리를 굽히고 관찰하기 시작했다. 혐오스럽게 닮은 모습이 어디에 나타나는지 궁금했다. 하지만 그 조그맣고 팽팽한 얼굴, 여전히 창백해 보이고 툭 튀어나온 눈에 잔뜩 부풀어 오른 입술과 비뚤어진 턱은 거의 인간의 모습을 하고 있지 않았다. 소름이 돋게 만드는 것 말고는 내게 아무런 감흥도 주지 못하는 존재였다.

"막 태어났을 때……" 나는 말을 더듬었다. "태어났을 때 숨을 안

쉬었다면서요……"

"네. 주인어른. 경미한 뇌졸중이라고 들었어요."

"어떻게 해서 그런 일이?"

"탯줄을 목에 감고 있었어요. 그리고 검은 피랑 접촉도……"

산파는 아이를 계속 돌보면서 말을 이었다. 나는 아이를 살린 그녀의 바싹 마른 손을 바라보았다. 이제 그 손이 기름을 바른 천 조각 위에 탯줄을 조심스럽게 감아 올려놓고 있었다.

"줄리아. 붕대 좀 다오."

그리고 아이의 배를 붕대로 감싸면서 덧붙였다.

"이제 이 아이는 아무런 문제 없어요. 신의 축복이 임하시길!"

그녀의 능수능란한 손이 아이의 말랑말랑한 머리를 들어 올렸다. 머리의 모양새를 만들어주려는 것 같았다. 아이는 계속해서 더 큰 소리로 울어댔다. 온몸에 힘을 주는 것이 꼭 분해서 우는 소리 같았다. 아이는 뇌졸중에서 살아남은 창백한 핏덩어리의 혐오스럽기 짝이 없는 모습을 그대로 유지하고 있었다. 계속해서 더 큰 소리로 울어대는 아이의 모습은 마치 자기의 생명력을 내게 증명해 보이려는 듯, 나를 자극하고 궁지로 몰아넣으려는 듯했다.

아이는 살아 있었다. 그렇다면 아이 엄마는?

나는 다시 줄리아나의 방으로 돌아갔다. 한순간에 백치가 되어버린 느낌으로.

"툴리오!"

줄리아나의 목소리였다. 기운이라고는 전혀 느껴지지 않는, 마치 죽어가는 사람의 목소리를 듣는 것 같았다.

32

10분 정도의 뜨거운 물 마사지가 출혈을 멈추게 만들었다. 이제 산모는 침대에 누워 휴식을 취하기 시작했다. 화창한 날이었다.

나는 그녀의 침대 머리맡에 앉아 가슴 아파하며 아무 말 없이 그녀를 지켜보았다. 그녀는 잠이 든 게 아니었다. 하지만 극도의 피로가 그녀의 모든 움직임을 마비시키고 살아 있다는 걸 증명할 흔적들을 지워버리면서 시체처럼 보이게 만들었다. 죽은 사람처럼 창백한 그녀의 얼굴을 바라보면서 나는 여전히 침대보와 매트리스를 흥건히 적시고 의사의 손을 시뻘겋게 만든 그 핏자국들을 머릿속에 떠올렸다. '그녀가 흘린 그 많은 피를 이제 누가 되돌려준단 말인가?'

나는 본능적으로 그녀를 쓰다듬기 위한 자세를 취했다. 그녀의 몸이 식어가고 있다는 느낌 때문이었다. 하지만 그녀의 휴식을 방해하는 것은 아닐까 하는 두려움 때문에 멈추고 말았다. 생각에 잠겨 있는 동안 나는 몇 번이고 갑작스러운 두려움에 사로잡혀 몸을 일으키곤 했다. 의사 선생님을 부르러 가야겠다는 생각이 들었다. 그러는 사이에 나는 솜털을 손가락에 감았다가 조심스럽게 풀어내곤 했다. 가끔은 불안한 마음을 다스리지 못하고 가슴을 졸이면서 조심스럽게 솜털을 줄리아나의 입술에 가까이 가져가곤 했다. 털끝이 떨리는 걸 바라보며 그녀의 숨결을 확인해보고 싶어서였다.

그녀는 낮은 베개 위에 머리를 두고 똑바로 누워 있었다. 얼굴을 감싸고 있던 흐트러진 갈색 머리가 실루엣을 더 희고 둥글게 보이도록 만들었다. 셔츠의 목과 소매 부위는 단추로 꼭 채워져 있었고 새하얀 손등은 너무 창백해서 푸른 힘줄 없이는 하얀 침대보와 구별하기가 힘들 정도였다. 부동의 창백한 얼굴이 초자연적인 힘을 뿜어내고 있었다. 지극히 선한 존재의 힘이 나의 온몸을 파고들며 내 심장을 가득 채우기 시작했다. 그녀가 다시 묻는 것만 같았다. "저한테 무슨 짓을 한 건가요?" 이제는 시들어버린 그녀의 입술, 수많은 경련과 비명으로 인해 바싹 말라버린 그 입술이 일그러진 채로 죽을 지경에 다다른 피로를 한눈에 드러내며 내뱉은 것은 똑같은 질문이었다. "저한테 무슨 짓을 한 건가요?"

줄리아나의 몸은 침대에 누웠는지 구별하기조차 힘들 정도로 왜소하게 변해 있었다. 대사는 치렀고 결국에는 그 무시무시한 짐을 벗어던진 셈이었다. 또 다른 생명이 그녀의 생명에서 영원히 떨어져 나갔고 이제 나의 혐오스러운 감정과 갑작스러운 회한의 그림자는 더 이상 줄리아나를 향한 나의 애틋한 사랑을 방해하기 위해 달려들지 못했다. 이제 그녀를 향한 나의 감정은 세상에서 가장 선하고 가장 불행한 여인을 향한 이루 말할 수 없는 안타까움과 애정 외에는 아무것도 남지 않았다. 이제 내 영혼은 생의 마지막 숨을 언제 내뱉을지 모를 그 가련한 입술에 간절히 매달려 있었다. 깊은 곳에서 솟아오른 솔직한 마음으로 그녀의 창백한 얼굴을 바라보며 나는 생각했다. 〈내 피의 절반이라도 그녀에게 줄 수만 있다면!〉

하지만 침대 옆 탁자에 놓인 시계의 초침 소리와 함께 시간이 규칙적으로 도망가는 것을 느끼면서 나는 생각했다. 〈하지만 그 아이는 살아 있어.〉 시간의 도주는 내 마음을 조급하게 만들었다. 이제 그건 형언하기 힘든, 내가 이전에 느꼈던 것과는 전혀 다른 종류의 불안감이었다.

나는 생각했다. 〈그 아이는 살아 있어. 목숨이 끈질긴 놈이야. 태어나자마자 숨을 못 쉬었다는데, 내가 봤을 때도 호흡 곤란을 겪은 기색이 역력했는데…… 만약에 산파가 아이를 살려내지 못했다면 지금은 시퍼런 시체밖에는 남아 있지 않겠지. 하찮은 존재답게 서서히 잊혔을 거야. 나는 줄리아나의 회복에만 신경 쓸 수 있었을 거고. 이곳에서 움직이지 않고 세상에서 가장 집요하고 달콤한 간호사로 변신해서 사랑의 힘으로 생명을 전이하는 기적을 이루어냈을 거야. 그녀를 살려내지 못한다는 건 불가능한 일이야. 줄리아나는 다시 태어날 거야. 새로운 피로. 불순한 것을 모두 씻어버리고 완전히 딴사람으로 천천히 부활하게 될 거야. 그토록 오랫동안 고통스러운 대가를 치렀으니 이제 서로의 얼굴을 바라보며 자랑스럽게 우리의 정화된 모습을 발견하게 되겠지. 고통과 투병은 결국 멀고 불투명한 기억으로 퇴색되고 말 거야. 그녀의 영혼 속에 남아 있을 기억의 그림자마저도 영원히 지워버릴 거야. 내 사랑으로 그녀에게 완벽한 망각을 선사해줄 거야. 고통을 딛고 일어섰다는 위대한 증거가 있는 이상 우리의 사랑 앞에서 어떤 인간적인 사랑도 하찮고 볼품없는 것으로 추락하고 말겠지.〉 상상 속의 미래가 뿜어내는 신비로운 빛 속에서 나는 꼭 날아갈 것처럼 행복했다. 그러는 사이에 줄리아나의 얼굴에서 일종의 초월적인 기운이 감돌기 시작했다. 마치 지극히 선한 초자연적인 존재를 마주하고 있는 것만 같았다. 마치 그녀가 물질 세계를 벌써 집어던진 것처럼 느껴졌고 엄청난 양의 피를 흘리면서 그녀의 중심에 남아 있던 모든 사납고 불순한 것들을 일제히 몰아낸 것 같은, 하나의 순수한 영적 존재로 변화되어 드디어 죽음 앞에 모습을 드러낸 것 같은 느낌이었다. 소리 없는 질문은 더 이상 나를 괴롭히지 않았다. 이제는 두렵지 않았다. '저한테 무슨 짓을 한 건가요?' 나는 이렇게 대답했다. 〈당신이 고통받는 여동생이 된 건 내 덕분 아니야? 당신의 영혼이 현기증을 일으키는 높은 곳으로 올라가 세상을 다른 각도에서 바라볼 수 있었던 건 고통을 통해서가 아니었나? 당신이 지고한 진실을 깨닫게 된 건 나를 통해서가 아닌가? 우리의 실수, 우리의 전락, 우리의 죄가 다 무슨 소용이지? 드디어 우리의 눈을 가리고 있던 베일을 벗어던지기에 이르렀는데. 우리는 보잘것없는 존재지만 그 속에 갇혀 있던 가장 고귀한 것들을 끄집어내는 데 성공했는데. 이 땅에서 선택받은 사람들이 꿈꿀 수 있는 가장 고귀한 행복이 우리에게 주어질 거야. 다시 태어난 걸 느낄 수 있는 행복!〉

나는 행복했다. 침실은 조용했고 그림자가 드리워진 방 분위기가 신비롭게 느껴졌다. 줄리아나의 정화된 얼굴은 신성한 분위를 자아내고 있었다. 내가 상상하던 것들이 장엄하게 느껴졌다. 죽음의 기운을 감지하고 있었기 때문이다. 내 영혼은 오로지 마지막 숨을 언제 내뱉을지 모를 그녀의 창백한 입술에 간절히 매달려 있었다. 그 입술이 이제 일그러지면서 신음 소리를 내뱉었다. 괴로워하는 표정 때문에 얼굴이 전부 일그러지고 말았다. 그 표정은 얼마간 얼굴 위에 그대로 남아 있었다. 이마의 주름은 더 깊이 파였고 눈썹 부위의 살이 가벼운 경련을 일으켰다. 가볍게 뜬 눈 사이로 흰자위가 드러나 보였다.

나는 산모를 향해 몸을 구부렸다. 그녀는 눈을 떴다가 곧장 감아버렸다. 나를 발견하지 못한 것만 같았다. 눈은 떴지만 뭘 본 건 아니었다. 장님처럼. 그렇다면 혹시라도 빈혈성 실명? 갑자기 장님이라도 되었단 말인가?

그 순간에 누가 방으로 들어왔다. 〈의사 선생님이 아닐까!〉

나는 침실에서 나왔고 의사 선생님과 어머니, 산파가 방 안으로 천천히 들어왔다. 그 뒤를 크리스티나가 쫓아 들어왔다.

"잠든 건가요?"

의사가 조용히 내게 물었다.

"신음을 합니다. 아직도 통증을 느끼는 모양이에요."

"말은 하던가요?"

"아니요."

"어떤 식으로든 흥분은 절대 금물입니다. 꼭 기억해두세요."

"조금 전에 잠깐이지만 눈을 떴습니다. 하지만 앞을 못 보는 것 같았어요."

침상으로 다가선 의사는 내게 뒤로 물러서라는 손짓을 했다. 어머니가 말했다.

"이리 나오렴. 이제 시술하셔야 하니까. 이리 와. 라이몬도나 보러 가자. 저쪽에 페데리코도 와 있다."

어머니가 내 손을 붙잡았다. 나는 어머니가 원하는 대로 내버려두었다.

"이제 잠이 들었단다." 어머니가 덧붙였다. "아주 조용하게 자더구나. 오늘 점심 식사 후에 유모가 올 거다."

어머니는 줄리아나의 악화된 건강 상태 때문에 슬프고 불안해하는 기색을 감추지 못했지만 아이에 대해 이야기할 때만큼은 눈에서 밝은 미소가 뿜어져 나왔다. 얼굴 전체가 환하게 밝아지면서 애틋함으로 가득 채워지곤 했다.

아이의 방은 의사 선생님의 명령으로 산모의 방에서 멀리 떨어진 곳을 골랐다. 우리가 어렸을 때의 기억을 많이 간직하고 있는 넓고 공기가 잘 통하는 방이었다. 안으로 들어서자마자 페데리코와 마리아, 나탈리아가 요람을 둘러싸고 허리를 굽힌 채 잠든 아이를 구경하고 있는 모습이 눈에 들어왔다. 페데리코가 고개를 돌려 나를 바라보며 제일 먼저 물은 것은 산모의 건강이었다.

"줄리아나는 좀 어때?"

"안 좋아."

"안정을 취할 때가 되지 않았나?"

"아파."

나는 퉁명스럽게 대답했다. 그러고 싶었던 건 아니다. 메마른 감정이 그 순간에 내 눈앞을 가로막았을 뿐이다. 내가 느낀 건 훼방꾼을 향한 참을 수 없고 감출 수도 없는 적대감뿐이었다. 아무것도 모르는 식구들이 내게 무의식 속에서 고문을 가해온 것에 대한 반감과 회한 외에는 아무것도 느끼지 못했다. 안간힘을 써봤지만 진실을 감춘다는 것이 내겐 여간 힘든 일이 아니었다. 이제 나와 어머니, 페데리코, 마리아, 나탈리아가 요람 옆에서 잠든 라이몬도를 바라보고 서 있었다.

얇은 이불로 꼭꼭 감아놓은 아이의 머리에는 리본과 레이스로 장식된 모자가 씌워져 있었다. 얼굴은 붓기가 가라앉았지만 여전히 붉은 기운을 띠었고 뺨은 마치 치료한 지 얼마 되지 않는 상처의 새살처럼 투명하게 반짝였다. 꼭 다문 입에서 침이 흘러내렸고 눈썹도 없이 부풀어 오른 눈꺼풀이 툭 튀어나온 눈을 뒤덮고 있었다. 모양을 갖추지 못한 코가 솟아오른 부위에 푸르스름한 기운이 감돌았다.

"아니 근데 누굴 닮은 거니?"

어머니가 말했다.

"아직은 누굴 닮았는지 잘 모르겠는데요……"

"너무 일러요." 페데리코가 말했다. "며칠은 기다려봐야죠."

어머니가 자세히 비교를 해보고 싶었는지 몇 번이고 나와 아이를 번갈아 바라보았다. 그리고 말했다.

"아니다, 애. 줄리아나를 좀더 닮은 것 같네."

"아니 지금…… 아무도 안 닮았잖아요!" 느닷없이 내가 끼어들었다. "이렇게 못생긴 아이가 어떻게…… 안 보여요?"

"못생겨? 아니 이렇게 예쁜 아이를 두고 어떻게 그런 말을 하니. 이 머리카락 좀 봐라!"

어머니는 손가락으로 아이의 모자를 천천히 아주 천천히 들어 보였다. 그리고 머리의 말랑말랑한 부위에 몇 안 되는 갈색 머리카락이 달라붙어 있는 것을 발견했다.

"나도 만져볼래요. 할머니!"

마리아가 동생의 머리를 향해 손을 뻗으면서 응석을 부렸다.

"안 돼! 그러다 깨우면 어쩌려고!"

끈적끈적하고 침침한 색의 머리는 마치 밀랍을 불에 녹여 만들어놓은 듯했다. 약간만 건드려도 흔적이 영원히 남을 것만 같았다. 어머니가 아이의 머리를 다시 덮어주고는 가슴을 졸이면서 조심스럽게 허리를 굽혀 이마에 키스를 했다.

"나도요, 할머니!"

마리아가 다시 달려들었다.

"그래, 그래. 대신에 제발 살살 해야 된다!"

314

하지만 마리아에게 요람은 너무 높았다.

"올려줘요!"

마리아가 페데리코를 바라보며 말했다.

동생이 마리아를 팔로 번쩍 들어 올렸다. 나는 딸아이가 아이의 이마를 향해 그 예쁜 분홍빛 입술을 앞으로 내미는 모습, 하얀 옷 위로 기다란 곱슬머리를 떨어뜨리는 모습을 지켜보았다.

페데리코도 아이에게 입을 맞춘 뒤에 나를 바라보며 미소를 지었다.

"나는? 나는?"

나탈리아가 요람에 매달려 떼를 쓰고 있었다.

"제발 조용히 좀 해라!"

페데리코가 나탈리아까지 팔로 들어 올렸고 나는 딸아이가 달콤히 고개를 숙이는 순간 흰 옷 위로 다시 기다란 곱슬머리가 내려앉는 모습을 지켜보았다. 나는 돌처럼 딱딱하게 굳어 있었다. 나를 지배하고 있던 암울한 감정이 내 눈을 통해 비쳤을 것이 틀림없었다. 내게 그토록 친숙하고 소중한 딸아이들의 키스는 그 불청객이 전해주던 혐오감을 사라지게 만들기는커녕 그를 더욱 미운 존재로 만들어버리고 말았다. 그 이질적인 살을 건드린다는 것이 내게는 불가능한 일일 거란 생각이, 아버지의 사랑이 담긴 어떤 행동도 나는 취할 수 없을 거란 생각이 들었다. 어머니가 날 이해하지 못하겠다는 듯이 바라보며 물었다.

"넌 키스 안 해주니?"

"싫어요. 줄리아나를 너무 아프게 했어요. 용서할 수 있을지 모르겠네요……"

나는 본능적으로, 대놓고 거부감을 표시하며 뒤로 물러섰다. 순간 놀라서 입을 열지 못한 어머니가 잠시 후에 이렇게 말했다.

"아니 그게 무슨 말이니, 툴리오? 이 불쌍한 아이가 무슨 잘못이 있다고 그래? 잘 생각해봐……"

어머니는 나의 적대감이 솔직하게 우러나온 감정이라는 걸 알아차렸다. 나는 나 자신을 다스릴 수 있는 방도를 찾지 못했다. 온 신경이 반항을 일으키고 있었다.

"안 돼요. 지금은 싫어요…… 절 좀 그냥 내버려두세요. 이러다가 지나가겠죠."

내 목소리는 날카롭고 단호했다. 나는 잔뜩 긴장한 상태였다. 목을 무언가로 묶어놓은 듯했고 표정도 온통 일그러져 있었다. 몇 시간이나 극도의 긴장감에 시달린 나에게는 휴식이 절대적으로 필요했다. 실컷 울면 좀 나아질 것이다. 하지만 목 안의 매듭은 단단하기 짝이 없었다.

"보기에 정말 안타깝구나, 툴리오."

어머니가 말했다.

"정말 제가 키스를 했으면 좋겠어요?"

나의 반응은 충동적이었다. 나는 요람 앞으로 다가서서 아이를 향해 허리를 굽히고 입을 맞췄다.

아이가 잠에서 깨고 말았다. 라이몬도는 울기 시작했다. 약하던 울음소리가 점점 커지면서 고함으로 변해갔다. 얼굴색도 점점 붉어지고 안간힘을 쓰느라고 인상을 찌푸렸다. 일그러뜨린 입안에서 투명한 혀가 바르르 떨렸다. 극도의 절망 상태에 빠져 있었지만 나는 나의 실수가 무엇인지 깨달았다. 나를 노려보는 페데리코와 마리아, 나탈리아의 시선이 느껴졌다. 참기가 힘들었다.

"죄송해요, 어머니." 더듬거리면서 내가 말했다. "내가 지금 뭘 하고 있는지 모르겠네요. 정신을 못 차리겠어요. 죄송해요."

어머니가 요람에서 아이를 꺼내 품에 안았다. 하지만 아이를 진정
시키지는 못했다. 날카로운 울음소리가 나를 찌르고 가슴을 갈기갈기
찢어놓았다.

"가자, 페데리코."

나는 서둘러서 방을 나왔고 페데리코가 내 뒤를 따라 나왔다.

"줄리아나의 상태가 심각해. 이런 상황에서 어떻게 산모 말고 다른
것에 신경을 쓸 수 있는지 이해가 안 돼." 나는 나의 행동을 정당화하고
싶었다. "네가 아직 못 봐서 그래. 금방이라도 죽을 것 같아."

33

줄리아나가 삶과 죽음 사이를 오가며 보낸 것이 벌써 며칠째였다. 몸이 극도로 쇠약해져 있어서 조금만 힘을 써도 곧장 혼수상태로 빠져 들고 말았다. 그녀는 꼼짝하지 말고 똑바로 누워 있어야 했다. 몸을 살짝만 일으켜도 어지러워했고 계속되는 구토를 다스릴 길이 없었다. 그녀의 가슴팍을 옥죄어오는 악몽을 쫓아내고 그녀의 귓가에 계속 울려 퍼지는 굉음을 몰아낼 방도가 없었다.

나는 밤낮으로 그녀 곁에 남아 한시도 눈을 떼지 않고 선 채로 그녀를 간호했다. 그 끈기에 나 스스로도 놀랄 정도였다. 나는 지칠 줄 모르고 서서 그녀를 간호했다. 꺼져가는 그 생명을 지키기 위해 나는 혼신의 힘을 다했다. 마치 침상 맞은편에 죽음의 사자가 사냥감을 바라보며 호시탐탐 기회를 노리고 있는 듯했다. 가끔은 정말 산모의 연약해진 몸과 하나가 되어 내 기력을 조금이라도 나눠주고 싶은, 그녀의 지친 심장에 생기를 불어넣어주고 싶은 생각이 들었다. 병든 인간의 비참함이 가져다주는 반감이나 혐오감 같은 것은 전혀 느끼지 못했다. 어떤 물적 증거도 민감한 나의 오감을 훼손시키지 못했다. 날카로워진 나의 감각들은 전부 환자에게 일어나는 미세한 변화를 발견하기 위해 집중

되어 있을 뿐이었다. 그녀가 말을 꺼내기도 전에, 신호를 보내기도 전에 나는 그녀가 무엇을 원하는지, 무엇을 필요로 하는지, 그녀가 느끼는 고통이 어떤 것인지 알아차렸다. 신기하게도 나는 그녀의 고통과 경련을 가라앉힐 수 있는, 의사의 지시와는 전혀 상관없는 새로운 방법들을 고안해냈다. 나만이 음식을 먹으라고, 잠을 자라고 설득할 수 있었다. 비위를 맞추면서 사람을 설득하는 모든 기술을 동원해서 단 몇 모금이라도 코르디알레를 마시게 만들었다. 나는 집요했고 그래서 결국에는 그녀가 거부할 수 없도록 만들었다. 그래야 구토증을 극복하고 건강을 되찾을 수 있는 최소한의 운동을 시작할 수 있었다. 내 의지에 복종하면서 그녀가 지어 보인 그 부드러운 미소보다 더 달콤한 것은 세상에 없어 보였다. 아무리 하찮은 것이라도 그녀가 고개를 끄덕일 때면 나는 이루 말할 수 없는 감동을 받았다. "이렇게 하면 돼요? 나 말 잘 듣죠?" 그녀가 힘없는 목소리로 말할 때마다 목이 메고 눈물이 앞을 가렸다.

그녀는 종종 관자놀이가 쉬지 않고 뛰는 것을 견디지 못하고 통증을 호소했다. 그럴 때면 나는 그녀의 관자놀이를 손가락 끝으로 어루만져주었다. 그리고 그녀가 잠이 든 걸 알았을 때, 마치 그녀의 숨소리로부터 수면의 기운이 내게 전달되는 듯한 느낌을, 덕분에 휴식을 취하고 기운을 회복하는 듯한 느낌을 받을 수 있었다. 그 꿈나라 앞에 서서 나는 경건한 사람으로 변화했다. 알 수 없는 열정에 끌려 전지전능한 초월적인 존재를 믿고 그에게 나의 간절함을 고백해야 할 필요를 느꼈다. 내 영혼 깊은 곳에서 자연스럽게 기도와도 같은 신탁의 서두가 떠올랐다. 나 스스로를 설득하는 동안 격양된 감정이 가끔은 진정한 신앙의 지고한 정신세계로까지 이어지곤 했다. 가톨릭 신도였던 조부모의 오랜 교육을 통해 전해 받은 신비주의적 경향이 내 안에서 일제히 되살아났다.

내면의 기도가 진행되는 동안 나는 잠들어 있는 줄리아나를 응시했다. 그녀는 하얀 셔츠만큼이나 창백해 보였다. 살결이 얼마나 투명한지 볼과 턱과 목에 드러난 혈관의 개수를 셀 수 있을 것 같았다. 그녀를 바라보면서 나는 휴식이 가져왔을 긍정적인 결과의 흔적을 발견하고 싶었다. 음식의 영양분이 생성해낸 새로운 피가 천천히 확산되고 있다는 증거를, 회복의 징후를 찾아내고 싶었다. 내게 초능력이 있어서 그 연약해진 몸 속에서 건강이 회복되는 신비한 과정을 지켜볼 수 있었으면 좋겠다는 생각이 들었다. 나는 희망을 잃지 않았다. 〈훨씬 더 강해져서 깨어날 거야.〉

줄리아나는 그 차가운 손으로 내 손을 쥐고 있을 때 마음을 놓는 듯했다. 가끔은 내 손을 베개 위로 가져가 그 위에 어린아이처럼 볼을 비비곤 했다. 그리고 그대로 천천히 잠에 빠져들었다. 나는 구부정한 자세의 팔을 그대로 두고 오랫동안 꼼짝도 하지 않았다. 그녀를 깨우고 싶지 않았다.

가끔씩 그녀가 말했다.

"왜 당신도 나랑 같이 눈 좀 붙이지 그러세요? 한숨도 못 잤잖아요!"

그녀는 내가 베개를 함께 베고 눕기를 원했다.

"자, 이제 자요."

나는 잠이 든 척했다. 그래야 그녀도 안심하고 눈을 감을 테니까. 그리고 눈을 다시 떴을 때 그녀가 눈을 동그렇게 뜨고 나를 바라보고 있는 모습을 발견했다. 나는 놀라서 물었다.

"어? 뭐 해?"

"당신은요?"

그녀의 눈 속에 담긴 다정다감함과 지독한 순수함이 내 가슴을 애타게 만들었다. 나는 입술을 내밀고 그녀의 눈꺼풀 위에 입을 맞췄다. 그녀도 똑같이 내게 입을 맞추고 싶어 했다. 그리고 다시 말했다.

"자, 이제 자요."

그런 식으로 종종 망각의 베일이 우리들의 불행한 운명을 가리곤 했다.

가끔씩 그녀의 발이 얼음장처럼 차가워질 때가 있었다. 이불 속에서 그녀의 발을 만지면 마치 대리석을 만지는 것 같았다. 그녀는 이렇게 말했다.

"다들 죽었어요."

앙상하게 마른 그녀의 발은 너무 작아서 전부 내 손아귀에 들어왔다. 그저 안쓰럽고 불쌍해 보일 뿐이었다. 그녀의 발을 덮어주려고 나는 울 담요를 화덕 불에 쬐이곤 했다. 나는 지칠 줄을 몰랐다. 내 입김으로라도 발을 따뜻하게 해주고 키스를 퍼부어주고 싶은 심정이었다. 줄리아나를 향한 애처로운 감정에 머나먼 시절의 기억들까지 떠오르기 시작했다. 행복한 시절의 기억들, 내가 아침마다 잊지 않고 양말을 신겨주던 시절, 저녁이 되면 항상 기대에 부풀어 무릎을 꿇고 다시 내 손으로 직접 벗겨주던 시절의 기억들이었다.

하루는 오랫동안 눈을 붙이지 못한 상태에서 이불 밑으로 손을 넣어 덥힌 담요로 줄리아나의 죽어 있는 발을 감싸는 사이에 너무 피곤해서 쏟아지는 졸음을 이기지 못하고 고개를 떨어뜨린 적이 있다. 나는 고개를 숙이고 그대로 잠이 들어버렸다.

내가 일어났을 때 침실 안에는 어머니와 내 동생과 의사 선생님이 와 있었고 모두들 나를 향해 미소를 짓고 있었다. 나는 어리둥절한 상태였다.

"불쌍한 내 아들! 더 이상 못 견딘 게로구나." 어머니가 사랑이 듬뿍 실린 손으로 내 머리카락을 쓰다듬으면서 말했다. 그리고 줄리아나가 입을 열었다.

"어머니, 데려가셔요. 페데리코, 형님 좀 모시고 가셔요."

"아니야, 아니야. 난 괜찮아." 나는 같은 말만 계속 반복했다. "아니야, 난 괜찮아."

의사 선생님은 산모가 위기를 넘겼고 회복기에 접어든 것이 분명하다면서 작별을 알렸다. 그는 혈액순환을 왕성하게 하기 위해 가능한 한 모든 수단을 동원해야 한다고 충고했다. 그와 환자에 대한 정보와 의견을 나눈 동료 젬마 디 투시가 간호를 맡을 예정이었다. 줄리아나의 간호는 비교적 단순한 일이었다. 의사는 약에 의존하기보다는 청결을 유지하기 위해 지켜야 할 많은 지시 사항들을 충실하게 따르고 식이요법에 주력하는 것이 우선적으로 필요한 과정이라고 믿었다.

"솔직히⋯⋯" 의사는 나를 가리키며 말했다. "선생님보다 더 똑똑하고 조심스럽고 헌신적인 간호사는 찾아보기 힘들 겁니다. 선생님께서 기적을 이뤄내셨어요. 앞으로도 그러실 거고요. 전 마음 놓고 떠납니다."

빠르게 뛰던 심장이 목청까지 올라와 내 숨통을 가로막았다. 어머니와 동생 앞에서 들은 그 진지한 남자의 예기치 못한 칭찬이 내게 커다란 감동을 안겨주었다. 기대치 않았던 보상이었다. 나는 줄리아나를 바라보고 그녀의 눈이 눈물로 가득 고여 있는 것을 목격했다. 내가 바라보고 있는 사이에 그녀가 갑자기 울음을 터뜨리고 말았다. 나는 울음을 참으려고 안간힘을 써보았지만 결국에는 실패하고 말았다. 마치 영혼이 울음 속에서 녹아버리는 듯했다. 이 세상의 모든 선하고 아름다운 것들이 내 품에 안겨 있었다. 그 순간을 나는 결코 잊지 못할 것이다.

34

줄리아나는 날마다 조금씩 원기를 회복했다. 하지만 나는 긴장을 늦추지 않았다. 오히려 나는 의사의 호평에 부응하기 위해 신경을 두 배로 곤두세우고 내 자리를 다른 사람들에게 빼앗기지 않기 위해, 내게 휴식을 종용하던 어머니와 동생의 유혹에서 벗어나기 위해 최선을 다했다. 내 몸은 벌써 힘든 일에 익숙해져 있었고 더 이상 피로를 느끼지 못했다. 침실의 은밀함 속에, 벽과 벽 사이에, 병든 그녀가 숨을 쉬고 있던 공간 안에 내 인생의 모든 것이 들어 있었다.

그녀에겐 절대적인 안정이 필요했다. 쉽게 지치는 걸 막기 위해 말조차도 삼가야 하는 상황이었기에 나는 가족들이 침실에 가까이 오지 못하도록 막았다. 집 안에서 침실은 치외법권 지역으로 남았다. 오랫동안 남들의 방해를 받지 않고 나는 줄리아나와 단둘이서만 시간을 보낼 수 있었다. 그녀는 환자였고 나는 간호사였기 때문에 때로는 우리의 불행했던 과거를 완전히 잊어버리고 현실 감각조차 망각한 채 우리의 무한한 사랑 외에는 아무것도 의식하지 못하는 지경에 이르기도 했다.

가끔씩 침대의 커튼을 넘어서면 아무것도 존재하지 않을 것 같은 느낌이 들기도 했다. 병든 줄리아나를 향해 나의 모든 것을 집중시키는 힘은 정말 대단한 것이었다.

더 이상 그 끔찍했던 사건을 상기시키는 것은 아무것도 없었다. 내 눈에는 고통받는 여동생 외에는 아무것도 보이지 않았고 그녀의 고통을 덜어주어야겠다는 것 말고는 아무 생각도 들지 않았다.

그 망각의 베일이 잔인하게 찢어지는 일도 드물진 않았다. 어머니가 라이몬도 얘기를 꺼내는 순간 베일이 젖혀지고 불청객이 입장했다. 어머니가 아이를 팔에 안고 있었다. 내 피가 거꾸로 흐르고 얼굴이 창백해지는 것이 느껴졌다. 줄리아나는 무엇을 느꼈을까?

나는 불그스름하고 주먹만 한 크기의 얼굴이 모자 속에 숨어 있는 모습을 바라보았다. 무서운 적대감이 그 밖의 모든 감정들을 내 영혼 밖으로 몰아내는 순간 나는 생각했다. 〈내가 네게서 벗어나려면 뭘, 어떻게 해야 하니? 왜 숨 막힌 채로 그냥 죽지 않았니?〉 나의 증오는 절제를 몰랐다. 앞을 보지 못하는, 충동적이고 제어가 불가능한 증오, 육욕과도 다를 바 없는 증오였다. 나의 증오는 내 살 속에 자리 잡고 있었고, 나의 모든 세포와 신경과 혈관을 통해 뿜어져 나왔다. 그것을 제거하거나 파괴할 수 있는 것은 세상에 아무것도 없었다. 그 불청객은 내 눈앞에 나타나는 것만으로도 나를 공황 상태에 빠뜨렸다. 그가 나타나면 어떤 시간, 어떤 상황에서든 유일무이한 감정, 그를 향한 증오가 나를 사로잡았다.

어머니가 줄리아나에게 말했다.

"한번 보거라. 며칠 안 됐는데 벌써 많이 자랐잖니. 툴리오보단 널 더 닮은 것 같아. 하지만 아무도 안 닮은 것 같기도 하고. 아직 너무 어려서 그렇겠지. 시간이 좀더 지나면 또 보자꾸나. 뽀뽀라도 한번 해주련?"

어머니는 아이의 이마를 산모의 입술에 가져다 댔다. 줄리아나는 무엇을 느꼈을까? 하지만 아이가 울기 시작했다. 나는 기운을 내서 침착하게 입을 열었다.

"아이 좀 데려가세요. 부탁이에요. 줄리아나가 조금만 움직여도 굉장히 힘들어 한다는 거 아시잖아요. 안정이 필요한 때예요."

어머니가 아이를 데리고 침상을 벗어났다. 하지만 아이가 점점 크게 울기 시작했고 내 가슴이 다시 한 번 찢어지게 저려왔다. 더 이상 듣고 싶지 않아 당장이라도 달려가서 목을 조르고 울음을 틀어막고 싶은 심정이었다. 어머니가 멀어지는 동안 우리는 울음소리를 참아내야만 했다. 마침내 소리가 멈췄을 때 시작된 침묵은 거대하게 느껴졌다. 머리 위로 커다란 바위 하나가 떨어지는 것만 같았다. 하지만 그 중압감은 그리 오래가지 않았다. 그 순간에 줄리아나가 도움을 필요로 했기 때문이다.

"아! 툴리오, 툴리오. 어떻게 이런 일이……"

"쉬! 쉬! 줄리아나, 날 사랑하면, 제발 조용히 해. 부탁이야."

나는 그녀에게 애걸하다시피 하며 매달렸다. 말로. 몸짓으로. 나의 모든 적대감은 한순간에 사라졌다. 그 순간에 나의 마음을 아프게 하던 것은 그녀의 고통뿐이었다. 내가 유일하게 염려하던 것은 산모의 건강과 그토록 보잘것없는 존재가 그녀에게 가한 충격의 여파뿐이었다.

"날 사랑하면, 이제 아무 생각도 하지 마. 다시 일어날 생각만 해. 봤지? 난 당신 생각밖에 안 하잖아. 당신 걱정밖에 안 하잖아. 그렇게 애태우면 안 돼. 모든 걸 나한테 맡기고 마음 편안히 가져. 회복할 생각만 하고."

그녀는 떨리고 힘없는 목소리로 대답했다.

"하지만 당신이 속으로 무슨 지옥을 견뎌내고 있는지 생각하면…… 가여운 사람!"

"아니야, 아니야, 줄리아나. 그런 걱정 하지 마. 난 당신 걱정밖에는 안 해. 당신이 괴로워하는 모습에 가슴이 아플 뿐이야. 당신이 미소를 지어주면 난 아무것도 기억하지 않아. 당신이 나아지면 나는 그걸로 행복해. 당신이 날 사랑하면, 다시 건강해지면 돼. 그러기 위해서는 진정하고 말 잘 듣고 참을 줄 알아야 해. 나중에 다 나으면, 다시 건강해지면, 그땐…… 그래, 누가 알겠어! 선하신 하느님만이 아시겠지."

그녀가 속삭였다.

"하느님, 저희를 불쌍히 여기시고……"

〈어떻게?〉 나는 생각했다. 〈불청객을 사라지게 하시면 됩니다.〉

우리 모두 죽음을 기원하고 있었다. 그녀 역시 아들의 파멸 외에는 다른 방법이 없다는 걸 느끼고 있었다. 다른 방도가 없었다. 오래전 해가 질 무렵 느릅나무 밑에서 그녀와 나눴던 짧은 대화가, 그리고 그 뒤를 이었던 나의 고통스러운 독백이 떠올랐다. 〈아이는 태어났다. 하지만 아이를 여전히 혐오하고 있다고 봐야 하나? 그녀가 자신의 피붙이를 증오한다는 것이 과연 솔직한 감정이라고 할 수 있는 걸까? 조물주께서 창조하신 생명을 그분께 다시 거두어달라고 솔직하게 기도하고 있는 걸까?〉 비극과도 같았던 그날 밤에 번개처럼 스치고 지나갔던 미친 희망이 다시 고개를 들기 시작했다. 〈그녀에게도 범행에 대한 생각이 떠올랐고 그것이 서서히 견딜 수 없는 욕망으로 변했다면……〉 잠깐이었지만, 결국 실패했지만, 산파가 죽을 지경에 놓여 있던 아이의 보랏빛 살덩이를 만지작거리면서 등과 발바닥을 닦는 동안 나 스스로도 아이의 죽음을 희망하지 않았나! 하지만 그것 역시 하나의 광기에 불과했다. 줄리아나가 감히 그런 생각을 했을 리는 없다.

나는 그녀의 하얀 손등을 바라보았다. 너무 창백해서 푸른 힘줄 없이는 하얀 침대보와 구별하기조차 힘든 그녀의 손을.

35

이제 줄리아나가 날마다 조금씩 회복되는 기세를 보이고 있는 가운데 알 수 없는 회한의 감정이 나를 괴롭히기 시작했다. 숲에서 어두침침한 가을비가 들이닥치는 가운데 침실 안에서 보낸 그 어둡고 슬픈 나날들에 대한 이름 모를 회한이 가슴 한구석에서 서서히 고개를 치켜들었다. 아침 점심 저녁으로 괴로울 뿐이었지만 나름대로 야릇한 행복 같은 것을 느꼈던 날들이다. 나의 헌신은 시간이 흐르면 흐를수록 더욱 빛나 보였다. 내 영혼은 충만한 사랑으로 흘러넘쳤고 덕분에 간간이 떠오르는 암울한 생각들을 가라앉힐 수 있었다. 내가 그토록 두려워하던 것을 망각할 수 있었고 환영 속에서 위로를 얻고 꿈을 꿀 수 있었다. 나는 예배당 안의 은밀한 그림자 속에서나 경험할 수 있는 감정을 침실에서 느낄 수 있었다. 폭력적인 삶과 죄악의 길에서 벗어나 피난처를 찾았다는 느낌이 들었다. 때로는 침실의 커튼을 넘어서는 순간 빠져나올 수 없는 심연이 기다리고 있으리란 생각이 들었다. 그럴 때면 모르는 세계에 대한 두려움이 나를 느닷없이 공격해오곤 했다. 한밤중에 나는 온 집 안을 감싸고 있는 침묵에 귀를 기울였다. 그리고 혼신의 힘을 다해 눈으로 멀리 요람에 누워 잠들어 있는 불청객을 찾아갔다. 내 어머니의 기쁨이자 나의 상속자인 불청객을. 나는 두려움에 치를 떨었다. 그리고 한참 동안 멍한 상태로 간간이 떠오르는 음모의 상상에 매달렸다. 침실 커튼 너머에선 헤어 나올 수 없는 심연이 나를 기다리고 있었다.

하지만 이제 줄리아나가 조금씩 회복되고 있는 만큼 혼자 남아 있어야 할 이유도 서서히 사라지고 있는 셈이었다. 집 안의 평범한 일상이 서서히 우리의 아늑한 침실을 침범해오기 시작했다. 어머니와 동생, 마리아, 나탈리아, 미스 에디스가 침실 안으로 들어오는 일이 훨씬 잦아졌고 들어와서도 오랫동안 자리를 뜨지 않았다. 라이몬도가 여인들의 모성애를 자극하기 시작했는데, 그건 나도 줄리아나도 피할 길이 없었다. 그에게 수없는 키스와 미소를 선사해야만 했다. 기술적인 위장과 은폐가 필요했고 운명이 예정해놓은 고상하고 잔인한 전투를 고스란히 감수하면서 천천히 패배의 쓴 잔을 맛보아야만 했다.

자양분이 풍부한 모유를 섭취하고 무한한 사랑을 독차지하며 자라나던 라이몬도는 천천히 그 보잘것없던 핏덩어리의 혐오스러운 모습에서 벗어나기 시작했다. 뽀얗고 통통하게 변한 얼굴의 윤곽이 좀더 또렷하게 드러난 아이는 회색 눈을 똑바로 뜨고 사물들을 바라보기 시작했다. 하지만 아이가 하는 짓들은 모두 내 미움을 살 뿐이었다. 젖을 물고 있는 입술의 움직임부터 정신없이 흔들어대는 손동작까지 마음에 드는 것은 하나도 없었다. 사랑스럽다거나 복스러운 모습은 전혀 발견하지 못했다. 아이를 향해 적대적이지 않은 생각은 한 번도 가져본 적이 없다. 아이를 어쩔 수 없이 만져야 하는 경우가 생기면, 예를 들어 어머니가 아이를 내게 내밀면서 키스를 요구할 때면 나는 마치 지저분한 짐승과 접촉한 것처럼 혐오감과 경련이 온몸을 강타하는 것을 느꼈다. 나는 치를 떨었다. 그건 절망에 빠진 한 인간의 절규였다.

날마다 새로운 고문이 가해졌다. 무시무시한 형리의 역할을 맡은 사람은 어머니였다. 한번은 내가 예고 없이 방에 들어가서 침실 커튼을 젖힌 적이 있다. 줄리아나 옆에 아이가 누워 있었다. 엄마와 아이 외에는 아무도 보이지 않았다. 우리 세 식구만 모인 셈이었다. 아이는 하얀 이불 속에서 평화롭게 잠들어 있었다.

"어머니가 여기에 두고 가셨어요."

줄리아나가 더듬거렸다.

나는 미치광이처럼 방을 뛰쳐나오고 말았다.

한번은 크리스티나가 나를 부르러 왔다. 나는 요람이 있는 방으로 그녀를 쫓아갔다. 어머니가 그곳에서 벌거벗은 아이를 무릎 위에 올려놓고 앉아 있었다.

"이불을 씌우기 전에 먼저 너한테 보여주고 싶었다. 한번 봐라!"

아이가 자유를 만끽하며 팔다리를 흔들고 눈을 사방으로 굴리고 있었다. 침을 떨어뜨리면서 손가락을 입안에 집어넣기도 했다. 손목과 복사뼈, 무릎 뒷부분과 사타구니의 살이 둥글게 고리를 만들면서 이어지고 있었다. 잔뜩 부풀어 오른 배 위에 배꼽이 여전히 일그러진 채로 불쑥 튀어나와 있었다.

어머니는 손으로 능수능란하게 아이의 몸을 구석구석 토닥거리면서 모든 부위를 내게 하나하나씩 보여주었다. 조금 전에 목욕을 해서 투명하게 반짝이는 피부를 조심스럽게 다루는 모습이 보였다. 아이는 어머니의 손이 와 닿는 걸 즐기는 듯했다.

"한번 만져봐라. 살이 얼마나 탱탱한지 한번 만져봐!" 어머니가 말했다.

내가 아이를 건드려야만 하는 순간이었다.

"한번 들어보렴. 어찌나 무거운지!"

이번에는 아이를 받아들어야만 했다. 그리고 그 미지근하고 물렁물렁한 살이 움직이는 걸 떨리는 손으로 느껴야만 했다. 내 손이 경련의 포로가 되었던 건 애정 때문이 아니었다.

"이것 좀 봐라!"

어머니는 미소를 지으면서 엄지와 검지로 아이의 보드라운 가슴살을 살며시 꼬집었다. 사악하고 집요한 생명을 부둥켜안고 있는 가슴을.

"내 사랑, 내 사랑, 할머니 사랑!"

그렇게 말하면서 어머니는 웃을 줄 모르는 아이의 턱을 계속해서 만지작거렸다.

축복받은 요람 위로 이미 두 번이나 기울어졌던 그 소중한 회색 머리카락이 이제 흰색으로 변해 무의식 속에서 다른 인간의 아들을 향해, 불청객을 향해 다시 한 번 기울어지고 있었다. 정작 내 피붙이인 마리아나 나탈리아에게는 그토록 다정한 모습을 보여주었던 것 같지 않다.

아이를 손수 이불로 감싸면서 어머니는 아이의 배 위에 십자가를 그었다.

"그러고 보니 아직 신자가 아니네!"

그리고 나를 바라보며 말했다.

"이제 세례 날짜를 정하는 게 좋겠어!"

36

제우스를 닮은 멋진 노신사 젬마, 의사이면서 동시에 예루살렘 성묘 기사단의 기사인 그가 아침에 줄리아나를 위해 하얀 국화 한 다발을 선물로 가져왔다.

"아! 제가 가장 좋아하는 꽃이에요! 고맙습니다!"

그녀는 꽃다발을 들고 안쪽으로 손가락을 집어넣고 만지작거리면서 오랫동안 꽃을 바라보았다. 가을꽃의 창백함과 줄리아나의 창백한 얼굴은 이상하게도 슬픈 조화를 이루었다. 두툼하고 활짝 핀 장미처럼 큼지막한 국화들이었지만 꽃잎들은 이상하게도 병든 사람 혹은 죽은 사람처럼 핏기 없는 살색이었고 마치 강추위에 얼어붙은 동냥아치들의 뺨처럼 보라색 기운이 감돌았다. 몇몇 이파리들은 희미한 보라색 힘줄을 가지고 있었고 또 어떤 것들은 약간 노란색 기운을 띠고 있었다. 그녀가 말했다.

"받으세요. 물에 담가두세요."

아침 시간이었고 11월이었다. 그 꽃들을 바라보며 떠오른 그 불길한 날이 다시 지나간 지 얼마 되지 않았을 때였다.

에우리디케 없이 무엇을 해야 하나?……

꽃병에 하얀 국화를 꽂는 동안 머릿속에서 오르페우스의 아리아가
울려 퍼지기 시작했다. 그리고 일 년 전의 그 특별했던 장면이 몇몇 잔
상으로 떠올랐다. 나는 미지근하면서도 찬란한 빛 속에서, 그토록 현란
한 향기를 맡으면서, 줄리아나가 여성들만의 우아함이 느껴지는 그 많
은 물건들 사이에 앉아 있는 모습을 다시 그려보았다. 그곳에서 그 오
래된 멜로디의 유령이 한 비밀스러운 인생을 그려내고 무언가의 신비
로운 그림자를 퍼뜨리는 듯했다. 〈그 꽃들이 그녀에게도 옛 기억들을
떠올리게 만들었을까?〉

죽음에 이르는 슬픔, 위로를 거부하는 연인의 슬픔이 내 영혼을 짓
누르고 있었다. 상대가 모습을 드러냈다. 그의 눈은 불청객의 눈처럼
회색이었다.

침실 커튼 안쪽에서 의사가 내게 말했다.

"창문 좀 열어주시죠. 방은 공기가 잘 통하는 것이 좋습니다. 햇빛
도 많이 들어오게 하면 좋고요."

"네, 네. 열어주세요."

줄리아나가 외쳤다.

나는 창문을 열었다. 그 순간에 어머니가 들어왔고 라이몬도를 안
은 유모가 어머니를 뒤따랐다. 나는 커튼 사이에서 창턱에 몸을 기대고
숲을 바라보았다. 등 뒤에서 가족들이 얘기하는 소리가 들려왔다.

11월도 끝나가고 있었고 죽은 자들의 여름*도 완전히 막을 내린 상

---

*   Estate dei morti: 성 마르티노 축일인 11월 11일을 흔히 '죽은 자들의 여름'이라고 한
    다. 추위가 시작된 뒤로 곧장 찾아오는, 상대적으로 따뜻한 날씨의 짧은 기간을 가리

태였다. 주변이 맑아지고 촉촉이 젖은 숲과 구릉지의 고귀하고 평화스러운 능선이 정체를 드러내기 시작했다. 쉽게 구분되지 않는 올리브나무들 위로 은색 수증기가 돌아다니는 것 같았다. 이곳저곳에서 피어오르던 연기가 햇빛을 받아 하얗게 빛나고 있었다. 가끔씩 바람이 소리를 내며 낙엽을 실어 날랐을 뿐 그 밖에는 침묵과 평화가 천하를 에워싸고 있었다.

나는 생각했다. 〈왜 그날 아침 노래를 부르고 있었던 걸까? 왜 나는 줄리아나가 노래 부르는 소리를 듣고 마음이 불안하고 초조해졌던 걸까? 전혀 다른 여자 같아 보였었다. 어쨌든 그녀가 그를 사랑했었단 말인가? 평소와는 다르게 행복해하던 그녀의 모습에 상응하는 마음은 무엇이었을까? 그녀는 노래를 불렀다. 그건 그를 사랑했기 때문이다. 어쩌면 내가 틀렸는지도 모르지. 진실은 절대로 알 수 없는 법!〉 그건 욕정에서 출발하는 음침한 질투심이 아니라 영혼의 중심에서 출발하는 고귀한 회한이었다. 나는 생각했다. 〈그녀는 그를 어떻게 기억하고 있을까? 몇 번이나 그를 머릿속에 떠올렸을까? 아들은 두 사람의 결속을 증거하는 존재다. 그녀는 라이몬도에게서 자신을 소유했던 남자의 흔적을 발견할 수 있을 것이다. 좀더 확실한 공통점을 찾아낼 수 있겠지. 그녀가 라이몬도의 아버지를 잊는다는 것은 불가능한 일이야. 어쩌면 항상 눈앞에 아른거리는지도 모르지. 그가 감옥에 있다고 하면 그녀는 어떤 반응을 보일까?〉

나는 마비 상태가 어떤 식으로 진행되는지 보고 싶었다. 불쌍한 스피넬리의 기억이 전해주던 이미지와 닮은꼴로 그의 이미지를 내 안에

키는데, 58쪽에서와 같이 '산마르티노의 여름'이라고 부르기도 한다.

서 그려보고 싶었다. 그는 커다란 빨간색 가죽 소파에 앉아 누렇게 변한 얼굴을 일그러뜨린 채 찡그린 입을 벌리고 침을 질질 흘리면서 알아듣기 힘든 말을 중얼거리며 내뱉고 있었다. 입 한쪽에서 계속 흐르는 침을 닦기 위해 손수건으로 항상 똑같은 자세를 취하는 그의 모습을……

"툴리오!"

어머니의 목소리였다. 나는 몸을 일으켜서 침실 커튼 쪽으로 향했다.

줄리아나가 지칠 대로 지친 상태에서 아무 말 없이 누워 있었고 의사는 아이의 머리 위에 피기 시작한 흰 버짐을 관찰하고 있었다. 어머니가 말했다.

"어쨌든, 내일모레 세례식을 하자꾸나. 줄리아나는 며칠 정도 침대에 누워 있어야 한다고 의사 선생님이 그러셨다."

"상태가 좀 어떤가요, 선생님?"

산모를 가리키며 노의사에게 내가 물었다.

"회복되던 기세가 약간 멈춘 것 같은데……" 의사가 멋진 백발 머리를 설레설레 흔들면서 대답했다. "기운이 없어 보여요. 많이 쇠약해졌어요. 뭘 좀 먹어야 합니다. 몸도 좀 움직여야 하고……"

줄리아나가 지친 미소로 나를 바라보며 입을 열었다.

"제 심장이 뛰는 걸 들으셨어요."

"그래서?" 내가 물었다. 그리고 곧장 의사를 바라보았다.

마치 그의 이마에 그림자가 드리워지는 것 같았다. 하지만 그는 대답했다.

"심장은 아주 건강해요. 필요한 건, 피와 휴식뿐입니다. 자, 자. 기운 내세요. 오늘 아침은 입맛이 좀 어떠신가?"

줄리아나는 역겨워하는 표정을 지으면서 입술을 찡그렸다. 그리고 열린 창문을, 한 조각의 하늘을 뚫어져라 쳐다보았다.

"오늘 날씨가 추운가요?"

그녀가 부끄러운 듯 손을 이불 안으로 집어넣으면서 물었다.

그리고 몸을 부르르 떨었다.

37

다음 날 나는 페데리코와 함께 조반니 디 스코르디오를 찾아갔다.
11월의 마지막 날 오후였다. 우리는 걷기로 하고 경작지를 가로지르기
시작했다.

걷는 동안 우리는 깊은 생각에 잠겨 아무 말도 하지 않았다. 천천
히 해가 저물고 있었고 우리 머리 위로 미세한 금빛 가루들이 떠다녔
다. 고동색의 축축한 대지가 생기를 발하면서 땅의 무한한 잠재력을 여
유롭게 뿜어내는 듯, 아니, 마치 잠재력을 의식하고 조용히 입을 다물고
있는 듯했다. 경작지의 흙더미 위로 마치 소들이 뿜어내는 콧김처럼 김
이 솟아오르고 있었다. 땅기운이 은은한 햇살을 받으면서 마치 흰 눈처
럼 새하얀 빛을 뿜어냈다. 멀리서 소 한 마리, 셔츠를 걸친 농부, 돗자
리, 농장의 담벼락이 마치 보름달이라도 뜬 것처럼 빛을 발했다.

"슬퍼 보여." 페데리코가 조심스럽게 입을 열었다.

"그래, 페데리코. 많이 슬프구나. 미칠 지경이야."

그리고 다시 긴 침묵이 흘렀다. 나뭇가지 사이로 새들이 퍼덕이며
떼를 지어 날아오르고 멀리서 힘없는 종소리가 들려왔다.

"뭐 때문에 그러는 건데?" 여전히 다정한 목소리로 그가 물었다.

"줄리아나가 생명이 위태로워서…… 내 생명이 위태로워서……"

그는 입을 꼭 다물었다. 위로의 말 한 마디조차 꺼낼 엄두를 내지 못했다. 속으로 어쩔 줄 몰라 괴로워하고 있는 것이 틀림없었다. 내가 말했다.

"예감이 안 좋아. 결국에는 자리에서 못 일어날 거야."

그는 여전히 아무 말이 없었다. 우리는 나무들이 들어서 있는 오솔길로 접어들었다. 우리가 발을 옮길 때마다 발밑에서 낙엽이 바스락거렸다. 낙엽이 없는 곳에서는 마치 밑에 동굴이라도 있는 것처럼 둔탁한 소리가 울려 퍼졌다. 내가 다시 입을 열었다.

"줄리아나가 죽으면, 나는 어떻게 하지?"

그 말과 함께 예기치 않았던 위기의식이 나를 일종의 공황 상태로 몰아넣었다. 나는 인상만 찌푸리고 아무 말이 없는 동생을 바라보았다. 그리고 해가 진 것도 아닌데 하염없이 조용하고 황량하게만 느껴지는 주변을 둘러보았다. 내가 살아오는 동안 그 순간만큼 삶의 공허함을 무섭고 잔인하게 느껴본 적은 한 번도 없었다.

"아니야. 형." 동생이 말했다. "줄리아나가 죽다니 말도 안 돼."

동생은 운명이 내린 형벌 앞에서 쓸데없고 무의미한 주장을 펼치고 있었다. 하지만 그런 말을 그토록 솔직담백하게 내뱉는 모습을 보고 나는 놀라지 않을 수 없었다. 그건 마치 아이들이 가끔씩 예기치 못한 말을 내뱉으며 우리의 심금을 울리는 경우와 비슷했다. 그럴 때면 우리는 마치 운명의 목소리가 아무것도 모르는 아이들의 입을 통해 예언을 한다는 느낌을 받는다.

"미래를 내다보는 거니?" 나는 진지하게 물었다.

"아니. 그냥 내 예감일 뿐이야. 하지만 그런 일은 일어나지 않을 거야. 난 믿어."

다시 한 번 동생이 내게 선사하는 한 가닥의 믿음 덕분에 굳게 닫혀 있던 마음의 문이 조금씩 열리기 시작했다. 하지만 그뿐이었다. 왜냐하면, 남은 길을 걷는 동안 동생이 라이몬도 얘기를 꺼냈기 때문이다.

조반니 디 스코르디오가 사는 곳에 이르렀을 무렵 우리는 밭에서 일하고 있는 노인의 모습을 발견했다.

"저기 있다! 씨를 뿌리고 있네. 이런 거룩한 순간에 초대를 하게 되다니."

우리는 조반니가 있는 곳을 향해 다가갔다. 나는 속으로 떨고 있었다. 마치 신성모독이라도 범하는 듯한 느낌이었다. 사실 이 세상에서 가장 아름답고 고귀한 것을 더럽히기 일보 직전이었다. 나는 조반니에게 라이몬도의, 한 사생아의 영적 대부를 맡아달라고 부탁하러 가는 길이었다.

"저기 좀 봐. 정말 멋지잖아?" 페데리코가 멈춰 서서 씨 뿌리는 농부를 가리키며 말했다. "저 큰 키 좀 봐. 사람인데도 거인처럼 느껴지지 않아?"

우리는 밭이 시작되는 곳에 심긴 나무 뒤에 서서 그를 바라보았다. 그는 일에 열중하느라 우리가 온 걸 미처 눈치채지 못하고 있었다.

그는 머리에 녹색과 검정의 고대 프리기아식 모자를 쓴 채 허리를 펴고 천천히 밭 위를 걷고 있었다. 양쪽으로 늘어뜨린 모자의 날개가 그의 귀를 덮고 있었다. 목에서 허리춤까지 가죽 끈으로 길게 늘어뜨린 작고 하얀 부대 안에는 밀 씨앗이 가득 담겨 있었다. 그는 왼손으로 부대를 열고 오른손으로 씨앗을 꺼내 밭을 향해 뿌렸다. 넓게 포물선을 그리면서 느리게 움직이는 그의 몸놀림은 똑같은 장단으로 반복되었다. 멋지고 지혜가 느껴지는 몸놀림이었다. 그의 주먹에서 공중을 향해 날아오르는 씨앗들은 가끔씩 금가루처럼 반짝이곤 했다. 그리고 일렬로 갈아놓은 촉촉한 이랑에 골고루 떨어졌다. 농부는 푹푹 빠져드는 땅을 맨발로 밟으면서 축복을 내리는 듯한 태양을 향해 고개를 치켜들고 천천히 앞으로 나아갔다. 넓고 느린 그의 몸놀림에서 우아함과 지혜가 느껴졌다. 농부의 존재는 그 자체로 순박하고 성스럽고 위대한 존재였다.

우리는 밭으로 들어갔다.

"안녕하세요. 조반니!" 페데리코가 노인을 향해 다가서며 외쳤다. "복 받으세요. 풍년을 기원하겠습니다."

"안녕하세요." 나도 덩달아 인사를 건넸다.

노인이 하던 일을 멈추고 모자를 벗어 들었다.

"모자 다시 쓰세요. 아니면 저희도 벗을 테니까." 페데리코가 말했다.

어리둥절해하며 노인은 다시 모자를 눌러쓰고 부끄러운 듯 미소를 지었다. 그리고 정중하게 물었다.

"어쩐 일로 여기까지?"

떨리는 목소리를 가다듬기 위해 안간힘을 쓰며 내가 대답했다.

"제 아들 녀석이 세례를 받는데 대부 역할을 맡아주실 수 있을까 해서 왔습니다."

노인은 놀란 눈빛으로 나를 바라보고는 동생을 향해 고개를 돌렸다. 영문을 모르겠다는 눈치였다. 그리고 속삭이듯 말했다.

"저한테는 물론 대단한 영광입니다만……"

"어떠세요?"

"한낱 종에게 이런 감지덕지한 일을 맡겨주시니, 천주님께서 몇 배로 갚아주실 겁니다. 이런 늙은이에게 그런 큰 기쁨을 주시니 전 그저 감사할 뿐입니다. 하늘의 모든 축복이 아드님께 임하시기를……"

"고맙습니다."

나는 그에게 손을 내밀고 악수를 청했다. 그리고 그의 깊고 슬픈 눈이 감동을 받아 촉촉이 젖어드는 광경을 지켜보았다. 순간 가슴이 찢어지는 듯했다. 고통스러웠다.

노인이 내게 물었다.

"이름이 어떻게 되나요?"

"라이몬도라고 합니다."

"주인님 아버님 이름이군요. 행복한 기억을 간직하고 있는 이름입니다. 아버님께선 대장부셨습니다. 주인님도 아버님을 많이 닮았어요."

동생이 입을 열었다.

"혼자서 씨를 뿌리고 계시던데."

"씨 뿌리고 흙으로 덮고 혼자서 다 합니다."

그렇게 말하면서 노인은 흙 위에서 반짝이던 써레와 괭이를 가리켰다. 주변에는 아직 흙을 덮지 않은 씨앗들이 널려 있었다. 시간이 흐르고 나면 이삭으로 변할 좋은 씨앗들이었다.

"그럼 계속 일 보세요. 저흰 그만 가보겠습니다. 내일 아침에 바디올라로 오세요. 안녕히 계세요, 조반니. 복 받으세요."

우리는 둘 다 그의 손을 붙잡고 악수를 건넸다. 그가 뿌린 씨앗과 그가 거두어낸 비옥함으로 성스럽게 변한, 결코 지치지 않을 손이었다. 노인은 배웅을 하고 싶었는지 밭둑을 향해 우리를 쫓아 나섰다. 하지만 도중에 멈춰 서서는 머뭇거리면서 내게 말했다.

"제가 두 분께 부탁 한 가지 드려도 될까요?"

"말씀하세요. 조반니."

그는 메고 있던 자루를 열어 보이면서 말을 이었다.

"씨앗을 한 줌 움켜쥐고 제 밭에 뿌려주세요."

내가 먼저, 그리고 동생이 뒤를 이어 자루 안에 손을 집어넣고 씨앗을 한껏 움켜쥔 뒤에 밭을 향해 뿌렸다.

"이제 한 말씀 드릴까요?" 조반니가 감격스러운 목소리로 씨앗이 뿌려진 땅을 바라보며 말했다. "이 씨앗에서 좋은 빵이 나오듯이 하느님께서 라이몬도를 선한 아들로 만들어주기를 기도하겠습니다. 꼭 그렇게 될 겁니다."

　다음 날 아침, 세례식은 줄리아나의 상태를 고려해서 연회 없이 조
용한 가운데 진행되었다. 아이는 예배당까지 복도를 통해 옮겨졌고 어
머니와 동생, 마리아, 나탈리아, 미스 에디스, 조산부, 유모, 그리고 의
사 젬마가 세례식에 참석했다. 나는 깊이 잠든 줄리아나의 침상 앞에
남아 있었다. 그늘 속의 백장미보다 더 창백해 보이는 그녀의 입술이
반쯤 열린 채 힘겨워하는 숨소리를 뿜어내고 있었다. 그늘진 침실 안에
서 나는 그녀를 바라보며 생각했다. 〈결국 줄리아나를 살릴 수 없단 말
인가? 위험한 고비는 넘겼다고 생각했는데. 하지만 죽음의 그림자가 다
시 가까이 다가오고 있어. 특별한 기적이 일어나지 않는 한 줄리아나
는 목숨을 잃고 말 거야. 처음에는 줄리아나와 라이몬도를 떨어뜨려놓
을 수 있었고 그래서 그녀에게 꿈을 심어주고 사랑의 힘으로 아픔을 잊
어버리도록 할 수 있었지. 그땐 줄리아나도 희망을 가지고 있었고 낫고
싶다는 의지를 보여줬어. 하지만 아이를 보는 순간부터 고문이 시작되
었던 거야. 그때부터 건강이 날이 가면 갈수록 악화되었던 거고. 피가
마르는 속도는 피를 흘리는 속도보다 훨씬 빠른 법이야. 지금 나는 줄
리아나의 임종을 지켜보고 있는 거야. 줄리아나는 내 말을 더 이상 들

으려고 하지 않아. 누구에게서 비롯된 죽음이지? 아이 때문이야. 아이가 틀림없이 줄리아나를 죽이고 말 거야.〉

가슴속 깊은 곳에서부터 거침없이 몰아치기 시작한 증오의 파도가 일제히 손바닥 위로 범람하며 살인의 충동을 불러일으켰다. 우유로 든든히 배를 채우고 모두의 사랑을 한몸에 받으면서 아무런 걱정 없이 평화롭게 자라나고 있는 그 조그만 악령이 내 눈앞에 나타났다. 〈어머니는 줄리아나보다도 그 녀석을 더 사랑해! 어머니는 죽어가고 있는 불쌍한 며느리는 신경도 쓰지 않고 손자 녀석만 바라보고 있어! 아, 내가 나서서 그놈을 없애는 수밖에. 무슨 수를 쓰더라도.〉 범행을 저지르고 난 다음 장면이 벌써부터 머릿속에 번쩍번쩍 떠오르기 시작했다. 이불에 둘둘 감겨 있는 생기 없는 살덩어리의 모습, 관 위에 누워 있는 조그만 시체의 모습…… 〈임종을 위한 성체배령. 조반니가 아이를 팔에 안고서……〉

갑자기 궁금해지기 시작했다. 고통스러운 이미지가 나를 자극했다. 줄리아나는 여전히 잠에서 깨어나지 못하고 있었다. 나는 조용히 침실 밖으로 나왔다. 크리스티나를 불러 방을 지키게 한 뒤 코레토*를 향해 터질 것만 같은 가슴을 부둥켜안고 빠르게 걸어갔다.

문은 열려 있었다. 한 나이 많은 남자가 철조망 앞에 무릎을 꿇고 앉아 있었다. 충복 피에트로였다. 내가 태어날 때, 세례를 받을 때 나를 지켜보았던 사람이다. 그가 어쩔 줄 몰라 하며 몸을 일으켰다.

"그대로 있게, 그대로 있어." 내가 속삭이며 말했다. 그리고 한쪽 손을 그의 어깨에 얹고 누르면서 다시 무릎을 꿇게 만들었다.

---

* Coretto: 성당이나 예배당에 연접해 있는 밀실로 이곳에서 철창살을 통해 비밀리에 미사나 각종 행사를 지켜볼 수 있다.

나는 그의 옆에 무릎을 꿇고 앉아 철창살에 이마를 대고 예배당 안쪽을 바라보았다. 모든 광경이 한눈에 또렷이 들어왔다. 기도문을 외는 소리가 들려왔다.

세례 미사가 한창 진행 중이었다. 피에트로는 아이가 벌써 소금*을 받았다고 했다. 미사를 주제하던 신부는 투씨의 교구신부 돈 그레고리오 아르테제였다. 신부와 대부 조반니가 이제 「사도신경」을 낭송하기 시작했다. 한 사람은 큰 목소리로, 또 한 사람은 작은 목소리로. 조반니가 어제 씨앗을 뿌리던 오른팔로 아이를 안고 있었다. 왼손은 리본과 레이스 사이에 놓여 있었다. 갈색의 바싹 마른 손은 마치 청동 조각이 살아 움직이는 것 같았다. 농기구로 인해 생긴 굳은살과 끝없이 씨앗을 뿌리고 노동한 대가로 신성해진 그 손이 이제 하염없는 사랑으로, 마치 부끄러운 듯 조심스럽게 아이를 안아 들고 있었다. 그 부드럽기 짝이 없는 그의 손에서 나는 눈을 떼지 못했다. 라이몬도는 울지 않았다. 입을 계속 움직이면서 침을 흘렸고 침이 턱받이까지 흘러내렸다.

신부는 축사를 마친 뒤 손가락에 아이의 침을 묻혀 분홍색 귀를 만지면서 기적의 주문을 외었다.

"열려라!"**

그리고 코를 만지면서 말했다.

"달콤한 향기처럼……"***

---

* 가톨릭교회에서 유아 세례에 사용하는 소금. 사제는 소금에 축복 기도를 내린 뒤에 약간의 소금을 아이의 입에 집어넣고 '지혜로운 소금이 되게 하소서'를 낭송한다.

** Ephpheta: 고대 아람어로 동사 '열다'의 명령형이다. 흔히 유아 세례식에 사용되는 용어다.

*** In odorem suavitatis: 「에스겔서」 20장 41절. '내가 너희 민족을 달콤한 향기처럼 받아들이고……'

이어서 신부는 예비 신자를 위한 기름에 손가락을 담근 뒤에 조반니가 아이를 똑바로 들고 있는 동안 아이의 가슴에 십자가를 그었다. 그리고 조반니가 아이를 뒤집자 등의 어깨뼈 사이에 다시 십자가를 그으며 외기 시작했다.

"예수 그리스도와 천주님의 이름으로 구원의 기름을 네게 부어주노니⋯⋯"

신부는 묻어 있던 기름을 솜으로 닦아냈다. 그리고 고통과 슬픔을 상징하는 보라색의 영대를 벗어 내려놓고 원죄가 사해졌다는 기쁜 소식을 알리기 위해 흰색 영대를 걸쳐 입었다. 그리고 라이몬도를 이름으로 부르면서 엄숙하게 세 가지 질문을 던졌다. 대답을 대신한 사람은 대부 조반니였다.

"믿습니다. 믿습니다. 믿습니다."

예배당은 음향이 뛰어났다. 높은 곳에 위치한 달걀 모양의 창문에서 햇볕이 쏟아져 들어와 바닥에 세워진 대리석 비석을 내리쬐었다. 그 밑에 나의 선조들이 고이 잠들어 있었다. 어머니와 동생이 조반니 뒤에 나란히 서 있었고 마리아와 나탈리아는 웃고 수군덕거리면서 궁금한 나머지 발꿈치를 들고 라이몬도를 보기 위해 경합을 벌였다. 가끔씩 여자아이들을 돌아보던 조반니의 눈에는 아이들을 향한 애틋한 사랑이 가득 실려 있었다. 이제는 홀로 된 노인의 바다처럼 넓은 가슴에서 흘러나오는 사랑이었다.

"세례를 받기 원하는가?" 신부가 물었다.

"원합니다." 신부가 가르쳐준 대로 대부가 대답했다.

성수가 반짝이는 은색 쟁반을 신부가 집어 들었다.

어머니가 세례자의 머리에서 모자를 벗겨냈고 조반니는 물세례를 위해 아이를 거꾸로 눕혀 앞쪽으로 내밀었다. 하얀 피부염 흔적이 또렷한 아이의 머리가 쟁반 아래로 향해지고 신부는 아이의 머리 위로 매번 십자가를 그으면서 성수를 세 번 흘려보냈다.

"내가 성부와 성자와 성령의 이름으로 세례를 주노라."

라이몬도가 울음을 터뜨렸다. 머리에 묻은 물을 닦는 동안에는 더 큰 소리로 울었다. 조반니가 아이를 들어 올리는 동안 악을 쓰느라고 시뻘게진 그의 얼굴이 눈에 들어왔다. 입술은 일그러지고 이마에도 하얀 버짐이 피어 있었다. 아이의 울음소리는 예전에 경험했던 대로 가슴이 찢어지는 듯한 느낌, 분노 속의 절망감을 안겨주었다. 암울했던 10월의 새벽, 처음으로 그토록 잔인하게 내 가슴을 찢어놓았던 아이의 그 집요한 울음소리만큼 나를 괴롭히는 것은 아무것도 없었다. 기어이 신경을 건드리고 마는 아이의 목소리를 나는 참을 수 없었다. 신부가 성유병에 손가락을 담갔다가 세례자의 이마로 가져갔다. 신부가 낭송하는 전례 문구가 아이의 울음소리에 묻혀 희미하게 들려왔다. 그리고 신부는 아이에게 흰 옷을 입히게 했다. 순수함과 **무고함**의 상징이었다.

"아치폐 베스템 칸디담—흰 옷을 입어라."*

그리고 축복을 내린 촛불을 대부에게 건넸다.

"아치폐 람파뎀 아르덴템—타오르는 불꽃을 받아라."**

무고한 아이가 울음을 그쳤다. 그의 눈이 기다란 초 위에서 반짝이는 불꽃을 응시하고 있었다. 조반니가 새로 태어난 신도를 오른팔로 안고 왼손으로 신성함을 상징하는 촛불을 들고 신부가 전례 문구를 외는 모습을 바라보며 경건하고 겸허한 자세로 서 있었다. 참석한 사람 모두

---

*   Accipe vestem candidam.

** Accipe lampadem ardentem.

를 제치고 눈에 확연히 들어오는 사람은 조반니였다. 주변에 있는 어떤 것도 그의 백발 머리처럼 희고 순수해 보이지 않았다. **무고한** 아이의 흰 옷마저도.

"바데 인 파체, 에트 도미누스 시트 테쿰——주님께서 너와 함께하시니 평화 속에 가라."*

"아멘."

어머니가 노인에게서 **무고한** 아이를 받아 들고 품에 안으면서 이마에 입을 맞추었다. 내 동생도, 그리고 참석한 모든 사람들이 차례차례 아이에게 입을 맞췄다.

내 옆에서 여전히 무릎을 꿇고 앉아 있던 피에트로가 눈물을 흘렸다. 나는 혼을 빼앗긴 사람처럼 자리에서 벌떡 일어나서 복도를 빠른 걸음으로 통과한 뒤 노크도 없이 줄리아나의 방 안으로 뛰어 들어갔다.

놀란 크리스티나가 나지막한 목소리로 내게 물었다.

"아니, 주인님 무슨 일이세요?"

"아니다. 아니야. 마님은 깨어 있나?"

"아니요, 주인님. 아직 주무시고 계신 것 같은데요."

나는 침실 커튼을 젖히고 천천히 안으로 들어섰다. 그림자 속에서 처음에는 하얀 베개밖에 보이지 않았다. 나는 가까이 다가서서 몸을 굽혔다. 줄리아나가 눈을 뜨고 있었다. 그녀의 눈이 나를 뚫어져라 쳐다보았다. 마치 내 얼굴에서 나의 모든 고통을 하나하나 읽어내는 듯했다. 하지만 입을 열진 않았다. 그리고 줄리아나는 다시 눈을 감았다. 마치 다시는 눈을 뜨고 싶지 않다는 듯이.

---

*   Vade in pace, et Dominus sit tecum.

39

나를 범죄로 인도하게 될 그 명쾌한 혼돈 상태의 마지막 추락이 시작된 건 바로 그날부터였다. 그날부터 나는 무고한 생명을 빼앗기 위한 가장 쉽고 확실한 방법을 연구하기 시작했다. 나의 모든 정신적 힘을 빨아들인 집요하고 날카롭고 차가운 음모가 그날 시작되었던 것이다. 하나의 강박관념이 어마어마한 힘을 발휘하며 나를 끈질기게 옥죄어왔다. 내가 완전한 절망의 흥분 상태에서 절정에 달하고 있는 동안 범죄에 대한 생각은 나를 단단하고 날카로운 칼날 위에 올려 세웠다. 두뇌의 회전 속도가 세 배나 빨라진 듯했다. 내면세계에서든 외부세계에서든 내가 놓치는 건 아무것도 없었다. 나는 아무 말도 하지 않았고 사람들을 놀라게 하거나 의혹을 살 수 있는 일은 아무것도 하지 않았다. 나는 어머니와 동생 앞에서, 다른 모든 사람들 앞에서, 심지어는 줄리아나 앞에서도 아무렇지도 않은 척 연기를 계속했다.

그녀에게 나는 안정을 되찾은 듯한 인상을 심어주었고 가끔은 정말 모든 것을 잊은 듯한 모습을 보여주기까지 했다. 그녀와 이야기할 때면 불청객에 대한 언급을 피하기 위해 수단과 방법을 가리지 않았다. 나는 그녀가 건강을 되찾기 위해 지켜야 하는 규칙들을 상기시키면서 그녀에게 믿음을 심어주고 생기를 불어넣기 위해 총력을 기울였다. 다정하고 정성스러운 위로의 말을 쏟아부으면서 그녀가 모든 것을 망각할 수 있도록 그녀의 가슴을 뜨겁게 만들었다. 그녀가 인생에서 가장 상큼하고 순전한 행복을 다시 맛볼 수 있도록 해주고 싶었다. 다시 한 번 나는 그녀의 연약한 몸과 하나가 되는 듯한, 그녀의 약해진 심장에 박차를 가하면서 그녀에게 내 힘을 나누어주는 듯한 느낌을 받았다. 그러니까 마치 그녀에게 허망할 뿐인 기력을 날마다 불어넣으면서 비극으로 끝날 해방의 순간을 기다리게 만드는 것 같았다. 나는 속으로 되뇌었다. 〈내일은 꼭!〉 내일은 어김없이 도착했고 시간이 흐르고 결정적인 순간이 다가오기 전에 사라져버렸다. 그러면 나는 중얼거렸다. 〈내일은 꼭!〉 나는 어미가 살려면 아이가 죽어야 한다고, 불청객이 사라지면 그녀가 기운을 차릴 수 있을 거라고 확신했다. 나는 생각했다. 〈아이가 없는데 일어나지 못할 이유가 없지. 줄리아나는 다시 태어날 거야. 새로운 피로. 천천히 불순한 것을 모두 씻어버리고 완전히 딴사람으로 부활하게 될 거야. 그토록 오랫동안 고통스러운 대가를 치렀으니 이제 서로의 얼굴을 바라보며 자랑스럽게 우리의 정화된 모습을 발견하게 되겠지. 고통과 투병은 결국 멀고 불투명한 기억 속으로 사라지고 말 거야. 그녀의 영혼 속에 남아 있을 그 기억의 그림자마저도 영원히 지워버리겠어. 내 사랑으로 그녀에게 완벽한 망각을 선사해줄 거야. 이 고통을 딛고 일어섰다는 위대한 증거가 있는 이상 우리의 사랑 앞에서 어떤 인간적인 사랑도 하찮고 볼품없는 것으로 전락하고 말 거야.〉 머릿속에 떠오르는 미래의 모습이 나를 들뜨게 만들었다. 분명하지 않은 것들을 나는 거부했고 범죄는 추한 모습을 벗어던지기 시작했다. 나는 너무 신중히 생각하고 머뭇거리면서 당황해하는 나 자신을 나무라기까지

했다. 하지만 딱히 좋은 생각이 떠오르지 않았다. 아직은 확실한 방법을 찾아내지 못했다. 자연사처럼 꾸며야 할 필요가 있었다. 의사조차도 의혹을 품을 수 없을 정도로 완벽해야 했다. 여러 가지 방법들을 생각해보았다. 하지만 실행에 옮길 수 있을 만한 것은 아무것도 없었다. 그리고 번개처럼 번뜩 좋은 생각이 떠오르기를 기다리는 동안 나는 희생자에게 야릇한 매력을 느끼기 시작했다.

유모의 방에 느닷없이 들어갈 때마다 빠르게 뛰던 나의 심장 박동 소리를 그녀가 들을까 봐 염려스러웠다. 몬테고르고 파우술라에서 온 안나는 알프스의 아마존이라 불리는 부족 출신이었다. 가끔은 동으로 만든 키벨레* 같다는 느낌이 들기도 했다. 머리에 탑 왕관만 쓰지 않고 있을 뿐이었다. 안나는 긴 주름이 잘게 잡힌 빨간 치마와 금실로 수를 놓은 검은 상의를 살짝 걸치고 있었다. 고향의 전통 의상이었다. 축 늘어진 소매 안으로 그녀가 팔을 집어넣는 경우는 상당히 드물었다. 하얀 셔츠 위로 치켜든 그녀의 얼굴은 그림자에 가려져 있었다. 하지만 눈의 흰자와 하얀 치아가 뿜어내는 순백의 광채는 셔츠의 그것을 압도했다. 광을 낸 것 같은 두 눈은 꼼짝도 하지 않았고 마치 아무것도 바라보지 않는 듯한, 꿈도 꾸지 않고 아무 생각도 하지 않는 듯한 느낌을 주었다. 고르고 촘촘한 치아를 내보이며 살짝 벌리고 있는 커다란 입에선 한 마디도 새어 나오지 않았다. 머리카락은 검다 못해 보라색 광채가 날 정도였고 이마에서부터 이어진 머리를 양쪽 귀에서부터 따내려가기 시작해 양의 뿔처럼 둥그렇게 말아 올리고 있었다. 그녀는 항상 조각상처럼 슬프지도 기쁘지도 않은 얼굴로 젖먹이 아이를 안고 앉아 있었다.

---

* Kybele: 프리기아에서 숭배되던 대지모신으로 흔히 머리에 탑 모양의 왕관을 쓴 모습으로 조각되었다.

나는 그림자 속에 잠긴 방 안으로 들어가 아무 말 없이 생기 없는 조각상의 눈으로 나를 똑바로 쳐다보며 미소조차 짓지 않는 그 음침한 분위기의 덩치 큰 여자가 라이몬도를 흰 이불 속에 담아 안고 있는 모습을 발견했고, 가끔씩 그곳에 남아 아이가 젖을 물고 있는 모습을 바라보곤 했다. 아이의 얼굴보다 더 하얗게 빛나면서 파란 힘줄까지 비쳐 보이던 젖가슴이 기억난다. 아이는 젖을 천천히 빨다가도 입을 빠르게 움직이는가 하면 귀찮아하는 듯한 표정을 짓다가도 갑자기 게걸스럽게 젖을 빨기 시작했다. 입이 움직일 때마다 말랑말랑한 볼이 실룩거렸고 유모의 잔뜩 부풀어 오른 가슴에 코를 파묻고 젖을 한 모금씩 삼킬 때마다 목이 부풀어 오르는 모습이 보였다. 신선하고 영양가 높은 젖을 한껏 섭취하면서 그 조그만 살덩이가 뿜어내던 충만한 기운이 눈에 보이는 듯했다. 젖을 한 모금씩 삼킬 때마다 그 불청객의 생명력이 더 강하고 끈질기고, 끝내는 더 사악하게 변하는 듯했다. 아이가 자라나는 모습을 바라보면서, 아무런 장애물 없이 생명을 꽃피우는 모습을 지켜보면서 나는 이루 말할 수 없는 회한을 느꼈다. 나는 생각했다. 〈아니, 아이가 배 속에 들어 있는 동안 줄리아나가 일으켰던 그토록 심한 경련과 고통이 아이에게 조금도 해를 끼치지 못했단 말인가? 아니면 목숨을 위협하는 심각한 병에 걸렸으면서도 아직 증상이 구체적으로 나타나지 않고 있을 뿐인가?〉

한번은 아이가 요람에 벌거벗은 채로 누워 있을 때 혐오스러운 감정을 억누르고 손으로 아이를 만져본 적이 있다. 나는 머리에서 발끝까지 아이의 몸을 유심히 살피고 심장이 뛰는 소리를 듣기 위해 가슴에 귀를 가져다 댔다. 아이는 다리를 잔뜩 움츠렸다 힘껏 기지개를 폈다. 그리고 살이 겹겹이 쌓인 통통한 손을 흔들어대며 하얗고 동그랗게 튀어나온 자그마한 손톱을 입안으로 집어넣었다. 통통한 살덩어리가 손목과 복사뼈 부위, 무릎 뒷부분과 허벅지, 그리고 사타구니와 하복부에서 겹겹이 동그라미를 만들어냈다.

나는 아이가 잠든 모습을 몇 번이고 바라보면서 한참 동안이나 그 결정적인 순간을 머릿속에 떠올리고 또 떠올렸다. 간간이 나를 방해하는 것은 하얀 국화와 촛불에 둘러싸여 관 속에 누워 있는 조그만 시체의 이미지뿐이었다. 죽은 듯이 잠든 아이는 주먹을 쥐고 엄지만 안으로 말아 넣은 채 똑바로 누워 있었다. 가끔씩 입으로 젖을 빠는 시늉을 해 보일 뿐이었다. 잠들어 있는 무고한 아이의 모습이 내 가슴을 두드릴 때면, 꿈속에서 움직이는 그 입술 모양이 내 가슴을 녹이려 할 때면, 나는 원래의 계획을 실행에 옮기기 위해 재차 다짐하곤 했다. 〈저 녀석은 죽어야 해!〉 그리고 곧장 아이 때문에 겪어야 했던 고통스러운 일들을 떠올렸다. 바로 얼마 전에 있었던 일들에서부터 시작해서 나를 괴롭히던 수많은 고민거리들, 내 딸아이들을 뒷전으로 밀어내고 모두의 애정을 독차지해버린 참을 수 없는 부조리와 줄리아나의 투병과 알 수 없는 먹구름을 몰고 왔던 모든 고통과 위협을 떠올렸다. 그런 식으로 나는 살인을 계획했고, 그런 식으로 잠든 아이에게 형벌을 내렸다. 한쪽 어두운 구석에서 몬테고르고의 여인이 아무 말 없이, 동상처럼 꼼짝도 하지 않고 아이를 지키고 앉아 있었다. 눈의 흰자위와 하얀 치아가 커다랗고 둥그런 금장식보다도 훨씬 더 밝게 빛나고 있었다.

40

어느 날 저녁(12월 14일이었다) 페데리코와 함께 바디올라로 돌아오는 중이었다. 큰길 맞은편에서 한 남자가 다가왔다. 조반니였다.

"조반니!" 동생이 큰 소리로 그를 불렀다.

우리는 걸음을 멈춘 노인을 향해 가까이 다가갔다.

"조반니! 안녕하세요. 어쩐 일이세요?"

머뭇거리며 미소를 짓던 노인은 마치 몰래 도망 다니다가 들키기라도 한 것처럼 겸연쩍어했다.

"제가……" 그가 말을 더듬거렸다. "아드님 때문에…… 오는 길이었습니다."

그는 부끄러워서 어쩔 줄 몰라 했다. 마치 그런 생각을 했다는 것 자체가 잘못된 일이고 그래서 용서를 빌어야 한다고 느끼는 듯했다.

"아이를 보고 싶으세요?" 페데리코가 나지막한 목소리로 물었다. 마치 그에게 은밀한 제안이라도 하는 듯했다. 그 홀로 된 노인의 가슴을 설레게 했을 달콤하면서도 슬픈 감정이 무엇인지 이해했던 것이다.

"아니요. 아니, 전 그저 한번 여쭤보려고…… 혹시……"

"보고 싶지 않으세요?"

"아니…… 당연하죠. 하지만 방해가 되는 건 아닌지…… 이런 시간에……"

"같이 가세요. 아이 보러 가요." 페데리코가 마치 어린아이 다루듯이 그의 손을 붙잡으며 결정을 내렸다.

우리는 집으로 돌아와 유모의 방으로 올라갔다.

그곳에 와 계시던 어머니가 조반니를 향해 환한 미소를 지으면서 우리에게 소리 내지 말라는 신호를 보냈다.

"잠들었다." 어머니가 말했다.

그리고 나를 바라보며 걱정스러운 눈빛으로 말을 이었다.

"오늘은 오후에 약간 기침을 하더라."

내게는 놀라운 소식이었다. 그걸 겉으로 드러냈는지 어머니가 나를 안심시키기 위해 덧붙였다.

"하지만 별것 아니다. 그냥 몇 번 했을 뿐이야. 별일 아니니 걱정 말거라."

페데리코와 노인은 벌써 요람 앞으로 다가가 등불 밑에서 잠들어 있는 아이를 바라보고 있었다. 허리를 완전히 굽힌 노인의 백발이 환하게 빛을 발했다.

"입 맞춰보세요." 옆에서 페데리코가 속삭였다.

노인은 고개를 들고 어쩔 줄 몰라 하는 표정으로 나와 어머니를 번갈아 바라보았다. 그리고 면도를 제대로 하지 못해 덥수룩하게 나 있던 수염을 손으로 가렸다.

좀더 터놓고 지내는 사이였던 페데리코에게 노인이 나지막한 목소리로 말했다.

"제가 입을 맞추면 따가워서 분명히 깨어날 거예요."

그 불쌍한 노인이 아이에게 입을 맞추고 싶어서 어쩔 줄 몰라 하는 모습을 보고 동생이 손짓으로 그를 부추겼다. 그제야 그 커다랗고 하얀 머리가 요람을 향해 천천히 가라앉기 시작했다. 천천히, 천천히.

41

단둘이 남았을 때 여전히 잠들어 있는 라이몬도의 요람 앞에서 어머니가 내게 말했다.

"참 딱한 노인이야! 그거 아니? 저녁마다 찾아온다는 거? 그것도 몰래 말이다. 피에트로한테 들었다. 그 양반이 집 주변을 이리저리 오가는 걸 봤대. 세례식하던 날은 밖에서 아이 방 창문이 어디인지 가르쳐달라고 했다지 뭐니. 밖에서라도 바라보겠다는 심사였겠지…… 얼마나 가슴이 찡하던지……"

나는 라이몬도의 숨소리를 듣고 있었다. 처음과 다를 바 없었다. 아이는 곤히 잠들어 있었다.

"그러니까 오늘 기침을 했다는 거죠?"

"그래, 툴리오. 하지만 별것 아니었다. 걱정하지 마라."

"감기 기운이 있는 건 아닌지……"

"그럴 리가. 옆에서 그렇게들 신경을 쓰는데 감기 걸릴 새나 있었겠니?"

그 말을 듣는 순간 일종의 영감 같은 것이 번개처럼 떠올랐다. 갑자기 가슴이 쿵쾅거리며 뛰기 시작했다. 금방이라도 이성을 잃고 공황 상태로 빠져들 것만 같았다. 어머니가 곁에 있다는 것이 참기 힘들었다. 나의 흔들리는 모습을 어머니가 눈치채지는 않을까 두려웠기 때문이다. 머릿속에 떠올랐던 착상의 강렬한 이미지가 번뜩이는 빛을 발하면서 내 눈앞에 펼쳐졌다. 나는 두려웠다. 〈내 얼굴을 보고 뭔가 눈치챌 것이 틀림없어.〉 소용없는 일이었다. 나 자신을 제어한다는 것이 불가능해 보였다. 나는 요람 앞으로 다가가서 아이를 바라보며 허리를 굽혔다. 어머니가 뭔가를 눈치챈 것이 틀림없었다. 하지만 이야기는 내게 유리한 쪽으로 흘러갔다. 어머니가 말했다.

"너도 참 대단하다. 걱정할 게 뭐가 있다고 그러니! 숨소리 고른 거 안 들리니? 곤히 잠자는 거 안 보여?"

하지만 그렇게 말하는 어머니의 목소리에도 적지 않은 불안감이 섞여 있었다. 마음속으로 염려하고 있던 것을 끝내는 감추지 못했던 것이다. 나는 꾹 참고 대답했다.

"네. 그래요. 아무것도 아닐 거예요…… 여기 남아 계실 건가요?"

"안나가 돌아올 때까지는 그래야 하지 않겠니?"

"전 가볼게요."

나는 밖으로 나와 줄리아나를 찾아갔다. 그녀가 나를 기다리고 있었다. 저녁 식사가 다 준비된 상태였다. 그녀가 식사하는 동안에는 내가 항상 곁에 붙어 있었다. 그 조그만 식탁이 너무 어둡게 보이지 않도록, 내가 같이 식사하는 모습을 보고, 내 간호에 힘입어서 음식을 입에 넣도록 유도하기 위해서였다. 나는 내 생각을 말과 행동으로 옮겼다. 내가 즐거워하고 있다는 걸, 내 행동이 과하고 일관성이 없다는 걸 줄리아나도 느꼈을 것이다. 그때 나는 들떠 있었다. 의식도 또렷하지 못한 상태였고 내가 그런 상태에 놓여 있다는 걸 알 수는 있었지만, 자제

할 수는 없었다. 평상시와 다르게 나는 부르고뉴 와인을 석 잔이나 들이켰다. 그리고 줄리아나도 몇 모금 더 마시게 만들었다.

"어때? 훨씬 더 나아진 거 같지?"

"네. 네."

"내 말대로만 하면 크리스마스에는 자리에서 일어날 수 있을 거야. 아직 10일 남았네. 10일 동안 당신이 원하기만 하면 얼마든지 기운 차릴 수 있어. 자, 한 모금 더 마셔봐."

그녀는 내 말에 귀를 기울이려고 애쓰면서 약간은 어리둥절하고 약간은 궁금한 눈초리로 나를 바라보았다. 벌써 기운이 빠진 듯 그녀의 눈꺼풀이 천천히 내려앉기 시작했다. 몸을 일으켜 세운 상태에서 어느 정도 시간이 흐르면 곧장 빈혈 증세가 다시 나타나던 줄리아나였다.

그녀는 내가 내민 포도주 잔에 입술을 적셨다. 내가 말을 이었다.

"얘기해봐. 기력을 회복하는 동안 어디서 지내면 좋을 것 같아?"

그녀는 희미하게 미소를 지어 보였다.

"강가로 가면 어떨까? 아우구스토 아리치한테 빌라 한 채 찾아보라고 편지 한 통 쓸까? 빌라 지노자가 비어 있으면 좋을 텐데! 기억나?"

줄리아나의 입가에 더 희미한 미소가 피어올랐다.

"피곤해? 내가 너무 큰 소리로 말하나?"

그녀는 금방이라도 정신을 잃을 듯이 보였다. 나는 그녀를 비스듬히 지탱하고 있던 베개들을 빼내고 그녀를 침대에 눕혔다. 잠시 후 의식을 되찾은 줄리아나가 꿈을 꾸는 듯한 목소리로 속삭였다.

"네. 그럼요. 가야죠……"

42

이상한 긴장감이 나를 붙잡고 놓아주질 않았다. 가끔은 마치 쾌락처럼, 가끔은 주체할 수 없는 정체불명의 행복처럼 느껴지기도 했다. 때로는 참을 수 없는 격렬한 감정이나 견딜 수 없는 강박관념으로, 혹은 누군가를 만나고 싶고 찾아가서 얘기를 나누고 속사정을 털어놓고 싶은 감정으로 느껴질 때도 있었다. 내게는 고독이 필요했다. 안전한 곳에 몸을 숨기고 나 자신과 단둘이만 남아 나 스스로를 돌아보고 생각을 정리하고 앞으로 일어나게 될 사건의 모든 특이 사항들을 점검하고 연구하고 확인해봐야 할 필요를 느꼈다. 준비가 필요했다. 복잡하고 상반된 생각들, 규정할 수 없고 설명할 수 없는 수많은 생각들이 내 머릿속에서 빠른 속도로 교차되고 있었다. 나의 내면적 동력에 가해진 가속도는 감당하기 힘들 정도로 어마어마했다.

내 머리를 번개처럼 스치면서 떠올랐던 영감과 그 이상한 분위기의 광채가 마치 죽어 있던 의식을 되살리는 듯했다. 어둠 속에 묻혀 있었을 뿐 일찍부터 존재하고 있던 의식 세계에 빛을 비추고 기억 속에 깊이 잠들어 있던 것을 깨우는 듯한 느낌이었다. 하지만 기억이 날 듯하면서도 결국에는 떠오르지 않았다. 안간힘을 써봤지만 기억의 시원을 추적하고 근본을 파헤치려는 시도는 번번이 실패로 돌아가고 말았다. 생각은 떠올랐다. 하지만 옛날에 읽었던 책의 기억일까, 아니면 이와 비슷한 경우에 대한 설명을 어디선가 읽었던 건가? 혹은 누군가가 실제의 삶에서도 그런 경우가 불가피하다고 내게 설명해주었던 걸까?

아니면 그 기억에 대한 느낌은 하나의 환영에 불과했고 어떤 신비로운 연상 작용의 효과에 지나지 않았던 걸까? 어쨌든 방법을 제공한 것이 제3자라는 것만큼은 틀림없었다. 마치 누군가가 갑자기 나타나서 나의 모든 의혹을 벗겨준 것만 같았다. 〈**너도 그렇게 하면 돼. 네 입장에 처했을 때 그 인간이 그랬던 것처럼.**〉 하지만 **그 인간**이라니? 그가 누구란 말인가? 어떤 식으로든 내가 알고 있는 사람이 틀림없었다. 하지만 내게 바싹 붙어 있는 그를 떨어뜨리고 모습을 확인해보려는 노력은 매번 수포로 돌아갔다. 당시의 독특했던 의식 상태에 대해 정확하게 설명하는 것이 내게는 불가능한 일이다. 나는 한 사건이 전개된 모든 과정을 낱낱이 파악하고 있었다. 다시 말해 한 인간이 그의 계획을 실행에 옮기면서 취한 일련의 행동들이 무엇인지 나는 정확하게 알고 있었다. 하지만 나는 그 인간이, 나의 선임자가 누구인지 몰랐다. 그리고 내가 그의 입장에 서지 않는 이상 내가 기억하고 있던 것에 나의 계획을 연관지을 수 없었다. 어쨌든 나는 제3자가 취한 그 특별한 행동들, 나와 비슷한 처지에서 제3자가 취했던 그 행위들을 모방하고 있는 나 자신을 발견했다. 내게는 독창성이 결여되어 있었다.

나는 줄리아나의 방에서 나와 무엇을 할까 망설이며 복도를 어슬렁거렸다. 하지만 아무도 나타나지 않았다. 나는 유모의 방으로 향했다. 그리고 문에 귀를 대고 엿들었다. 어머니의 목소리가 들려왔다. 나는 곧장 발길을 다른 곳으로 돌렸다.

그곳에서 꼼짝도 하지 않았단 말인가? 아이의 기침이 심해지기라도 했단 말인가? 신생아들이 앓는 기관지염이 무엇인지 나는 잘 알고 있었다. 쉽게 알아차리기 힘든 무서운 병이었다. 마리아가 3개월이 되었을 때 그 병을 앓은 것이 생각났다. 그때 목격했던 모든 증세들이 다시 떠오르기 시작했다. 마리아도 처음에는 재채기와 가벼운 기침으로 시작했다. 마리아 역시 곤히 잠만 잤던 것이 기억났다. 나는 생각했다. 〈누가 알아! 광분하지 않고 조금만 더 기다리면 선하신 하느님께서 너무 늦기 전에 손을 쓰실 수도, 그래서 내게 살 길을 마련해주실 수도 있는 문제잖아.〉 나는 다시 돌아와서 방문에 귀를 대고 엿듣기 시작했다. 여전히 어머니의 목소리가 들려왔다. 나는 방 안으로 들어갔다.

"라이몬도는 좀 어떤가요?" 나는 떨리는 목소리로 주저하지 않고 물었다.

"괜찮다. 잠잠해. 더 이상 기침도 하지 않았다. 숨소리도 고르고, 열도 없고, 한번 봐라 젖 먹고 있잖니."

어머니는 마음을 놓은 듯이 보였다.

안나가 아이를 안은 채 침대 위에 앉아 있었다. 라이몬도는 간간이 소리를 내며 게걸스럽게 젖을 빨고 있었다. 안나는 고개를 떨어뜨리고 바닥만 뚫어져라 쳐다보면서 동상처럼 꼼짝도 하지 않았다. 흔들리는 촛불이 그녀의 빨간 치마 위로 음영을 떨어뜨리고 있었다.

"실내가 너무 덥지 않나요?" 내가 물었다. 공기가 너무 답답하게 느껴졌다. 실제로 방은 상당히 더운 편이었다. 아니나 다를까 한쪽 구석에서 화덕 뚜껑 위에 수건과 아이 이불을 올려놓고 따뜻하게 덥히고 있었다. 물 끓는 소리도 들려왔고 가끔씩 세찬 바람에 유리창이 흔들리는 소리도 들려왔다.

"북풍이 얼마나 세차게 몰아치는지 한번 들어봐라!" 어머니가 속삭였다. 이제 다른 소리들은 더 이상 들리지 않았다. 나는 답답한 마음으로 바람 소리에 귀를 기울였다. 온몸에 한기가 느껴졌다. 마치 찬바람 한줄기가 내 몸을 관통한 것 같은 느낌이었다. 나는 창가로 다가갔다. 덧창문을 여는 순간 손가락이 바르르 떨리는 걸 느끼면서 나는 이마를 차가운 유리창에 가져다 대고 바깥을 바라보았다. 하지만 창문이 입김으로 곧장 뿌옇게 변하면서 아무것도 볼 수 없었다. 나는 눈을 치켜들고 창문 윗부분을 통해 별들이 반짝이는 밤하늘을 바라보았다.

"날씨는 좋아요." 창가를 벗어나면서 내가 말했다.

여전히 젖을 물고 있는 라이몬도를 향해 시선을 돌리는 동안에도 나는 머릿속으로 다이아몬드처럼 선명하게 반짝이는 살인의 밤을 떠올렸다.

"줄리아나는 저녁 식사 했니?" 어머니가 다정한 목소리로 내게 물었다.

"네." 나는 차갑게 대답했다. 그리고 생각했다. 〈하지만 저녁 내내 잠시라도 짬을 내서 얼굴 보러 가실 생각조차 안 하셨잖아요. 어머니가 줄리아나를 그렇게 소홀이 하는 것도 처음은 아닙니다. 라이몬도한테만 흠뻑 빠져 계시잖아요.〉

43

다음 날 아침 의사 젬마가 진찰을 마친 뒤에 아이가 이루 말할 수 없이 건강하다는 진단 결과를 발표했다. 기침을 했다는 사실은 전혀 중요하게 생각하지 않았다. 집안사람들의 과도한 시중과 지나친 걱정에 대해 웃음을 지으면서도 쌀쌀해지는 날씨에는 조심할 필요가 있고 특히 아이를 목욕시킬 때에는 신경을 곤두세워야 한다고 당부를 아끼지 않았다.

그가 줄리아나에게 이런 얘기들을 전하고 있는 동안 나는 두세 번 그녀와 순간적으로 눈길을 마주쳤다.

어쨌든 신의 섭리는 우리에게 유리한 쪽으로 흘러가지 않았다. 직접 나서야 할 필요가 있었고 빠른 시일 내에 적절한 기회를 노려 일을 성사시켜야만 했다. 나는 마음을 굳게 먹었다. 나는 편안하게 일을 실행할 수 있는 저녁 시간이 다가오길 기다렸다.

나는 남은 힘을 모두 모아 촉각을 곤두세우고 내가 실행에 옮길 모든 말과 행동을 하나하나 연구하고 가다듬었다. 의심을 사거나 사람들을 놀라게 할 만한 말이나 행동은 절대적으로 삼갔다. 마음이 약해지는 순간은 오지 않았다. 압축된 나의 내적 감수성은 거의 질식 상태에 놓

여 있었다. 물리적인 장애물의 용해를 준비하기 위해 나는 모든 정신적
에너지를 한 곳에 집중시켰다. 저녁에 단 몇 분이라도 내가 불청객과
단둘이 남아 있을 수 있는 확실한 기회가 필요했다.

낮 시간에 나는 몇 번이고 유모의 방을 들락거렸다. 안나는 어김없
이 자신의 자리를 지키고 있었다. 꼼짝도 않는 문지기나 다름없었다.
내가 질문을 던지면 그녀는 한마디로 딱 잘라서 대답했다. 그녀의 둔탁
한 목소리는 독특한 음색을 가지고 있었다. 하지만 나를 거슬리게 만든
것은 그녀의 침묵과 움직이는 걸 싫어하는 성격이었다.

그녀는 식사 시간이 아니면 자리를 뜨지 않았다. 하지만 가끔 그녀
를 대신해서 어머니 혹은 미스 에디스, 아니면 크리스티나 혹은 집 안
에서 일하는 여자들이 자리를 지키는 경우가 생기곤 했다. 마지막 경우
에는 증인이 될 인물을 훨씬 쉽게 속일 수 있었다. 명령을 하면 그만이
었다. 하지만 그사이에 누군가 느닷없이 나타날 가능성은 얼마든지 있
었다. 게다가 누구를 대신 시킬 수도 없는 상황이었기 때문에 나는 사
실 커다란 모험을 시도하고 있는 셈이었다. 그날 저녁은 어머니가 자리
를 지켰고 다가올 날들도 어머니가 자리를 지킬 공산이 컸다. 게다가
아이의 간호를 내가 아무런 핑계 없이 계속한다는 건 불가능한 일이었
다. 그러나 하염없이 고민만 하는 것도, 결정적인 순간을 기다리며 살
아가는 것도 오래가지는 못할 일들이었다.

당황스러워하며 그곳에 남아 있는 동안 미스 에디스가 마리아와 나
탈리아를 데리고 나타났다. 밖에서 뛰어놀다 들어온 두 천사는 족제비
가죽 망토를 걸치고 머리 위에도 똑같은 털 장식을 달고 장갑을 긴 채,
추위 때문에 벌게진 얼굴로 나를 보자마자 기뻐 어쩔 줄 몰라 하며 내
품 안으로 달려들었다. 방 안이 잠시 동안 아이들의 떠드는 소리로 떠

들썩했다.

"그거 알아요? 산사람들이 도착했어요!" 마리아가 외쳤다. "오늘 밤에 예배당에서 크리스마스 노베나*가 시작돼요. 피에트로가 만든 프레세페**를 아빠가 꼭 봐야 하는데! 할머니가 크리스마스트리 만들어준다고 약속한 거 알아요? 맞죠, 미스 에디스? 엄마 방에 가져다놔야 해요. 엄만 크리스마스면 침대에서 일어나는 거죠? 맞죠? 아이, 엄마 낫게 해줘요!"

나탈리아는 멈춰 서서 라이몬도를 바라보고 있었다. 가끔씩 아이가 이불을 걷어차내려고 다리를 마구 휘저으며 인상을 찌푸릴 때마다 나탈리아의 입가에 미소가 떠올랐다. 그러다가 갑자기 떼를 쓰며 큰 소리로 말했다.

"나 아이 안아볼래!"

나탈리아는 달려들어 아이를 끌어안았다. 아이의 무게를 지탱하느라 혼신의 힘을 다하면서 무서운 얼굴 표정을 지어 보였다. 인형 앞에서 엄한 엄마 역할을 할 때처럼 심각한 얼굴이 필요했던 것이다.

"이제 나도!" 이번에는 마리아가 달려들었다.

의붓동생이 이쪽에서 저쪽 팔로 전해졌다. 울음소리는 들리지 않았다. 하지만 마리아가 동생을 안고 돌아다니다가 떨어뜨릴 뻔한 일이 벌어졌다. 다행히도 뒤를 따라다니던 에디스가 아이를 받아 들고 유모에게 전달했다. 아이를 안은 안나는 깊은 생각에 잠기는 듯했다. 마치 그녀 주변에 있는 사람과 사물로부터 멀리 떨어져 딴 세상에 가 있는 것

---

* Novena: 축제나 성인들의 축일을 앞두고 9일 전부터 시작되는 기념 행사.

** Presepe: 성탄절을 맞이하여 예수님이 마구간에서 탄생하는 모습을 표현한 구유 장식.

같았다.

　나는 머릿속으로 나만의 비밀스러운 계획을 계속 떠올리며 말했다.

　"그러니까 오늘 저녁에 노베나가 시작된단 말이지?"

　"네, 네, 오늘 저녁이에요."

　나는 안나를 바라보았다. 그녀는 평소와는 다르게 마치 잠에서 깨어나는 듯 고개를 치켜들고 오가던 이야기에 관심을 기울이기 시작했다.

　"산사람들은 몇 명이나 되니?"

　"다섯요." 모든 걸 다 알고 있다는 투로 마리아가 대답했다. "백파이프 2명, 오보에 2명, 피리 1명이에요."

　그리고 깔깔대고 웃으면서 동생을 향해 마지막 단어를 계속해서 반복했다.

　"아주머니가 살던 산에서 오는 사람들이에요." 내가 안나를 바라보며 말했다. "몬테고르고 사람이 있을지도 모르겠네……"

　그녀의 눈이 매서움을 잃고 슬픔과 눈물로 깨어나는 듯했다. 무언가를 강렬하게 느끼고 짓는 표정이 그녀를 전혀 딴사람처럼 보이게 만들었다. 나는 그녀가 괴로워하고 있다는 걸, 그녀의 아픔이 그리움이라는 걸 깨달았다.

44

해가 저물고 있었다. 나는 예배당으로 내려갔다. 노베나 준비가 한창이었고 프레세페와 꽃들, 새로 꺼낸 양초들이 눈에 띄었다. 나는 아무런 이유 없이 밖으로 나와버렸다. 그리고 라이몬도가 있는 방의 창문을 바라보았다. 나는 온몸이 떨리는 걸 자제해보려고, 오그라드는 텅 빈 위장을 부둥켜안고 뱃속까지 스며드는 추위를 이겨보려고 빠른 걸음으로 앞마당을 거닐기 시작했다.

얼음처럼 맑고 차가운 황혼이 내려앉고 있었다. 차가운 공기가 살을 에는 듯했다. 굽이굽이 흐르는 아쏘로 강이 외롭게 반짝이는 가운데 강이 사라지는 납색 계곡 너머로 먼 지평선 위에 검푸른 하늘이 펼쳐지고 있었다.

갑자기 두려워지기 시작했다. 나는 생각했다. 〈무서운 건가?〉 마치 보이지 않는 누군가가 내 영혼을 관찰하고 있는 듯한 느낌이었다. 누가 나를 뚫어져라 쳐다볼 때 주는 불편함 같은 것이 그 순간에도 느껴졌다.

나는 생각했다. 〈두려운 건가? 뭐가 두려운 거지? 그런 일을 저지른다는 것이? 아니면 누군가에게 들킬까 봐?〉 커다란 나무의 그림자마저도 무섭게 느껴지기 시작했다. 숲속에서 들려오는 알 수 없는 소리들도, 반짝이는 아쏘로 강도, 끝없이 펼쳐지는 하늘도. 안젤루스*가 울려퍼졌다. 나는 다시 집 안으로 들어왔다. 도망치듯이. 마치 쫓기는 사람처럼.

복도에서 어머니를 만났다. 복도는 아직 불을 켜지 않아 어둑어둑한 상태였다.

"툴리오, 어디서 오는 거냐?"

"밖에서요. 산책 좀 하고 오는 길입니다."

"줄리아나가 기다린다."

"노베나는 언제 시작하나요?

"6시에."

5시 15분이었다. 45분의 시간이 아직 남아 있었다. 기다려야 했다.

"어머니, 가볼게요."

몇 걸음 내디딘 뒤에 나는 어머니를 다시 불러 세웠다.

"페데리코는 돌아왔나요?"

"아니, 아직."

나는 줄리아나의 방으로 올라갔다. 그녀는 나를 기다리고 있었고 크리스티나가 식탁을 준비하고 있었다.

"여태껏 어디에 가 있었어요?" 불쌍한 줄리아나가 약간은 나무라는 듯한 투로 내게 물었다.

"저쪽에…… 마리아하고 나탈리아랑 같이…… 예배당 보러 갔었어."

---

*   Angelus: 날마다 아침, 낮, 저녁에 종을 세 번 칠 때마다 드리는 삼종기도.

"그러게요. 노베나 시작이 오늘 저녁이네……" 그녀가 중얼거렸다. 힘없이, 가슴 아파하면서……

"음악 소리는 여기서도 들을 수 있을 거야."

그녀는 잠시 생각에 잠기는 듯했다. 너무 슬퍼 보였다. 가슴이 눈물로 꽉 차 있어 어쩔 줄 몰라 하는, 금방이라도 울음을 터뜨릴 것 같은 분위기였다.

"당신, 무슨 생각 해?" 내가 물었다.

"바디올라에서 보낸 첫번째 크리스마스가 생각나네요. 기억나요?"

감상에 젖은 다정다감한 목소리였다. 정감 어린 말을 기다리는 듯한, 모든 것을 내게 맡기고 나의 위로와 포옹만을 기다리는 듯한 목소리였다. 내가 그 아픈 가슴을 어루만지고 그녀의 눈물까지 다 마셔버리기만 기다리는 듯했다. 그녀가 고통스러워하며 헐떡이는 모습, 그 형언할 수 없는 광경을 나는 익히 알고 있었다. 하지만 나는 다급했다. 이런 생각이 들었다. 〈말려들 필요 없어. 원하는 대로 해줄 필요는 없어. 시간이 없어. 줄리아나가 지금 나를 붙들면 더 이상 헤어 나올 수 없어. 그녀가 울기 시작하면 빠져나온다는 건 불가능한 일이야. 참아야 해. 시간이 모자라. 라이몬도를 돌보기 위해 누가 남을 거지? 어머니는 아니야. 아니지. 아마도 유모가 남을 거야. 다른 사람들은 전부 예배당에 모일 거야. 이곳은 크리스티나에게 맡기면 되고. 그러면 아무런 문제 없어. 이보다 더 좋은 기회는 돌아오지 않아. 20분 정도 후면 난 혼자 있어야 돼.〉

나는 그녀를 자극하지 않기 위해 말을 못 알아듣는 척하면서 그녀의 호소에 응하는 대신 딴청을 부리고 평소처럼 크리스티나가 우리 둘만의 시간을 위해 자리를 뜨는 일이 생기지 않도록 하면서 온갖 정성을 다해 식사 시중을 들었다.

"오늘은 왜 저랑 같이 식사 안 해요?" 그녀가 물었다.

"지금은 아무것도 못 먹겠어. 속이 안 좋아서. 하지만 당신은 뭘 좀 먹어야지."

그러나 아무리 애를 써도 나를 온통 집어삼키고 있던 불안감을 감추는 건 쉽지 않은 일이었다. 줄리아나가 몇 번이고 나를 빤히 쳐다보았다. 나의 심경을 관찰하려는 의도가 분명해 보였다. 그러다가 바늘로 입을 꿰맨 듯이 갑자기 조용해졌다. 식사도 거의 하지 않았고 물도 겨우 입술을 적실 정도밖에는 마시지 않았다. 나는 용기를 내서 자리를 뜨기로 했다. 차 소리를 들은 척 귀 기울이는 시늉을 해 보이며 내가 말했다.

"페데리코가 돌아온 모양이네. 지금 얼굴 좀 봐야겠어…… 잠깐 내려갔다 와도 되지? 여긴 크리스티나가 있을 거야."

그녀의 얼굴 표정이 급격히 변하는 모습이 보였다. 금방이라도 울음을 터뜨릴 것 같은 분위기였다. 나는 대답을 기다리지 않고 서둘러 밖으로 나와버렸다. 하지만 크리스티나에게는 내가 다시 돌아올 때까지 꼼짝도 하지 말라고 당부하는 것을 잊지 않았다.

밖으로 나오자마자 나는 터질 것 같은 가슴을 진정시키기 위해 걸음을 멈췄다. 나는 생각했다. 〈이제 날카로워진 신경을 가라앉히지 못하면 모든 일이 수포로 돌아가고 말아.〉

귀를 기울였지만 내 동맥이 뛰는 소리 외에는 아무 소리도 들리지 않았다. 나는 복도를 걸어서 계단이 있는 곳까지 나아갔다. 아무도 나타나지 않았다. 집 안은 조용했다. 나는 생각했다. 〈모두들 예배당에 있겠지. 시종들도 전부 그곳에 있을 거야. 걱정할 건 하나도 없어.〉 나는 마음을 진정시키기 위해 2, 3분 정도 기다렸다. 그리고 그 2, 3분 안에 내 의지의 굳건함도 사라지고 말았다. 이상하게도 기운이 쏙 빠지고 말았다. 불분명한 이미지들이, 내가 행동으로 옮기려던 일과는 아무런 관련도 없는 무의미한 생각들이 내 머릿속을 파고들었다. 나는 기계적으로 난간의 기둥들을 세기 시작했다.

〈안나는 틀림없이 방에 남아 있을 거야. 라이몬도의 방은 예배당에서 그리 멀지 않아. 이제 노베나의 시작을 알리는 소리가 들려오겠지.〉 나는 문을 향해 움직였다. 방에 도착하기 전에 백파이프의 전주곡 소리가 들려왔다. 나는 주저하지 않고 방 안으로 들어섰다. 내 생각은 틀리지 않았다.

안나가 의자 앞에 서 있었다. 서 있는 자세를 보고 나는 그녀가 고향에서 듣던 백파이프 소리, 오래된 목가의 전주곡 소리를 듣고 자리에서 벌떡 일어났다는 걸 곧장 알아차릴 수 있었다.

"아이는 잠들었습니까?" 내가 물었다.

그녀는 그렇다고 고개만 끄덕일 뿐이었다.

음악은 끊이지 않고 멀리서 잔잔하게, 꿈속에서처럼 부드럽고 희미하게 느릿느릿 흘러나왔다. 맑은 오보에 소리가 소박하면서도 아름답기 짝이 없는 선율을 백파이프의 반주에 맞춰 연주하고 있었다.

"노베나 보러 가세요. 여긴 내가 있을 테니." 내가 말했다. "언제 잠들었나요?"

"조금 전에요."

"가보세요. 가서 노베나 구경하세요." 그녀의 눈이 반짝이기 시작했다.

"가도 될까요?"

"그래요. 여긴 내가 있을 테니."

나는 그녀에게 직접 문을 열어주었다. 그리고 그녀가 밖으로 나가자마자 문을 닫고 곧장 뒤꿈치를 들고 요람을 향해 달려갔다. 나는 가까이서 아이를 관찰하기 시작했다. **무고한** 생명이 이불 속에 똑바로 누워 엄지를 안으로 하고 주먹을 쥔 채 잠들어 있었다. 눈꺼풀을 통해 그의 회색 눈동자가 보이는 듯했다. 하지만 이상하게도 미움과 분노가 충동적으로 끓어오르는 일은 일어나지 않았다. 그를 향한 적대심도 이전에 비해 훨씬 누그러져 있었다. 어떤 잔인한 짓도 서슴지 않게 만들었을 본능적인 충동이 손가락 끝까지 뻗치는 것을 몇 번이고 느꼈지만 그런 충동은 일어나지 않았다. 대신에 내가 유일하게 추적하던 것은 차갑고 날카로운 집념이었다. 내 정신은 이루 말할 수 없이 맑은 상태였다.

나는 문 앞으로 돌아가 문을 열고 복도에 아무도 없는지 확인했다. 그리고 창문을 향해 달려갔다. 순간 어머니가 했던 말이 떠올랐다. 혹시라도 조반니가 저 아래 앞마당에서 어슬렁거리고 있을지도 모른다는 생각이 들었다. 나는 천천히 아주 조심스럽게 창문을 열었다. 얼음장처럼 차가운 바람이 얼굴에 들이닥쳤다. 나는 창밖으로 천천히 몸을 내밀고 주변을 살피기 시작했다. 의심할 만한 것은 아무것도 없었다. 백파이프 소리 말고는 아무 소리도 들리지 않았다. 나는 창문에서 떨어져 요람 앞으로 다가갔다. 그리고 이루 말할 수 없는 혐오감과 불안감을 억누르며 아이를 천천히 안아 들었다. 쿵쾅거리는 가슴에 와 닿지 않도록 거리를 유지하며 나는 아이를 창문 앞으로 데려갔다. 살을 에는 차가운 바람이 아이의 몸을 강타하기 시작했다.

나는 두려움과 현기증을 극복하고 의식을 유지했다. 모든 것이 또렷하게 다가왔다. 밤하늘의 별들이 반짝이는 모습은 마치 바람이 하늘을 휘저어놓은 것처럼 느껴졌다. 흔들리는 등불이 관리소 위로 뿜어내는 몽상적이고 을씨년스러운 분위기의 음영도 또렷이 눈에 들어왔고 목가를 연주하는 소리, 멀리서 개가 짖는 소리도 분명하게 들려왔다. 그리고 아이가 몸을 떠는 순간 온몸에 소름이 돋았다. 아이가 깨어나고 있었다.

나는 생각했다. 〈이제 울겠지? 시간이 얼마나 흘렀을까? 일 분? 아니, 아직 일 분도 채 지나지 않았어. 찰나에 불과한 시간인데 그 정도면 충분한 걸까? 일격은 가해진 걸까?〉 아이가 팔을 앞으로 뻗고 흔들기 시작했다. 일그러뜨리다가 벌린 입에서 뒤늦게야 울음소리가 터져 나왔다. 하지만 평소와는 다르게 많이 떨고 수그러든 목소리였다. 어쩌면 내가 아이의 울음소리를 실내에서만 들었기 때문에 열린 공간에서 다르게 들리는 것인지도 몰랐다. 하지만 그 힘없는 울음소리에 등골이 오싹해지고 말았다. 그리고 나는 곧장 걷잡을 수 없는 두려움에 휩싸이기 시작했다. 나는 요람으로 달려가 아이를 눕혀놓았다. 그리고 창문을 닫기 위해 창가로 달려갔다. 창문을 닫기 전에 밖으로 몸을 내밀고 어둠 속을 두리번거렸지만 나는 아무것도 발견하지 못했다. 별들 외에는. 나는 창문을 닫았다. 제정신이 아니었는데도 나는 아무런 소리도 내지 않았다. 뒤에서 아이가 울고 있을 뿐이었다. 아이는 더 큰 소리로 울기 시작했다. 〈나는 무사한가?〉 나는 문 앞으로 달려가 밖을 내다보며 귀를 기울였다. 복도는 텅 비어 있었다. 음악 소리가 파도치듯 느릿느릿 흘러나오고 있을 뿐이었다.

〈어쨌든 난 무사해. 누가 나를 본 건 아니겠지?〉 창문을 바라보는 동안 다시 조반니의 얼굴이 떠올랐다. 가슴이 다시 한 번 요동치기 시작했다. 〈아니야. 아래에는 아무도 없었어. 두 번이나 확인했는데.〉 나는 다시 요람으로 다가가 아이를 똑바로 눕히고 이불을 정성스럽게 덮은 뒤에 모든 것이 원래대로 놓여 있는지 확인했다. 하지만 이제 그를 만지면서 되살아난 혐오감이 나를 괴롭혔다. 아이는 계속 울고 있었다. 울음을 멈추게 하려면 뭘 해야 하지? 나는 무작정 기다렸다.

하지만 그 넓고 적막한 방에서 계속 울려 퍼지던 아이의 울음소리, 아무것도 모르는 한 희생양의 끊임없는 절규가 내 가슴을 잔인하게 찢어내기 시작했다. 결국 그 고문을 견디지 못하고 나는 밖으로 나와버렸다. 문을 닫고 나는 복도로 들어섰다. 그리고 그곳에 남아 누가 나타나지 않는지 주시했다. 겨우 들릴 정도였던 아이의 울음소리가 느린 음악과 뒤섞이기 시작했다. 음악은 끊이지 않고 멀리서 잔잔하게, 꿈속에서처럼 부드럽고 희미하게 느릿느릿 흘러나왔다. 깨끗한 오보에 소리가 소박하면서도 결코 잊을 수 없을 아름다운 선율을 백파이프의 반주에 맞춰 연주하고 있었다. 커다랗고 조용한 집 안에 목가가 울려 퍼졌다. 예배당과 멀리 떨어진 방에서도 음악은 들릴 거라는 생각이 들었다. 〈줄리아나는 듣고 있을까? 무슨 생각을 하고 있을까? 무엇을 느끼고 있을까? 울고 있을까?〉

어찌 된 영문인지 나는 확신이 들었다. 〈울고 있을 게 틀림없어.〉 그리고 그 확신으로부터 사실적이고 생생한 느낌의 강렬한 이미지들이 떠올랐다. 하지만 그 이미지들은 일관적이지 않고 파편적이고 모순적이고 서로 아무런 상관도 없고 정체가 의심스러운 요소들로 이루어져 있었다. 나는 두려워서 미칠 지경이었다. 〈도대체 시간이 얼마나 흐른 거지?〉 내가 시간 가는 줄 모르고 있었다는 걸 깨달았다.

음악 소리가 더 이상 들려오지 않았다. 나는 생각했다. 〈연주가 끝났으니 이제 안나가 올라오겠지. 아마 어머니도 같이 올라오실 거야.

라이몬도도 울음을 멈췄으니……〉 나는 방으로 돌아가서 주변을 관찰하며 혹시라도 내가 어지럽혀놓은 흔적이 남아 있지 않은지 확인했다. 나는 아이가 죽어 있을지도 모른다는 야릇한 근심과 함께 요람 앞으로 나아갔다. 아이는 똑바로 누워서 엄지를 안으로 하고 주먹을 쥔 채 잠들어 있었다. 〈잠이 들다니. 도저히 못 믿겠군. 마치 아무 일도 없었던 것 같잖아!〉 내가 한 일이 마치 꿈처럼 허망하게 느껴졌다. 갑자기 머리가 텅 빈 듯한 느낌이 들었다. 무작정 기다리며 시간이 흘러갔다. 복도에서 유모의 무거운 발걸음 소리가 들리자마자 나는 밖으로 나와 그녀에게 다가갔다. 어머니는 보이지 않았다. 나는 얼굴도 쳐다보지 않고 그녀에게 말했다.

"아직 자고 있습니다."

그리고 빠른 걸음으로 복도를 빠져나왔다. 무사히!

45

내가 정신적으로 무기력해지기 시작한 건 바로 그때부터였다. 아마도 몸의 기력을 모두 탕진한 상태였기 때문일 것이다. 무섭게 번뜩이던 명쾌한 의식이 사라지고 주의력도 감퇴하고 말았다. 실제로 일어나고 있는 일들의 심각성에도 불구하고 이에 대한 나의 관심은 천천히 식어가기 시작했다. 기억이 떠오르질 않고 혼돈 속에서 분간이 가지 않는 이미지들과 뒤섞여 있을 뿐이었다.

그날 밤 나는 줄리아나의 침실로 돌아가서 그녀의 머리맡에 앉아 잠시 동안 이야기를 나누었다. 말을 꺼내기가 얼마나 힘들었는지 모른다. 그녀의 눈을 똑바로 쳐다보며 내가 물었다.

"울었어?"

"아니요." 그녀가 대답했다. 하지만 이전보다 훨씬 슬퍼 보였다. 입고 있던 하얀 셔츠만큼 얼굴이 창백해져 있었다.

"무슨 일이야? 어디 안 좋아?"

"아무것도 아니에요. 당신은요?"

"좀 피곤하네. 머리가 많이 아파……"

피곤이 몰려왔다. 사지가 돌덩이처럼 무겁게 느껴졌다. 나는 몸을 숙여 베개 끝머리에 머리를 기댔다. 그리고 잠시 동안 무언의 형벌 앞에 고개를 조아리며 그대로 남아 있었다. 그러다가 줄리아나가 하는 말에 깜짝 놀라 몸을 일으켰다.

"당신 나한테 뭐 감추는 거 있어요?"

"아니, 그런 거 없어. 왜?"

"그냥, 당신이 뭘 감추고 있는 것 같아서요."

"아니야. 무슨 소릴! 당신이 잘못 봤어."

"제가 잘못 봤을 수도⋯⋯"

그리고 입을 다물었다. 나는 다시 베개에 머리를 파묻었다. 몇 분 정도 시간이 흐른 뒤에 불현듯 그녀가 다시 입을 열었다.

"당신, 그 아이 자주 보러 가잖아요."

나는 놀란 나머지 몸을 일으켜 그녀의 얼굴을 바라보았다.

"당신이 원해서 보러 가고 찾아다니는 거잖아요⋯⋯" 그리고 덧붙여 말했다. "난 알아요. 오늘도⋯⋯"

"그래서?"

"무서워요. 당신 때문에⋯⋯ 난 당신 알아요. 당신이 못 참아 한다는 거. 당신을 괴롭히려고, 심장을 도려내려고 그 방에 들어가는 거잖아요. 난 당신 알아요. 그래서 무서워요. 당신은 포기하지 않았어요. 아니요, 아니에요. 당신은 포기할 사람이 아니에요. 난 못 속여요. 툴리오. 오늘도 조금 전에 저쪽 방에 들어갔었잖아요⋯⋯"

"그걸 당신이 어떻게 알아?"

"난 알아요. 느낄 수 있어요."

피가 얼어붙는 것 같았다.

"줄리아나, 어머니가 의심이라도 하면 어쩌려고 그래? 우리가 아이를 싫어한다는 걸 알아차리면 어쩌려고……"

우리는 조용조용 이야기를 나누었다. 그녀 역시 놀란 표정을 짓고 있었다. 나는 생각했다. 〈어머니가 이제 통곡을 하며 뛰어 들어오시는 건 아닐까? 라이몬도가 죽는다고 외치면서?〉

하지만 방 안으로 들어온 건 마리아와 나탈리아 그리고 미스 에디스였다. 아이들이 떠드는 소리와 함께 침실의 분위기가 한층 밝아졌다. 노베나와 프레세페, 촛불, 백파이프 이야기가 쉴 틈 없이 오가기 시작했다.

나는 머리가 아프다는 핑계를 대고 줄리아나에게 인사를 건넨 뒤 방으로 돌아왔다. 그리고 침대에 눕자마자 금방 잠이 들어버렸다. 깊은 잠에 빠진 나는 오랫동안 일어나지 못했다.

아침 햇살과 함께 눈을 떴을 때는 마음이 평온했다. 이상하게도 아무런 느낌이 들지 않았고 일종의 야릇한 무관심이 나를 통제하고 있었다. 나를 깨우러 온 사람은 아무도 없었다. 어쨌든 특별한 일은 일어나지 않았다. 전야제 행사가 내게는 모두 비현실적이고 머나먼 옛 기억처럼 느껴졌다. 나의 세계와 이전 세계의 단절, 나와 내 이전 모습의 근본적인 차이가 느껴졌다. 내면의 과거와 현재 사이에 연결되지 않는 부분이 있었다. 하지만 나는 그 특이한 느낌의 현상을 파악하기 위해 아무런 노력도 하지 않았다. 나는 어떤 행동도 취하지 않았다. 몸을 움직인다는 것이 혐오스럽게 느껴졌다. 하지만 그것은 지난밤에 경험했던 모든 충동들을 어두운 공간 속에 가둬두고 있던 일종의 무기력 상태에 지나지 않았다. 나는 이제 더 이상 현실 속의 나에게 속하지 않는 것들, 그래서 죽어버린 듯한 것들을 깨우지 않기 위해 나 스스로를 괴롭히지 않으려고 애쓰고 있을 뿐이었다. 어떻게 보면 나는 반신불수 환자들과 비슷했다. 몸에 감각이 없어 옆에 누워 있는 환자들을 시체라고 느끼는 반신불수.

페데리코가 내 방문을 두드리고 안으로 들어왔다. 무슨 소식을 가져온 걸까? 그가 나타났다는 것만으로도 나는 등골이 오싹해졌다. 그가 말했다.

"어제저녁에는 얼굴도 못 봤네. 좀 늦게 돌아왔어. 어떻게 지내?"

"그저 그래."

"어제저녁에 머리가 아팠다면서?"

"응. 그래서 일찍 자리에 누웠어."

"지금 보니 얼굴이 좀 창백하네…… 오, 하느님! 이 난리는 대체 언제나 끝나는 겁니까? 형은 아프지 줄리아나는 침대에만 누워 있지…… 어머니도 라이몬도가 간밤에 기침을 했다면서 어쩔 줄 몰라 하고 계시던데."

"기침을 해?"

"그래. 아마도 감기 기운이 좀 있는 거겠지. 하지만 어머니가 조그만 일에도 난리치시는 거 잘 알잖아."

"의사는 왔어?"

"아직…… 그러고 보니 어머니보다도 형이 더 난리네."

"알잖아. 아이들이 아플 땐 심하게 걱정한다고 나무랄 수 없는 일이야. 아무리 하찮은 증세도 아이들한텐……"

그는 초롱초롱한 눈으로 나를 바라보았다. 나는 그저 무섭고 부끄러울 뿐이었다.

동생이 방을 나간 뒤에 나는 침대에서 벌떡 일어났다. 그리고 생각했다. 〈어쨌든 반응을 보이기 시작한 셈이군. 앞으로 얼마 동안 더 살

수 있을까. 어쩌면 죽지 않을 수도…… 아, 아니야, 안 죽는다는 건 말
도 안 돼. 공기가 얼음장처럼 차가웠는데. 숨도 쉬기 힘들 정도였는데.〉
아이의 모습이 떠올랐다. 목 아래에 움푹 파인 부분, 그리고 입을 살짝
벌리고 숨을 쉬고 있는 모습이.

46

의사가 말했다.

"크게 걱정하실 필요 없습니다. 가벼운 감기에 지나지 않아요. 기관지는 깨끗합니다."

그는 다시 허리를 굽히고 귀를 아이의 가슴 위로 가져갔다. 그리고 나를 향해 고개를 돌리면서 말했다.

"아무런 소리도 들리지 않아요. 원하시면 한번 직접 들어보세요."

나도 아이의 그 조그만 가슴에 귀를 기울였다. 부드러운 숨소리 외에는 아무것도 들리지 않았다.

"그러게요……"

요람 맞은편에서 어머니가 애간장을 태우고 있었다.

기관지염 증상은 전혀 없었다. 아이는 멀쩡해 보였다. 가끔씩 가벼운 기침을 내뱉을 뿐 평소와 다름없이 규칙적으로 젖을 먹고 얌전하게 잠들었다. 내 눈으로 확인한 이상 어쩔 수 없는 노릇이었다. 의혹이 들기 시작했다. 〈결국 내가 쓸모없는 짓을 했단 얘기로군! 저 녀석 죽지 않을 모양이야. 목숨 한번 끈질기군!〉 내가 아이를 처음 보았을 때 느꼈던 적대감이 다시 고개를 들기 시작했다. 반감은 훨씬 날카로워져 있었다. 아이의 차분하고 뽀얀 얼굴이 나를 미치도록 만들었다. 그 마음 고생을 하며 위험천만한 모험을 감행한 것이 소용없는 일이었다니! 내가 소리 없이 광분하는 동안 아이의 끈질긴 생명력에 대한 일종의 경이로움 같은 것이 느껴졌다. 〈그 짓을 다시 할 용기는 없어. 그렇다면, 이젠 내가 아이의 희생양이란 말인가? 게다가 여기서 빠져나갈 수도 없단 말인가?〉 그 조그맣고 사악한 유령이, 이루 말할 수 없이 똑똑하고 약삭빠른 그 악한이 다시 내 눈앞에 나타났다. 그리고 다시 그 무서운 회색 눈동자로 도전장을 내던지며 나를 노려보기 시작했다. 한때 나의 적대적 상상력이 만들어냈던 무시무시한 장면들이 다시 적막한 방의 어둠 속에서 형체와 동작 모두 현실과 다름없이 눈앞에 또렷하게 펼쳐졌다.

흰눈이 내릴 것 같은 날이었다. 여전히 내게 피난처로 느껴지던 곳은 줄리아나의 침실이었다. 방에서 나올 수 없는 불청객이 그곳까지 쫓아와서 나를 괴롭힐 리는 없었다. 나는 슬픔에 나의 모든 것을 내맡겼고 그것을 감추지도 않았다.

불쌍한 줄리아나를 바라보며 나는 생각했다. 〈줄리아나는 다시 회복되지 못할 거야. 다시 일어나지 못할 거야.〉 전날 저녁에 들은 그 이상한 말들이 다시 머릿속에 떠오르면서 나를 괴롭히기 시작했다. 내게 그렇듯이 줄리아나에게도 불청객이 그녀의 사형집행자임에 틀림없었다. 그녀가 할 수 있는 건 아이를 생각하는 일뿐이었다. 조금씩 천천히 죽어가면서. 그 엄청난 일의 무게가 하염없이 연약한 그녀의 가슴 위에 내려앉을 걸 생각하면……

꿈속의 이미지들처럼 지나간 과거의 몇몇 장면들이 불규칙하게 떠오르기 시작했다. 오래전에 병을 앓았던 기억, 회복기에 관한 기억이 떠올랐다. 나는 망설이면서 기억의 파편들을 짜 맞추기 시작했다. 내가 불행의 씨앗을 뿌렸던 시기, 그토록 달콤하고 동시에 고통스러웠던 시기를 되돌아보고 싶었다. 햇빛이 사방을 온통 하얗게 밝히고 있는 분위기가 그 먼 옛날 오후를 떠올리게 만들었다. 줄리아나와 함께 시집을 읽고 있었을 때를. 같이 머리를 숙이고 눈으로 같은 페이지, 같은 줄을 읽어 내려갔었다. 책 여백 위에 올려놓은 그녀의 가느다란 검지와 손톱으로 표시해놓은 부분이 선명하게 떠올랐다.

> 받아주오, 순박한 결혼 축가를 부르며
> 집착하는 이 목소리를,
> 아무렴, 한 영혼을 덜 슬프게 하는 것보다
> 영혼에게 더 좋은 건 없는 법이라오.

내가 그녀의 손목을 붙잡고 천천히 머리를 숙여 입술을 그녀의 손바닥 깊숙한 곳까지 가져간 뒤에 속삭였던 말.

"당신…… 잊을 수 있겠어?"

그녀는 내 입을 다물게 하고는 당당하게 말했었다.

"아무 말도 하지 마요!"

내가 떠올린 장면은 마치 현실처럼 생생하게 펼쳐졌다. 생각에 생각을 거듭한 뒤 내 기억은 결국 그녀가 다시 몸을 일으킨 첫날, 그 무시무시했던 첫날 아침에 도달했다. 그리고 떠올렸다. 모든 것을 내게 맡기는 듯했던 그녀의 몸짓과 갑작스러운 탈진으로 인해 소파에 몸을 기대고 있던 그녀의 모습, 그리고 그 뒤에 이어진 일들…… 왜 내 영혼은 그 이미지들을 영원히 떨쳐버리지 못했는가? 소용없는 일이었다. 〈너무 늦은 건가?〉 후회한들 소용없는 일이었다.

"무슨 생각 해요?"

줄리아나가 마치 그때까지 내가 슬퍼하는 모습을 지켜보며 내내 가슴 아파한 듯한 목소리로 물었다.

나는 내 생각을 감추고 싶지 않았다. 그녀의 목소리는 힘없이 흘러나오면서도 어느 외침 소리보다 더 깊이 내 심장을 파고들었다.

"아, 난 당신을 위해 내 영혼 속에 하늘을 담아두고 있었어요!"

한참 뒤에 그녀가 다시 입을 열었다. 마치 흐르지 않던 눈물을 그 사이에 온 가슴으로 집어삼킨 것만 같았다.

"이제 난 당신을 위로해줄 수 없어요. 우리에게 이제 위로는 없어요. 나한테도 당신한테도. 앞으로도 결코…… 우린 모든 걸 잃었어요."

내가 말했다.

"그걸 누가 알아!"

그리고 우리는 서로를 바라보았다. 우리가 동시에 똑같은 생각을 하고 있었다는 건 너무나 분명했다. 그건 라이몬도의 죽음이었다.

잠시 망설인 뒤 나는 우리가 느릅나무 밑에서 나누었던 대화를 언급하며 질문을 던졌다. 하염없이 떨리는 목소리로.

"당신 기도했어?"

그녀가 들릴까 말까 한 목소리로 대답했다.

"네."

그녀는 눈을 감았다. 그리고 돌아누워 베개에 얼굴을 파묻고 이불 속에서 마치 추위에 떠는 사람처럼 온몸을 움츠렸다.

47

해가 저물 무렵 나는 다시 라이몬도를 보러 갔다. 어머니가 아이를 안고 있었다. 얼굴색은 전보다 좀더 창백해 보였지만 아이는 여전히 얌전했다. 숨도 고르게 쉬고 있었고 특이한 점이라곤 전혀 발견할 수 없었다.

"지금까지 자다가 깨어났다." 어머니가 말했다. "그걸 걱정하는 거니?"

"네, 그렇게까지 잠을 많이 잔 적이 없었잖아요."

나는 아이를 뚫어져라 쳐다보았다. 이마가 얇은 흰색 버짐으로 뒤덮여 있었고 회색 눈은 생기를 잃은 듯이 보였다. 아이는 마치 중얼거리듯이 입술을 계속해서 움직였다. 그러다가 느닷없이 젖을 입 밖으로 토해냈다.

"아니야, 아니야. 얘가 어디가 안 좋은 게 틀림없어!" 어머니가 고개를 설레설레 흔들면서 큰 소리로 말했다.

"기침을 하던가요?"

그 순간에 마치 직접 대답하겠다는 듯이 라이몬도가 기침을 내뱉었다.

"봤니?"

하지만 힘없이 내뱉은 기침이었고 속에서부터 올라온다는 느낌은 전혀 주지 않았다. 그리고 금방 멈추고 말았다.

나는 생각했다. 〈기다려야 해.〉 하지만 최후의 순간이 다가오고 있다는 확신이 들면 들수록 불청객에 대한 나의 적대감은 감소되고 나의 증오심도 가라앉았다. 내 가슴이 환호를 모르고 경직된 채 처량한 모습으로 남아 있다는 걸 나는 깨달았다.

나는 그날 밤을 이 불행한 사건의 역사 속에서 가장 슬픈 순간으로 기억하고 있다.

나는 조반니가 근처에 와 있을지 모른다는 생각에 밖으로 나와 지난번에 페데리코와 같이 그를 만났던 곳으로 발걸음을 옮겼다. 황혼이 첫눈을 예고하고 있었다. 나무들이 일렬로 들어선 길을 따라 낙엽이 카펫처럼 깔려 있었고 바싹 마른 가지들이 하늘을 가로지르며 뻗어 있었다.

나는 노인을 만났으면 하는 바람으로 앞을 바라보며 걸었다. 불청객을 향한 한 노인의 따뜻한 마음과 하염없는 사랑이, 굳은살과 주름투성이의 커다란 손이 아이를 감싼 하얀 보자기 앞에서 바르르 떨며 하염없이 부드러워지던 모습이 떠올랐다. 나는 생각했다. 〈많이 우시겠지!〉 나는 곧장 하얀 국화와 촛불에 둘러싸여 관 속에 누워 있는 조그만 시신의 모습을, 그리고 그 앞에서 무릎을 꿇고 우는 조반니의 모습을 떠올렸다. 〈어머니도 우시겠지. 절망에 빠지실 거야. 온 식구들이 슬퍼하고 이곳도 초상집으로 변하겠지. 크리스마스는 장례식과 다를 바 없을 거야. 내가 침상 앞에 나타나서 아이가 죽었다는 소식을 전할 때 줄리아나는 어떤 반응을 보일까?〉

어느덧 길이 끝나는 곳에 와 있었다. 주변을 살폈지만 아무도 보이지 않았다. 숲이 어둠 속에 서서히 잠기고 있었다. 멀리서 타오르는 모닥불이 언덕을 빨갛게 물들이고 있었다. 나는 발길을 돌렸다. 혼자서 걷는 동안 느닷없이 하얀 물체가 내 눈앞에서 반짝인 뒤 사라졌다. 첫 눈이었다.

시간이 한참 흐르고 내가 줄리아나의 침실에 들어섰을 때 백파이프 소리가 들려오기 시작했다. 노베나가 똑같은 시각에 시작되었다.

48

저녁이 지나고 밤이 지나고 다음 날 아침이 지난 뒤에도 아무런 변화가 없었다. 하지만 의사가 아이를 진찰한 뒤 코와 기관지에 가래의 흔적이 남아 있는 것을 발견했다. 심한 정도는 아니고 가벼운 염증 정도라고 했다. 하지만 그가 내심 걱정하고 있다는 것을 나는 쉽게 눈치챌 수 있었다. 그는 몇 가지 지시를 내리고 아이의 간호에 정성을 다하라고 간곡히 부탁한 뒤 해가 지기 전에 다시 돌아오겠노라고 약속했다. 어머니는 도무지 마음을 놓질 못했다.

줄리아나의 침실로 들어가서 나는 조용한 목소리로 딴 곳을 바라보며 소식을 전했다.

"더 나빠지고 있어."

그리고 우리는 아주 오랫동안 아무 말도 하지 않았다. 가끔씩 나는 자리에서 일어나 눈을 보러 창가로 다가가곤 했다. 나는 답답한 마음을 가라앉히지 못하고 방 안을 이리저리 서성였다. 줄리아나는 얼굴을 베개에 파묻고 거의 온몸을 이불 속에 숨기고 있었다. 내가 가까이 다가서면 그녀는 나를 향해 고개를 돌리고는 내가 어딘지 알아차릴 수 없는 곳을 힐끗 쳐다보곤 했다.

"추워?"

"네."

하지만 방 안 온도는 따뜻했다. 나는 계속해서 눈을 보러 창가로 되돌아갔다. 하얗게 변한 숲 위로 눈꽃이 여전히 느릿느릿 떨어지고 있었다. 오후 2시였다. 아이가 있는 방에서 무슨 일이 벌어지고 있는 걸까? 아무 일도 일어나지 않은 것이 틀림없었다. 아무도 나를 부르러 오지 않았으니까. 나는 답답함을 견디지 못하고 아이를 보러 가기로 결심했다. 그리고 문을 열었다.

"어디 가세요?"

줄리아나가 침대에 팔꿈치를 대고 몸을 일으키며 외쳤다.

"잠깐 저쪽 방에 가보려고. 금방 올게."

그녀는 팔꿈치로 몸을 지탱한 채 창백한 얼굴로 나를 바라보았다.

"가지 말까?"

내가 물었다.

"가지 마요. 나랑 함께 있어요."

줄리아나는 다시 누울 생각을 하지 않았다. 어리둥절해하는 표정 때문에 얼굴이 이상하게 변해 있었고 두려움에 사로잡힌 눈동자가 흔들리는 그림자처럼 위태롭게 흔들리고 있었다. 나는 다가가서 그녀를 침대 위에 눕히고 그녀의 이마를 어루만지면서 조용히 물었다.

"왜 그래, 줄리아나?"

"몰라요. 무서워요."

"뭐가?"

"몰라요. 난 잘못한 거 없어요…… 난 아프니까…… 그게 나잖아요."

그녀의 시선은 나를 향하는 대신 어딘가를 배회하고 있었다.

"뭘 찾아? 뭐라도 보여?"

"아니요…… 아무것도……"

나는 다시 그녀의 이마를 어루만졌다. 열은 없었다. 하지만 나는 왠지 불안했다.

"알았어. 혼자 두지 않을게. 당신이랑 같이 있을게."

나는 앉아서 기다렸다. 내 마음은 머지않아 일어나게 될 사건을 애타게 찾고 있었다.

나는 누군가 나를 부르러 나타날 거라고 확신하고 있었다. 나는 작고 하찮은 소리에도 귀를 기울였다. 가끔씩 종소리가 울려 퍼졌다. 그리고 차가 눈길 위를 움직이는 소리가 들려왔을 때 내가 말했다.

"아마 의사 선생님일 거야."

줄리아나는 아무런 반응을 보이지 않았다. 나는 기다렸다. 시간이 하염없이 흘러갔다. 그러다가 어느 순간 문 열리는 소리가, 이어서 가까이 다가오는 발걸음 소리가 들려왔다. 나는 자리에서 벌떡 일어났다. 줄리아나도 동시에 몸을 일으켰다.

"무슨 일일까요?"

하지만 나는 무슨 일인지 벌써 알고 있었다. 누군가가 방 안으로 들어서며 하게 될 말이 무슨 말인지 정확하게 알고 있었다.

크리스티나가 나타났다. 흥분을 가라앉히려고 애쓰는 모습이 역력했고 정신없이 중얼거리다가 말을 더듬으며 결국에는 가까이 다가오는 대신 나를 똑바로 쳐다보며 말했다. "주인님 제 말씀 좀 들어보세요."

나는 침실의 커튼을 젖히고 나왔다.

"무슨 일이에요?"

그녀는 자그만 목소리로 덧붙였다.

"아이가 많이 아픕니다. 어서 오세요."

"줄리아나! 저쪽 방에 잠깐 다녀올게. 크리스티나가 여기 있을 거야. 금방 올게."

나는 밖으로 나와 아이의 방으로 달려갔다.

"아, 툴리오! 아이가 죽을 지경이다." 요람 위로 허리를 굽힌 채 절망에 빠진 목소리로 어머니가 말했다. "와서 봐라. 한번 봐!"

나도 어머니를 따라 허리를 굽혔다. 내가 목격한 건 겉으로는 설명하기 힘든 무섭고 갑작스러운 변화였다. 그 조그만 얼굴이 잿빛으로 변해 있었다. 입술은 멍든 것처럼 시퍼렇고 초점을 잃은 두 눈은 마치 검은 베일을 씌워놓은 것만 같았다. 그 어린 것이 마치 치명적인 독약에 중독된 것처럼 보였다.

어머니가 목멘 소리로 입을 열었다.

"한 시간 전만 해도 아무 일 없었는데. 기침은 했지만 그것 말고 다른 건 없었다. 그래서 안나만 남겨두고 잠깐 밖에 나갔었는데…… 졸음이 오는 것 같아서 돌아오면 잠이 들어 있을 줄 알았는데, 막상 돌아와 보니, 이 모양이지 뭐냐. 한번 만져봐라. 거의 차가울 정도야!"

나는 이마와 볼을 만져보았다. 아니나 다를까 체온이 급격하게 떨어져 있었다.

"의사는요?"

"아직 안 왔어. 모셔오라고 사람 보냈다."

"남자가 말 타고 가야 해요."

"그래. 치리아코가 갔다."

"말 타고 갔어요? 틀림없어요? 시간이 촉박해요."

내가 내뱉은 말들은 연기가 아니었다. 그건 솔직한 내 마음의 표현이었다. 그 무고한 존재를 살리기 위한 시도 한번 해보지 않고 그냥 죽게 내버려두고 싶지는 않았다. 나의 범죄가 완성되는 순간에 시체나 다름없는 아이 앞에서 동정과 후회와 고통이 내 영혼을 뒤흔들기 시작했다. 나는 어머니 못지않게 애를 태우며 의사를 기다렸다. 나는 종을 울렸다. 시종이 한 명 달려왔다.

"치리아코는 출발했느냐?"

"네, 주인님."

"걸어서?"

"아닙니다. 마차를 몰고 갔어요."

페데리코가 헐떡이며 도착했다.

"무슨 일이야?"

어머니가 여전히 요람 앞에서 허리를 굽힌 채 소리를 질렀다.

"얘가 죽을 모양이다!"

페데리코가 달려가서 아이를 바라보았다. 그리고 말했다.

"숨이 막히는 모양인데…… 아니 숨 쉬는 게 안 보여요. 숨을 안 쉬잖아."

그러고는 아이를 번쩍 들어 올리고 흔들기 시작했다.

"아니, 아니 무슨 짓이야? 그러다 죽으면 어쩌려고!"

어머니가 소리를 질렀다.

그 순간에 문이 열리고 누군가가 외쳤다.

"의사 선생님 오셨어요."

의사 젬마가 방 안으로 들어왔다.

"오던 길에 치리아코를 만났습니다. 무슨 일입니까?"

그는 대답을 기다리지 않고 아이를 안고 있던 동생에게 다가갔다. 아이를 받아 안고 자세히 들여다보는 그의 얼굴에 어두운 그림자가 내려앉았다. 그가 말했다.

"진정들 하세요. 우선 이불보를 벗겨내야 합니다."

그는 아이를 유모의 침대에 눕히고 이불보를 걷어내기 시작했다. 어머니가 달려들어 의사를 거들었다.

아이의 벌거벗은 모습이 드러났다. 몸도 얼굴처럼 잿빛이었고 손목도 발목도 힘없이 축 늘어져 있었다. 의사의 커다란 손이 아이의 몸 이곳저곳을 더듬기 시작했다.

"제발 어떻게 좀 해보세요, 선생님!" 어머니가 애원했다. "제발 살려주세요!"

의사는 아무런 반응도 보이지 않았다. 그리고 아이의 손목을 만져보고 귀를 가슴에 가져다 댄 뒤 중얼거렸다.

"심장이 미친 듯이…… 이럴 수가……"

그리고 질문을 던졌다.

"언제부터 이렇게 된 겁니까? 갑자기 일어난 일입니까?"

어머니가 무슨 일이 있었는지 설명을 시작했지만 이야기를 다 마치기도 전에 울음을 터뜨리고 말았다. 의사는 작정을 하고 뭐든 해보려고 달려들었다. 가사 상태에 빠져드는 아이를 흔들면서 울게 해보려고, 토라도 쏟아내고 숨통을 트이게 하려고 갖은 노력을 다했다. 어머니는 눈물이 펑펑 쏟아져 내리는 눈을 둥그렇게 뜨고 그 광경을 바라보았다.

"줄리아나는 알고 있어?" 동생이 내게 물었다.

"아니. 아마 모를 거야…… 아니면 본능적으로 느끼고 있을지도, 아니면 크리스티나가…… 넌 여기 있어. 내가 가서 좀 보고 올 테니까."

나는 의사의 손에 들린 아이를 바라보고 어머니를 쳐다본 뒤 밖으로 나와 줄리아나에게 달려갔다. 나는 문 앞에서 멈춰 섰다. 〈무슨 말을 해야 하지? 사실대로 얘기해야 하나?〉 나는 방 안으로 들어갔다. 크리스티나가 창가에 서 있는 모습이 보였다. 나는 커튼으로 가려진 침실 안으로 들어섰다. 줄리아나는 이불 속에서 몸을 잔뜩 움츠리고 누워 있었다. 가까이 다가서면서 나는 그녀가 심하게 떨고 있다는 걸 알아차렸다.

"줄리아나! 나 왔어."

그녀는 이불을 젖히고 나를 바라보았다. 그리고 나지막한 목소리로 물었다.

"저쪽 방에서 오는 거예요?"

"응."

"다 얘기해줘요."

나는 허리를 굽히고 그녀에게 다가가 얼굴을 마주보고 속삭이며 얘기를 나누었다.

"안 좋아."

"많이?"

"응. 많이."

"죽는 거예요?"

"몰라. 어쩌면……"

그녀가 느닷없이 팔을 내밀고 내 목에 매달렸다. 곧 부서질 것 같은 그녀의 병든 가슴이 바들바들 떨고 있었다. 그녀를 꼭 껴안고 있는 동안 멀리 있는 방 안의 광경이 떠올랐다. 초점을 잃고 마치 검은 베일을 씌워놓은 것만 같은 아이의 눈과 시퍼런 입술이 눈앞에 아른거렸다. 눈물을 흘리는 어머니의 모습도 떠올랐다. 그 순간에 줄리아나와의 포옹 속에는 어떤 기쁨도 담겨 있지 않았다. 가슴이 미어졌다. 절망에 빠진 내 영혼은 외롭게 또 다른 영혼의 어두운 심연 위로 잔뜩 고개를 숙이고 있었다.

49

날이 저물었을 때 라이몬도는 더 이상 이 세상 사람이 아니었다. 납중독 환자에게서나 볼 수 있는 증상들이 그 조그만 시체에 모두 나타났다. 얼굴이 시퍼렇게 변해 있었다. 거의 회색에 가까웠다. 코는 뾰족하게, 입술은 어둡고 음산한 하늘색으로 변해 있었다. 완전히 닫히지 않은 눈꺼풀 사이로 흰자위가 드러났고 허벅지 위 사타구니 근처에 빨간 멍이 들어 있었다. 살이 벌써 썩어들고 있다는 증거였다. 몇 시간 전만 해도 어머니가 손으로 어루만지던 그 보드랍고 불그스름하던 살이 처참하기 짝이 없는 모습으로 변해버렸다. 페데리코와 아낙네들이 아이의 시체를 바깥으로 실어 나르는 동안 어머니가 울면서 두서없이 소리를 질렀다. 말과 외침이 귓가에 다시 쟁쟁하게 울려 퍼졌다.

"아무도 만지지 마! 아무도 만지지 마! 내가 씻길 거야. 내가 이불 덮어줄 거야. 내가……"

그 뒤로는 아무 일도 일어나지 않았다. 고함 소리도 그쳤고 가끔씩 문이 닫히는 소리가 들려올 뿐이었다. 그곳에서 나는 혼자였다. 의사가 방에 남아 있었지만 나는 혼자였다. 무언가 굉장한 변화가 내 안에서 일어나고 있었다. 단지 내 눈에 아직 보이지 않을 뿐이었다.

"가세요." 의사가 내 어깨에 손을 얹으면서 부드럽게 말했다. "이곳에서 벗어나세요. 자, 가세요."

나는 고분고분 의사의 말을 따라 천천히 복도를 향해 움직였다. 그때 다시 내 어깨를 건드린 건 페데리코였다. 그가 나를 부둥켜안았다. 나는 울지 않았다. 감동은 없었다. 그가 하는 말이 무슨 뜻인지 이해할 수 없었다. 줄리아나의 이름만 귀에 들어올 뿐이었다.

"줄리아나에게 데려다줘."

나는 동생의 팔짱을 끼고 마치 장님처럼 그의 인도를 받아 걷기 시작했다.

문 앞에 도착했을 때 내가 말했다.

"이제 됐다."

동생이 내 팔을 한번 꼭 붙든 뒤에 놓아주었고 나는 혼자서 방 안으로 들어갔다.

50

한밤중에 집 안을 감돌던 침묵은 공동묘지를 연상케 했다. 복도에서 등불이 반짝였고 등불을 향해 나는 몽유병자처럼 걷고 있었다. 무언가 굉장한 일이 내 안에서 벌어지고 있었다. 단지 내 눈에 아직 보이지 않을 뿐이었다.

나는 걸음을 멈췄다. 거의 본능적인 행동이었다. 문 하나가 열려 있었다. 희미한 빛이 가려진 커튼 사이로 새어 나오고 있었다. 나는 방 안으로 들어서서 커튼을 젖히고 앞으로 나아갔다.

방 한가운데 놓인 하얀 요람이 촛불에 에워싸여 있었다. 한쪽에는 내 동생이, 맞은편에는 조반니가 앉아 요람을 지키고 있었다. 노인이 와 있다는 것이 전혀 놀랍지 않았고 오히려 자연스럽게 느껴졌다. 그에게 나는 아무것도 묻지 않고 아무 말도 건네지 않았다. 나를 바라보던 두 사람에게 살짝 미소를 지어 보였을 뿐이다. 아니, 내 입술이 정말 미소를 지었는지는 솔직히 모르겠다. 하지만 미소를 통해 내가 말하고 싶었던 것만큼은 분명하게 알고 있다. 〈내 걱정들 마시게. 날 위로할 필요는 없어. 보다시피 나는 평온하네. 말은 필요 없어.〉 나는 몇 발자국 앞으로 나아갔다. 나는 내가 받았던 아이의 첫인상을 완전히 잊은 채 두려움에 사로잡힌 내 영혼을, 연약하고 비천한 내 영혼을 요람 앞으로 가져갔다. 그리고 두 촛대 사이에 멈춰 섰다. 내 동생과 노인이 여전히 그곳에 남아 있었다. 하지만 나는 혼자였다.

시신에는 흰 옷이 입혀져 있었다. 세례를 받을 때 입었던 것과 똑같은 옷이었다. 아니면 그렇게 보였던 것일 수도. 얼굴과 손만 밖으로 나와 있었다. 울면서 수도 없이 나의 증오를 부추겼던 그 조그만 입술이 신비하게도 자물쇠를 채워놓은 듯이 꼼짝도 하지 않았다.

그 조그만 입이 지키고 있는 것과 똑같은 침묵이 내 안에 있었고 내 주변을 채우고 있었다. 나는 아이를 바라보고 또 바라보았다.

그리고 그 침묵이 내 안에서, 내 영혼의 중심에서 커다란 빛을 발하기 시작했다. 그때 나는 깨달았다. 내 동생의 말도, 노인의 미소도 그 **무고한** 존재의 조그만 입이 내게 단 한 번에 보여준 것을 똑같이 알려주지 못했었다. 나는 깨달았다. 하지만 그 순간에 두 남자 앞에서 나의 비밀을 폭로하고 내가 저지른 죄를 고백하고 싶다는 무시무시한 갈증이 나를 괴롭히기 시작했다.

"내가 죽였어."

두 사람 모두 나를 바라보았다. 나는 두 사람 모두 나 때문에, 죽은 아이 앞에 서서 내뱉은 내 말 때문에 어쩔 줄 몰라 하고 있다는 걸, 두 사람 모두 내가 꼼짝 않고 가만히 서 있는 상태에서 벗어나기만을 애타게 기다리고 있다는 걸 깨달았다. 그래서 말했다.

"이 무고한 아이를 누가 죽였는지 아나?"

정적 가운데 울려 퍼진 목소리가 어찌나 낯설었는지 나조차도 누구의 목소리인지 분간하기 힘들 정도였다. 내 목소리가 아닌 듯싶었다. 순간 느닷없이 엄습하는 두려움에 피가 얼어붙고 혀가 굳고 눈앞이 컴컴해지고 말았다. 나는 떨기 시작했다. 동생이 나를 부축하고 있는 것이 느껴졌다. 그가 내 이마에 손을 얹었다. 귓속이 너무 윙윙거리는 바람에 띄엄띄엄 들려오는 그의 말을 알아듣기 힘들었다. 내가 이해할 수 있었던 건 동생이 내가 열병에 걸려 발작 증세를 일으킨다고 믿고 나를 밖으로 데리고 나가려 한다는 것뿐이었다. 나는 동생에게 팔을 맡겼다.

그가 나를 부축하고 방까지 데려다주었다. 나는 여전히 두려움에 사로잡혀 있었다. 테이블 위에서 초가 타고 있는 모습을 보고 소름이 끼쳤다. 내 머릿속엔 촛불을 켜놓은 기억이 전혀 남아 있지 않았다.

"옷 벗자. 침대에 눕는 게 좋겠어."

나를 조심스럽게 다루면서 페데리코가 말했다. 그는 나를 침대에 앉게 하고는 다시 내 이마에 손을 가져다 댔다.

"열이 점점 더 심해지고 있는 거 알아? 자 이제 옷 벗자고. 빨리!"

페데리코의 다정함은 어머니를 연상케 했다. 그는 내가 옷을 벗고 침대에 눕는 걸 도운 뒤에 머리맡에 앉아 가끔씩 열을 가늠하기 위해 내 이마에 손을 얹곤 했다. 내가 계속해서 떠는 모습을 보고 페데리코가 물었다.

"많이 추워? 계속 한기가 드는 모양이야. 담요 좀 더 덮어줄까? 목 말라?"

나는 온몸을 떨며 생각했다. 〈그 말을 내뱉은 것이 바로 나란 말인가? 내가? 내가 계속 얘기를 늘어놓았다면 어떻게 되었을까? 만에 하나라도 페데리코가 생각을 곰곰이 해보고 의혹을 품기 시작하면 어쩌지? 내가 던진 질문은 하나뿐이다——이 무고한 아이를 누가 죽였는지 아나?——그뿐이었다. 하지만 그 말이 살인자의 자백으로 들렸으면 어쩌지? 페데리코가 곰곰이 따져본 뒤에 궁금하게 생각할 게 틀림없어——

대체 그 말 무슨 뜻이었지? 누굴 살인자로 지목한다는 거였지?—하지만 그렇게 생각한다면 내가 그렇게 흥분한 진짜 이유에 대해서는 아무것도 모르는 게 분명해. 그렇다면 의사가…… 아니, 틀림없이 그렇게 생각할 거야. 그렇지—의사를 염두에 두고 한 말일 거야—하지만 그걸로는 부족해. 내가 흥분한 또 다른 이유가 있어야 해. 내가 열병에 걸려 횡설수설하는 거라고 계속 믿어야 해.〉 그런 생각을 하는 동안 또렷한 영상들이 머릿속에 빠르게 떠오르며 현실과 다를 바 없이 사실적으로 느껴지기 시작했다. 〈열이 이렇게 심한데…… 광기가 되살아나서 무의식 속에 비밀을 폭로하게 된다면?〉 나는 나 자신을 유심히 관찰하며 두렵고 답답한 마음에 중얼거렸다.

"의사, 의사가…… 제대로 알지도 못하면서……"

동생이 나를 향해 허리를 굽히고 머리에 다시 손을 얹고 괴로운 한숨을 쉬면서 말했다.

"너무 흥분하지 마, 형. 진정해."

그렇게 말하고는 찬물에 적신 수건을 뜨겁게 달아오른 내 이마 위에 올려놓았다.

또렷한 이미지들이 다시 빠르게 떠오르기 시작했다. 아이가 괴로워하고 있는 무시무시한 장면이 떠올랐다.

〈아이가 요람 속에서 죽어가고 있었다. 잿빛의 얼굴색이 너무 어두워서 눈썹 위의 버짐이 노래 보이기까지 했다. 꽉 깨문 아랫입술은 아예 보이질 않고 거의 보라색으로 변한 눈꺼풀이 간간이 열리곤 했다. 그럴 때마다 아이는 눈꺼풀을 따라 눈동자를 들어 올렸고 침침한 흰자위가 보이면서 눈은 어디론가 사라지고 말았다. 아이는 힘없이 헐떡거리던 것도 간간이 멈추곤 했다. 어느 시점에선가 의사가 발악이라도 해

보자는 듯이 입을 열었다.

"자, 자, 요람을 창가로, 빛이 드는 곳으로 가져갑시다. 길 좀 내주세요. 아이는 신선한 공기가 필요해요. 갑니다!"

나와 내 동생은 마치 관처럼 느껴지는 요람을 창가로 가져갔다. 하지만 눈이 반사하던 깨끗하고 차가운 빛 가운데 드러난 광경은 더욱 처참했다. 어머니가 말했다.

"그것 보세요. 꼭 죽을 것만 같잖아요. 보세요. 보세요. 숨넘어가네. 만져보세요. 맥박이 없잖아요."

의사가 말했다.

"아니에요. 아니에요. 숨 쉬고 있어요. 숨이 붙어 있는 이상 희망은 있어요. 기운 내세요."

그렇게 말하고는 의사는 죽어가는 아이의 시퍼런 입술 사이로 에테르를 한 스푼 떨어뜨렸다. 잠시 후 아이가 다시 눈을 뜨고 눈동자를 위로 굴리면서 힘없이 기침을 내뱉었다. 얼굴에 약간 화색이 도는 듯했고 코끝을 움직이기까지 했다. 의사가 말했다.

"보셨죠? 숨 쉬고 있잖아요. 끝까지 포기하지 말아야 합니다."

그리고 의사는 요람을 향해 부채질을 하기 시작했다. 손가락으로 아이의 턱을 누르면서 입을 벌리자 입천장과 맞붙어 있던 혀가 축 늘어지면서 그사이에 묻어 있던 점액이 눈에 들어왔다. 깊숙한 곳에 하얀 점액이 뭉쳐 있었다. 아이가 경련을 일으키며 손을 얼굴로 가져갔다. 그 조그만 손은 보라색으로 변해 있었고 특히 손바닥의 마디 부위와 손톱이 두드러지게 변색되어 있었다. 이미 시체로 변해버린 손을 어머니는 끊임없이 만지작거렸다. 한쪽으로 들어 올린 오른손 새끼손가락이 허공에서 바르르 떨렸다. 그보다 더 가슴을 찢어지게 만드는 광경은 세상에 없을 듯싶었다.

페데리코는 어머니를 설득해서 밖으로 모시고 나가려 했지만 어머니는 허리를 굽히고 아이의 코앞까지 다가가서 라이몬도의 얼굴을 정신없이 관찰하기 시작했다. 어머니의 눈물이 사랑하는 손자의 머리 위로 떨어졌다. 어머니는 곧장 손수건을 꺼내 눈물을 닦아냈다. 하지만 그러면서 어머니는 아이의 숨구멍이 내려앉아 움푹 파여 있는 모습을 발견했다.

"이것 좀 보세요. 의사 선생님!" 어머니는 절망적으로 외쳤다.

누르스름한 버짐으로 뒤덮인 물렁물렁한 머리를 나는 뚫어져라 쳐다보았다. 마치 움푹 파인 머리 한가운데 노란 촛농을 떨어뜨려놓은 것만 같았다. 머리뼈의 접합선이 모두 눈에 보였다. 푸르스름한 혈관이 버짐 밑에서 희미하게 드러나 있었다.

"그것 보세요! 그것 보세요!"

에테르로 인해 잠시 돌아오는 듯했던 생기가 다시 사라지고 말았다. 몰아쉬던 숨소리도 특이하게 변했고 턱도 더 일그러진 모습이었다. 팔을 양쪽으로 힘없이 늘어뜨리고 있었고 꼼짝도 않는 숨구멍은 더 깊이 내려앉은 상태였다. 어느 순간 아이가 온몸에 힘을 주는 듯했다. 의사는 곧장 아이의 머리를 들어 올렸다. 아이의 시퍼런 입에서 하얀 액체가 흘러나왔다. 토를 하며 몸에 힘을 주는 사이에 혈류가 멈추고 있다는 걸 알리는 검은 선들이 이마에 모습을 드러내기 시작했다. 어머니가 길게 신음 소리를 내뱉었다.

"이리 오세요. 나가자고요. 저랑 같이 나가요. 이리 오세요. 나가자고요……"

동생이 어머니를 끌어당기면서 같은 말을 반복했다.

"안 돼! 안 돼! 안 돼!"

의사가 아이의 입에 에테르 한 스푼을 더 떨어뜨렸다. 최후의 순간이 연장되고 고통의 시간도 늘어났다. 조그만 손이 다시 올라오고 손가락도 조금씩 움직이기 시작했다. 반쯤 내려앉은 눈꺼풀 사이로 눈동자가 보이다가 곧장 사라지곤 했다. 마치 두 송이의 시든 꽃이, 두 개의 화관이, 힘없이 몸을 움츠리는 것만 같았다.

한 **무고한** 존재의 죽음 앞에서 해가 저물고 있었다. 유리창에 비친 빛이 새벽을 연상케 했다. 새벽이 눈에 반사되어 어둠을 향해 거슬러 올라오고 있었다.

"죽은 거니? 죽은 거야?"

아이의 헐떡거리는 소리가 들리지 않고 코 주변이 검게 변해가는 모습을 보고 어머니가 소리를 지르면서 물었다.

"아닙니다. 아니에요. 숨 쉬고 있어요."

사람들이 촛불을 켰다. 여자들 중에 하나가 촛불을 치켜들었다. 노란 불꽃이 요람의 다리를 비추면서 흔들거렸다. 어머니가 곧장 이불보를 벗겨내고 아이를 더듬기 시작했다.

"몸이 차. 온몸이 차갑다고."

다리에 힘이 풀리고 발이 검푸른색으로 변해 있었다. 그림자가 내려앉은 창문 앞에서, 흔들리는 촛불 앞에서 그렇게 죽어버린 살덩어리보다 더 비참한 것은 아무것도 없었다.

그리고 뭐라고 형언하기 힘든, 숨에 찬 소리도 기침도 울음도 아닌 이상한 소리가 파랗게 변해버린 아이의 입술에서 하얀 침과 함께 흘러나왔다. 어머니가 미친 듯이 아이 위로 몸을 던지며 쓰러졌다.〉

이 모든 것이 눈을 감은 상태에서 떠올랐다. 모든 것이 눈을 뜨고

서도 사라지지 않고 믿지 못할 정도로 또렷하게 남아 있었다.

"그 촛불! 그 촛불 좀 치워!"

창백한 불꽃이 힘없이 흔들리는 모습을 보고 놀란 나머지 내가 침대에서 벌떡 일어나 페데리코를 향해 외친 소리였다.

페데리코가 촛불을 병풍 뒤로 가져갔다. 그리고 침대로 돌아와서 나를 다시 눕게 한 뒤 찬 물수건을 내 이마 위에 올려놓았다.

침묵 속에서 간간이 그의 미소가 귓가에 울려 퍼지는 듯했다.

51

　다음 날, 몸이 극도로 쇠약해진 상태였고 여전히 충격에서 벗어나지 못했음에도 불구하고 나는 교구 신부의 축복 기도를 듣고 싶었다. 시신을 옮기는 과정도, 미사도 처음부터 끝까지 지켜보고 싶었다.

　시신은 벌써 크리스털로 덮은 하얀 관 속에 들어가 있었다. 머리에 하얀 국화로 만든 화관을 쓰고 가지런히 모은 두 손으로 국화 한 송이를 쥐고 있었다. 하지만 하얀 양초처럼 핏기 없는 그 손보다 더 하얀 것은 보이지 않았다. 손톱만 보라색 기운을 띠고 있을 뿐이다.

　나와 페데리코, 조반니 그리고 가족 몇 명이 미사에 참석했다. 초 네 개가 눈물을 흘리면서 타올랐다. 신부가 하얀 영대를 입고 들어왔다. 다른 신부들이 성수채와 기둥 없는 십자가를 들고 그의 뒤를 따랐다. 우리는 모두 무릎을 꿇었다. 신부가 관 위에 성수를 뿌리면서 말했다.

　"주님의 이름으로……"*

　그리고 「시편」을 낭송했다.

　"주님을 찬양하라……"**

---

* 　Sit nomen Domini.

** 　Laudate pueri Dominum.

페데리코와 조반니가 자리에서 일어나 관을 들었고 피에트로가 앞
장서서 문을 열었다. 나는 그들 뒤에 서서 걷기 시작했다. 성직자들과
촛불을 든 네 명의 가족이 내 뒤를 따랐다. 적막한 복도를 지나 우리는
예배당에 도착했다. 신부는 여전히 「시편」을 낭송하고 있었다.

"무고한 자는 복이 있나니……"*

관이 예배당 안으로 들어서자 신부가 말했다.

"그는 주님의 축복을 얻으리니……"**

페데리코와 노인이 예배당 한가운데 놓인 조그만 단상 위에 관을
올려놓았다. 우리는 모두 무릎을 꿇었다. 신부는 또 다른 「시편」 구절
들을 낭송했다. 그리고 무고한 자의 영혼이 하늘에 상달되기를 기도한
뒤 다시 관 위에 성수를 뿌렸다. 신부가 드디어 예배당의 문을 향해 움
직였고 성직자들이 그의 뒤를 따랐다.

우리는 자리에서 일어났다. 매장을 위해 만반의 준비가 되어 있었
다. 관을 팔로 안아 든 조반니는 유리 관에서 눈을 떼지 못했다. 페데리
코가 앞장서서 지하실로 향했다. 노인이 관을 들고 그의 뒤를 따라 내려
갔다. 그리고 나와 가족 하나가 뒤를 이었다. 아무도 입을 열지 않았다.

묘실은 넓고 사방이 회색 돌로 장식되어 있었다. 벽감 몇 곳은 벌
써 비석으로 닫혀 있었고 다른 벽감은 움푹 파인 채 그림자 속에서 누
군가가 죽어 나타나기를 기다리고 있었다. 아치 밑에 매달린 세 개의
기름 등잔이 습하고 무거운 공기를 조용히 불태우고 있었다. 조그만 불
꽃이 영원히 꺼지지 않을 듯한 분위기 속에서 반짝였다.

동생이 말했다.

---

*   Beati immaculati.

**   Hic accipiet benedictionem a Domino.

"여기야!"

그가 벽감 하나를 가리켰다. 바로 위에 있는 또 다른 벽감 안에 비석이 들어서 있었다. 비석 위에 새겨진 코스탄자의 이름이 희미하게 빛을 반사하고 있었다.

우리가 마지막으로 아이의 얼굴을 볼 수 있도록 조반니가 팔을 뻗어 관을 앞으로 내밀었다. 우리는 아이를 바라보았다. 크리스털을 통해 아이의 새파란 얼굴과 조그만 손이 눈에 들어왔다. 옷과 국화와 주변에 있던 모든 하얀 것들이 무한정 멀게만, 손을 뻗어도 닿지 않을 것처럼 느껴졌다. 갑자기 노인이 들고 있는 투명한 관을 통해 어떤 무시무시하고 달콤하면서도 초자연적 신비가 엿보이는 듯했다.

아무도 입을 열지 않았다. 아무도 더 이상 숨을 쉬고 있지 않는 듯했다. 노인이 벽감을 향해 몸을 기울이고 관을 내려놓은 뒤에 안쪽으로 천천히 관을 밀어 넣었다. 그리고 무릎을 꿇고 몇 분 동안 움직이지 않고 그대로 앉아 있었다.

안쪽에서 관이 하얀 빛을 희미하게 내뿜었다. 노인의 백발이 등불 밑에서 환하게 빛났다. 어두운 그림자 시작되는 곳 바로 앞에서.

산타마리아 마조레 수도원
프랑카빌라 알 마레: 1891년 4월~7월.

410

무의미한 존재에서 무고한 존재로

단눈치오를 비롯해 베를렌, 랭보, 말라르메, 보들레르 등을 주인공으로 하는 데카당스 문학의 무기는 퇴폐적인 취향이 아니라 가치의 몰락과 위기에 대항하는 극단적인 낭만주의다. 문화의 몰락과 문명의 해체와 가치의 붕괴를 멀리서 바라보지 못하고 그것의 극복을 위해 의식적인 체화의 메커니즘 속으로 뛰어들었던 이들의 작품을 통해 우리는 인간적인 가치 회복을 향한 이들의 절규를 듣게 된다. 이 절규 속에서 희망의 가닥을 발견하기란 쉽지 않은 일이다. 왜냐하면 모든 것이 몰락과 퇴폐의 체화 과정을 통해 표현되고 회복의 발견은 이미 무너져버린 가치의 잔해를 전제로 하기 때문이다.

단눈치오에 접근하기 위해서는 먼저 이러한 데카당스주의가 가지고 있는 몰락과 퇴폐의 경험이 표출되는 두 가지 방식, 즉 내향적인 방식과 외향적인 방식에 대해 살펴볼 필요가 있다. 몰락과 퇴폐의 경험이 내향적인 방식으로 표출될 때 부각되는 것은 고독과 굴욕, 우울증과 편집증이며 이러한 특징의 내면화를 상징하는 인물은 창부다. 감정의 근거를 파괴하는 창부는 즐거움 속에서도 고독을 느끼며 그런 차원에서 예술가와도 비교된다. 반면에 외향적인 방식으로 표출될 때 부각되는 것은, 단눈치오의 경우처럼, 탐미주의와 지배욕이다. 이를 상징하는 인물이 바로 초인이다. 퇴폐적인 분위기와는 전혀 어울리지 않는 이러한 요소들이 퇴폐의 중심에 위치하는 이유는 퇴폐를 경험하는 단눈치오의 주인공이 항상 다수의 영혼을 소유하고 있기 때문이다. 겉으로 드러나는 모습이 강하면 강할수록 불안한 내면과 텅 빈 가슴을 부둥켜안고 괴로워하는 것이 단눈치오의 주인공이다. 단눈치오의 초인에게는 특정한 법이나 조건 혹은 상황 대신 모든 법과 모든 가능성이 주어진다. 결정을 못해 머뭇거리는 대신 또 다른 가능성을 보고 행복해하는 단눈치오의 주인공은 무엇이든 하나에 만족하지 않고 무한한 가능성이 끝없이 펼쳐질 때 충만함을 느끼는 탐미주의자다. 단눈치오의 탐미주의자가 초인으로 발전하는 것은 이러한 무한한 가능성이 수반하는 혹독한 심리적 긴장감을 이겨내기 때문이다. 그런 의미에서 초인 역시 예술가라고 할 수 있다. 이탈리아 문학사가 아소르 로사Asor Rosa에 따르면, "단눈치오와 그의 주인공들의 가장 중요한 특징은 이들이 스스로의 인생을 하나의 예술 작품으로 바라본다는 것이다. 이는 곧 단눈치오가 자신의 문학적 이상을 동시에 삶의 이상으로 삼았다는 것을 의미한다. 이것이 바로 단눈치오와 '저주받은 시인들'이 공통적으로 가지고 있는 데카당스적인 요소다. 단눈치오는 이것을 집요하고 광적으로 발전시킨다. 따라서 우리는 단눈치오의 작품과 그의 삶을 분리해서 바라보는 시각을 포기해야만 한다. 그래야만 삶과 예술에 대한 그의 입장이 후에 어떤 식으로 발전하는지 이해할 수 있다."

『쾌락*Il piacere*』과 『무고한 존재*L'Innocente*』『죽음의 승리*Trionfo della morte*』로 구성되는 단눈치오의 3부작이 '장미의 소설'이란 이름으로 불리는 이유는 각 소설의 주인공들이 밟는 퇴폐의 발전 경로가 사실상 동일한 인물의 것으로 해석되기 때문이다. 따라서 『무고한 존재』의 성격을 보다 정확하게 파악하기 위해서는 첫 작품과 마지막 작품을 먼저 살펴볼 필요가 있다. 『쾌락』의 주인공 안드레아 스페렐리는 병든 귀족사회 출신으로 예술과 여성에 대한 스스로의 열정 자체를 하나의 '작품'으로 간주하고 온갖 종류의 심리적 실험에 몰두하는 인물이다. 열정의 예술화는 무엇보다도 그의 여성편력을 통해 드러난다. 그는 두 여인을 사랑한다. 한편에는 육체적 사랑을 상징하는 육감적이고 관능적인 여인이 있고 다른 한편에는 정신적인 사랑을 상징하는 순수하고 신비로운 여인이 있다. 중요한 것은 그가 한 여인을 선택해야 하거나 두 여인을 동시에 사랑해야 하기 때문에 구체화되는 고민이 아니라 두 여인을 사랑하면서 발생하는 모든 종류의 심리적 갈등 자체가 그의 탐구 대상이 된다는 사실이다. 주인공은 두 여인을 향한 열정 자체를 하나의 작품으로 간주한다. 따라서 그가 사랑하는 것은 이 여인 혹은 저 여인이 아니라 스스로가 창조해낸 사랑의 갈등이다. 욕망과 기억, 상상과 현실이 교묘하게 뒤섞이는 탐미주의적인 시선을 도입하면서 단눈치오는 그가 '괴수'라고 정의하는 주인공을 인간의 심리 치료를 위한 병적 표본으로 제시한다.

심리묘사가 서사를 밀어내고 전면에 등장하는 『죽음의 승리』에서 주인공 조르조 아우리스파는 물려받은 재산뿐만 아니라 모든 열정을 무의미하게 탕진하며 살아간다. 가정이 있는 한 여인과 열렬한 연애 끝에 여인이 남편을 버리고 자신을 택하도록 만드는 데 성공하는 주인공은 『쾌락』의 주인공 못지않게 강렬하고 처절한 사랑을 여주인공에게 쏟아붓는다. 그러나 그의 열정이 추구하는 것은 자기중심적인 초인사상과 이를 바탕으로 하는 철저한 소모다. 왜냐하면 열정 자체가 그에게는 소모라는 방식으로 구축되는 하나의 예술 작품이기 때문이다. 모든 것을 소모하기 때문에 그는 인간의 삶 속에서 희망의 부재와 공허함과 삶 자체의 무용성을 발견한다. 이와 맞서 싸우는 것이 바로 주인공의 초인사상이다. 삶의 무용성과 맞서 싸우면서 주인공을 죽음으로 몰아넣는 것 역시 초인사상이다. 사랑조차도 아무런 의미가 없다는 것을 경험하는 순간 그는 고통스런 삶을 마감하는 것 외에 아무런 방법이 없다는 것을 깨닫는다. 그러나 죽음마저도 그에게는 단순한 종말을 의미하지 않는다. 죽음 역시 열정과 예술의 대상이기 때문이다. 그래서 가능해지는 것이 바로 "죽음의 승리"다.

『무고한 존재』의 주인공 툴리오 헤르밀은 사랑하는 아내를 등한시하고 연인들의 뒤꽁무니를 쫓아다니는 무기력한 탐미주의자다. 아내의 사랑을 되찾아야 한다는 지상 명령과 정부의 유혹 앞에 여지없이 무릎을 꿇는 나약함 사이에서 주인공은 극심한 갈등을 겪는다. 하지만 어느 날 아내가 심각한 병을 앓기 시작하면서 주인공이 아내 곁으로 다시 돌아올 계기가 마련된다. 아내의 회복과 아내와의 보다 행복한 삶을 꿈꾸며 희망에 부풀어 있던 주인공은 머지않아 아내가 아이를 가졌다는 소식을 접한다. 멀리 떨어져 있던 자신이 아이의 아버지일 수 없다는 사실 때문에 그는 충격에 빠진다. 자신의 전적인 무관심이 아내를 다른 남자의 품에 안기게 만들었다는 생각 때문에 주인공은 마음속으로 아내를 용서하기에 이르지만, 그가 갈등 속에서 키워왔던 형태 없는 증오가 배 속에 있는 아이를 향해 자라나기 시작한다. 아이가 태어난 뒤 주인공은 아무에게도 알리지 않고 절망 가운데 천천히 살인에 대한 생각을 키워나간다. 살인은 아내의 암묵적인 동의하에 아무런 제약 없이 실현된다. 주인공은 사고로 위장하기 위해 모든 것이 꽁꽁 얼어붙은 어느 겨울날 아이를 차가운 공기에 노출시키면서 한 무고한 존재의 생명을 빼앗는다. 그리고 일 년이 지난 뒤 기나긴 고백을 시작한다.

『쾌락』에서 주인공이 스스로의 열정을 하나의 예술작품으로 간주했고 『죽음의 승리』에서는 열정을 소모하는 데 집중했다면 『무고한 존재』의 주인공이 보여주는 것은 무고함의 정복에 대한 집착이다. 아내에게 돌아오기로 결심하면서 주인공은 두 여인을 사랑하며 스스로 창조해내던 사랑의 갈등을 포기하고 무고함을 정복하기 위한 첫걸음을 내딛는다. 그가 사랑의 갈등을 포기하는 이유는 그것이 옳지 않다는 것을 깨달았기 때문이 아니라 이미 모든 것을 잃어버렸을지도 모른다는 불확실한 예감과 퇴폐적인 것에 대한 애착 때문이다. 다시 말해 아내를 누군가에게 빼앗겼을지도 모른다는 그의 예감은 걱정이나 근심이 아니라 그러한 상황에 대한 궁금증의 형태로 표현된다. 그토록 아끼던 사랑의 갈등을 포기하면서 그는 그가 연애 행각을 벌이는 동안 쟁취할 수 없었던 무고함을 정복하기 위해 움직인다. 하지만 그가 찾아나서는 것은 순수한 사랑의 무고함이 아니라 무고함이라는 사랑의 전리품이다. 퇴폐적인 것이 의식을 지배할수록 예술이 삶의 유일한 희망으로 떠오른다는 단눈치오의 공식은 이번에도 어김없이 적용된다. 그가 사랑의 갈등을 극복하고 아내에게 돌아오기로 결심하는 순간 무너지는 것은 도덕적 경계다. 그리고 이와 함께 화자의 시점이 무너진다. 탐미주의적인 심리묘사가 서사를 주도하는 가운데 과거의 기억에 현재의 성찰이 접목되고 그런 식으로 변형된 기억이 기억의 단절을 감지하지 못하는 주인공의 감정변화와 감수성에 그대로 적용된다. 회상을 위해 현재에서 과거로 향하는 이야기의 방향이 성찰을 위해 과거에서 현재로 돌아오는 이야기의 방향과 뒤섞이고 객관적인 시점과 주관적인 시점이 끊임없이 교차하는 가운데 모든 것을 파편화시키면서 주인공이 정복하기 위해 매달리는 불확실한 세계와 꿈과 미래를 현실로 끌어들인다. 피란델로는 단눈치오의 소설이 가지고 있는 가장 중요한 특징을 '문학의 포화상태'라는 말로 표현한 바 있다. 단눈치오가 끊임없이 시도하는 갈등의 묘사는 흔히 '내면의 주체화'라는 관점으로 요약되는 것이 보통이다. 무엇보다도 그런 인상을 풍긴다. 하지만 단눈치오의 '포화상태'가 지향하는 것은 갈등 자체를 극복하려는 초인적인 힘의 묘사다.

바로 그런 이유에서 『무고한 존재』의 주인공이 거부하는 것이 있다. 그것은 비극이다. 주인공은 비극을 조장하고 주도하는 동시에 거부한다. 그것은 그가 숙명적인 것, 어쩔 수 없이 받아들여야만 하는 것, 그를 수동적인 입장에 놓이게 하는 모든 것을 거부하기 때문이다. 주인공은 자신의 외도가 아내의 배신을 유도한 것이라고는 생각하지 않는다. 그는 다른 남자의 품에 안길 수 있는 지적 용기와 방법을 아내에게 제공하고 가르친 것 또한 자신이라고 믿는다. 왜냐하면 결국에는 자신의 외도를 잘못으로 인정하고 싶지도 않고 그것이 아내의 배신을 유도한 결정적인 원인이라는 사실도 받아들이지 못하기 때문이다. 주인공이 비극을 거부하는 것은 비극에 종속되지 않고 그것을 정복하기 위해서이다. 소설 전체를 지배하는 이러한 메커니즘이 보다 극명하게 드러나는 부분은 배 속의 아이를 향한 주인공의 증오가 살인의 계획으로 발전하고 실행되는 과정이다. 그에게 비극을 안겨준 한 무고한 존재에 종속되지 않고 그를 지배하기 위해 비극을 거부하는 퇴폐적인 행위가 곧 살인이다. 단눈치오가 그려내는 것은 모든 비극적이고 숙명적인 요소들을 거부하면서 가장 치명적인 비극의 주인공으로 떠오르는 인간의 모습이다.

여기서 단눈치오는 우리에게 무고함의 의미를 되새겨볼 수 있는 기회를 제공한다. 비극 속에서 무고한 존재는 흔히 희생양과 일치한다. 비극 밖에서 무고한 존재는 무의미하거나 순수함을 상징하는 존재에 지나지 않는다. 단눈치오의 주인공이 아이를 살해하는 것은 오로지 무의미한 존재를 무고한 존재로 만들면서 스스로의 비극과 운명의 정복이라는 예술적인 목표를 달성하기 위해서다. 퇴폐적인 무고함을 부각시키기 위해 무의미한 존재를 무고한 존재로 탄생시키고 희생시키는 것이 단눈치오와 그의 주인공이 하는 일이다. 여기서 비극적인 것은 무의미한 존재를 무고한 존재로 만들기 위해 주인공이 설파하는 퇴폐적인 당위성이다. 비극적인 것은 주인공이지 죽은 아이가 아니다. 죽은 아이는 제목처럼 무고한 존재가 아니라 무의미한 존재로 남는다. 단눈치오에게 무고하다는 것은 전적으로 인위적인 개념이다.

작가 연보

1863   3월 12일 아브루초Abruzzo 주 페스카라Pescara에서 태어났다. 단눈치
오는 그의 성장과 인격 형성에 결정적인 역할을 한 '영혼의 고향'
아브루초 주에서 어린 시절과 청년기를 보냈다. 프라토Prato의 유
명한 치코니니Cicognini 기숙학교에 입학해 일찍부터 천재성을 인정
받았다.

1879   첫 시집 『이른 봄*Primo vere*』 출간. 이 작품으로 저명한 문학 비평가
주세페 키아리니Giuseppe Chiarini의 주목과 찬사를 받았다.

1881   로마로 이주. 로마 대학교 문학부에 등록.

1882   두번째 시집 『새 노래*Canto nuovo*』 출간. 화제의 인물로 떠올라 살롱
의 주인공으로, 뛰어난 저널리스트로 화려한 명성을 쌓았다.
소설집 『처녀지*Terra vergine*』 출간.

1883   갈레세gallese 공작 가문의 마리아 아르두앵Maria Hardouin과 결혼해 세
아들을 얻었지만, 그의 여성 편력으로 인해 7년여 만에 파경에 이
른다.

1884   플로베르, 졸라, 모파상 등의 영향을 받은 소설집 『처녀들의 책*Libro
delle vergini*』 출간.

1886   데카당스적인 성향의 시들을 발표하기 시작. 시집 『이사오타 구타

다우로Isaotta Guttadauro』 출간.

1889 자전적 성격의 첫 장편소설 『쾌락Il Piacere』 출간.

1891 도스토옙스키의 영향이 눈에 띄는 소설 『조반니 에피스코포Giovanni episcopo』 출간.

1892 소설 『무고한 존재L'Innocente』 출간.

1893 시집 『천국의 시Poema paradisiaco』 출간.

1894 시집 『인터메조Intermezzo』, 소설 『죽음의 승리Trionfo della morte』 출간. 소설 『쾌락』 『무고한 존재』와 함께 '장미의 소설'이라 일컬어진다.

1895 니체의 영향이 드러나는 소설 『바위 위의 처녀들Le vergini della rocce』 출간. 그리스 여행을 계기로 그리스 신화를 예찬하고 초인 사상을 추구하기 시작한다.

단눈치오에게 예술적으로나 정신적으로 가장 큰 영향을 끼친 여배우 엘레오노라 두세Eleonora Duse와의 관계를 시작.

1897 국회의원에 당선됐으나 국회에 모습을 드러내는 일은 거의 드물었다.

희곡 「어느 봄날 아침의 꿈Sogno di un mattino di primavera」 발표.

1898 희곡 「죽은 도시La citta' morta」 발표.

1900 두세와의 사랑과 배신을 노래하면서 예술에 대한 탁월한 성찰들을 가미한 소설 『불Il fuoco』 출간.

1901 그리스 비극의 현대적인 재창조를 꿈꾸면서 쓴 희곡 「리미니의 프란체스카Francesca da Rimini」 발표.

1903 연작 시집 『찬가Laudi』 발표. 초인주의 사상을 극의 형태로 발전시킨 『찬가』는 1권 『마이아Maia』, 2권 『엘레트라Elettra』, 3권 『알초네Alcyone』로 구성된다. 이어서 이 전쟁에 영감을 얻어 쓴 『메로페Merope』 『아스테로페Asterope』가 3부작에 추가되면서 5부작이 완성된다. 이 5부작은 『하늘과 바다와 땅과 영웅들의 찬가Le Laudi del cielo, *del mare, della terra, degli eroi*』이라는 제목으로 엮인다.

1904   희곡 「이오리오의 딸La figlia di Iorio」 발표.

1906   희곡 「사랑 이상으로Piu che l'amore」 발표.

1908   희곡 「배la nave」 발표.

1909   희곡 「페드라Fedra」 발표.

1910   채권자들의 독촉에 시달리다 못해, 마지막 소설 『어쩌면 그렇고
        어쩌면 아니야*Forse che si, forse che no*』를 출간한 뒤 프랑스로 도주.

1911   프랑스어로 희곡 「성 세바스티아누스의 순교Le martyre de Saint Sebas-
        tian」 집필. 후에 드뷔시가 이 작품에 곡을 붙여 동명의 성사극을
        만들었다.
        이탈리아 일간지 『코리에레 델라 세라*Corriere della Sera*』에 산문 「불
        꽃」 기고. 자신의 문학 세계와 창작 활동에 대한 성찰을 주 내용으
        로 하는 이 글들이 후에 『망치의 불꽃 *Le Faville del miglio*』을 구성하게
        된다.

1915   제1차 세계대전 발발 후 이탈리아로 돌아와 전쟁에 참여할 것을
        호소하면서 군에 입대해 전쟁영웅으로 변신한다.

1919   이스트라와 달마티아를 이탈리아 영토로 인정하지 않는 동맹국들
        로부터 승리를 되찾기 위해 지원병들을 이끌고 피우메(오늘날 크
        로아티아의 리예카)를 점령. 하지만 동맹국들의 압력을 이기지 못
        해 개입한 이탈리아 군과 맞서면서 뒤로 물러섰다. 이어서 가르
        다 호수 근교의 빌라에 거처를 마련한 단눈치오는 재건축을 통
        해 빌라를 야외극장과 정원, 분수와 광장으로 구성된 일종의 기념
        관으로 꾸미고 이곳을 '이탈리아인들의 승리의 기념비Vittoriale degli
        italiani'라고 부르며 전쟁과 전쟁 영웅인 자기 자신의 기념비로 만들
        었다.

1921   인간의 내면을 노래한 산문집 『녹턴*Notturno*』 출간.

1935 일종의 자서전인 『비밀의 책 *Libro segreto*』 저술. 이 작품은 미완의 원고 형태로 남아 있다가 사후에 출간되었다.

1938 3월 1일 뇌졸중으로 사망. 무솔리니가 참석한 가운데 성대한 장례식 후 그가 세운 '이탈리아인들의 승리의 기념비'에 묻혔다.

'대산세계문학총서'를 펴내며

2010년 12월 대산세계문학총서는 100권의 발간 권수를 기록하게 되었습니다. 대산세계문학총서의 발간은 앞으로도 계속될 것이고, 따라서 100이라는 숫자는 완결이 아니라 연결의 의미를 지니는 것이지만, 그 상징성을 깊이 음미하면서 발전적 전환을 모색해야 하는 계기가 된 것은 분명합니다.

대산세계문학총서를 처음 시작할 때의 기본적인 정신과 목표는 종래의 세계문학전집의 낡은 틀을 깨고 우리의 주체적인 관점과 능력을 바탕으로 세계문학의 외연을 넓힌다는 것, 이를 통해 세계문학을 바라보는 우리의 시각을 전환하고 이해를 깊이 해나갈 수 있도록 한다는 것이었다고 간추려 말할 수 있습니다. 그리고 궁극적으로는 우리의 인문학을 지속적으로 발전시켜나갈 수 있는 동력이 될 수 있기를 희망하는 것이었습니다. 이러한 기본 정신은 앞으로도 조금도 흐트러지지 않고 지켜나갈 것입니다.

이 같은 정신을 토대로 대산세계문학총서는 새로운 변화의 물결 또한 외면하지 않고 적극 대응하고자 합니다. 세계화라는 바깥으로부터의 충격과 대한민국의 성장에 힘입은 주체적 위상 강화는 문화나 문학의 분야에서도 많은 성찰과 이를 바탕으로 한 발상의 전환을 요구하고 있습니다. 이제 세계문학이란 더 이상 일방적인 학습과 수용의 대상이 아니라 동등한 대화와 교류의 상대입니다. 이런 점에서 대산세계문학총서가 새롭게 표방하고자 하는 개방성과 대화성은 수동적 수용이 아니라 보다 높은 수준의 문화적 주체성 수립을 지향하는 것이며, 이것이 궁극적으로 한국문학과 문화의 세계화에 이바지하게 되리라고 믿습니다.

또한 안팎에서 밀려오는 변화의 물결에 감춰진 위험에 대해서도 우리는 주의를 게을리하지 말아야 할 것입니다. 표면적인 풍요와 번영의 이면에는 여전히, 아니 이제까지보다 더 위협적인 인간 정신의 황폐화라는 그늘이 짙게 드리워져 있는 것이 사실입니다. 대산세계문학총서는 이에 대항하는 정신의 마르지 않는 샘이 되고자 합니다.

'대산세계문학총서' 기획위원회

대 산 세 계 문 학 총 서